MR

エム・アール

Medical Representative

久坂部羊

Yo Kusakabe

幻冬舎

MR

MR＊目次

主要登場人物

紀尾中正樹――天保薬品堺営業所・所長
池野慶一――同右・チーフMR
市橋和己――同右・池野チームのMR
山田麻弥――同右・池野チームのMR
牧健吾――同右・池野チームのMR
野々村光一――同右・池野チームのMR
肥後准三郎――同右・チーフMR
殿村康彦――同右・チーフMR
万代智介――天保薬品・代表取締役社長
栗林哲子――同右・経営企画担当常務
五十川和彦――同右・総務部長
田野保夫――同右・大阪支店・支店長
有馬恭司――同右・新宿営業所・所長
平良耕太――同右・創薬開発部・主任
鮫島淳――タウロス・ジャパン・営業課長
乾肇――泉州医科大学・学長
八神功治郎――北摂大学・代謝内科教授
岡部信義――阪都大学・代謝内科教授
守谷誠――同右・代謝内科准教授
堂之上彰浩――同右・代謝内科講師
安富匡――同右・生命機能研究センター長

MR《エム・アール》

1　脱落者

日本の製薬業界は市場規模が約十兆円と言われ、大手のトップスリーは年間の総売上がいずれも一兆円を超える。各社は地域ごとに支店を持ち、その下に営業所を配して、病院向けの薬の販売にさまざまな活動を行っている。もちろん、患者に直接薬を売るのではなく、処方してくれる医師にアプローチするのである。

営業を担当するのは、「ＭＲ」と呼ばれる社員たちだ。

ＭＲとはメディカル・リプレゼンタティブの略で、日本語では「医薬情報担当者」と訳される。かつては宣伝担当者（プロパガンディスト）の意味で「プロパー」と呼ばれたが、医師への過剰な接待攻勢で、癒着や安全性の無視などが問題になったため、一九九三年に、「日本製薬工業協会（製薬協）」が自主規制する形で、プロモーションコードを作成した。

それにより、プロパーは厳しいルールの下でしか営業活動のできない「ＭＲ」に変わったのである。

＊

大阪の「くすりの町」、道修町《どしょうまち》に本社を置く天保薬品《てんぼうやくひん》は、その名の通り、天保十二年（一八四二年）創業の老舗《しにせ》である。

年間総売上は三千二百億円、経常利益八百四十億円で、業界第九位の準大手に位置づけられている。本社ビルは創業の地、道修町一丁目に、先代の社長が旧社屋を取り壊して新しく建て替えた。老舗らしく、外壁とエントランスに木材を多用した和風のファサードを持つ十二階建てである。三千百六十五人の従業員のうち、MRは約千三百人。外資の参入、大手の吸収合併が進む製薬業界で、天保薬品が独立を保ってこられたのは、ひとえにいくつかのテッパン医薬品と、優れた人材登用による巧妙な経営方針の賜物《たまもの》である。

因《ちな》みに、大阪市中央区の道修町が「くすりの町」と称されるのは、江戸時代に薬の検品を行う「和薬種改会所《わやくしゆあらためかいしよ》」が、この地に設けられたことによる。日本で商われるすべての薬は、いったんここに集められ、品質と分量を保証されてから全国に流通したのである。


天保薬品の大阪支店・堺《さかい》営業所は、南大阪地区の中心となる営業所である。所属するMRは、所長の紀尾中正樹《きおなかまさき》以下十六名。三人のチーフMRの下、それぞれ四名のMRが一つのチームを作っている。

午前七時十五分。紀尾中は朝いちばんに出勤して、人気《ひとけ》のない大部屋を通り抜け、所長室にこもる。始業時刻は午前九時だが、だれもいないこの時間が、もっとも仕事がはかどるのだ。

紀尾中は現在、四十六歳。堺の営業所長になって二年がたつ。所長としては二カ所目で、最初は東大阪の営業所で四年務めた。四十歳での所長抜擢は、異例の早さといっていい。

国立阪都《はんと》大学の法学部出身の彼が、製薬会社に興味を持ったのは、ひとつには年収の高さに惹《ひ》かれたからだ。銀行や証券会社も高年収だったが、金融はマネーゲームのようで食指が動かなかった。何か人のためになる仕事をしたいと考えていた彼は、医療か福祉をイメージしていたが、今さら医師や看護師になれるわけもなく、福祉は役所でも民間でも規則に縛られる。そう思っていたとき、たまたま製薬会社の企業説明を聞いたのだった。ＭＲという仕事を知り、医療に関わりながら、年収も金融関係に負けないほどだと知り、大きく気持が動いた。

天保薬品を選んだのは、ＯＢ訪問でたまたま顔見知りの先輩がいたからだ。同じ法学部で、学生のときから優秀だと評判の先輩だった。天保薬品は最大手ではないが、社風は誠実で、老舗でありながら、創薬開発などの未来志向もあるところに惹かれ、第一志望にした。

現在、紀尾中の最大の関心事は、今年四月に発売になった新薬、《バスター５》のガイドライン収載である。

高脂血症の画期的な新薬バスター５には、紀尾中自身、特別な思い入れがあった。開発のきっかけが、彼のアイデアからはじまったからである。その新薬が高脂血症の「診療ガイドライン」に収載されるか否かで、今後の売り上げに大きな影響が出る。

診療ガイドラインとは、各疾患の専門学会が、診断や治療の根拠となるように定めた指針で、ネットでも閲覧できるが、多くは冊子として各病院に常備されている。いわば正規治療のお墨付きで、ガイドラインに「第一選択」として記載された薬剤は、日本中の医師によって処方されることになる。

発売から半年のバスター５の売り上げは、現在百五億円。決して悪い数字ではないが、ガイドラインの第一選択に記載された場合、年間の売上予測は、現在の二百十億円から一千二百億円になると見込まれる。一気に五倍以上に跳ね上がる計算だ。

何としても自らの手でそれを成し遂げたいが、来年六月のガイドライン改訂に向けて、本社がどのような戦略を取るか、未だ決定が下されていなかった。

次に紀尾中が気を揉んでいるのは、現在、進行中の薬害訴訟の高裁判決である。メディア等で、「《イーリアア》訴訟」と呼ばれる裁判で、この二月に下された一審判決では、天保薬品に一部賠償責任が課せられた。

天保薬品が発売したイーリアは、肝臓がんの分子標的薬で、これまでの抗がん剤にはないがんを狙い撃ちする効果をもたらして「夢の弾丸」とまで呼ばれた。ところが、劇症肝炎《げきしょうかんえん》の副作用が出て、死亡した患者の遺族が、大阪と東京で訴訟を起こしていた。

天保薬品は一審判決を不服として、即日、控訴した。亡くなった患者と遺族のことを考えれば心苦しいが、製薬会社にとって薬害訴訟は社運を左右する重大な問題だ。イーリアについては、紀尾中が直接関わったわけではないが、まったく無縁というわけでもなかった。むしろ裁判の争点になっている添付文書（薬の説明書）の内容に、彼自身、無念の思いがあった。添付文書の作成で、彼の主張が通らなかったことが、薬害の被害者をここまで怒らせることにつながったからだ。

社運を左右すると言えば、新薬の開発研究支援も、紀尾中の頭を悩ませている。彼が目をつけ、本社の創薬開発部につないだ研究は、イーリアとはまた別のがんの治療薬で、免疫療法と放射線治療を組み合わせたまったく新しい薬剤である。本社との共同研究になっているが、それが今、暗礁に乗り上げているのだ。

せっかく有望な薬なのに、ここで会社が支援を打ち切れば、夢の治療薬も幻で終わってしまう。

なんとか壁を乗り越えて、実用化にこぎ着けたい。そうすれば、これまで助からなかった患者を救うことができる――。

いくら紀尾中が気を揉んだところで、研究が進むわけでもなく、裁判の判決も、ガイドラインの収載も、いずれも一朝一夕に解決する問題ではない。どの業界も同じだろうが、中間管理職の立場では、頭上に重い石を載せられたような思いで、日々の仕事をこなしていくしかないのが現実だった。

そんな山積みの懸案とは別に、すぐ目の前にも困った状況が発生していた。つい先週、若手のMRが、担当の病院で院長に怒鳴られたことを苦にして、会社をやめたいと言ってきたのだ。MRなら医者に怒鳴られるくらい屁でもないと思わなければやっていけないが、ほかにも悩みがあったのか。

その若手MRの慰留は、チーフMRの殿村康彦《とのむらやすひこ》に任せた。若干、不安はあるが、まずは直属の上司に担当させるべきだろう。

あれこれ考えているうちに時間がすぎ、間もなく八時半になろうとしていた。

ノックが聞こえ、「どうぞ」と応えると、その殿村が入ってきた。首尾はどうだったのか。目を合わせても、表情が読み取れない。ニワトリのようにせわしなく首を動かすばかりで、結果が顔に出ないのが殿村だ。

とりあえず報告を聞くため、椅子を勧める。扉の向こうでは、そろそろ出勤しはじめたほかのMRたちの話す声がかすかに聞こえた。

＊

月曜日の朝、営業所の一週間は、全体ミーティングからはじまる。

ミーティングエリアは三階フロアの大部屋の角にあり、晴れた日には南東向きの窓から明るい光が差し込む。コの字形に並べたテーブルで、ＭＲたちが出勤した順に着席し、ウォーミングアップを兼ねた雑談をはじめる。

「おはようございます。池野《いけの》さん、早いですね」

営業所で最年少ＭＲの市橋和己《いちはしかずみ》が、チーフＭＲの池野慶一《けいいち》の二つとなりに座った。

「新人ならいちばんに来て、お茶くらい淹《い》れてもバチは当たらんぞ」

今どきお茶くみなど命じたら即パワハラだから、池野のセリフはもちろん冗談である。市橋も軽くふて腐れてみせる。

「いつまでも新人扱いしないでくださいよ。僕だって現場に出てもう半年なんですから」

薬学部卒の市橋は、昨年の入社後、順調にＭＲ試験に合格して、この四月に晴れてＭＲの認定を受けた。薬学部は六年制で、さらに大学院にも二年行ったので、まもなく二十八歳になる。

一方、三十八歳の若さでチーフＭＲになっている池野は、入社三年目に北大阪地区で売り上げトップを記録したやり手である。短軀《たんく》だが行動力は抜群で、経済学部出身だからＭＲ試験には苦労したようだが、資格の取得後は持ち前の優秀さを発揮し、今も売り上げを伸ばしている。紀尾中の信頼も厚く、いわば所長の右腕的な存在だ。

続いてやってきた女性ＭＲの山田麻弥《やまだまや》は、いつも通り一分の隙もないビジネススーツに切り詰めたショートボブで、上司の池野のとなりに座った。ほかのＭＲには目もくれず、池野にだけ挨拶をして堂々ととなりに座るのは、実績に対する自信の表れだろう。吊り目の美人だが、男嫌いで通っており、セクハラには常に厳しい態度で応じる。池野と同じく経済学部の出身だが、そこらのリケジョが裸足で逃げ出すほど薬学の知識は豊富だ。

彼女は市橋の三年先輩にあたるが、大学を卒業後、新聞社に三年勤めてからＭＲに転職した変わり種である。彼女が新聞社をやめたのは、あまりに欺瞞《ぎまん》的な社風に嫌気がさしたからだという。ブラック企業を糾弾しながら、自社の記者には過重労働を強いるとか、女性の活躍の場を広げるべきだと主張しながら、女性管理職の割合がいっこうに増えないとかだ。

「ふわぁ。また一週間がはじまるなぁ」

テーブルに着くなり、あたり構わぬ大あくびをしたのは、最年長チーフＭＲの肥後准三郎《ひごじゅんざぶろう》である。上昇志向ゼロの万年ＭＲ。百八十五センチの長身なので、どこにいても目立つが、醸し出す雰囲気は五十三歳の実年齢よりかなり老けている。

「殿村はまだ来てへんの？」

肥後が大阪弁丸出しで池野に聞く。ほかのＭＲたちは、関西のイントネーションながら標準語を使うのに、南河内《かわち》出身の肥後だけは改めようとしない。ガラの悪い河内弁を使わないだけましと、開き直っているようだ。

「殿村さんならもう来てますよ。例の村上《むらかみ》の件で所長室に入っていきました」

池野が答えると、肥後が「ああ……」と口元を歪《ゆが》めた。若手ＭＲの村上理《おさむ》が先週末、突如、会社をやめると言いだしたことは知られていたが、詳細は伝わっていなかった。

「業界でもＭＲ不要論とかがささやかれてるから、将来を悲観したんやろか」

「さあ――」

雰囲気が悪くなりかけたのを察してか、市橋が池野に話しかけた。

「今年はインフルエンザの流行が低調らしいですね。重症化も少ないみたいでよかったです」

山田麻弥がすかさず刺すような視線をよこす。

「市橋君、本気で言ってるの？　だとしたら、認識不足も甚だしいわね。インフルエンザの流行が低調なのは、我が社にとっては憂慮すべきことじゃない」

「あ……」

そこまで言われれば、市橋も察しがつく。インフルエンザの治療薬《リスロン》が、天保薬品の製品だからだ。

市橋に厳しいセリフを放ったあと、山田麻弥が先輩ＭＲたちに向けて言った。

「いちばん問題なのはワクチンですね。インフルエンザの流行を煽《あお》るのは無理としても、患者を増やすためには、なんとか予防接種にブレーキをかける必要があります」

率直すぎる物言いに、何人かが苦笑したが、山田麻弥はまじめな顔で続ける。

「考えられる方法は二つ。ひとつはワクチンの副作用です。日本人は絶対安全信仰が強いから、副作用の噂が広がると、予防接種を受ける人は減るでしょう。もうひとつはワクチンがあまり効かないという宣伝です。実際、予防接種をしてもインフルエンザにかかる人はいますから」

「ワクチンの副作用で二、三人死んでくれたら、手っ取り早いんやけどな」

肥後が不謹慎な合いの手を入れると、同様の発言が続く。

「死ななくても、麻痺とか認知症でもいいな」

「ワクチンに不純物が混じっているとか」

「十人に一人アナフィラキシー・ショックが起こるとか」

冗談とも悪ふざけともつかない雰囲気に、市橋は反発を感じて言った。

「インフルエンザで苦しむ人のことは考えなくていいんですか。子どもやお年寄りは命の危険もあるでしょう」

山田麻弥が即座に反論する。

「バカね。何も患者を放っておくとは言ってないでしょ。うちのリスロンで症状が治まれば、感謝されるじゃない。わたしたちは病気の治療に貢献しているのよ。単に患者が増えればいいと思ってるわけじゃない。でも、病人がいないと製薬会社は儲からない。それはドクターだってナースだって薬剤師だって同じでしょ」

市橋は言い返せず唇を嚙む。

「いつもながら麻弥ちゃんはシビアやなあ。それにしても、所長は何をしてるんや。もうそろそろ九時十分になるで」

肥後が気怠そうに壁の時計を見上げたとき、所長室から紀尾中と殿村が出てきた。

「お待たせして申し訳ない。殿村チーフから詳しい報告を受けていたものだから」

紀尾中の声はソフトだが説得力がある。いつも微笑んでいるような顔は、ギリシャ彫刻のアルカイック・スマイルを思わせ、その笑顔はよほどのことがないかぎり崩れない。

奥の指定席に座ると、テーブルの上で両手を組み、ひとつため息をついて言った。

「ミーティングの前にみんなに報告することがある。残念だが、村上君がやめることになった。殿村チーフが慰留してくれたんだが、翻意させることはできなかったようだ」

「理由は何ですの」

肥後がみんなを代表するように訊ねた。

「先週の金曜日に、康済会《こうさいかい》病院の立岩《たていわ》院長に怒鳴られたんだ。ニヤニヤするなと言って」

参加者の間に、そんなことぐらいでという空気が広がる。紀尾中が補足した。

「立岩さんは気むずかしい人だからな。村上君はふつうに一礼しただけなのに、『何だ、その顔は』と怒鳴られたそうだ。弁解しかけると、立岩さんはさらに激高して、『どこのＭＲか知らんが、態度の悪いヤツは出入り禁止だ』と言ったらしい」

「出禁でショックを受けたんですか。ちょっと繊細すぎるんとちがいますか」

肥後はあきれたが、ほかのＭＲたちはボヤくように言った。

「立岩院長は機嫌が悪いと、すぐＭＲに当たるんです。僕も『その派手なネクタイは何だ』と怒鳴られて、ネクタイを引っ張られました。それ以後、康済会病院に行くときはわざわざ灰色のネクタイに替えるんですから」

「ネクタイならまだいいよ。俺なんかコーヒーをぶっかけられたからな。新薬の説明会で、資料の字が小さいと言いだして、申し開きしようとしたら、口答えするのかっていきなりカップのコーヒーをぶちまけたんだ。何するんだって頭に来たけど、口が反射的に動いて『申し訳ありません』て最敬礼したよ。いやだね、ＭＲ根性は」

身に覚えのありそうな何人かが失笑する。

池野が肥後に説明するように言った。

「村上はお坊ちゃまですからね。実家が薬局のチェーン店を経営していて、無理にMRを続けなくてもいいんですよ」

「そら羨ましいかぎりやな」

「肥後さんの若いころは、もっとひどい目に遭ったMRもいたんじゃないですか」

池野が聞くと、肥後は得々と語りだした。

「おったおった。そのころはプロパーやけどな、無理にモノマネをやらされたり、新婚の夜の生活をしゃべらされたり、医者の食い残したラーメンを食べさせられたりしとった。不細工とか、短足とか、キューピーとか呼ばれたヤツもおった。返事が遅いと怒鳴られるし、話しかけても無視されて、一時間以上、壁際に立たされてたのもおった」

「接待とか贈り物なんかも、ひどかったんでしょう」

「もちろんや。春の花見から、夏は花火大会、秋は松茸狩り、冬はてっちりにカニツアーで、間で高級ステーキ、すき焼き、中華やフレンチのフルコースなんかも食べさせる。贈り物はゴルフセットやブランド品、ウイスキーにブランデー、コンサートや野球のネット裏のチケット、奥さま向けに香水やら高級鍋を手まわしして、便宜供与もタクシー代わりの送迎、夜食の差し入れ、タバコの使い走りから、引っ越しの手伝い、本の整理、果ては家の植木の水やりから、犬の散歩までやらされとった。どれもこれも自社の薬を処方してもらうためや。わしらは奴隷兼太鼓持ちも同然やった」

市橋は青い顔で聞いていたが、山田麻弥は「今ならパワハラ、モラハラで、即、訴えられますね。そんな時代にMRにならなくてよかった」と、どこ吹く風だった。

紀尾中がため息まじりに話をもどす。

「村上君は薬の知識も豊富だし、信頼関係のあるドクターも多かったから、なんとかやめずにいてほしかったんだが仕方がない。それじゃ、ミーティングをはじめようか」

いつも通り、各チームのMRが活動状況と処方実績を報告する。

市橋はやめた村上のことが頭から離れなかった。村上は二年先輩で、辞職は他人事《ひとごと》ではなかった。市橋自身、厄介な問題を抱えていたからだ。ふと父親の言葉がよみがえる。

――和己。やめ癖だけはつけるなよ。

細身の市橋は体育会系には縁がなさそうに見えるが、小学生のときは子供会の野球チームでエースとして活躍した。父もそれを喜び、投球練習の相手をしてくれた。しかし、中学の野球部に入ると、彼より球の速いピッチャーがいて、打撃でも勝てなかった。そんなとき、百メートル十一秒台の俊足を買われて、市橋は陸上部に転部した。すぐに短距離のエースになり、ふたたび父を喜ばせたが、高校で陸上部に入ると、ここでも市橋より速い選手がいた。父にタイムを計ってもらい、筋力トレーニングを続けたが勝てない。そこで高校一年の終わりに、勉強に専念するため、陸上部をやめたいと言ったのだ。

父は止めなかった。ただひとこと、先の言葉を告げただけだ。

そのとき、父は腺様嚢胞《せんようのうほう》がんという珍しい病気にかかっていて、すでに肺にも転移していた。大学病院で治療したが、急速に悪化して、市橋が高校二年の半ばに亡くなった。やめ癖をつけるなというのは、父の遺言も同然だった。だから、ＭＲの仕事もおいそれとやめるわけにはいかない。

「今日のところはこれくらいだな。みんな、今週もしっかり頑張ってくれ」

いつの間にかミーティングは終了しており、各自が自分の机にもどりはじめた。全体ミーティングのあとは、チームごとの打ち合わせだ。

気が重い。それでも逃げるわけにはいかないと、市橋は池野のあとに従った。

2　処方ミス

池野のデスクの周囲には、チームのメンバーが椅子を運んで集まっていた。

「報告、わたしからでいいですか」

山田麻弥が膝に置いたタブレットを見ながら、テキパキとデータを読み上げた。卸《おろし》業者の納入実績、薬歴管理、顧客情報。すべての項目に問題はなさそうだ。

次に報告したのは、チーム内で唯一の家族持ちである牧健吾《まきけんご》だ。牧はＭＲとしては珍しい文学部の出身で、生まじめな性格なので、市橋にも親切に接してくれる。家庭的なタイプで、スマホの待ち受け画面は七歳と九歳の娘だ。夫人が専業主婦でいられるのも、三十五歳にして年収が九百万円を超える優秀なＭＲならではだろう。牧の活動内容にも問題はなく、報告は数分で終わった。

続いて口を開いた野々村光一《ののむらこういち》は、牧と同い年だがバツイチで、優雅な独身生活を謳歌している。理学部卒だが、やや軽薄なところがあり、牧とは対照的にノリで仕事をするタイプだ。

「納入伝票の登録と振り分けは、時間を見てやりますんで、あとは何かあったらよろしく」

野々村が報告を終えると、池野は順調な運びに気をよくして軽く言った。

「じゃあ、最後は市橋だな」

市橋は「ちょっと困ったケースがありまして」と視線を下げた。

「南区の伊達《だて》医院ですが、《ポルキス》が効かないと言うんです。三人の患者さんに使って、三人とも熱が下がらなかったって」

ポルキスは天保薬品の抗生剤で、抗菌力の強いセフェム系の第三世代である。池野が眉をひそめて聞く。

「使った患者は？」

「二人は細菌性の肺炎で一人は扁桃腺炎です」

「じゃあ、効かないはずないだろ」

「だから、先生にどんな処方をされましたかって聞いたら、俺の出し方が悪いとでも言うのかって怒鳴られて――。すぐ謝りましたが、近くの調剤薬局に確認したら、案の定、一日一カプセルの過少投与でした」

抗生剤の中には一日一回のものもあるが、ポルキスは一日三回が通常処方だ。それじゃあ効くはずないよなという雰囲気がメンバーに広がる。

「薬剤師は何も言わなかったのか」

おかしな処方箋を見たら、薬剤師が医師に問い合わせて確認するのがふつうだ。

「伊達先生は前にも同じようなミスがあって、訂正を申し入れたら、これが俺の処方なんだ、余計な口出しをするなって、逆ギレされたそうです。それ以来、薬剤師さんも伊達先生には何も言わないようにしているらしいです」

「いるいる、そんなヤツ。ぜったいミスを認めず、まちがいを指摘したら激怒する医者」

「異様にプライドが高いんでしょうね。まちがいは認めたほうが自分のためなのに」

野々村と牧がそれぞれにあきれる。

「しかし、このままだと伊達先生はポルキスを処方しなくなりますよ。いいんですか」

市橋が池野に指示を仰ぐと、横から山田麻弥が斬り込んだ。

「そんな医者、相手にしなきゃいいじゃない。どうせ時代遅れの年寄りでしょ」

伊達は六十三歳で、たしかにもう若くはない。開業して二十五年のベテランで、医師会にもよく顔を出している。

「ポルキスは薬価が高いから、処方されないのは惜しいな。それにこのまま放置したら、伊達先生は医師会でポルキスは効かないと吹聴するかもしれん。逆に、ほかの医師からミスを指摘されたら、なんでMRは教えてくれなかったと、逆恨みする危険性もある」

池野の指摘に、野々村がからかうように言う。

「やっぱり、市橋が過《あやま》ちを正して差し上げるのがいいんじゃないか」

「いや、市橋君は一回怒らせてるから、やはり薬剤師さんに頼むのがいいんじゃないですか」

牧の助け船に市橋が顔を歪める。

「伊達先生は調剤薬局のブラックリストに載っているらしくて、みんな関わりを持ちたくないみたいです」

「どうした。何か困りごとか」

所長室から出てきた紀尾中が、池野たちの話を聞きつけて足を止めた。

「市橋が担当している開業医で、処方ミスがありまして」

池野が概略を話すと、紀尾中は低く唸った。

「ここは相手を怒らせずに、まちがいを認めさせる方法を考えないといかんな。伊達先生の評判はどうだ。診療に熱心なタイプか」

「いいえ。あんまりやる気ないみたいです」

紀尾中は伊達の性格や家族構成、医院の跡取りなどの状況を訊ねた。

「どうも使えるネタはなさそうだな。伊達医院は自宅と同じ敷地にあるのか」

「はい。医院の出入り口とは別に立派な玄関があります。そう言えば、駐車場の向こうにバラ園みたいな庭がありました」

「バラ園？　先生が自分で育てているのか」

「たぶん。前に剪定《せんてい》をしているところを見ましたから」

紀尾中は目線を逸らし、ひとつうなずいてから言った。

「じゃあ、午後からいっしょに行ってみようか。うまく話せるかもしれない」

＊

紀尾中の胸中にあったのは、バラ好きの人間のマニア性だった。昼食を早めにすませると、紀尾中は市橋の運転で堺市南区三原台《みはらだい》の伊達医院に向かった。

市橋が不安そうに聞く。

「アポなしで会ってくれますかね」

「大丈夫さ。医院に行くわけじゃないから」

泉北《せんぼく》一号線を南下すると、泉北ニュータウンに入った。ニュータウンと言っても、開発されたのは五十年以上も前だから、高層マンションなどは見当たらない。それでも道路は広く、緑も豊富で、どことなくアメリカ西海岸っぽい雰囲気を漂わせている。坂道を登り切ったところで信号を左折すると、住宅街の一角に伊達医院はあった。

時刻は午後一時十五分。患者の多いクリニックなら、午前診がまだ続いている時間だが、あまり診療熱心でない伊達医院なら、診察も昼食も終わっているだろう。

紀尾中は市橋に命じて、伊達のクリニックではなく自宅の側に車を停めさせた。駐車場に古いタイプのベンツが横向きに停めてある。バラ園は駐車場の柵の向こうだ。

「おあつらえ向きに道からよく見えるな」

人気のないのを確認すると、紀尾中は駐車場のアルミフェンスを開いて中に入った。

「所長、まずいですよ。もどってください」

慌てる市橋を尻目に、紀尾中はベンツの向こうにまわり込み、柵越しにバラを眺めた。あちこちに視線を向けては、スマートフォンと見比べる。

しばらくすると、母屋から伊達が出てくるのが見えた。アポロキャップをかぶり、グリーンのエプロンをつけて、革手袋に剪定の道具を持っている。市橋は思わず車の陰に身を隠したが、紀尾中は逆に、「こんにちは」と大きな声で挨拶をした。

伊達が驚いて立ち止まる。

「あんた、そんなところで何をしてる」

「失礼しました。あんまりバラがきれいなので、つい近くで拝見したくなりまして。いやあ、聞きしに勝る素晴らしさですね」

伊達は警戒心を解かずに紀尾中をにらみつける。紀尾中は動じず、名刺を取り出して、柵越しに両手で差し出した。

「申し遅れました。私、天保薬品の堺営業所所長をしております紀尾中と申します。伊達先生にはうちの市橋がたいへんお世話になっております。実は、市橋から先生のお宅には素晴らしいバラ園があると聞きまして、以前から見せていただきたいと思っておりましたところ、たまたまこちらに仕事がありましたので、寄せていただいた次第です。お忙しい先生のお邪魔をしてはいけないと、道路から拝見させていただくつもりが、あまりの美しさについご無礼をしてしまいました。どうぞご寛恕《かんじょ》のほどお願いいたします」

紀尾中が最敬礼すると、伊達は名刺を確認して、わざとらしい咳払いをした。

「あんたもバラが好きなのか」

「もっぱら見るだけですが、十月のこの季節でもイングリッシュ・ローズは楽しめますからね。デビッド・オースチン」

「よく知ってるじゃないか。中へ入って見るか」

「よろしいんですか。ありがとうございます。実は市橋も来ておりまして。おい、入らせてもらえ」

紀尾中が呼ぶと、市橋はそそくさと駐車場に入ってきた。柵の横にある出入り口からバラ園に入り、伊達に向かって頭を下げる。

「突然、お邪魔して申し訳ありません」

「かまわんよ。君にも見せてやる。俺の自慢のバラ園だ」

伊達は気さくに言い、庭の奥に進んだ。煉瓦《れんが》で囲んだ花壇に色とりどりのバラが咲き乱れている。

伊達はアーチに絡んだオレンジ色のバラを自慢げに指さした。

「どうだね。このグラハム・トーマス。つるバラでもこんな大輪に育つんだ」

「すごいですね。市橋、見てみろ。この花弁の充実していること」

花弁が折りたたまれるように詰まっているのを見て、市橋は演技ではなさそうな声をあげた。

「こんなきれいなバラ、見たことがありません」

「そうだろ。これがデビッド・オースチンの特徴だ」

紀尾中が濃いピンク色の花に顔を近づけて言った。

「こちらも素晴らしいですね。ガブリエル・オークですか」

「似ているがちがう。ボスコベルだ。この中心部の花弁を見たまえ。星形に広がった花びらの縮れ具合が絶妙だろ」

どこが星形かよくわからないが、紀尾中は感心したようにうなずいた。伊達はさらに鉢植えの小ぶりのバラを持ってきて、紀尾中に差し出した。

「これは二年前、近畿バラ展示会の芳香部門で銀賞を取った鉢だ。花名は『レディ・マドンナ』。今は香りもイマイチだがね」

紀尾中は手のひらで花を扇《あお》いで感嘆の声をあげる。

「まるで天上の香りです。市橋、君も嗅がせてもらえ」

「はあー。すごいです。くらっと来ました。なんか、こう幸せを感じますね」

臭い演技で紀尾中はヒヤリとしたが、伊達は満面の笑みでうなずいている。ことバラに関しては、見え透いたお世辞も心からの賛辞に聞こえるのだろう。

ひとしきりバラをほめたあと、紀尾中は伊達に向き直って言った。

「ところで、この市橋は先生のお役に立っておりますでしょうか」

「よくやってくれているよ。まあ、若いから経験不足のところもあるがね」

伊達の上機嫌がややトーンダウンする。紀尾中は素知らぬ顔で話を変える。

「弊社ではただ今、薬の過剰投与を減らすことを目指しておりまして、特に抗生剤を問題視しております。ご承知の通り、日本は海外に比べて抗生剤の投与量がダントツに多いですからね」

伊達は何の話かと、訝《いぶか》しげな表情を浮かべる。

「市橋にも常々、申しているのですが、抗生剤が多用されると、耐性菌の問題もありますし、医療費の増大にもつながります。にもかかわらず、未だに抗生剤を求める患者さんが多い。先生の医院でもそうではありませんか」

「抗生剤はよく効くと思っとる患者が多いからな」

「困るのは風邪の患者さんですよね。抗生剤はウイルスが原因の風邪には効かないと説明しても納得しない。それで処方しないと、帰ってからあそこの先生は抗生剤を出してくれないと言いふらす。患者さんはゴキブリと同じだから困りますよね」

「ゴキブリ？」

「ええ。ゴキブリは台所で一匹見つけると、三十匹隠れていると言うでしょう。一人の患者さんが悪い評判を広めると、三十人の患者さんが来なくなりますから」

「ハハハ。たしかに」

伊達がふたたび機嫌のいい顔になる。

「それで弊社のポルキスも、通常は一日三カプセルなんですが、一日一カプセルでもいいんじゃないかという意見が医薬研究部のほうから出まして、今度、治験をはじめる計画があるんです。一カプセルで効果が期待できれば、それに越したことはありませんからね」

身に覚えのある伊達はうなずきもしない。紀尾中は何食わぬ顔で続ける。

「慎重な先生方の中には、すでに投与量を減らしている方もおられます。ただ、効果の問題もありますから、むずかしいところです」

伊達は何かを思い巡らせるような表情でバラに視線を移すが、その目は虚ろだ。紀尾中は口元にだけ笑みを浮かべた。たぶん言いたいことは伝わったはずだ。

わずかな間を置いて、紀尾中ははっと気づいたように腕時計を見た。

「とんだお時間をいただいてしまいました。せっかくのバラ園ですのに、仕事の話をしてしまい、申し訳ございません。これだけ立派なバラでしたら、入場料を取ってもよろしいんじゃないですか」

ふたたび紀尾中はヨイショモードにもどるが、ポルキスのことが頭に引っかかっていそうな伊達は、中途半端な笑みで答える。

「入場料を払う者などおらんよ。道からいくらでも見えるんだから」

「先生のご人徳ですね。手間も経費もかかっているでしょうに、惜しげもなく公開される。この地域にお住まいの方は、こんなきれいなバラを自由に楽しめて幸せですね」

紀尾中がまくしたてると、ようやく伊達の顔に明るさがもどった。

帰りの車の中で、市橋が聞いた。

「伊達先生、処方を訂正してくれますかね」

「さあな。だけど、ポルキスが一日三カプセルということは認識しただろう。まちがいを認めてもらうためには、相手の顔をつぶさないことが大事なんだ」

「それにしても、所長はバラのことに詳しいんですね。驚きました」

「別に詳しくはないさ。ただ妻がバラ好きで、ベランダで挿し木なんかして、いろいろ自慢話を聞かされるから、デビッド・オースチンくらいは知っていた。あとは昼休みにネットで知識を仕入れて、先生が出てくるまでに目についたバラの名前をスマホで調べたのさ」

――MRなら一時間前に知ったことでも、十年前から知ってたように言えなきゃだめだ。

紀尾中が若いころ、先輩MRから教わったことだ。市橋に伝えると、手品の種明かしを見せられたように感心し、そのあとでやや不服そうな声をあげた。

「でも、患者さんをゴキブリ扱いするのはひどいんじゃないですか」

紀尾中は市橋を見て口元を緩めた。見込みのある部下には、多少ダーティなことを教えても大丈夫だろう。そっと耳打ちをするように言った。

「仕事熱心でない医者は、患者のことを悪く言うと喜ぶんだよ」

翌週、さっそく伊達がポルキスの処方を改めたと、市橋が報告してきた。

「調剤薬局の薬剤師さんも喜んでいましたよ。よかったです」

困った医者はどうしようもないが、まわりはみんな患者のことを考えているのだと、紀尾中は密かに満足した。

「あれから伊達先生は、バラの話さえすれば機嫌がよくなるので、営業がしやすくなりました」

喜ぶ市橋に、紀尾中は釘を刺した。

「患者さんをゴキブリ扱いするのは、最後の手段にしておけよ」

3　地獄の駐車場

市橋和己はＭＲ一年目なので、病院ではなく開業医を担当している。堺市内を中心に二十二カ所。開業医は個性もいろいろで、ＭＲに理解のある者もいれば、ＭＲを邪魔者扱いする医師もいる。これから向かう中区土塔《どとう》町の山脇《やまわき》クリニックは、特に対応がむずかしい相手だった。

院長の山脇は四十一歳で、開業八年目。三十三歳での開業は早いほうだが、患者数は順調に伸び、今は脂の乗りきった状況である。筋肉質の身体《からだ》に日焼けした顔で、医師というよりジムのインストラクターといったほうが似合うような外見だ。性格も見た目の通り、さっぱりしているように見せているが、実は陰湿で意地も悪い。市橋は最初の挨拶のときからミソをつけてしまった。

「君、この町がどういうところか知ってる？」

「土塔で有名な土塔町ですね」

「土塔はだれが造ったか、もちろん知ってるよね」

その問いに答えられなかった。

土塔は国の史跡に指定されている土盛りの仏塔で、造営したのは奈良時代の高僧行基《ぎょうき》だ。

「そんなことも知らないで堺でＭＲをやってくつもりか。勉強不足だ。出直してこい」

そう言われて、自己紹介も十分できないまま引き下がった。

次の訪問では、駐車場でミスをした。山脇クリニックは正面の敷地が狭いため、建物の裏に駐車場がある。そこに車を停めていると、二階の窓から見ていた山脇が怒鳴った。

「そこは患者用の駐車場だ。だれに断って停めてるんだ」

「すみません。車を停めてから許可をいただこうと思って」

「順序が逆だ。すぐに出せ」

仕方なく、休診時間でガラ空きの駐車場を出て、近くのタイムズに入れた。このときは土塔のことは完璧に調べていたが、駐車場のことを責められ、話を盛り上げることができなかった。

それでも市橋はなんとか関係を改善しようと、機会を見つけては山脇クリニックに顔を出した。アポに厳格な医師もいるが、適当に顔を出したほうがいい医師もいる。山脇は後者なので、近くを通ったときは必ず寄ることにしていた。

しかし、今日はきっちりアポを取っての訪問である。理由は先月、山脇クリニックで突如、《ロキスター》の仕入れがゼロになったからである。

消炎鎮痛剤のロキスターは、天保薬品のテッパン商品のひとつで、山脇クリニックでも毎月五百錠は出ていた。それが急にゼロになったということは、山脇が切ったからにほかならない。理由は何か。それを探るためにアポを申し込んだのである。

タイムズに車を停めて、クリニックに近づくと、裏の駐車場から軽乗用車が出てきた。フロント越しに見えたのは知った顔だ。

――朝倉《あさくら》製薬の世良《せら》俊次《しゅんじ》。

若手ＭＲの交流会で一度会ったが、どことなく横柄でいい印象を持てなかった。

すれちがう瞬間、世良も市橋に気づいたのか、頬骨の出た貧相な顔に薄笑いを浮かべた。

――何だ、今のは。

不快だったが、気持を切り替えてクリニックの玄関を入った。受付で声をかけると、看護師長が明るく出迎えてくれた。

「市橋君。先生は今、上でシャワーを浴びてるから少し待ってね」

看護師長は五十代前半の気さくな女性で、市橋に好意的だった。

待合室のベンチで待ったが、山脇はなかなか下りてこない。そう言えば、この前も山脇はシャワーを浴びたあとらしく、髪の毛が濡れていた。なぜ昼間からシャワーを浴びるのか。

約束の時間から十五分近くがすぎて、ようやく階段にスリッパの音が聞こえた。

「市橋か。今日は用事はないよ」

「いえ、用事は私のほうにありまして」

そこではじめてアポを思い出したようだったが、むろん、失念を詫びたりはしない。

「じゃあ、診察室へでも来るか」

「さっき、朝倉製薬の世良さんを見かけたんですが、彼も来ていたんですか」

「君が見たんならそうだろ。ここまで来て顔を出さなきゃストーカーだよ」

「アハハ、たしかに」

くだらない冗談にも笑わなければならない。診察室に入ると、山脇はふんぞり返るように椅子に座った。

「で、用事って何だ」

「少々うかがいにくいことなのですが、弊社のロキスターで、何かトラブルでもあったのかと思いまして」

「別にないよ」

「ですが、急に仕入れがなくなりましたので——。ご承知の通り、ロキスターはあらゆる痛みに効果的ですし、副作用もほとんどなく、多くの先生方にご愛用いただいておりますので……」

山脇の表情が強張るのを見て、市橋は説明を止めた。

「君な、どの薬を使うかは、医者の裁量に任されてんだよ。俺は自分がいいと思う薬を使ってるんだ。それとも何か。君は俺の判断がまちがってるとでも言うのか」

「とんでもない。ですが、急に処方がなくなったのには、何か問題があったのかと思いまして」

「だから、別にないよ。ワンパターンの処方に飽きただけだ」

それ以上聞いても時間の無駄だと顔に書いてある。

「そうですか。わかりました」

今日はこれまでと、市橋は重い身体を患者用の椅子から持ち上げた。


クリニックまわりを終えたあと、卸業者に寄って営業担当に話を聞いた。すると、驚くべきことがわかった。山脇クリニックでは、ロキスターの代わりに朝倉製薬の《アルタシン》を仕入れたというのだ。さっき、世良が薄笑いを浮かべたのはそのせいだ。アルタシンは胃に負担をかけるので、胃腸薬もいっしょに処方することが多い。だから、山脇クリニックは朝倉製薬の胃腸薬《エソックス》も仕入れていた。つまり、一回の処方で朝倉製薬は二重に売り上げを伸ばすというわけだ。

営業所にもどって報告すると、池野は「やられたな」と苦い顔で舌打ちをした。

「ロキスターが切られる前に、何か兆候はなかったのか」

思い当たることはない。たぶん、世良がうまく山脇に取り入ったのだろう。

所長に報告するという池野を、市橋が引き留めた。

「この件は僕がなんとかしてみます。伊達医院のときは、所長におんぶにだっこで不甲斐なかったんです。今回は自分で解決させてください」

頼み込んだものの、具体的なアイデアがあるわけではなかった。所長だったらどうするだろうと考えるうちに、改めて尊敬の念が湧いた。

「それにしても、紀尾中所長はすごいですね」

「あの人は伝説のＭＲだからな。認定試験に首席で合格したあと、所長になるまでに売り上げ全国一位が二回、社長表彰が三回だからな。これからどんどん偉くなる人だよ」

若くしてチーフＭＲになった池野が絶賛するのだから、上には上がいるものだ。

今、すべきことはまずロキスターが切られた理由を知ることだ。ふと紀尾中がいつも言っていることを思い出した。

――医師に頼みたいことがあるときは、まず相手が喜ぶことをさがすんだ。

山脇が喜びそうなことで思いついたのは土塔だ。土塔は今、復元されてピラミッド状の各段が瓦で葺《ふ》かれている。

翌日、市橋はスケジュールを調整して、ふたたび山脇クリニックを訪ねた。その前に土塔に行き、周囲を見てまわった。復元は二面だけで、残りの二面は草が生えた土のままだ。

看護師長に院長を呼んでもらうと、山脇は二階から面倒そうな足取りで下りてきた。

「また来たのか。今日は何の用だ」

「時間があったので土塔を見てきたんです。奈良時代にあんな立派なものが造られたなんて信じられません。行基は偉大だったんですね」

思い切り感心してみせるが、反応は思わしくない。このままではロキスターのことを持ち出しにくいので、無理に話題をつないだ。

「土塔の東と北側は復元されてないようですね。やっぱり予算の関係ですかね。でも、全面を復元するより、一部を残しておいたほうが比較できて面白いですね」

「俺はな、今、昼寝をしてたんだ。用件があるなら早く言え」

「はあ、それは……」

一瞬、迷ったが、相手を刺激しないよう声を落とした。

「実は、ロキスターのことなんですが」

言い終わらないうちに、山脇が怒鳴った。

「それは昨日、言っただろ。同じ話を何度もさせるな」

「すみません」

「おまえな、下心がミエミエなんだよ。土塔の話をしたら俺が喜ぶとでも思ったのか。俺をそんな単純な人間だと思ってんのか」

「いいえ。申し訳ありません」

最敬礼をしたが、山脇の怒りは収まらない。

「おまえんとこの薬、全部切るぞ」

「そ、それだけは」

拝むように両手を合わす。

「そんなんで謝ってるつもりか。もっと誠意を見せろ。土下座だ、土下座」

パワハラをこの場で指摘すれば、さらに怒りを買うだろう。市橋は歯を食いしばり、床に両膝をついた。

「申し訳ありませんでした」

平家ガニのように顔を歪めると、言いようのない惨《みじ》めさが込み上げた。

「バカか、おまえは」

そう言い捨てると、山脇は二階に引き揚げていった。

土下座くらいでくじけてはダメなのはわかっているが、悔しかった。両膝をついたまま立ち上がれずにいると、診察室の看護師長が顔を出した。

「市橋君、大丈夫？」

彼女は診察室で今のやり取りを聞いていたらしい。市橋に顔を近づけてささやいた。

「余計なことを言うと先生に怒られるけど、今度、駐車場をのぞいてみたら。火曜日か金曜日の午後に」

看護師長はそれ以上言えないというように首を振った。今日は水曜日だ。市橋は礼を言って、二日後、もう一度、訪ねてみる心づもりをした。

金曜日の午後、いつも通りタイムズに車を入れ、山脇クリニックの正面から裏の駐車場に向かった。奥で人の気配がし、革を打つような音が聞こえた。建物の陰からのぞくと、山脇が投球練習をしていた。キャッチャーは世良だ。

そういうことか。世良は山脇のピッチングの相手を務めて取り入ったのだ。山脇の日焼けと午後のシャワーも、投球練習の結果だろう。

「ストライック！」

世良が大きな声で言う。

「バカ。どこがストライクだ。ワンバウンドぎりぎりじゃないか」

山脇が怒鳴る。山脇は学生時代に野球をやっていたのか、かなり本格的な球を投げていた。次の球は微妙なコースで、世良が自信なさそうに「ボール」と判定した。

「どこ見てんだ。今のは内角低めのえぐるようなシュートだろ」

「すみません」

野球なら腕に覚えがある。市橋はひとつ深呼吸して、建物の陰から出た。

「山脇先生。こんなところにいらっしゃったんですか」

二日前の土下座など忘れたように、明るい声を張り上げた。

「市橋か。性懲りもなくまた来たのか」

山脇も土下座はまずかったと思っているのか、愛想は悪くない。

「駐車場でボールの音がしたんで見に来たんです。私も入れてもらえませんか」

世良が不愉快そうな視線を向ける。市橋はそれを無視して上着を脱ぎ、世良の後ろに立った。

「審判をやりますよ。こう見えても、野球は経験ありですから」

「ほう」

山脇は薄く嗤《わら》い、大きく振りかぶって投げた。ショートバウンドで世良が後逸する。それを市橋が受け止めて、山脇に返す。

「私にキャッチャーをさせてもらえませんか。私なら後逸しませんよ」

断られるかと思いきや、意外にも山脇は「よし、キャッチャー交替」と告げた。世良がムッとした顔で振り返る。

「あんた、ミットもなしに捕球できるのか」

「ミットは世良さんが使ってるのを借りて」

「いやだね」

世良がミットから手を抜いて腰の後ろに隠した。山脇が腕組みをして言い放つ。

「そのミットは世良が用意したものだ。どうしてもキャッチャーをやりたいんなら、素手で捕《と》るんだな」

ボールは硬球だし、山脇の球はけっこうなスピードだから、素手で受けるのは危険だ。しかし、ここで逃げたら世良に取って代わることはできない。

「わかりました。素手でさせてもらいます」

「よし。じゃあ、泣くなよ」

市橋がしゃがんで構えると、山脇はニヤニヤしながらこれ見よがしに大きく振りかぶった。直球だ。両手を重ね、衝撃を吸収するように腕を引いたが、それでも手のひらに電撃のような痛みが走った。

「判定は？」

「ストライクです」

「じゃあ、もう一球」

今度はカーブだ。ボールが音を立てて曲がる。片手で受けざるを得ず、砕けるような痛みが右手に走った。それでもボールは落とさない。

「よし、次はこれを受けてみろ」

山脇は口元にいやらしい笑みを浮かべ、視線をホームベースより手前に向けた。意図的なワンバウンドだ。

危ない！

思わず顔を背けたが、まともに受けていたら鼻骨が折れるところだ。

「だらしないな。怪我でもされたら困るから、ノックをやろう。世良、ミットを貸してやれ」

世良は意外に素直にミットを渡してきた。新品のミットで、油性ペンで『山脇クリニック』と書いてある。やはりクリニックの備品じゃないか。そう思っていると、山脇が「こっちへ来い」と呼んだ。

「キャッチャーのノックだからな。しっかり取れよ。まずはキャッチャーフライだ」

段ボール箱からバットを取り出して、山脇がボールを打ち上げる。かなり高い。だが、難なくキャッチできる。山脇にボールを返すと、次はチョロッと前にこぼした。

「セーフティバントだぞ。早く追いかけんか」

フライを待っていた市橋が、慌ててボールを追う。

次はまたフライを打ち上げたが、今度は端に停めてある軽自動車の近くに上がった。

「世良の車だぞ。傷をつけるなよ」

市橋はボールと車を交互に見ながら車体の上にミットを伸ばす。ボールはなんとかミットに収まったが、勢い余ってこけてしまう。

「ナイスキャッチ」

言いながら、山脇は世良と笑い転げる。

ふたたびゴロを打ち、「今度はスクイズだ。バックホーム！」と怒鳴る。市橋は必死にボールを追いかけ、素早く山脇に返す。ポジションにもどる前にフライが打ち上げられ、今度はクリニックの建物にぶつかりそうになる。市橋は壁を気にしながら必死にボールをキャッチする。

「おい、壁を怖がるな。それでよく経験ありだなんて言えるな。幼稚園のクラブじゃないのか」

「アハハハ」

世良が野次に同調して笑う。

「頑張れ。山脇監督のノックは死のノックだぞ」

世良がふざけた声で言い、「ボール、二個でやりましょう」と、段ボール箱から新しい硬球を取り出した。山脇はボールを受け取り、市橋が一つをキャッチすると、すぐさま次を打つ。市橋がつんのめると、二人が声をあげて笑う。こめかみに汗が流れ、息が上がる。まるでシゴキだ。

十五分ほど続けると、ふだんの運動不足が祟《たた》って、ついに市橋は動けなくなった。ネクタイはよじれ、ワイシャツのボタンが飛び、ズボンの膝も破れかけている。両手をアスファルトについて肩で荒い息をする市橋を見て、山脇が言った。

「口ほどにもないヤツだな」

「ほんとですね」

世良が笑いながら言い、市橋の手からミットを取った。

「今日はこのへんでお開きにしますか。道具、片付けますね」

バットやボール、ホームベースを段ボール箱にしまう。どの用具にも真新しい油性ペンの文字で、『山脇クリニック』と書かれていた。

山脇は市橋には見向きもせず、クリニックに引き揚げていった。

市橋の髪から汗がしたたり落ちる。なぜ、ここまでしなければならないのか――。

MRの仕事を選んだのは、少しでも医療に貢献したいと思ったからだ。医師の質問に答え、よりよい治療のための情報を伝える。そのための努力ならいくらでも厭《いと》わない。なのに、今、自分のやっているのは何だ。医者にいたぶられ、同業者に嘲笑され、アスファルトに這いつくばっている。

こんな屈辱ばかりだと、とてもMRは続けられない……。

いや、ここでやめたらほんとうに〝やめ癖〟になってしまう。

汗が引き、身体が冷えてきた。市橋は上着を拾い上げて、空を仰いだ。十月の空は晴れ渡り、西のほうにいわし雲が銀色に輝いている。

それが希望につながるわけではない。目の前には、ただ重苦しい現実が横たわっているだけだった。

4　コンプライアンス違反

「だからな、その山脇って医者はそうやってＭＲをいびって、日々の鬱憤を晴らすしかない哀れな野郎なんだよ」

　池野が、ビールのジョッキをぐいと飲み干して言った。

「俺もそう思うな。そもそもＭＲを相手に野球をするってのがおかしいだろう。野球をやりたきゃ、近所のガキでも集めてやれってんだ」

　野々村が正論をふりかざすと、牧が冷静に言った。

「でも、そういう勘ちがい医者は多いです。こちらも薬を処方してもらわないといけないから、逆らいにくいし」

　市橋がボロ雑巾のようになって営業所にもどると、池野が事情を聞いて、あまりのひどさにチームのＭＲに声をかけて、励ます会を開いてくれた。場所は営業所から近い堺駅前の居酒屋である。

「その山脇って医者は、どうせ三流の私立医大出でしょう。劣等感のかたまりなのよ」

　山田麻弥が決めつけるように言うと、こういう飲み会には必ず顔を出す肥後が、にやけた苦笑を浮かべた。

「相変わらず麻弥ちゃんはキツイのう。本人が聞いたら激怒やで」

「それにしても市橋君、手のひらは大丈夫ですか。硬球を素手で受けろなんて、ひどいことをさせるな」

牧が気遣うように言うと、市橋は赤く腫れ上がった両手をみんなに見せた。

山田麻弥が言い足りないとばかりに続ける。

「だいたい、MRをいじめるような医者にはロクなのがいないのよ。幼稚で未熟で嫉妬深くて、ひがみ根性と被害妄想のかたまりで、そのくせ思い上がりが強くて、自分の非はいっさい認めずに、感謝されて尊敬されて優遇されて当然と思っているようなエゴイストのサディストの自信過剰男よ。人間として最低の部類だわ」

あまりの悪口に市橋以外が失笑する。市橋はまだ笑う気にはなれない。

「医者ってのは、若いうちから先生先生と奉られるから、成熟した人格形成ができにくい職業なんだ。考えれば気の毒な人種だな」

池野が言うと、牧が山田麻弥を軽く諭すように言った。

「言っときますが、私立医大出の先生にも立派な人はいますから、出身大学で云々《うんぬん》するのは感心しませんね」

それに対して野々村が妙な賛意を示す。

「逆に国公立を出た医者にも、ひどいのがいるからな。何かと言うとカネの話をしたがる守銭奴医者、飲み食いと色事しか頭にない俗物医者、自慢話ばかりするお山の大将医者、自己管理のできないメタボ医者、ワンパターン処方しかできない不勉強医者、能力もないくせに自信満々のハッタリ医者等々。患者が実態を知ったら、ぜったいに診《み》てもらいたくない先生が、わんさといるからな」

「いやまあ、まじめな先生もいるけどね」

池野が弱々しく反論すると、肥後が焼酎のお湯わりを飲みながらしゃがれ声で言った。

「医者は威張っとるが、治療ができるのは薬のおかげや。それがわかっとるから、よけいにMRに威張りよる。こっちも医者に薬を使《つこ》うてもらわんといかんから、弱みはある。そやからへいこら頭を下げてるように見せかけて、うまいこと薬を使わせるんや」

「そういう意味では、市橋のやり方はまずかったかもな。俺ならキャッチャーなんかやらずに、口でほめまくるな。ヨイショの連発で医者を喜ばす」

野々村が言うと、市橋は飲みかけのジョッキを音を立ててテーブルに置いた。

「MRは医者にへいこらしたり、ヨイショしたりして、薬を売らなきゃいけないんですか。僕はもっと専門的な情報を提供することで、先生たちに喜ばれたいんです。MRが医薬情報担当者と呼ばれるのは、そういうことでしょう」

一瞬、その場の時間が止まった。全員が過去に同じような感慨を抱いたからだ。しかし、今はいずれもそれを封印している。

わずかな間をおいて、池野が言った。

「駆け出しのころ、俺も紀尾中所長に似たようなことを言ったことがあるよ。高槻《たかつき》の営業所で、所長がまだヒラのMRのときだ。所長はこんな話をしてくれた。休日に家族サービスでUSJ（ユニバーサルスタジオジャパン）に行ったら、たまたま担当している医者の一家と出会ったんだと。所長は子どもの世話は奥さんに任せて、その医者の荷物を持ったり、エクスプレス・パスを手に入れたりしたそうだ。あとで奥さんは怒ったんじゃないですかと聞いたら、いや、妻はご苦労さまとねぎらってくれたと言った。ＭＲはいつどこで担当している医者に出会うかわからない、出会ったらチャンスなんだから、それを最優先にすると、前もって奥さんに話していたらしい。休日にプライベートを優先するＭＲと、休日なのにサービスしてくれるＭＲと、どっちが影響力を発揮できる？しかも、自分の家族をほったらかしにしてるんだぜ。医者はふつう以上に感謝するよな。それが仕事のできるＭＲなんだよ。専門知識も重要だが、それだけじゃ勝負できないってことだ」

「ほんまやな」

いつもは話を茶化す肥後が神妙に応えた。ジョッキを見つめている市橋の肩を、池野が軽くたたいた。

「だから、元気出せよ。山脇クリニックの件はしばらくようすを見たらいいから」

「けど、その世良っちゅうのは要注意やな。市橋と担当先がけっこうかぶっとるやろ」

肥後の何気ないひとことが、思わぬ展開につながることは、このときだれも予想しなかった。


翌週の水曜日、卸業者の営業担当から市橋に新たな情報がもたらされた。堺区遠里小野《おりおの》町にある河井田《かわいだ》内科クリニックでも、ロキスターの仕入れがなくなったというのだ。

市橋は急遽、アポを取って河井田内科クリニックに向かった。院長の河井田は五十二歳で、小太りで地味な印象だが、坊ちゃん育ちのせいか若く見える。市橋がクリニックに着いたのは、夕診がはじまる一時間ほど前だった。

「失礼します。天保薬品の市橋です」

明かりの消えた玄関で名乗ると、奥の院長室から河井田が顔を出した。

靴を脱ぐのももどかしく、スリッパに履き替えると、市橋は小走りに院長室に入った。

「急にお邪魔して申し訳ございません。先生のクリニックで、ロキスターの仕入れがなくなったと聞いたのですが、ほんとうでしょうか」

ふつうならこんな直截《ちょくせつ》な聞き方はしない。しかし、河井田は鷹揚《おうよう》で、むしろ気が弱いほどなので、つい前のめりになってしまう。

「まあ、そうだけど」

「どうしてなんでしょう。ロキスターに何か不都合があったのでしょうか」

「いや……」

「じゃあ、患者さんからクレームがあったとかですか」

「そういうわけでは……」

「では、私に落ち度があったのでしょうか。それなら改めます。どうか、理由を聞かせてください」

河井田は硬い表情で椅子をまわし、市橋に背中を向けた。

「先生。弊社のロキスターは多くの患者さんから好評を得ています。胃腸障害も軽微ですし、小児にも使えます」

「わかってるよ」

「じゃあ、どうして仕入れをやめられたんですか」

河井田は答えない。市橋は不吉な予測を胸に訊ねた。

「ロキスターを使わないなら、代わりの鎮痛剤は何を処方されるおつもりですか」

「――アルタシンかな」

やっぱり朝倉製薬の薬だ。営業に来ているのは世良だ。

「でも、アルタシンは胃腸障害が強いでしょう」

「だから、エソックスも出す」

またか。込み上げる悔しさを堪えて聞いた。

「朝倉製薬のＭＲは世良さんですよね。何か先生に特別な便宜をはかったんですか」

「そんなことは……しとらんよ」

市橋はなおも食い下がろうとしたが、河井田は市橋に背を向けたまま、身を強張らせている。これ以上の質問は、相手を頑《かたく》なにさせるだけのようだった。

院長室を出ると、夕診の準備をしている看護師がいたので、市橋はそっと聞いてみた。

「河井田先生がロキスターを切っちゃったみたいなんですけど、理由はわかりませんか」

「さあ。薬の注文は全部、院長先生がやってますから」

「朝倉製薬の世良さんが、先生に何か特別なサービスをしたのじゃないかと思うんですけど。たとえば、先生が喜ぶようなものを持ってきたとか」

「そんなことはないと思いますよ。だいたい、朝倉製薬のＭＲさんは、このごろほとんど来てないですもん」

頻繁に顔を出さずして、どうやって河井田を籠絡《ろうらく》したのか。山脇のときとは明らかにちがう方法のようだ。

営業所にもどって、市橋は池野に経過を報告した。

「世良ってヤツはどうも怪しいな。ちょっと調べてみるか」

池野はパソコンに「朝倉製薬」「世良俊次」のキーワードを入れて検索した。

「こいつ、阪西《はんせい》学院卒だな。フェイスブックの基本データに堂々と個人情報を書いてる。友達は二十四人か。少なっ！」

あきれてから、近くの机にいる野々村に声をかけた。

「阪学《はんがく》なら、おまえの後輩だろ。なんとか調べられないか」

「俺より六年下ですね。知り合いがいるかもしれんから、聞いてみますよ」

野々村は阪西学院大学のボート部出身で、体育会系は上下のつながりが強いから、情報を得られる可能性があるのだろう。野々村はメーリングリストで調べをかけ、翌日には世良と同期で学部も同じ経済学部の後輩を見つけ出した。その後輩に世良のことを説明して、医師攻略法を探るよう伝えてくれた。

翌週、さっそく調査結果を手に入れてきた。

「チーフ、わかりましたよ。世良ってヤツはまったくバカですね」

野々村が言うと、池野は参考のために市橋だけでなく、牧と山田麻弥も呼んで野々村の話を聞いた。

「結論から言うと、世良は河井田院長を風俗店に連れて行って、そのネタで脅したようです。風俗嬢の名刺を見せて、先生がこんな店に行ったと奥さんや看護師が知ったら、どう思いますかねと仄《ほの》めかしたんです。院長がうろたえると、すかさずロキスターの代わりにアルタシンを使ってもらえるとありがたいと、圧力をかけたというわけです」

「君の後輩はどうやってそれを聞き出したんだ」

「ちょっと酒を飲ませて、おまえは凄腕のＭＲらしいなと持ち上げたら、ベラベラと手柄を披露したそうです」

牧が冷静に訊ねた。

「しかし、風俗店に行ったくらいで脅されますかね」

「後輩もその点を聞くと、世良は相手は純粋培養みたいな医者だから、一回でも風俗店に行けば十分ネタになると、得意満面でしゃべってたそうだ。調べられてるとも知らずにな」

「それって、脅迫か恫喝《どうかつ》にあたるんじゃないですか」

山田麻弥が言うと、池野も「そうだな」と応じた。

「ここは俺の一存では決められない。所長の判断を仰ごう。市橋、来い」

池野は市橋を連れて所長室に入った。山脇クリニックと河井田内科クリニックの経過を話すと、紀尾中はまず市橋を慰労した。

「たいへんだったな。よく頑張った」

「でも、ロキスターの仕入れはゼロのままです」

市橋がうなだれると、池野が代わりに言葉を継いだ。

「警察に訴えるわけにはいきませんか。明らかな恐喝だと思うんですが」

「警察が動いてくれるかな。それに河井田先生もことを公にはしたくないだろう」

紀尾中は背もたれに身を預け、考えを巡らせるように目を細めた。

「市橋君が素手でキャッチャーをしたとき、山脇先生はミットは世良が用意したと言ったんだな。

それでミットには『山脇クリニック』と書いてあった。これって、世良が山脇クリニックにミットを寄附したということじゃないのか」

「そうだと思います」

市橋が答えると、池野が今気づいたように、「あ」と声を出した。

「それはダメですよね」

「医薬品公取協が定めた『不当景品類及び不当表示防止法』に抵触する可能性がある。重大なコンプライアンス違反だ」

なるほどと、市橋も理解した。製薬会社が正当な理由なく医者に現金や物品を提供することは、製薬協のプロモーションコードでも禁じている。

「市橋君。山脇クリニックの野球道具がほんとうに世良から差し入れられたものか、またその時期はいつか、確かめられるか」

「それはわかると思います」

山脇クリニックの看護師長に聞けば教えてもらえるだろう。

「わかったら知らせてくれ。あとは私が動くから」

＊

今回の件は、紀尾中には造作のないものだった。市橋の調査で、世良が山脇クリニックに野球用具を持ってきたのは、一カ月ほど前であることがわかった。正確な日にちまではわからなかったが、紀尾中にはそれで十分だった。

しばらくして、紀尾中は朝倉製薬の知り合いから電話で連絡を受けた。その後の経過を報《しら》され、相手は「今度、また何かで埋め合わせを」と恐縮しながら通話を終えた。

大部屋に行くと、夕暮れ時でほとんどのMRが外回りから帰ってきていた。紀尾中は池野のチームのMRを集めて言った。

「今、朝倉製薬から連絡があったよ。世良は会社をやめたそうだ」

その前に、世良は本社付きになっていた。紀尾中が朝倉製薬の知り合いに世良の行為を伝え、社内のコンプライアンス統括部門が即座に動いて、処分を下したのだった。

河井田院長への脅しは、河井田自身が事実を認めず、証拠不十分とされたが、山脇クリニックへの野球用具提供は、領収書をねつ造して新薬説明会の経費に紛れ込ませていたことが発覚して、コンプライアンス違反が確定した。世良は厳重注意を受け、四国支店の営業所に転勤を命じられた。彼はそれを不服として、自主退社したのだった。

「世良も会社の売り上げのためにやったんでしょうけどね」

人の好い市橋が同情すると、即座に山田麻弥が否定した。

「ちがうでしょ。自分の成績のためにやったのよ。でも、やり方が下手《へた》よ。わたしならもっとうまくやるわ」

「おいおい、妙なことを考えるなよ。バレなきゃいいというわけじゃないぞ」

紀尾中が慌てると、その場のみんなが笑った。

「世良がやめたあと、市橋君が山脇先生の野球の相手をしてるの？」

牧に聞かれて、市橋は嬉しそうに首を横に振った。

「山脇先生は急に投球練習をしたせいで、肩を痛めたらしく、お役御免になってます。ロキスターも復活しました。河井田先生のところも同じです」

「それにしても、投球練習の相手や風俗店に行ったことの脅しで、薬を替える医者にも困ったもんだな」

野々村が言うと、肥後がふらりとやってきて、苦笑いで言った。

「患者からすりゃもってのほかやろうが、実際、ほとんどの薬は五十歩百歩やからな。治療にはそれほど差は出んちゅうのがほんまのところやろ」

「それでも、やはり優れた薬が処方されるべきだと思います。所長はいつも、患者を第一に考えるべきだとおっしゃってますものね」

市橋に念を押されて、紀尾中は答えに詰まった。天保薬品の薬がすべて他社の製品より優れているとはかぎらないからだ。肥後がニヤニヤ笑いで見ているので、仕方なく口を開いた。

「それはまあ理想というか、目標だな。患者も大事、会社も大事ということだ」

釈然としない顔の市橋を横目に、紀尾中は「じゃあ、そういうことで」と所長室に引き揚げた。

背後で肥後が「帰りに居酒屋で、理想と現実を語り合おうや」と、その場のMRたちに明るく言うのが聞こえた。

5　潔癖ドクター

週明けの全体ミーティングがはじまる前、いつも通り早くに着席していた池野が言った。

「この前、タウロス・ジャパンのＭＲに会ったら、大阪の北部で《ジェロニム》の市場が急速に衰退しつつあると言っていた。特効薬を創るのも考えものだな」

「ジェロニムって、Ｃ型肝炎の抗ウイルス剤ですよね」

市橋が確認した。

これまでＣ型肝炎ウイルスは、インターフェロンで治療していたが、発熱や筋肉痛などの副作用が強いわりに、ウイルスがなかなかゼロにならなかった。ジェロニムは副作用も少なく、ウイルスを完全に排除できるので、キャリアの患者から大いに歓迎されている。

山田麻弥が興味津々の顔で聞いた。

「市場が衰退って、どういうことです」

「患者がいなくなりつつあるんだ。輸血や予防接種で新たなキャリアが発生しなくなっただろ。今いるキャリアを全員治療してしまったら、多額の研究費をかけて創薬したジェロニムの需要がなくなる。だから、あとは大阪南部でどれだけ稼ぐかってことになっているらしい」

「つまり、医療の大阪南北格差ってやつやな」

珍しく早めに出社した肥後が、冗談口調で言った。市橋が疑問の顔を向けると、京都出身の池野がむずがゆいような顔で答えた。

「大阪北部の住民は健康意識が高いから、ジェロニムが発売されるとすぐにキャリアたちが治療を受けた。しかし、南部にはまだ感染者が増える可能性があると、タウロス・ジャパンのＭＲは言うんだ」

「大和川《やまとがわ》以南の人は、健康意識が低いということですか。でも、いずれ大阪南部にもキャリアはいなくなるでしょう」

大和川は大阪市と堺市の境界を流れる一級河川である。市橋の疑問に、自身、大阪南部の出身である肥後が、自嘲するように答えた。

「どうやろ。新たなキャリアが増えるとしたら、まずは不用意なセックスやが、大阪南部には気にせえへん若者もいてるからな。鼻血とか歯茎の出血に無頓着な人間もけっこうおるし、ディープサウスには覚醒剤で広める連中もおる。まあ、ジェロニムでウイルスが駆逐されるのと、迂闊《うかつ》なキャリアが感染を広める勢いのスピード勝負やな」

「いずれにせよ、ウイルスが全滅すれば、特効薬も無用になる。全患者の治療が終わるまでに、経費を回収できるかどうかが問題だな」

池野の発言に、市橋はまたも疑問を感じた。Ｃ型肝炎ウイルスは肝臓がんを引き起こす危険性が高い。一刻も早くウイルスを撲滅すべきなのに、儲けを優先するのか。

「患者が多いほうがいいように言うのは、釈然としませんね。なんだか他人の不幸を喜ぶみたいで」

それを聞いた山田麻弥が、手にしたボールペンを乱暴に投げ出した。

「製薬会社は他人の不幸を喜んでるんじゃなくて、病気を治すことに喜びを見出しているのよ。前にも言ったでしょ。あんたの高い給料はどこから出てると思ってるの。薬が売れてこその会社でしょう」

早口にまくしたて、露骨なため息をつく。肥後がニヤつきながらあきれた。

「麻弥ちゃん、ご機嫌斜めやねぇ。彼氏と喧嘩《けんか》でもしたんか」

「彼氏なんかいませんっ」

「肥後さん。あんまりからかわないでください。彼女、例の新堺医療センターの件が暗礁に乗り上げているんですよ」

池野が取りなすと、肥後はとぼけた顔で肩をすくめた。

メンバーが揃ったところで、紀尾中が所長室から出てきた。全体ミーティングがはじまり、各自が前週の活動報告を行う。

「じゃあ、次、山田さん」

紀尾中に指名されると、山田麻弥は早口に言った。

「懸案の《ガルーダ》ですが、残念ながら、今回も新堺医療センターでの採用は見送られました」

声に悔しさがにじんでいる。ガルーダは天保薬品が三カ月前に売りだした喘息《ぜんそく》の治療薬で、成人用だけでなく、小児用にドライシロップも発売され、売り上げが期待されていた。

「やっぱり副院長がネックなのか」

「そうなんですよ。山田もよく頑張ってるんですが」

池野が補足する。肥後がまぜ返すように言った。

「副院長の最上《もがみ》やな。あの御仁《ごじん》はMR泣かせやからな。さすがの麻弥ちゃんでも難攻不落か」

病院で使われる薬は、当然ながら院内で採用されたものにかぎられる。それを決めるのは薬事委員会で、最上はその委員長を務めていて、ガルーダの採用になかなかOKを出さないのだ。

「今回は小児科の谷原《たにはら》部長にお願いして、現場からの要望ということで上げてもらったんですが、認めようとしないんです。あの頑固ジジイ」

山田麻弥の暴言に、紀尾中が珍しく表情を曇らせる。

「新堺医療センターはほかの病院にも影響が大きいから、なんとか入れてもらいたいもんだな。池野君もフォローしてくれてるんだろ」

「それが、少し前に最上さんをしくじって、ほとぼりを冷ます必要があるんです」

「何をしたんだ」

「いつもは階段を使うんですが、八階から下りるとき、エレベーターが開いてたからつい乗っちゃったんです。そしたら、六階から最上さんがストレッチャーの患者といっしょに乗ってきて、すごい顔でにらまれたんです」

「そらあかんわ。〝MRの掟《おきて》〟破りや」

肥後があきれたようにのけぞる。

〝MRの掟〟とは、現場の不文律のようなもので、エレベーターは患者優先だからMRは使わない、駐車場もMRは出入り口の近くに停めるな、院内では靴音を立てない、医師や患者には道を譲る、廊下で医師に話しかけるときは斜め後ろから、などである。

「所長。もう少し時間をください。来月の薬事委員会ではなんとか採用してもらえるよう頑張ってみます」

山田麻弥が決然と声を強めた。このまま引き下がるのでは、彼女のプライドが許さないのだろう。しかし、勝算はあるのか。具体的な戦略はなさそうだった。

＊

この日、山田麻弥は午後イチで新堺医療センターに向かった。仁徳御陵《にんとくごりよう》にも近い府立の病院で、十年ほど前に堺の旧市街から移転してきた。南大阪地区の基幹病院であり、患者数が多いだけでなく、地域の病院や開業医への影響力も大きい。紀尾中がガルーダの採用を期待するのもそのせいだ。

車を降りて、身だしなみを確認する。濃紺のスーツにベージュのインナー。皺《しわ》や糸くずがついていないことを確かめ、切りそろえた髪を耳にかける。靴は足音を立てないパンプス。マニキュアなし、コロンなし、マツエクなし。それで十分闘える。

前方の一点を見つめて玄関に向かいつつ、常に戦闘モードの自分を感じる。頑張るのは当たり前、結果を出せないのは許せないと思っている。新聞社から転職したあと、必死に勉強してＭＲ試験を突破し、一年目から営業に全力を傾けた。ビギナーズラックもあっただろうが、いきなり開業医担当部門で社内三位に入り、通常なら三カ月分のボーナスが、四・五カ月分支給された。頑張れば結果はついてくる。それが彼女の実感だった。

この日はまず小児科の谷原部長に面会の約束を取りつけていた。薬事委員会でガルーダが不採用になった理由を聞くためだ。医局は管理棟の二階にあり、部長クラスはパーテーションで区切られた専用の大部屋に机がある。

「失礼します。天保薬品の山田です」

時間ぴったりに訪問すると、谷原はあまり嬉しそうでない顔で山田麻弥を迎えた。

「今回は残念だったな。僕も頑張ったんだけど」

いきなり言い訳モードになるのは、山田麻弥の強硬姿勢を警戒してのことだろう。

「君に言われた通り、ガルーダが幼児にも使いやすいことは説明したよ。だけど、副院長が例の独自ルールを曲げないんだ」

最上の独自ルールとは、新薬は発売から一年間は採用しないというものだ。しばらくようすを見ないと、思いがけない副作用があるというのが理由である。

「それはおかしいでしょう。せっかくいい薬が出ても、一年待たないと使えないなんて、患者さんの利益に適《かな》いません」

「副院長に言ってくれよ。それに、ガルーダは替わりに削除する薬がないだろ」

新薬を申請するときには、すでに採用されている同類の薬を削ることが暗黙の了解になっている。そうしなければ、採用薬が増える一方だからだ。

「ガルーダは新しいタイプの薬ですから、同類の薬と言われても困るんです」

「とにかく、僕は言うだけのことは言ったんだ。あとは副院長次第だよ。一年待てば採用されるんだから、そう焦ることもないんじゃないか」

他人事だと思って呑気《のんき》なことを言う。こっちは時は金なりで動いているのだ。

「今も小児喘息で苦しんでいる患者さんもいらっしゃるでしょう。少しでも早くいい薬を採用することが、患者さんのためになるのじゃありませんか」

「そうなんだが、いい薬はほかにもあるからねぇ。それより君は歌舞伎には興味ないの。今度、松竹座《しょうちくざ》で海老蔵《えびぞう》のいい演目があるんだけどな」

谷原は強引に自分の趣味に話を持って行こうとする。か細い声を聞きながら、山田麻弥はこれ以上話していても時間の無駄だと感じた。それでも最上との面会までに時間があるし、谷原の機嫌を損なうのも得策ではない。

「海老蔵って、テレビのＣＭにも出てますよね。にらみとかする人でしょう」

歌舞伎にはまったく興味はなかったが、知っているかぎりの情報で話を合わせた。それからたっぷり三十分、谷原の歌舞伎談義に付き合わされ、山田麻弥は作り笑いで頰の筋肉がだるくなった。


次はいよいよ本丸の最上だ。副院長室は管理棟の三階にある。

最上は長身、やせぎすで、額がはげ上がり、薄い唇は常に真一文字に結ばれている。見るからに厳格そうで、生まれてこの方、大口を開けて笑ったことなど一度もないのではという風貌だ。

山田麻弥は最上にはこれまで二度会っている。最初はガルーダの発売に合わせて開いた院内説明会で、二千円の上限で松花堂弁当を用意したが、最上は手をつけなかった。

「私は薬の説明を聞きにきたのであって、弁当を食べにきたのではない」

声は決然として、山田麻弥の精いっぱいの笑顔も通用しなかった。

二度目はガルーダの採用を直接頼みに行ったときで、感触も悪くなかったのに、薬事委員会で申請を却下された。それで薬事委員の谷原に推挙を頼みに行ったとき、却下の理由として、最上の

「発売後一年不採用のルール」を聞かされたのだ。

最上がMR泣かせと言われるのは、製薬会社の景品や便宜供与をいっさい受け付けないからだ。景品はボールペン一本も受け取らず、不在のときにMRが名刺といっしょにメモパッドを置いて帰ると、次に会ったときに、「忘れ物だ」と返却されたという。講演会の打ち上げでも、MRが支払うと言っても聞かず、割り勘にするのも人数で割るのではなく、注文した料理ごとに計算しての割り勘を強行する。MRが鞄《かばん》を持とうとすると、「いらんことをするな」と言い、パソコンを運ぼうとすると、「自分でやる」と追い払い、帰りにタクシーチケットを渡そうとしたMRは、「公務員にタクシーチケットを出していいと思ってるのか」と怒鳴られた。

ほかの医師なら趣味やお勧めのレストランなどの話題で雰囲気が和らぐのに、最上は薬以外の話を持ち出すと怒りだし、「時間の無駄だ。帰れ」と命じられる。いったん「帰れ」が出たら、即座に引き揚げなければ、次はものが飛んでくるという噂だ。

頑固一徹だが、医師としての技量は抜群で、専門の腎臓内科領域では、西日本で有数の名医と評される。患者にも親切で、どんな相手にもていねいに話しかける。医師としては理想的かもしれないが、ビジネスに関してはこれほどやりにくい相手もなかった。

ノックをして扉を開けると、最上は執務机の向こうに座っていた。白衣の背中に竹でも入っているのかと思うほど背筋を伸ばし、銀縁眼鏡の奥から清廉《せいれん》潔白そのものの目を向けてくる。

山田麻弥は一礼して、パンフレットを差し出しながら単刀直入に言った。

「小児科の谷原部長に推挙していただいたガルーダの件で参りました。前回に引き続き、今回も薬事委員会で採用が見送りになったとうかがい、何が原因なのか、販売元として頭を悩ませているとところです。ガルーダに採用に適さない欠点がございますでしょうか」

「特別にはありません」

「でしたら、なぜ不採用に」

「私は新しい薬は発売から一年間はようすを見て、採否を決めることにしているのです」

「ですが、いい薬であれば、できるだけ早く採用するのが患者さまのためになるのではございませんか」

「MRさんからしたらそうでしょうが、私は薬事委員長としての責任があるのです。MRさんは薬のいい話ばかりするでしょう。特に出はじめ薬の売り込みには、不確定要素が紛れ込みやすい。副作用の有無が曖昧《あいまい》な状況で、出はじめ薬を採用することには慎重でなければならないと考えているのです」

山田麻弥が反論しかけると、最上はそれを右手で遮《さえぎ》って、背もたれに身を預けた。

「実例をお話ししましょう。MRさんなら〈トログリタゾン〉を知っているでしょう。チアゾリジン系の糖尿病治療薬です。鳴り物入りで登場しましたが、どうも怪しいので採用を見送っていたのです。そうしたら、案の定、肝障害の副作用が報告されて、最終的に回収となりました。ほかにも脳循環代謝改善剤として承認されていた〈ニセルゴリン〉も、効果が不十分ということで販売中止になったし、降圧剤の〈オルメサルタン〉も、発売後、間質性肺炎の副作用が判明して、添付文書が書き換えられました。慌てて採用してそんなことになったら、患者さんに説明がつかないでしょう」

「ですが、それは稀《まれ》な例ではございませんか。ほとんどの新薬は一年やそこらで問題になるようなことはないと存じますが」

「稀な例でも、副作用が出た患者にはそれではすまないんです」

副作用が出る患者の後ろに、治療の恩恵を受ける無数の患者がいることは敢えて伏せ、「なるほど」と納得した顔で、話を徐々に動かす。

「怪しい薬を見分けるのには、何か秘訣のようなものがあるのでしょうか」

「それはまあ、勘としか言いようがないですね」

「弊社のガルーダにも何か感じておられるのでしょうか」

「それは特にはないけどね。いつも勘が働くわけではありませんから。だから、原則としてどの新薬も採用は一年待つことにしているんです」

「原則とおっしゃるなら、例外もあるのですね」

慎重に突っ込む。最上はわずかに後退するように答えた。

「たとえば、抗がん剤や免疫療法の新薬は、早めに採用しましたね。患者さんの命がかかっていますから」

「小児喘息の患者さまも、重積発作を起こすと命を落とす危険もございます。お母さんたちの不安は大きいでしょう。ガルーダは重積発作を抑制するのに、高い効果が示されています」

山田麻弥が前のめりに言うと、最上はかすかな笑いを洩らして続けた。

「そう来ましたか。あなたはなかなか頭がいい。しかし、私はそういう製薬会社の営利主義が嫌いなんですよ」

山田麻弥は躊躇《ちゅうちょ》した。どう返すべきか。営利主義を否定すべきか。いや、と山田麻弥は姿勢を正して言った。

「おっしゃる通り、製薬会社は営利企業です。しかし、それだけではありません。患者さまの治療に少しでもお役に立ちたい、病気に苦しむ人を減らすお手伝いをしたいという信念がございます。新薬をお薦めするのも、患者さまのためを思えばこそなのです」

「ほう。では患者さんのためになるなら、天保薬品以外の薬でもいいんですね」

「もちろんです。でも、弊社のガルーダが他社の薬に一歩先んじているから、お願いしているのです」

最上の薄い唇が一文字に閉じられ、灰色に縁取られた瞳が手元のパンフレットに向けられた。

「なるほど。治療成績は悪くないようだが……。副作用も小児の治験で、〇・四パーセントですか」

山田麻弥はじっと待つ。言いたいことはいくらでもある。だが、今は無理に押さないほうがいい。

「たしかにいい薬のようだが、ここに出ているのは製薬会社側のデータでしょう。客観性に欠けるのじゃありませんか」

「そんなことはございません」

待ったのにその甲斐がなかった分、声が尖った。

「パンフレットに不正確なデータを載せたら、弊社のほかのパンフレットも疑われます。そんなリスクを負うメリットはございません。どうぞ、信頼していただきますように」

「しかし、どの会社のパンフレットも、自社に都合の悪いことは書いていないからねぇ」

当たり前じゃないか。山田麻弥は次第に苛立つ自分を必死に抑え、早口に言った。

「ガルーダは、弊社で十分な比較試験を行い、利益相反のない形で、専門家の先生方に効果と安全性を保証していただいています。最上先生のご懸念も、危機管理上、当然のことと拝察いたします。ですが、この新堺医療センターにも、ガルーダを待ち望んでいる患者さんは少なくないはずです」

ここは強気で押すしかない。そう思って言葉を重ねる。

「ガルーダは大学病院でも早期に採用していただいて、どの先生方からも高評をいただいております」

そう言ったとたん、最上の顔色が変わった。

「君は何だ。大学病院が採用しているから、この病院でも採用しろと言うのか」

「いえ……、決してそんなつもりは」

畏《かしこ》まって頭を下げたが手遅れだった。

「君はそういうことを言うのか。大学病院の医者どもは、病気を治すことより、自分の研究を優先して、患者をデータとしか見ておらんのだ。そんな許しがたい医療をしている大学病院を見習えと言うのか。ふざけるな」

「申し訳ございません」

「だいたい、トログリタゾンのときだってそうだ。大学病院がいち早く採用したから、それに追従する医療機関が増え、被害が広がったんだ」

何があったのか知らないが、大学病院は触れてはならない逆鱗《げきりん》だったようだ。

「これ以上、話を聞いても無駄だ。帰れ」

これが出ると、引き揚げざるを得ないと聞いている。しかし、なんとか状況を挽回できないか。

必死に考えながら顔を上げると、いきなり老眼鏡のケースが飛んできた。噂はほんとうだった。

「失礼いたします」

山田麻弥は、そう告げると、最上のようすをうかがい見ることすらできず、そそくさと副院長室を出た。胸のうちは屈辱と後悔でいっぱいだった。

6　セクハラの罠

管理棟から本館への連絡通路を、山田麻弥はこれ以上ない暗い顔で歩いていた。

あれだけ最上を怒らせた以上、ガルーダの営業は少し間を置かざるを得ない。しかし、来月の薬事委員会に間に合うだろうか。

考え事に集中すると、まわりが見えなくなる。前から近づいてくる医師の視線に気づいたのは、ほんの一メートルほどに迫ったときだ。はっと顔を上げると、相手も立ち止まり、「おや、君は」と見覚えがあるような顔をした。

「天保薬品の山田と申します」

ショルダーバッグから名刺を取り出すと、相手はさわやかな笑みを浮かべ、「消化器外科の赤西《あかにし》です」と自己紹介した。名札を見ると『副部長』とある。

「どうしたの、深刻な顔して。だれか意地悪なドクターにでもいじめられた？」

赤西は白い歯を見せて優しく訊ねた。副部長なら四十代後半のはずだが、引き締まった身体で背筋もしっかり伸びている。ダブルの白衣というだけでオシャレだが、さらにウエストを絞ってあるらしく、よけいに赤西をスマートに見せていた。

「別に何でもありません」

「でも管理棟に行っていたということは、だれかに会ってたんだろう。まさか、あのネクラなメタボ院長？」

おどけた言い方に、山田麻弥は小さく笑った。

「ちがいます。最上先生です。薬事委員会のことで少し」

「ああ、副院長ね。薬の頼み事だな。どんな話？　僕も薬事委員だから、力になれるかもしれないよ」

山田麻弥は思いがけない巡り合いに目を見開いた。

「実は、弊社のガルーダの件なんですが」

「あれ、天保薬品の薬だっけ。こんなところで立ち話も何だから、医局に来たら？　話を聞いてあげるよ」

捨てる神あれば拾う神ありだ。山田麻弥は赤西に従ってふたたび管理棟にもどった。

赤西の机は大部屋の奥の端にあった。今し方の最上とのやり取りを話すと、赤西は熱心に耳を傾けてくれた。

「大学病院でもガルーダは採用していただいていますと言ったら、急に怒りだして」

「そりゃだめだ。最上先生は大学病院に残れなくて、うちの病院に来たんだから。大学病院憎しで凝り固まっているんだ。ああ見えて、コンプレックスが強いんだよ」

「そうなんですか」

答えながら、山田麻弥は赤西の目線が自分の全身を這うのを感じた。

「しかし、いい薬が採用されないのは、患者だけでなく病院にとってもマイナスだよな。そう思わない？」

「わたしもそう申し上げたんですが、最上先生は聞く耳を持たないという感じで」

「困るよなあ。じゃあ、僕が病院のために一肌脱いでやるか」

「ありがとうございます。ぜひよろしくお願いします」

喜びを前面に押し出して頭を下げた。リスクはあるが、うまくいけば功を奏するかもしれない。

こうなったら使えるものは何でも利用しなければという気持だった。


翌日の午後、さっそく赤西から連絡があった。

名刺には営業所の電話番号とメールアドレス、スマートフォンの番号が書いてある。連絡はスマートフォンだった。

「昨日の件だけどね、最上先生に話す前に、もう少し詳しいデータがほしいんだよね。申し訳ないけど少し時間を取ってもらえないかな」

「もちろんです。いつうかがえばよろしいでしょう」

「病院に来てもらうと人の目があるからね。担当でもないMRと会ってると、変に勘ぐられても困るし、どこか外で会えるといいんだけど」

いきなりお誘いか。山田麻弥があきれると、赤西はこちらの反応など気にせずに続けた。

「食事でもしながらだと、ゆっくり話を聞かせてもらえると思うよ。もしよかったら、今晩あたりどう」

「申し訳ございません。今夜は別の予定がございまして。それに、いきなり食事というのもちょっと」

「あ、そうか。これは失礼。じゃあ、お茶でも飲みながらということにしようか」

「はい。お茶でしたら」

「お茶」にアクセントをつけて、食事がＮＧであることを暗示したつもりだが、果たして伝わったかどうか。

「明日の夕方はどう。大丈夫？　待ち合わせのカフェを言うね。メモの用意はいい？」

「はい。少々お待ちください」

メールで送ってくれればいいのにと思いつつ、山田麻弥はメモパッドを引き寄せた。

「堺区警察署の裏手だからすぐわかるよ。じゃあ、明日の五時に待ってるから」

まるでデートの約束だ。それでもいい。打つべき手さえ打っておけば、危険は回避できるだろう。

山田麻弥の頭にあるのは、どんな手を使ってでもガルーダを最上に採用させることだけだった。


そのカフェはこぢんまりとした吹き抜けの一戸建てで、黄色い壁にオレンジ色の丸瓦が地中海風な感じの店だった。

入口の前に二台分の駐車場があり、山田麻弥が営業用の車を停めると、先に停まっていた高級そうな車のドアが開き、赤西が降りてきた。

「偶然だね。僕も今来たところなんだ」

先に来て待っていたのは明らかで、いきなり車の自慢がはじまった。

「これ、僕の愛車、レクサスＬＳ５００ｈのエグゼクティブ。レーダークルーズコントロールで、ほぼ自動運転だからおもしろいんだ。今度、乗せてあげるよ」

「すごいですね」

大袈裟に感心するが「はい」とは言わない。言えばドライブに誘われるのは見えている。

「とにかく、中に入りましょうか」

先に立って扉を開けると、客はまばらで二人はカウンター近くのテーブル席に座った。

「この店、どう。天井が高いから落ち着くでしょ」

「すてきです」

「僕はこういうヨーロピアンな雰囲気が自分に合ってると思うんだ。ヨーロッパと言っても南だよ。ラテン系の開放的な雰囲気のほうがいいからね。君はこういう感じは嫌い？」

「いいえ。好きですよ」

面倒くさいが、機嫌を悪くされても困るので軽くおもねる。コーヒーが運ばれてきたタイミングで、ガルーダのパンフレットを出した。

「ガルーダは従来の抗アレルギー薬とちがい、喘息の病態形成に直接関与するロイコトリエンの受容体に選択的に結合して、その作用に拮抗するのが特徴です」

「なるほど」

気のない返事で、おざなりにページをめくる。

「で、最上先生はこの薬のどこに引っかかってるのかな」

「ガルーダが発売されてからまだ一年がすぎていないからですよ。最上先生には独自のルールがあるとのことで」

「ああ、あれね」

「なんとか特別扱いにしていただいて、採用にこぎ着けられればと」

「うん。できるだけのことはしてみるよ」

「よろしくお願いいたします」

テーブル越しに頭を下げる山田麻弥を上から見ながら、赤西はおもむろにコーヒーを口に運んだ。

「MRもたいへんだね。いろいろ無理難題を押しつけられたりもするんだろ」

「必要なことでしたら、何でもいたします」

「うちの病院で無茶を言うやつはいないかい。いたら僕が注意しておくけど」

「今のところは大丈夫です」

「外科医でも腕の悪いのにかぎって、MRに威張るからな。手術の上手下手は何で決まるかわかる？　手先の器用さとかじゃないよ。解剖学だ。血管の走行、神経の分布、臓器の位置関係がどれだけわかっているかで、手術の進み具合がまるでちがうんだ」

「はあ、なるほど」

赤西は自分がいかに優秀な外科医であるかを臆面もなく語った。山田麻弥は慣れたもので、上辺だけ熱心に耳を傾ける。

かれこれ一時間がすぎたところで、赤西が腕時計を見た。これ見よがしに突き出すので、訊ねざるを得ない。

「すごい時計ですね。わたし、詳しくないんですが、高級時計なんでしょう」

「これ？　オーデマ・ピゲのロイヤルオーク。大したものじゃないよ」

「聞いたことあります」

「それより、もう夕食時だけど、このあとどう？　この時計が似合う店に案内するよ」

「すみません。今日はお茶だけだと思っていましたので、夜は別件があるんです。ほんとうに申し訳ございません」

相手が何か言う前に、すばやく勘定書きを取って席を立った。赤西は不満そうだったが、仕方がないというふうに出口に向かった。

支払いを終えて出ると、赤西は思いの外さわやかな表情で言った。

「最上先生には強力にプッシュしてみるから、楽しみにしておいて。じゃあ、また」

振り返りもせず愛車に乗り込むと、静かなモーター音を残して去って行った。意外にあっさりしている。いやいや油断は禁物だと、山田麻弥はカフェの横にある警察署の建物を仰ぎ見た。


「池野さん。新堺医療センターの赤西先生って知ってます？　消化器外科の副部長です」

営業所にもどったあと、山田麻弥が池野に訊ねた。

「知ってるよ。何かカッコつけた白衣を着てるヤツだろ」

「ガルーダの採用に力を貸してくれそうなんです」

経緯を話すと、「大丈夫か」と、不安を顔に浮かべた。

「赤西は有名な女たらしだぞ。結婚は二回。今の奥さんも前の奥さんも看護師で、泥沼不倫の末に離婚が成立したって話だ」

同じチームの野々村と牧が、池野の机に集まってきた。

「俺も知ってます。いかにも自分はイケメンだって顔してるヤツでしょ。胃がん治療薬の懇話会に来てましたよ」

野々村が顔をしかめると、牧も暗い表情で続いた。

「私も悪評は聞いています。手術が下手なくせに、口だけ達者で、看護師や事務職員に威張りまくっているらしいです」

「みたいですね。でも、車は高級車だし、高そうな腕時計を見せびらかして、異様に優雅なんですよ。新堺医療センターってそんなに給料いいんですか」

「府立なのに、いいわけないだろ」と、池野が即答する。「赤西がリッチなのは、親父が西梅田で自由診療のクリニックをやってるからさ。ハイブリッドレーザーとかいう怪しげな治療で儲けてるんだ」

金持ちのお坊ちゃん医者と聞いてムカついたが、そんなことはどうでもいい。大事なのは利用価値があるかどうかだ。

すると、離れた机から肥後が声をかけてきた。

「赤西の悪い噂はわしも聞いてるで。けど、今の医者はセクハラを警戒しよるやろ」

「ぜんぜん。むしろ露骨に誘ってきますよ」

山田麻弥があきれると、別の机からもう一人のチーフMRである殿村が、独り言のようにつぶやいた。

「前に学会で赤西先生に座長を頼んだけど、ああ見えて案外、抜け目がないみたいだね」

「抜け目がないって、どんなことですか」

無口な殿村が会話に口をはさむのは珍しい。

「講演の録画や録音に、細かな注文をつけたりとか」

意味不明だわと、山田麻弥は池野たちと顔を見合わせる。殿村の発言は、往々にしてその場の空気にそぐわない。


赤西からの連絡は、二日後の金曜日にまたもスマホにかかってきた。メールを使わないのは記録を残したくないからか。いずれにせよ、強引な誘い方は相変わらずだった。

「最上先生に話してきたよ。結果を知りたくない？　詳しい話を聞かせてあげる。今度は食事でいいよね。僕も忙しいから、空いてるのは今夜しかないんだ。来週は大きなオペがあるからね。重症管理でたぶん時間は取れないと思う」

そこまで言われれば、誘いを受け入れざるを得ない。

「君も忙しいだろうから、待ち合わせは八時でどう。いいレストランを知ってるんだ。夜景がきれいでね。メモの用意はいい？」

またも口述だ。面倒くさい男だなと思いながら、言われた場所を書き留める。大阪都心のタワーホテルの最上階にあるラウンジレストランだ。

時間ちょうどに行くと、ボーイが案内してくれたのは、窓に面した横並びの席だった。明らかにカップル用の席で、周囲も男女のペアばかりだ。

自分で時間指定をしたくせに、赤西はまだ来ておらず、出口に近いほうに座って待っていると、十五分ほども遅れて、派手なブルーのジャケット姿で現れた。

「やあ、待たせたかな」

見たらわかるだろうと思うが、奥の席に座りながらまたも腕を突き出して時計を見る。この前とはちがうロレックスで、文字盤に何やら細かい目盛りと飾りがついている。高級な時計を持つ者ほど時間にルーズだわねと、山田麻弥が無視していると、赤西は不本意そうに腕を引っ込め、ぞんざいに脚を組んで言った。

「この席、なかなか取れないんだけど、ホテルの支配人が馴染みだから、無理を言って空けてもらったんだ」

言葉の端々に自慢が入る。無視し続けるわけにもいかないので、「先生ってすごいんですね」と、仕方なく感激の素振りで応じる。赤西は勝手にシャンパンを頼み、上機嫌で乾杯したあと、早々に最上との交渉の話をしだした。

「いやあ、副院長の堅物なことにも参ったよ。消化器外科の僕がどうして喘息の治療薬を頼みに来るんだって、突っ込まれてね。ちょっと気の利く人間ならわかりそうなものなのに、あの人には魚心あれば水心なんて言いまわしが理解できないんだろうね」

「ご迷惑をおかけして申し訳ございません」

「ご迷惑だなんて、麻弥ちゃんていつも仕事モードなんだな。あ、名前で呼んじゃった。よかったかな」

まさかやめてとも言えない。曖昧に返事をにごすと、赤西はさらに攻めてきた。

「僕は頼まれ事は放っておけない性分でね。急いだほうがいいと思ったんだけど、連絡はもっと遅いほうがよかった？」

「いいえ。ずっとお待ちしていましたから、ありがたかったです」

意味不明な会話だと思いつつ、話を本筋にもどした。

「で、最上先生はどのように」

「それがさ、検討するの一点張りで、僕がいくらガルーダの長所を並べても、首を縦に振らないんだな。でも、横にも振らないから、まだまだ交渉の余地はあるよ」

結局は引き延ばしかよと、山田麻弥は舌打ちをしそうになる。

料理はコースを頼んでいるらしく、軽いアミューズから次々と運ばれてくる。

「ところで、麻弥ちゃんは彼氏とかいるの。美人だから社内恋愛は相手に困らないだろうな。それとも学生時代から付き合ってるカレがいるとか？」

「わたし、カレとかいらないタイプなんです」

「えーっ。信じられないな。じゃあ、今夜はちょっと上等のワインを開けよう」

何を考えているのか。赤西はウエイターを呼んで、ワインリストの下のほうを指さした。ソムリエがコルクを抜くと、赤西は素早くテイスティングをして、うなずいてみせる。

「シャトー・マルゴー２０１６年。五大シャトーの中でも、もっとも女性に喜ばれるワインだよ」

「ありがとうございます」

アルコールに強い山田麻弥は、これも役得かと、微笑んでグラスを掲げる。

「でも、ひとりじゃ寂しいんじゃない。僕でよかったらときどき付き合ってあげるよ」

作り笑いでスルーする。

料理はフルコースだが、幸いそれぞれの皿は軽いメニューだった。赤西はワインのグラスを空けるたび、徐々に身体を寄せてくる。山田麻弥も同じ分だけ尻をずらし、間隔を縮めまいとする。赤西は自分が飲むだけでなく、盛んに彼女にも勧め、デザートが出るころには、すでにボトルは空になっていた。赤西は食後酒にブランデーを注文し、山田麻弥にはグラッパを頼んで言う。

「麻弥ちゃんはいける口だね。でも、健康管理は十分かな」

「何のことです」

「たとえば、がん検診は受けてる？　最近は若い女性の乳がんが増えているから、乳がん検診は受けておいたほうがいいよ」

山田麻弥はさっきから赤西の視線が、自分の胸元を行ったり来たりしていることを警戒していた。

「乳がん検診は婦人科がすると思っている人もいるけど、実は外科の仕事なんだよね」

「存じてます」

「僕は消化器外科医だけど、乳腺にも詳しくてね。僕ぐらいのベテランになったら、服の上からでも診断できるよ」

ぐいと顔を胸元に寄せてくる。山田麻弥が身を引くと、赤西は愉快そうに笑う。

「アハハ。冗談冗談。でも、麻弥ちゃんの胸、高濃度乳房っぽいね」

「は？」

アルコールのせいで、少し頭の回転が鈍っていたようだ。赤西はその反応を読み取るように、鷹揚に説明した。

「高濃度乳房は、日本人の若い女性に多いタイプで、乳腺の密度が高いから、マンモグラフィーで全体が白っぽく写って、同じく白く写るがんが見つけにくいんだ。だから、むかしながらの触診が有効というわけでね」

言いながら右手を山田麻弥の胸元に伸ばしてくる。それをかわしながら言う。

「マンモグラフィーで見分けられなくても、エコー検査を併用すればいいんですよね」

「エコーでも微小がんは見つからんね。やっぱり触診でなきゃ。僕の指は感度抜群のセンサーなんだ」

赤西の手がブラウスのボタンに触れた。こいつ、本気だ。

「ちょっと、先生。やめてください。ほかの人が見てますよ」

「いや、ここの椅子は背もたれが高いから見えないって。僕は君のことを前からいいと思ってたんだ。君が副院長にいじめられていると聞いて、居ても立ってもいられなくなってね。僕の気持、わかってくれるだろ。ガルーダの件だって全面的に協力するよ。きっとうまくいく。だから、ね」

目を閉じて唇を寄せてくる。山田麻弥は相撲の両手突きのように赤西の肩を押しもどし、すぐ自分の身体を抱えるように身構えた。

赤西は姿勢を正し、ひとつ咳払いをして、ジャケットの内ポケットからプラスチックカードを取り出した。

「このホテルのルームキー。君が飲みすぎて倒れたら、介抱する必要があるかと思って、部屋を取っておいたんだ。君のようなステキな女性は、男にかしずかれるべきなんだよ。だから、遠慮しなくていい」

何が遠慮しなくていいだ。赤西の口説き文句に鳥肌が立ったが、それをぐっと抑えて答えた。

「大丈夫です。どうぞお気遣いなく」

「そんなこと言って、今夜の君は飲みすぎだよ。自分で大丈夫と思っているときが、いちばん危ないんだ。ほら、肩だってこんなに熱い」

強引に肩に腕をかけてくる。

「やめてください」

「それなら部屋に行こう。スーペリア・ダブルだからゆっくり休める。気分が悪そうだよ。少し横になればすぐによくなる」

マジ気分が悪い。あんたが消えればすぐによくなると思いながら、山田麻弥はきっぱりと言った。

「いい加減にしてください。これって、十分セクハラですよ。先生、わかってらっしゃるんですか。酔った勢いでというのは通用しませんから」

赤西はいったん身を引き、興奮を露《あら》わにしてまくしたてた。

「冗談言うなよ。セクハラだなんて、僕のほうこそ被害者だ。君は連絡通路で僕を待ち伏せて、おもねるような態度で相談を持ちかけて、薬の採用に無理やり協力させたんだ。わざとタイトなスカートでやってきて、スーツの胸元も大きく開いて、僕を誘惑しただろう」

「はあっ？」

いったいどこを押せば、そんな無茶苦茶なストーリーが出てくるのか。

「先生。頭、おかしいんじゃないですか」

「あ、暴言だ。いいのか、医者に向かって、頭がおかしいと言ったんだぞ。僕は君の会社に断固抗議する。色仕掛けで薬の採用を迫り、その上、言ってはならない中傷をしたとな。困るだろう。どうなっても知らないぞ。もし、反省を態度で示すなら、矛《ほこ》を収めてやってもいい。どうだ。今からでも遅くないぞ」

山田麻弥は、目の前のグラスを取って、残った酒を思い切り相手の顔にかけてやりたい衝動を、なんとか抑えた。もう十分だ。そう判断して、席を立った。

「わたし、帰ります。これ以上は、時間の無駄ですから」

最上のお株を奪うように言い放ったが、実際は無駄どころか、大きな収穫だった。

足早にラウンジを出て、エレベーターに乗り込み、扉が閉まるのを待ってから、山田麻弥は内ポケットに忍ばせたＩＣレコーダーのスイッチを切った。

7　騙し合い

所長室でパソコンに向き合っていた紀尾中に、珍しい相手から電話が入った。

「もしもし、紀尾中君。元気にしてる？」

経営企画担当の常務、栗林哲子《くりばやしのりこ》だった。

栗林は天保薬品初の女性取締役で、社長の万代智介《まんだいともすけ》からも高く評価されている実力者だ。ＭＲとして入社し、その後、創薬開発部に移り、さらには営業部、医療情報部で実績を挙げて、三年前に執行役員となり、昨年、常務に昇格した。一時は紀尾中の直接の上司でもあった。

「栗林常務、ご無沙汰しております。おかげさまでなんとかやっております」

受話器を持ったまま頭を下げると、思いがけないことを聞かれた。

「泉州《せんしゆう》医科大学はあなたのところの担当よね。学長の乾《いぬい》先生にはご挨拶した？」

「もちろんです」

「関係はどう？」

「関係はと申しますと」

「乾先生は厳格な学究肌で有名な方でしょう。あなたにかぎって滅多なことはないと思うけど、悪い印象を持たれていない？」

乾肇《はじめ》は阪都大学の教授を定年退官したあと、請われて私立の泉州医科大学に移り、今も日本代謝内科学会の会長や、全日本内科医学会の常任理事を務める大御所である。

「大丈夫だと思いますが」

「堺営業所にお願いしたバスター5の多施設の臨床試験の結果は出た？」

「それを今度、乾先生にご報告に上がる予定です」

「わかりました」

それだけで電話は切れた。いったい何の用件だったのか。

紀尾中には思い当たることがあった。もしかしたら、バスター5のガイドライン収載に関わることではないのか。栗林は紀尾中がバスター5の開発に一役買っていることを、評価してくれていた。とすれば、彼の関心事のひとつが前に進むかもしれない。

ほかの懸案、イーリア訴訟の裁判は、まだ不透明なままだし、創薬開発部が共同研究をしている新薬の開発も、未だ暗礁に乗り上げたままだ。いずれも自分がどうこうできることではないが、バスター5のガイドライン収載の件なら力を発揮できる。今の電話がその前触れであればと願いながら、紀尾中はふたたびパソコンに集中しようとした。

そのときノックの音が聞こえ、池野と山田麻弥が改まったようすで入ってきた。

「よろしいでしょうか。実は、山田が新堺医療センターの医師から、セクハラの被害を受けていまして」

池野の横で、山田麻弥が目に強烈な怒りをにじませている。

「相手は消化器外科の赤西副部長です。山田が副部長の発言を密かに録音していまして、それを編集したのがこれです」

池野は山田麻弥に指示してICレコーダーを取り出させ、録音を再生させた。

「ひどいな、これは。もしかして、言葉以上の被害もあったのか」

「それはなかったようです」

だからと言って放置できる問題ではない。

「当然、これは病院に抗議した上で、謝罪と再発の防止を求めるべきだろうな」

妥当な判断だと思ったが、池野はすぐには返事をしなかった。含みのある声で言う。

「所長。この手の問題は、どこの病院でも副院長マターですよね。つまり、最上先生です。今、うちはガルーダの採用で、最上先生がネックになっています。この件をうまく利用すれば、活路が見いだせるのじゃないでしょうか」

「セクハラの件を不問に付す代わりに、ガルーダの採用に配慮を頼むというのか」

薬を売るためには、紀尾中もさまざまな手を講じてきた。だが、この手のやり方は意に染まない。池野もそれを知っているから、強くは言えないようだ。しかし、横にいる山田麻弥は強い不満を表している。いったい何のためにリスクを冒して、あのいやらしい男と食事に行ったと思っているのかという顔だ。

その気持もわからないではないと思っていると、池野が折衷案を口にした。

「露骨に交換条件にしなくても、阿吽《あうん》の呼吸でこちらの要望を伝えることも可能ではないでしょうか」

「それならまず、赤西副部長に確認したほうがいいかもしれんな。副部長が否定したら、話がややこしくなるから」

山田麻弥が我慢の限界とばかりに声を高めた。

「この録音があるのに、否定できるわけないでしょう。動かぬ証拠じゃないですか。否定するならマスコミにバラすと脅してやればいいんですよ。府立病院の外科副部長のセクハラなら、週刊誌が飛びつきますよ」

「わかった。被害を受けてつらい思いをしたのは山田さんだからね。だけど、ものには順序というものがある。本人への確認は私も同席するから、それで納得してくれないか」

山田麻弥は不満そうだったが、池野に促されて所長室を出て行った。

赤西が面会に応じるかどうかも危ぶまれたが、池野が申し入れると、意外にすんなりアポをくれたようだ。


翌日の午後、紀尾中が池野と山田麻弥を連れて新堺医療センターを訪ねると、赤西は管理棟の応接室で待っていた。

「天保薬品の営業所長と、チーフMRさんまで揃って、いったい何のご用件ですか」

赤西はさも迷惑だといわんばかりに言った。紀尾中が単刀直入に話を切り出す。

「ここにおります山田が、先日、先生に食事に誘われ、セクハラに当たる言動があったと承知しています。そのことについて、赤西先生のご認識をうかがいに参りました」

となりで山田麻弥が、言い逃れは許さないという目で赤西をにらみつけている。赤西はいかにも不愉快そうに鼻を鳴らした。

「無茶を言ってもらっては困りますよ。セクハラ行為は、そちらのMRさんでしょう。よくもそんな難癖をつけられるものですね。被害者は私のほうです」

山田麻弥が食いつかんばかりに身を乗り出すのを抑え、紀尾中が冷静に訊ねた。

「先生のほうが被害者とは、どういうことでしょうか」

「露骨な誘惑を受けたんですよ。私に一方的な好意を抱き、あまりに積極的にアプローチしてくるものだから、私も憐《あわ》れを催して、食事くらいならと、高級ワインまでご馳走して差し上げたのですよ。酔いのせいで私も多少、不適切な言動はあったかもしれませんが、女性がその気なのに、無視すれば彼女のプライドが傷つくだろうと思って、無理に積極的に出たまでのことです。そこを誤解されませんように」

山田麻弥は我慢しきれず、立ち上がりそうな勢いで言った。

「わたしがいつ先生に好意を持ったというんです。よくそんなデタラメが言えるものですね。医師として恥ずかしくないんですか。そもそも先生が……」

紀尾中が左手で彼女を制し、穏やかにうなずく。

「赤西先生。ここで水掛け論をしてもはじまらないので、我々が用意した録音を聴いていただけますか」

紀尾中の合図で、池野がICレコーダーを取り出し、テーブルの中央に置いた。赤西の顔色が変わる。ざまあみろというように、山田麻弥が勝ち誇った笑みを浮かべた。

『……麻弥ちゃんの胸、高濃度乳房っぽいね。……やっぱり触診でなきゃ。……僕は君のことを前からいいと思ってたんだ。……ほら、肩だってこんなに熱い。……それなら部屋に行こう。スーペリア・ダブルだからゆっくり休める……』

赤西は頬が紅潮し、顔全体が怒りに震えている。

「よくもこんなものを……」

どうだと言わんばかりに見返す山田麻弥を、紀尾中はふたたび制して言った。

「これは会話のごく一部です。私は当夜のすべての会話をオリジナルで聴いています。先ほど赤西先生がおっしゃった説明とは食いちがうようですが、いかがですか」

これでもう逃げ場はないだろう。そう思ったとき、赤西がソファにもたれ、不敵な笑いを浮かべた。

「まさか食事のときに隠し録りされていたとはね。しかし、私だってバカじゃない。最低限の自衛手段を講じていますよ」

赤西はおもむろに白衣の内側に手を差し入れ、同じような小型のＩＣレコーダーを取り出した。池野が再生した機器の横に置き、再生ボタンを押す。聞こえてきたのは信じられない言葉だった。

『……赤西先生。……すてきです。……好きですよ。……特別扱いにして、……何でもいたします。……大丈夫です。……先生ってすごいんですね……、ずっとお待ちしていましたから、ありがたかったです……』

「これも動かぬ証拠でしょう」

赤西が余裕の表情で言う。

山田麻弥は口を半開きにしたまま固まっている。自分の耳が信じられないようすだ。それでも辛うじて声を震わせた。

「うそ――。こんなこと言った覚えはありません」

しかし、録音されているのは紛れもなく彼女の声だ。山田麻弥は赤西にもう一度再生するよう求めた。

「何度でもお聴かせしますよ」

赤西は薄笑いを浮かべてICレコーダーを操作する。山田麻弥は懸命に耳を傾けている。そして、はっと気づいたように言った。

「この録音は意図的に編集されたものです。わたしが『すてきです』とか、『好きですよ』と言っているのは、呼び出されたカフェの内装について言ったものですし、『何でもいたします』と答えたのも、MRとして必要なことであればということです。『ずっとお待ちしていました』と言ったのも、最上先生に話していただいた結果を待っていたということです」

「じゃあ、都合のいいところをつなぎ合わせて、さも君が先にアプローチしたように見せかけているんだな」

「そうです。悪質な編集です」

あきれ果てた顔の池野に、山田麻弥が叫んだ。すかさず赤西が言い返す。

「そちらの録音も編集してあるじゃないですか。しかも、相当意図的に」

「それならオリジナルを出してください。こちらはいつでもお出しします」

「あー、あったかな。何しろ資料が山積みだからな。もう処分したかもしれない」

まるで悪徳政治家のような言い逃れだ。

「いずれにせよ、あなた方の編集録音には私も自前の録音で対抗します。最近、セクハラ問題で政治家や医者がマスコミで騒がれていますが、隠し録りしている段階で、私はある種の罠の疑いがあると思いますね。だからこそ、こちらも策を講じたわけで」

紀尾中の横で山田麻弥が音がするほどの歯ぎしりをした。このままだと相手の顔に唾でも吐きかけかねない。紀尾中はできるだけの自制心を発揮して言った。

「この件はいったん持ち帰らせていただきます。弊社内でも再調査をいたしまして、事実関係を明らかにしたいと存じますので」

「結構。せいぜい御社の看板に傷がつかないようにすることだな」

そこで面会は打ち切られた。

本館の玄関を出ると、山田麻弥が我慢しきれないように地団駄を踏んだ。

「悔しい。あんな録音を用意しているなんて、あの医者、どこまで卑怯なんだろ。ぜったいに許せない」

「まったくだ。それにしても、赤西は確信犯もいいところですね。いつもあんなふうにやって、自己防衛してるんだろうか。なんて下劣なヤツなんだ」

池野の言葉に、紀尾中がうなずいた。

「向こうがあんなものを用意していたとなると、最上副院長への直訴はむずかしいな。次の手を考えたほうがよさそうだ」

紀尾中の頭にあるのは、今、池野が洩らした「いつもあんなふうに」という言葉だった。

＊

「赤西副部長は、おそらくほかでも似たような手口を使っているだろうから、調べてみてくれないか」

紀尾中の指示は、院内のセクハラ事例を洗い出して、山田麻弥の件との合わせ技で追い込もうというものだった。

山田麻弥は池野とともに、新堺医療センターに向かい、顔見知りの看護師から話を聞こうとした。しかし、思うような結果は得られなかった。

「赤西副部長は、二番目の奥さんの手前もあって、今は看護師に手を出すのを控えているようだな。それでMRの君に狙いをつけたのかもしれん」

迷惑な話だ。山田麻弥は池野の言葉に顔をしかめた。

彼女が有望な情報を手に入れたのはその週末だった。週明け、さっそく紀尾中と池野に報告する。

「看護師に手を出さないのならと考えて、薬剤部で話を聞いてみたんです。そしたら去年一人、薬剤師さんがやめていて、原因が赤西先生らしいんです。石村《いしむら》さとみさんという女性で、連絡先を教えてもらい、話を聞いてきました。そしたらドンピシャ。わたしよりひどい被害に遭ってました」

石村さとみは新堺医療センターに勤めて二年目の若い薬剤師で、現在は南区の個人病院で働いていた。話を聞きに行くと、はじめは渋っていたが、山田麻弥が自分も被害者だと言うと、あらいざらい話してくれた。

「彼女のプライバシーがありますから、具体的なことは話せませんが、実際の行為での被害もあったようです。彼女がいちばん怒っていたのは、赤西先生が自分の行為を正当化するために、石村さんとの会話を密かに録音した上で編集して、あたかも彼女のほうから誘いをかけたような録音をねつ造していたということです」

「それって、おまえのときと同じじゃないか」

池野が思わずあきれた。

「わたしもアタマに来すぎて、笑っちゃいましたよ」

「ほんとに卑劣な男だな」

紀尾中がいつも微笑んでいるような目に怒りを浮かべる。

「石村さんは改めて怒りに火がついたみたいで、許せないって、今にも警察に訴えて出そうな勢いでした」

「警察はどうかな。強制わいせつとまではいかないだろうからな。所長、ここはやっぱり我々の手で赤西に天罰を与えるべきじゃないですか」

池野が言葉を強めたが、紀尾中はすぐにゴーサインを出さなかった。

「山田さんの調査はお手柄だ。だけど、ちょっと考えさせてもらえるかな。せっかくの情報だから、効果的な使い方を考えたいんだ」

なぜ、今すぐ最上に訴えないのか。同じ手口で二人も被害者が出ているのにと、山田麻弥は焦《じ》れったい気持を抑えきれなかった。

所長室を出たあと、八つ当たりするように池野に聞いた。

「所長はいったい何を考えているんですか。これ以上ないネタをつかんできたのに」

「所長は赤西のネタをガルーダ採用の交換条件に使うのを、潔《いさぎよ》しとしないんだろう。今、最上先生のところに苦情を持ち込めば、下心があると見られる危険性があるからな」

「下心、上等じゃないですか。実際、そうなんだから」

「紀尾中さんはそういうのを嫌うんだ。あの人は理想家肌だから」

「意味わかんない。ほかに効果的な使い方があるんですか。それとも、ただ手をこまねいているのが有効なんですか」

山田麻弥は皮肉たっぷりに言って、自席にもどった。


彼女の皮肉は、翌週、意外な形で現実になった。

紀尾中が動く前に、最上のほうから電話がかかってきたのだ。

「当院の赤西が、御社のＭＲの女性にたいへんなご迷惑をおかけしたようで、誠に申し訳なく思っています。ついては、そちらに謝罪にうかがいたいのですが」

思いがけない申し出に、紀尾中は恐縮して、こちらからお話をうかがいに行くと返事をしたようだ。

その日の午後、山田麻弥が紀尾中と池野に従って副院長室に出向くと、最上は三人に応接ソファを勧めて、深々と頭を下げた。

「当院の薬剤師をしていた女性から、赤西に卑劣なセクハラ行為をされた上、ねつ造録音で陥れられ、泣き寝入りの形で退職せざるを得なかったという訴えがありました。なぜ、今ごろになって訴えるのかと聞くと、同じ手口で御社の女性ＭＲにセクハラ行為があったことを知ったからだと申しておりました」

つまり、石村が山田麻弥の話を聞いて、警察に行く代わりに最上に訴えて、赤西を断罪したのである。

「ご承知の通り、当院は折から、御社の喘息治療薬の採用を求められており、今の時点で赤西の不行状を持ち出されれば、私は薬事委員長として苦しい立場に立たされるところでした。それをせずに、事態を静観していただいたことは、誠にご寛大な対応と感謝する次第です」

思いがけない展開に、山田麻弥は紀尾中の読みの深さに感服した。これでガルーダは採用になるだろう。喜んで背筋を伸ばすと、紀尾中も鷹揚に最上に応えた。

「当方は、別段、最上先生のお立場に配慮したわけではございません。薬の採用について、余計な臆測を呼んではいけないと思い、少し時間を置くのがよいと判断したまででございます」

「賢明なご判断、感服いたします。本来でしたら、赤西も同席して謝罪すべきなのですが、薬剤師からの訴えのあと、事実関係を問いただすと、逆上して辞表を出しましたので、不在をどうぞお許しください」

ガルーダさえ採用になれば、赤西の顔など二度と見たくもない。そう思っていると、最上が山田麻弥に向かって言った。

「この度はほんとうに申し訳なかった。この通り私からも謝罪させてもらいます」

「最上先生が謝罪される必要はございません。それより、弊社のガルーダを、ぜひよろしくお願いいたします」

最高の笑顔を向けると、最上の表情が急変し、それまでの和やかさが一気に消えた。

「君はこの件を、薬の採用の交換条件にするつもりなのですか。それとこれとはまるで別問題でしょう」

「あ、申し訳ございません」

山田麻弥は急いで謝ったが、手遅れだった。池野が必死にフォローする。

「決してそんなつもりはありませんので。今のは山田の勇み足です。どうぞご放念なさってください」

それでも最上の顔に柔和さがもどることはなかった。

そのまま副院長室を辞し、駐車場まで来て、ようやく紀尾中が口を開いた。

「バカ」

「すみません」

山田麻弥は消え入りそうな声で言い、池野が運転する車の助手席で肩を落とした。


翌月の一日。新堺医療センターに薬剤を納入している卸業者から、山田麻弥に連絡が入った。

「御社のガルーダが、今月から仮採用になりました」

「どういうことですか」

「薬事委員会で、申請が通ったんでしょう」

やはり最上が配慮してくれたのか。

紀尾中に報告すると、にこやかな目をいっそう細めてほめてくれた。

「そうか。よかったな」

池野も笑顔でねぎらってくれる。

「最上さんを怒らせたときは、どうなることかと思ったけど、結果オーライだったな」

「ありがとうございます」

「すぐ最上先生に礼を言ってこいよ。今後のこともあるんだから」

池野に言われ、山田麻弥は新堺医療センターの副院長室を訪ねた。

「最上先生。この度はありがとうございました。わたしもいろいろ勉強になりました」

二度まで逆鱗に触れたことを踏まえて、深々と頭を下げた。

最上は執務机に座ったまま、何食わぬ顔で言った。

「ガルーダのことですか。あの薬は効果および安全性を検討した結果、特例として採用に値すると判断したのです」

あくまで赤西の件とは無関係というスタンスだ。

まったく素直じゃないんだから。密かにひとりごち、山田麻弥は副院長室をあとにした。


少しして、赤西が離婚の協議中だという噂が伝わってきた。話を持ってきたのは池野だ。

「例の薬剤師が赤西の自宅に写真を送りつけたらしい。赤西とのツーショットと、ラブホの写真だそうだ。奥さんが事実確認に薬剤部に乗り込んできて、大騒ぎになったんだと」

さらには、赤西の父親が経営していた自由診療のクリニックが、巨額の脱税で摘発され、父親が逮捕されたニュースが新聞に出た。赤西自身は逮捕を免れたようだが、家庭も財産も失い、たぶん、車も時計も手放さざるを得なかったことだろう。

「天罰覿面《てきめん》だな」

池野は憐れむように言ったが、山田麻弥の頭からは、すでに赤西のことなど完全に消えていた。

8　ＭＲ戦略

仕事が一段落したらしい池野が、チラと壁の時計を見て市橋に言った。

「たまにはいっしょに昼メシ、行くか」

「いいですね」

「山田はどうだ」

「そうですね。ごいっしょします」

いつも寸暇を惜しむように仕事をしている山田麻弥が、珍しく同意した。

「少し歩くが、いい店があるんだ」

池野が先頭に立ち、連れだって営業所を出た。十分ほど歩くと、路面電車の大通りに面したところに、古民家を改装したカフェがあった。

「池野さん。意外にオシャレな店を知ってるんですね」

山田麻弥が感心すると、池野はまんざらでもないようすで返した。

「ＭＲならうまい店とか洒落《しゃれ》たバーを押さえとくのも仕事のうちだぞ。いつドクターに聞かれても答えられるようにな」

「わたし、飲み食いには興味ありませんから。昨日のお昼もカロリーメイトだったし」

「僕はコンビニのサラダと海老カツバーガー」

「おまえら、貧しい食生活だな。たまにはまともなものを食えよ」

店内に入って、四人掛けのテーブルに座る。古民家らしく漆喰《しっくい》の壁に黒い柱がはめ込まれ、天井は杉の板張りになっている。

「池野さんが担当している《マーリック》、売り上げがいいみたいですね」

料理を注文したあと、市橋が羨望半分に言った。マーリックは大腸がんの分子標的薬で、池野が重点担当している抗がん剤である。

「今はありがたいことに、日本人の二人に一人はがんになる時代だからな」

「ありがたいって」

市橋が池野の冗談ともつかない言葉に苦笑を浮かべる。

「だけど、マーリックの売り上げもそのうちガクンと落ちるんじゃないですか」

山田麻弥が意地の悪い言い方をし、池野が顔をしかめる。

「うちの会社も困るよな。なんであんな余計な研究をするのかね」

「余計な研究って？」

話が見えない市橋に、池野が説明した。

「マーリックは特効薬的によく効くが、効くのはだいたい五人に一人だ。で、今、うちの医薬研究部はどのタイプの大腸がんに効くか、遺伝子変異の研究をしてるってわけだ」

それのどこがいけないのか。まだわからない市橋に、山田麻弥が焦れったそうに教える。

「どのタイプに効くかわからないから、今は大腸がんの患者全員にマーリックを投与できるのよ。

効くタイプがわかっちゃうと、そのタイプにしか使えない。つまり、売り上げが五分の一に落ちるということ」

「でも、マーリックには副作用もありますよね。だったら効かない患者さんには投与すべきではないんじゃないですか。患者さんのことを第一に考えれば」

「〝患者ファースト〟ってやつね」

山田麻弥が揶揄《やゆ》するように嗤う。

「市橋君に言っておくけど、会社が儲けることは、世間にとってもいいことなのよ。その利益で次の新薬の研究ができるんだから。大学の研究者だって研究費が必要で、国の科研費なんかではとても足りない。だから、製薬会社が有望なシーズ（研究材料）を選んで、研究支援をするんじゃない。そのためには儲けなきゃいけない。製薬会社以外に薬を供給するところはないんだからね」

そういう言い方もできるかもしれないが、かなり我田引水に聞こえる。市橋が反論しかけると、先に山田麻弥が池野に聞いた。

「うちの医薬研究部は、どうしてそんな社益に反するような研究をするんですか」

「社長命令らしい。医薬研究部長に直々のお達しがあったそうだ」

市橋は今度は発言を遮られないように早口に言った。

「それはやっぱり患者ファーストだからですよ。入社式の式辞で万代社長がおっしゃっていましたもん。我々は常に患者ファーストの心がけを忘れてはならないって」

一年半前の入社式を思い出す。雛壇《ひなだん》に居並ぶ会社役員の中で、社長の万代智介は、飛び抜けた存在感を放っていた。豊かな半白髪をオールバックにして、堂々たる体格で会場を見渡していた。目力の強い二重まぶたは、温和さと厳しさの両方を感じさせ、頬もシャープで、口元にも品位があった。

その万代が、百五十名近い新入社員に向かって言ったのだ。

「その言葉、わたしも入社式のときに聞いたけど、どこまで本気なのって感じだったわ。社長がマーリックの効く遺伝子変異を調べさせてるのは、もっと深い理由があるんじゃないかな。たとえば──」

山田麻弥が自問自答するように言った。「その研究をすることで、医療界の信頼をさらに高めようとしてるとか」

「あるいは、その研究を進めることで、別の抗がん剤が見つかる可能性があるとかだな」

池野も同じ方向で続けたが、市橋は同調できなかった。患者ファーストは、所長の紀尾中も常々言っていることだ。池野も山田麻弥もどうして素直に信奉できないのか。

作務衣《さむえ》姿の店員が料理を運んできた。池野は豚のしょうが焼きセット、山田麻弥はベーグルのサンドイッチ、市橋はカツのせハヤシライスだ。

「おまえら、俺が若くしてチーフになった理由はわかるか」

池野が豚肉を口に運びながら聞いた。山田麻弥が食べかけのベーグルを皿に置く。有益なアドバイスが聞けるという顔だ。

「ドクターの信頼を得てきたからだ。そのために必要なものは何だ、市橋」

「まずは時間に遅れないとか、頼まれたものは必ず持っていくとかですね。軽口のような約束でも守れば、信頼されるんじゃないですか」

「そんなのは基本中の基本だ。それに軽口のような約束でもじゃなくて、軽口のような約束こそだ。意外性があるからな。山田、おまえはどうだ」

「医師が必要としている情報を、的確に提供することじゃないですか。薬の効果や副作用について有益なアドバイスをして、ほかのMRより役に立つ存在だと感じさせれば信頼されると思います」

「それも必要だが、足りないな。効果的なのは、医者が処方に迷っているとき、他社の薬を薦めることだ」

「そんなことをしたら、自社の薬が処方されなくなるじゃないですか」

市橋が声をあげると、池野はあきれたように首を振る。

「おまえは〝損して得取れ〟という言葉を知らんのか。他社の薬を薦めると、医者は公平な情報提供をするMRだと感じる。そうやって信頼を得たあと自社製品を推《お》していくんだ」

山田麻弥が深くうなずく。

「医者に信頼されるようになったら、次は医者が治療の相談をしてくるMRになることだ。市橋、おまえは自分が担当している薬の添付文書をすべて暗記しているか」

「一応は」

「一応じゃダメだ。一字一句を暗記して、関連の論文も頭に叩き込んで、常に自分に都合のいい説明ができるように準備しておく」

続いて山田麻弥に訊ねる。

「山田もいずれ抗がん剤を担当するようになるだろう。抗がん剤は副作用が強いから、専門医でも処方に迷うことがある。そんなとき、最適な処方を聞かれたらどうする」

「患者のステージに合わせ、ガイドラインに沿った処方を……するだけではだめですね」

教科書的な発想では答えにならないと気づいたのだろう。素早く考えを巡らせる。

「患者の体格、アレルギーの有無や、生活習慣、これまでの治療の効果など、できるだけ詳しい情報をドクターから聞き出して、適切な処方を提案します」

「そんな質問攻めにしたら、二度と相談してもらえなくなるぞ。医者がＭＲに処方を聞くのは、手っ取り早く正解を知りたいからだ。俺ならここぞとばかりにカルテを見せてもらう」

市橋が驚いた声をあげる。

「カルテは個人情報じゃないですか。見せてもらっていいんですか」

「もちろん、原則は禁止だ。しかし、医者なら主治医以外でも見ることはある。看護師も必要に応じて情報を得ている。俺たちは資格のあるＭＲなんだ。患者に最適な処方をする手助けになるんだから、堂々と見ていい。もちろん守秘義務はあるがな」

横から山田麻弥が話を引き取る。

「ついでに、検査データも手に入れるというわけですね。肝機能や腎機能を知っておけば、それに応じて副作用の出にくい処方を提案できますもんね」

山田麻弥のドライすぎる性格は好きになれないが、頭の回転の速さは認めざるを得ないと、市橋は素直に感心する。

「カルテを見せてもらえるようになれば、症例ベースの活動が可能になる。そこまで信頼関係ができれば、あとは楽だぞ。ほぼこっちの思い通りの処方をしてもらえるようになる。もちろん、表向きは下手に出て、医者をほめまくる必要はあるがな」

「市橋君、できる？」

ふたたびベーグルを頬張りながら、山田麻弥が上から目線で聞いた。営業所ではいつもツンケンしているくせに、医者の前に出た途端、とびきり愛想のいい笑顔を浮かべるのは彼女の得意技だ。池野も医者の前では卑屈と思えるほど低姿勢を貫く。市橋もできるだけ愛想のいい顔を作るが、根が正直な分、どうしても演技っぽくなってしまう。

食事のあと、池野は店員にコーヒーを頼んでせわしなく爪楊枝を使った。三十八歳にして完全にオヤジだ。それでもこうしてＭＲの戦略を教えてくれるのだから、親切な上司ではある。市橋はふたたび万代の式辞を思い出した。

「入社式で社長は、天保薬品は社員を家族と考えているとおっしゃっていました。こうして食事をしながらチーフに仕事のノウハウを教えてもらうと、たしかに家族みたいに感じますね」

「ちょっと、気持の悪いこと言わないでよ。社員が家族なわけないでしょう。池野さんがノウハウを伝授してくれるのは、わたしたちがあまりに未熟だからよ。でしょう？」

「いや、そこまで厳しく見てないけどね。しかし、社員が家族、みたいな甘い期待は持たないほうがいいだろう」

「この前やめた村上君だって、結局は守ってもらえなかったじゃない」

村上が康済会病院の院長に怒鳴られて会社をやめたのは、市橋にもショックだった。

池野も思い出したようにため息をつく。

「彼は殿村さんのチームだったからな。それがちょっと気の毒だったかも」

「どうしてです」

「殿村さんはコミュニケーションが取りにくいところがあるだろ。ここだけの話、どことなく発達障害っぽいし。それでうまく村上を慰留できなかったんじゃないか。肥後さんならよかったかもしれないが」

「肥後さんならどんなふうになだめるんです？」

「くだらんことでクヨクヨするな、怒鳴るヤツはアホや、とかなんとか言うんじゃないか。あの人としゃべってると、つまらんことで悩む必要がないように思えるだろ」

出世ラインからはずれている肥後には、池野も気を許しているようだった。市橋の感慨をよそに、山田麻弥が興味深そうに訊ねた。

「村上君がうちのチームだったら、池野さんはどうなだめます」

「俺はなだめたりせんよ。なだめたって、やめるヤツはやめるからな」

「ですよね」

我が意を得たりという返事だった。池野に家族を感じたのは、やはり錯覚だったのかと市橋は小さくため息を洩らした。

9　患者ファースト

その日の午後、池野慶一は美原《みはら》区にあるグラーベン総合病院に向かった。

グラーベン総合病院は、民間病院だがベッド数五二二床、医師数一七二人を擁し、地域の基幹病院として大阪府のがん診療拠点病院にも指定されている。

右側の追い越し車線を走りながら、池野はさきほどの市橋の言葉を思い出した。

――それはやっぱり患者ファーストだからですよ。入社式の式辞で万代社長がおっしゃっていましたもん。

たしかに万代は「患者ファースト」をよく口にする。所長の紀尾中も同じだ。だが、それはあくまで建前のはずだ。そう言えば、この前、テレビのインタビューで主婦らしい女性がこんなふうに言っていた。

――医療者には当然、患者のことを第一に考えてほしいですね。

よくもそんな厚かましいことが言えるものだ。患者の利益は重視するが、それはあくまでこちらの利益を損なわない範囲でだ。医師も看護師も同じはずだ。自らの利益や生活を犠牲にしてまで、患者を優先する医療者がどこにいるものか。

ぎりぎりで赤信号に引っかかり、池野は舌打ちをする。

グラーベン総合病院で池野が担当しているのは、大腸がんのマーリックと、胃がんと膵臓《すいぞう》がんに効能が認められた新薬《ザライム》である。

最初のアポは消化器外科医長の田辺《たなべ》だった。大腸疾患グループの一員で、現在三十九歳。手術は好きだが、それ以外はあまりやる気がない。趣味はゴルフと手術の自慢話。

医局の大部屋に行くと、田辺は自分の机でゴルフ雑誌を読んでいた。

「田辺先生。最近、こちらのほうはいかがですか」

挨拶のあと、ゴルフのスイングを真似て見せる。

「この前、六甲国際に行ったら、途中から雨でさ。ハーフでやめて帰ってきたけど、箕谷《みのたに》インターで野生のイノシシと遭遇してびっくりしたよ」

「このごろ多いらしいですね。住宅地にも出没するって、ニュースで言ってましたよ」

田辺と話すときは、まずはゴルフの話題で雑談する。

「ところで、相変わらず手術のほうもお忙しいんでしょう。でも、先生は手術の手が速いから余裕でしょうね」

自慢の虫が疼《うず》いているのはミエミエだから、話しやすいように水を向ける。

「この前もな、マイルズのオペ（直腸がんの根治手術）、二時間ちょいで終わったよ。出血量も三百超えずで」

「すごいですね。その出血量なら、当然、輸血もなしですね。さすがは田辺先生」

田辺は単純だから、褒め言葉も工夫しなくていいのが楽だ。

「ところで、その患者さん、術後の抗がん剤治療はどんな感じでしょう」

「リンパ節の転移はないし、もう七十四歳だし、いらないんじゃないか」

「いやいや、高齢の患者さんだからこそ、予防的投与が必要なんじゃないですか。弊社のマーリック は副作用も軽いですし」

「だけど、マーリックは五人に一人しか効かないだろ。それに予防的投与だと、再発がなくても、薬で抑えられたのか、元々再発しなかったのかわからんじゃないか」

「そんなことをおっしゃらずに、お願いしますよ。阪都大学の消化器外科の野川《のがわ》教授も術後の予防投与は有効だとおっしゃっていますから」

田辺は薬物治療に自信がないから、有名医師の治療法を気にする。もう一押しだ。

「田辺先生の手術で再発するなんてことはまずないでしょうが、ここは念のため、転ばぬ先の杖、備えあれば憂いなしですよ。患者さんもそのほうが安心でしょう」

「しょうがねぇな。じゃあ、退院するときに出してやるか」

「ありがとうございます!」

一丁上がりだ。田辺はたいてい希望通りの処方をしてくれる。もちろん信頼があってのことだ。その信頼を得るまでに、池野は田辺の個人情報を巧みに聞き出し、それに配慮した話題で関係を深めてきた。

それにしても、予防的投与はほんとうにありがたい。必要かどうかわからないのに使い続けてくれるのだから。いやいや、これも患者のためだと、池野は自分に言い聞かす。

次に向かったのは消化器外科部長の岸《きし》の部屋だった。

ノックをしてから、精いっぱい畏まって扉を開ける。部長室といっても三畳ほどの狭い部屋だ。岸は権威を重んじる六十歳。田辺とちがってヘラヘラした笑顔は禁物だ。

「お忙しいところ、お時間をいただきまして、誠にありがとうございます。本日は弊社のザライムのご説明にうかがいました」

用意したパンフレットを素早く渡す。池野はＭＲになってから、背が低く生まれてよかったと思っている。大学時代まではコンプレックスだったが、今はこれがひとつの武器だ。長身のＭＲのように過剰に身を屈めなくても、自然に低姿勢を演出できる。

パンフレットを一瞥《いちべつ》して、岸が言った。

「ザライムの話はこの前も聞いたろ」

「恐れ入ります。今回、新たな論文が出ましたので、パンフレットを一新した次第です」

単剤と二剤併用の比較試験の論文で、実際にはこれまでの治験結果と大した差はない。それでも会社はいち早く取り入れ、パンフレットを新たにして宣伝に活用する。

「岸先生の患者さまで、術後に抗がん剤を使われている方はいらっしゃいますでしょうか」

「そりゃ何人かいるがね」

「因みに、抗がん剤は何をご使用で」

「《ドレスタン》だよ」

「あー」

驚きと失望をまぜた声をあげる。ドレスタンはケルン製薬が出している薬で、ザライムのライバル薬だ。岸はがんが再発した患者にいずれもドレスタンを使っている。これをザライムに変更させなければならない。

「岸先生。ドレスタンはもう古いですよ。腎機能障害もありますし、吐き気を訴える患者さんも多いのではありませんか」

製薬協の取り決めでは、他社製品を貶《けな》すことはもちろん、自社製品以外には言及してはならないことになっている。だが、密室ならバレる危険性は低い。そこまで言えるのは、池野が岸の信頼を得ているからだ。

「パンフレットをご覧ください。ザライムは白血球の減少も少なく、吐き気もほとんどありません。さらには肺がんの非小細胞がんにも適応が認められる見通しです」

ザライムが肺がんに適応を認められても、胃がんの患者には何の意味もない。しかし、池野がいかにも理路整然みたいな口振りで話すことで、なんとなく岸の気持も動きそうになる。岸も抗がん剤については勉強不足なのだ。

「ザライムを使ってもいいが、急に薬を変えたら患者が不審に思うんじゃないか」

「新薬が出たとおっしゃればいいんです」

「去年出た薬なのにか」

「いつ出たと言わなければいいじゃないですか。新しい薬が出たというのはまちがいではないのですから」

嘘ではないが、わざと誤解を招くような言い方に、岸は釈然としないものを感じているようだ。

「でしたら、患者さまに決めていただいたらいかがです。新しい薬もあるのだけれど、使ってみるかと提案する形で」

たいていの患者は新薬を選ぶだろう。それにしても、再発した患者は本来、外科ではなく腫瘍内科が治療すべきなのに、岸は腫瘍内科の部長と犬猿の仲らしく、滅多に患者を紹介しない。手術にしか興味のない田辺も同じで、いずれも患者ファーストとは言えない対応だ。

そんな思いをおくびにも出さず控えていると、岸がおもむろに言った。

「それじゃ、次回からザライムに変えてみるか」

「ありがとうございます。きっとご期待に沿えると存じます」

よし、と内心でガッツポーズを決めて、池野は岸の部屋を辞した。

次のアポは腫瘍内科の医長、小早川《こばやかわ》だった。

小早川は四十二歳の独身。岸や田辺とは大ちがいの勉強家で、論文も多数、書いている。患者の治療に生き甲斐を感じているような熱心な医師だが、患者ファーストというのとは微妙にちがう。治療原理主義者とでもいうべき偏屈な医師なのである。

――私は患者の生存期間を重視しています。MRに求めるのも、それに役立つ情報です。

最初に挨拶をしたとき、小早川は青白くこけた頬を強張らせて明言した。つまり、患者が副作用に苦しもうと、延命効果があるうちは強力な治療を続けるというスタンスだ。彼が論文に採り上げるのは、生存期間のデータだからだ。

腫瘍内科医は抗がん剤治療のエキスパートだけあって、口先だけのセールスは通用しない。副作用のマネージメントも厳密になるから、症例ベースのやり取りが中心になる。

「先月十日からマーリックを使っていただいているK・Yさん、経過はいかがですか」

個人情報の建前上、小早川は患者をイニシャルで呼ぶよう求めている。池野は患者の受診日、検査日、体調など、必要なデータはあらかじめ把握している。

「当たりのようです。肝転移の腫瘍が一八パーセント縮小しています」

小早川がモニターにＭＲＩ画像を表示して前回の画像と比べる。口調はていねいだが、親しみは感じられない。それでも池野は精いっぱい愛想よく応える。

「このまま継続していただければ、来月にはさらに効果が期待できますね。腎機能や白血球の減少などはいかがでしょうか」

すかさず訊ね、データを表示してもらう。

「大丈夫そうですね。よかった」

池野は用意したノートに素早く写し取る。これらは最新のデータとして、次の説明会や医師への情報提供に利用される。

「マーリックの継続をお願いしたＭ・Ｍさんはどうでしょう」

この患者はおそらく効かないタイプだが、少しでも売り上げにつなげるよう、念のためにもう一クールと頼み込んだのだ。

「だめです。反応がないだけでなく、腹膜転移が起きています」

「では、中止ということで」

引くときは潔く引く。

「ザライムを使っていただいている胃がんのＨ・Ｃさんはいかがですか」

「彼女は下痢が続いています。止瀉《しや》剤を処方しましたが、収まらなくて困っています」

「ちょっと、データを拝見」

デスクに手を伸ばして、マウスで電子カルテを操作する。これまでの活動で、カルテを自由に見せてもらえるくらいの信用を得ている。

「過敏性腸症候群の可能性もあるんじゃないでしょうか。でしたら、少量のトランキライザーを処方していただければ。たとえば《ルシファー》とか」

ルシファーはもちろん天保薬品の精神安定剤である。

「下痢はどうしますか」

「こういうケースは漢方が効くかもしれませんよ。五苓散《ごれいさん》とか、桂枝加芍薬湯《けいしかしゃくやくとう》とか」

他社の薬だが、MRは漢方の知識にも通じていなければならない。

ここまでは前振りである。小早川に使わせたいのは、膵臓がんの患者へのザライムである。何食わぬ顔で話を進める。

「ステージ4の膵臓がんで、一次治療をされていたN・Oさんはその後、いかがですか」

この患者は七十九歳の男性で、肝臓に転移があり、一次治療として、複合抗がん剤の〈FOLFOX〉と、ドレスタンの併用を受けていた。しかし、たぶん効果が出ていないので、そろそろ二次治療に移る時期だった。すなわち、薬を変えるタイミングである。

「だめですね。次は〈FOLFIRI〉とドレスタンで行こうと思ってます」

「いや、先生。ここはザライムじゃないですか」

間髪を容《い》れずに提案し、用意した論文のコピーを取り出す。

「血管新生阻害剤の第Ⅲ相臨床試験の一覧です。ご覧の通り、ドレスタンの臨床試験は三施設であるのに対し、ザライムは五施設で行われています。さらに、ドレスタンではFOLFOXの併用しか行われておりませんが、ザライムはFOLFOX、FOLFIRIの両方で二次治療における有効性が証明されております」

小早川がコピーを受け取り、詳細に検討する。MRの説明だけですんなり納得しないところが、やりにくいところだ。思った通り、小早川が最後まで論文を読んで指摘する。

「この論文は、ザライムとドレスタンのそれぞれの長所と短所をまとめただけで、どちらが優れているとは言っていない。結局のところ、効果も副作用もほぼ同じというのが、一般の認識だと思いますが」

その通りだ。さらに小早川が追い打ちをかける。

「にもかかわらず、薬価は御社のザライムがドレスタンの二・五倍もするのですから、患者負担や医療費の問題を考えたら、ドレスタンを使うのが合理的でしょう」

ここで引き下がっては営業にならない。

「ですが、小早川先生。ザライムは新しい薬なんです。ドレスタンが出たのは四年前でしょう。患者さんも新しい薬を喜ばれるんじゃないですか。それに患者さんの負担は、高額療養費制度で補填《ほてん》されるから同じでしょう。医療費の問題はたしかにありますが、次のステップに進むためにも、新しい薬を使うほうが可能性はあると思いますが」

小早川は首を縦にも横にも振らない。池野はさらに押す。

「この患者さんは七十九歳でしょう。頑張れば先生が目指しておられる、〝がんを持ったまま天寿を迎える〟の状態に持っていけるのじゃありませんか」

それは小早川がいつも言っている腫瘍内科のスローガンである。腫瘍内科は治らないがんを治療する科なので、「敗戦処理」と見なされることも多い。それに対し、小早川が提唱したのが、〝がんを持ったまま天寿を迎える〟という発想だ。若い患者は延命しても天寿まで持っていきにくいが、七十九歳なら可能性はある。

「古い薬で達成するより、新しい薬のほうが、将来性もあるでしょう」

そして、とどめに小早川のこだわりを刺激する。

「二次治療でザライムを使用していただくと、明らかに生存期間が延長されます。先生の論文にもきっとお役に立つデータになると思います」

「うーん。じゃあ、ザライムにしてみますか」

よし、と池野はふたたび胸の内でガッツポーズを決める。

小早川は医療に熱心だが、それは自分の論文のためで、決して患者のためではない。結局、患者ファーストの医者などいないのだ。

首尾よく予定の面会を終えて医局の廊下に出ると、ふいに当直室の扉が開いた。

「あ、東原《ひがしはら》先生。ご無沙汰しております」

腫瘍内科の副部長、東原は池野の苦手な相手だった。何しろMRの戦略にまったく乗ってこないのだ。

「君はたしか、天保薬品のMRさん」

寝ぼけまなこをこする。午後四時すぎに昼寝かよと、池野は密かにあきれる。

東原は常ににこやかで、四十五歳で副部長だから、優秀なのはまちがいないが、ストレスの多い腫瘍内科であのにこやかさは仮面にちがいないと、池野はにらんでいる。

「先生、昨夜は当直だったのですか。お忙しかったんでしょうね」

「当直じゃないよ。忙しいのは忙しかったけどね」

どういうことかと首を傾げると、東原が説明した。

「私が診ていた肺がんの患者さんが、今朝方、亡くなってね。昨日は九州の学会に行っていて、飛行機が取れなくて、最終の新幹線で帰ってきたんだよ。寝ようかと思ってるところに電話がかかってきたから、看取《みと》りをしにきたわけ。亡くなったのは午前四時すぎだったから、患者さんの家族も全員が集まれてよかったんだけどね」

「先生が看取ったんですか。ふつうは当直の先生に任すんじゃないですか」

「最近のドクターにはそういう人も多いみたいだけど、私は自分の患者は最後まで診ようと思ってるんだ。特に、今朝方の患者さんは呼吸困難が強くて、私も苦労したからね。最後だけ人任せってわけにはいかない」

東原は今日の午前中、通常の業務をこなしたはずだ。それで午後の遅くになって、ようやく仮眠の時間を取ったのか。

「でも、そんなふうにしていたら、しょっちゅう呼ばれるんじゃないですか。患者さんは一回しか亡くなりませんが、先生はたくさんの患者さんを診てるんだから」

「それが仕事だよ」

嘘だ、と池野は思った。何か裏があるにちがいない。もしかして、臨終に立ち会うと、遺族から特別な謝礼でもあるのか。いや、グラーベン総合病院は正面玄関にも外来や病棟にも、『患者さまからの謝礼等は、いっさいお断りしております』と、大書してある。内密にもらったりすれば、看護師の内部告発が恐ろしい。

「こんなことをうかがって恐縮ですが、患者さんの臨終に立ち会うのは、何か理由があるのでしょうか。たとえばデータを取るとか」

「そんなものはないよ」

「じゃあ、先生の医師としてのプライドとかですか」

「何を大層なことを言ってるの。患者さんが亡くなるときには、それまで診ていた医者が看取るのは当然でしょう」

「それはたいへんご立派だと思いますが、でも、どうしてそこまでおできになるんですか」

「君は私に何を言わせたいの。医師たる者、使命感を持って最善を尽くすべきとか？　そんな時代錯誤みたいなことは言わないよ」

じゃあ、なぜという言葉を池野は飲み込んだ。数秒後、東原が付け足した。

「強いて言えば、私は子どものころ小児喘息の発作で、何度も夜中に病院に運び込まれて、毎回、医者や看護師さんに親切にしてもらったからね。その影響が残ってるのかもな。それにこちらが一生懸命やれば、患者さんも感謝してくれる。やり甲斐はあるんだよ」

「でも、ベストを尽くしたのに文句を言うとか、身勝手な患者や家族もいるでしょう」

「いるね。でも、それは仕方がない」

どうしたらそこまで患者に歩み寄れるのか。もしかして自分の善意に酔っているのか。池野は罠を仕掛けるようなつもりで、上目遣いに聞いた。

「ひどい患者がいてもやり甲斐を感じられるのは、先生が患者ファーストだからですか」

「何、それ。そんなこと、考えたこともないな」

即答だった。池野は次の言葉が見つからず、そのまま東原の前を辞した。

帰りの車の中で、池野は混乱した。東原は患者ファーストなど考えたこともないと言った。それこそほんとうの患者ファーストなのかもしれない。しかし、エリートの東原が、どうして自尊心に振りまわされることもなく、善意の医師であり続けられるのか。

またぎりぎりで赤信号に引っかかり、池野は舌打ちをした。その音ではっと気づいた。

東原はほんとうのエリートだから、自尊心に振りまわされないのだ。

そう感じて、池野はＭＲとしての自分を今一度、見つめ直してみようと思った。

10　偽りの副作用

「こちら、康済会病院の薬剤部の青柳《あおやぎ》と申します」

「はいはい」

野々村光一はいつもの調子で軽く電話を受けたが、内容を聞いて顔色を変えた。

「御社の《レジータ》を処方している患者さまが、本日、腎機能障害で緊急入院されました」

青柳は康済会病院の薬剤部長で、彼女からの連絡は、有害事象の報告ということになる。

「主治医はどなたです」

「内科の津田《つだ》先生です」

「わかりました。すぐにうかがいます」

薬で有害事象が出た場合、その軽重にかかわらず、厚労省に報告しなければならない。報告は病院側と製薬会社双方から行われるので、会社からの報告が遅れると、厚労省から叱責を受ける。叱責くらいならまだしも、添付文書の改訂や、最悪、薬の認可の取り消しになる可能性もある。

「康済会病院でレジータに有害事象が出たようです」

野々村が報告すると、チーフの池野も顔色を変えた。

「おまえ、レジータは公知《こうち》申請《しんせい》の薬じゃないか」

公知申請とは、海外で広く認められているとか、国内で科学的根拠が示されているなどの場合、新たな臨床試験をせずに、保険適用になる制度である。レジータは急性心不全の治療薬だが、公知申請により、慢性心不全でも医療保険の対象となり、飛躍的に売り上げを伸ばしていた。

「レジータに腎障害の副作用は記載されているのか」

「いいえ。相互作用にも記載されていません」

「だったら、因果関係なしじゃないのか」

池野が楽観的な見通しをつけたくなるのも当然だ。因果関係がなければ、たまたまの事象として報告するのみで業務は終わる。

「とにかくすぐに病院に行こう」

池野はやりかけの仕事も放り出して、野々村といっしょに営業所を飛び出した。

「患者はどんな状況だ」

「七十二歳の女性で、慢性心不全で二週間ごとに外来通院していたそうです。前回の診察でレジータを処方してもらい、今日、血液検査をしたところ、腎機能障害がわかったそうです」

車の中で説明しながら、野々村は主治医の津田の顔を思い浮かべて憂うつになった。

津田は四十歳の内科医で、小太り、薄毛、多弁で、性格は陰湿だった。困るのは他人の不幸を露骨に喜ぶことで、医局内でも同僚の車の事故や、不妊治療の失敗などを、さも面白そうに野々村にしゃべりかけてくる。イヤな顔もできず、かといってほかの医師の手前、同調することもできず、対応に苦慮するのだった。

ハンドルを握る野々村の横で、池野がつぶやく。

「レジータを開始したのが二週間前で、今回、腎機能障害がわかったというのか。タイミング的にはヤバイ感じだな」

徐々に悲観的な見通しに傾いているようだ。今さら遅いが、こんなことなら津田にレジータの処方など頼まなければよかったと、野々村は臍《ほぞ》を嚙む思いだった。

病院の駐車場に車を入れると、野々村は鞄から灰色のネクタイを取り出して、明るい色のネクタイと取り替えた。それを見て、池野が思い出したように言った。

「前に院長にネクタイが派手だと難癖をつけられたのはこの病院か。てことは、村上がニヤニヤするなと怒鳴られて、やめる原因になったのもここだな」

「そうですよ。立岩っていう無茶な院長がいるんです。今日は出くわしたくないな」

祈るような気持で正面玄関を通り、津田のいる医局に向かった。大部屋に入ると、津田は自分の席でワイヤレスイヤホンをはめ、顎《あご》でリズムを取っていた。

「津田先生。野々村でございます。今日はチーフの池野とうかがいました」

野々村が大きめの声で言うと、津田はゆっくりと顔を上げ、イヤホンをはずした。

「天保薬品か。君に頼まれてレジータを処方したけど、困ったことになってねぇ。患者が尿量が減ったと言うもんで、念のために血液検査をしたら腎機能障害。ボクもいい勘してるなって自分でも感心したよ。今日、気づかなかったら、また二週間レジータをのみ続けるところだったからね。このまま腎機能が低下したら、命にも関わりかねないところだ」

嫌みと自慢をないまぜにしながら、椅子にふんぞり返る。

「腎機能障害はどの程度なんでしょうか」

「大したことはないけどね。君らのためにプリントアウトしておいたよ」

Ａ４のコピー用紙を差し出した。腎機能を表すＢＵＮ（血中尿素窒素）が、基準値８～20のところが32、同じくクレアチニンが、０・５０～１・２０のところが１・８２。さほどの異常ではない。それで緊急入院が必要なのだろうか。池野も同じ印象らしく、野々村と顔を見合わせる。

津田が横目でにらみ上げるようにして言った。

「何だよ。この程度で入院させて、大袈裟だとか思ってんじゃないだろうな。患者は高齢なんだよ。それで尿量が減ったと言ってるんだ。これは問題でしょう。急性尿細管壊死《きゅうせいにょうさいかんえし》（腎臓の尿細管の細胞が、さまざまな原因で損傷を受け、機能を失うこと）の危険もあるんだからね」

「もちろん、入院がよろしいかと」

池野が言うと、津田は陰険な喜びを顔に浮かべて問い返した。

「まあ、製薬会社さんにすれば、少々厄介なことになるかもしれんね。何しろ副作用で入院となれば、厚労省だって重大視するだろうからな」

嫌みな言い方にムカつくが、顔には出せない。池野が畏まったようすで訊ねた。

「念のためにうかがうのでございますが、レジータ以外で腎機能障害の起こる可能性はないのでしょうか」

「もちろん検討したよ。既往歴、併用薬、塩分の取り過ぎや脱水まで、あらゆる要素をチェックしたけど、残念ながら疑わしいものはなかったんだよね」

こちらが窮地に追い込まれるのを愉《たの》しむような言い方だ。

「恐れ入りますが、患者さまにお目にかからせていただくことは可能でしょうか。場合によっては補償の問題も発生しますので、できるだけ早くご挨拶させていただければ」

「ああ、いいよ」

意外にも気さくに請け合って、津田は野々村たちを病棟に連れていった。

患者は五階の循環器内科の病棟に入っていた。半白髪の上品そうな女性で、見たところさほど消耗はしていないようだ。

「製薬会社の人が挨拶したいって言うので、連れてきたよ」

津田の言葉に、患者は戸惑いを浮かべながら半身を起こした。

「天保薬品の池野と申します。この度は急なご入院で、さぞかし驚かれたことでしょう。腎臓の働きが弱っているとうかがいましたが、その原因について、私《わたくし》どもでもできるだけ速やかに調査し、結果をご報告させていただきたいと思います」

ていねいな口調ながら、巧妙に謝罪も責任を認める発言も口にしない。当然だろう。まだレジータの副作用と決まったわけではないのだから。

病室を出たところで津田が言った。

「それじゃ、報告書は営業所に送るから、天保薬品さんのほうもよろしくお願いしますよ」

難題を押しつける口調だ。津田はそのままナースステーションに残った。

エレベーターホールから階段に向かおうとしたとき、扉が開いて、恰幅のいい初老の医師が出てきた。野々村たちに鋭い目を向ける。野々村が慌てて一礼し、池野も素早く頭を下げる。階段口に入ってから野々村が言った。

「今のが立岩院長ですよ」

「なるほど。短気な傲慢医者って感じだな」

池野は一瞬で本性を見抜いたようだった。


営業所にもどると、野々村はその足で紀尾中に報告に行った。

「腎機能障害と言ったって、ＢＵＮが30そこそこですよ。入院の必要があるんですかね」

不満そうな野々村に続き、池野が畏まって頭を下げる。

「病院からの報告書次第ですが、うちから有害事象を出してしまって申し訳ありません」

有害事象は所長のキャリアに影響する。不運と言えばそれまでだが、競争社会ではなかったことにはしてもらえない。

「君たちが謝ることではないよ。適切に処理すればいい。仮に不利な事実が判明しても、包み隠さず報告するように」

紀尾中らしい指示だ。レジータに腎機能障害の副作用があるなら、公表することが患者の利益につながると考えているのだろう。


二日後、津田から届いた報告書を見て、野々村は絶句した。

『診断名：急性尿細管壊死・腎不全』、評価は『重度』より重い『中止に至ったＡＥ（有害事象）』、因果関係は『あり』にチェックが入っている。

ある程度は厳しい内容を覚悟していたが、ここまでひどいとは思わなかった。

「こんなメチャクチャな評価ってあるか」

池野も思わず吐き捨てた。所長室に行って報告書を見せると、さすがに紀尾中も深刻な表情になった。

池野が不満を堪えきれない口調で言う。

「ＧＦＲ（糸球体濾過《ろか》量）もクレアチニンクリアランスも、明らかに軽度でしょう。それを腎不全だなんて、過剰診断もいいところですよ。因果関係だって、まだレジータが原因と証明されていないのだから、『否定できない』にすべきでしょう。こんな悪意に満ちた報告書、とても受け入れられません」

「しかし、主治医の報告書には不服は申し立てにくい。ただでさえ、製薬会社は副作用を過小評価すると思われているからな」

「だけど、診断名に『腎不全』と書かれると、厚労省は重大な副作用と見なしますよ。せっかくのレジータの売り上げが台無しです。なんとか取り下げてもらわないと」

「野々村君。この津田という主治医を説得できそうか」

「昨日も面会したんですが、津田先生は予防線を張るみたいに、『腎不全は明確な診断基準がないから、正常でなければ「不全」と見なすこともできるよな』と言ってました」

「なんてヤツだ。いったい診断を何だと考えてるんだ」

義憤に駆られている池野を、紀尾中がなだめた。

「ここで怒っても仕方がない。あれから医薬研究部に問い合わせたんだが、代謝経路からしても、レジータに腎毒性は考えにくいという返事だった。もしかしたら、主治医が何か見落としているんじゃないか。あるいは何かを隠しているか」

「あの陰湿野郎なら、大いにあり得ます」

池野は意気込んで答えたが、どうやって尻尾《しっぽ》をつかむのか。病院側の報告書が出ている今、時間的な余裕は長く見積もっても数日だ。その間に津田の口を割らせられるか。

「もう一度、津田先生のところに行って、レジータに腎毒性がないことを伝えてくれ」

「わかりました」と答えたが、野々村の気持は重かった。


「報告書、ありがとうございました」

野々村が医局で頭を下げると、津田は機嫌のいい顔で、「どうだった」と訊ねた。さすがに愛想笑いのひとつも出るわけがないと心得ているのか、そのまま続けた。

「天保薬品には少々厳しい内容だったろうが、危機管理的には最悪の事態に備えるというのが、我々医療者の常識だからね。患者のことを考えれば当然だろう」

「もちろんでございます」

答えながら、何が患者のことを考えればだと、胸中で悪態をつく。

「津田先生。誠に申し上げにくいことですが、弊社の医薬研究部に問い合わせましたところ、レジータは肝臓で代謝されますので、腎毒性は考えにくいとのことでした。患者さまの既往歴や併用薬に腎機能障害を引き起こすものはないとのことでしたが、それ以外の要因で何か思い当たるものはございませんでしょうか」

「腎毒性は考えにくいだって。どういう意味だよ」

津田の目に怒りの炎がチラつく。これだからいやなんだと思うが、引き下がるわけにはいかない。

「弊社といたしましても、合理的な説明がつかないまま、有害事象との因果関係を認定することに戸惑いを覚える次第でして」

「じゃあ、何が原因だと言うんだ。この患者はな、これまで腎機能の低下はいっさい認められていない。それが二週間前にレジータを処方して、検査をしたら腎機能が低下した。因果関係は明らかじゃないか」

「もしかして、どこかで造影剤を使用したX線検査とか受けていないでしょうか」

「うちの病院以外にはかかってないよ」

「腎毒性のあるアミノグリコシド系の抗菌剤や、非ステロイド性の抗炎症剤、あるいは一部の抗がん剤なども、急性尿細管壊死を併発するようですが」

「だから、うち以外の医療機関にはかかっていないと言ってるだろ」

ほかに原因として可能性があるのは、大出血、大きな手術、広範囲の火傷《やけど》などだが、いずれも聞くだけ無駄だろう。やはりレジータしか原因は考えられないのか。

「往生際の悪い男だな。そっちの報告書はどうなってるんだ」

「鋭意作成中でして、一両日中にはできあがる見込みです」

「こっちの報告書はできあがってるんだから、先に厚労省に提出するぞ」

「それだけは今しばらくお待ちください。せめてあと二日、ご猶予をお願いします」

懇願しながら、野々村は自分が当てもなく返済期日を引き延ばす街金の負債者になったような気がした。

「しゃあねぇな。じゃあ、明後日だぞ。一日や二日待っても同じと思うがな」

「ありがとうございます」

野々村は深い泥沼を歩くような気分で医局をあとにした。

翌日は午前中、論文の検索サイトで急性尿細管壊死に関する文献を片っ端から読み漁《あさ》った。目の奥が痛くなるほど細かな字を追い続けたが、これといった収穫はなかった。

午後は阪都大の泌尿器科の教授にアポを取り、話を聞きに行ったが、やはり有用なアドバイスは得られなかった。

夕方、野々村はふたたび康済会病院を訪ね、ダメ元で今一度、津田に話を聞こうと思った。しかし、津田は午後から有休を取ったらしく不在だった。

——こっちは必死に答えを求めてあがいているというのに。

怒りと疲労でめまいがしそうになりながら医局を出た。そのまま帰ろうかとも思ったが、無駄足になるのも癪《しゃく》なので、患者に話を聞いてみることにした。

五階の病室に行くと、患者の夫が見舞いに来ていた。

「天保薬品の野々村と申します」

夫に名刺を差し出し、患者に訊ねた。

「現在、当社のレジータについていろいろ調査をしているところですが、入院後の体調はいかがですか」

「そうですね。お薬をやめたせいか、また動悸《どうき》がするんですけど」

「前回の診察でレジータが出たあとは、動悸は収まっていたんでしょうか」

「ええ。息切れも軽くなってたんですよ。でも、そのあと調子が悪くなっちゃって」

「それはおまえ、心臓とは関係ないだろ」

横から夫が補足した。野々村が目顔で問うとこう説明した。

「家内は虫歯があって、それが痛みだしたんですよ。食欲はなくなるし、水分もほとんど摂らなくなって」

意外な事実に、野々村はかっと全身が熱くなった。

「歯医者さんには行かれたんですか」

「いいえ。前にもらっていた薬が残っていたので、三日ほどのむとようやく収まりました。そのあとお小水が出にくくなって」

「薬の名前、わかりますか」

「《ジクロン》だったと思いますけど」

非ステロイド系の抗炎症剤だ。それなら腎毒性がある。

「それを三日のんだんですね。一日に何回ですか」

「二回の日もあったと思いますが、だいたいは三回」

まちがいない。歯痛による食欲不振と水分摂取不足。そこにジクロンが負担をかけて、腎機能が低下したのだ。

「ありがとうございます。これで謎が解けました」

何のことかと顔を見合わす夫婦を残して、野々村は大急ぎで営業所にもどった。

「所長。原因がわかりました」

事情を説明すると、紀尾中も表情を明るくした。

「よくわかったな。お手柄だ。津田先生には知らせたのか」

「まだです。池野さんが早まるなと言って」

いっしょに所長室に来ていた池野が説明した。

「あの津田って野郎は簡単に納得しそうにないので、文献的に証拠固めをしてから説得したほうがいいと思いまして」

「で、文献は見つかりそうか」

「今朝調べた文献に、似たような症例がありました」

論文の検索サイトでさがすと、ジクロンによる急性尿細管壊死の症例報告が見つかった。

「これで完璧ですね」

野々村は逸《はや》る気持を抑えてそのページをプリントアウトした。


ところが、翌日、池野とともに康済会病院からもどってきた野々村は、悔しさを露わにして、紀尾中に報告した。

「津田先生が報告書の訂正に応じないんです」

午前中にアポを取って、患者が非ステロイド系の抗炎症剤を服用していたと告げても、津田はそれが今回の腎機能障害につながる確証はないと言い張ったのだ。

「あれはもう意地になってるとしか思えませんね。レジータの公知申請が取り消されたら、慢性心不全の患者さんに使えなくなる、それでもいいんですかと言ったら、製薬会社はおまえのとこだけじゃねえと怒鳴って、まるで聞き分けのないガキでしたよ」

池野もお手上げだというように首を振った。

想定外の展開に、紀尾中も腕組みをして考え込む。

「こうなったら、我々は独自の報告書を出しますか。因果関係はなしという判定で」

「それだと病院側の報告書と食いちがうことになるな。厚労省に問題視されたら、また製薬会社が有害事象を過小評価したと取られかねない」

紀尾中の目に苦渋が浮かぶ。

「じゃあ津田の報告書に合わせるんですか。明らかにまちがっているのに」

池野の悔しそうな声に、野々村も奥歯を嚙みしめた。

「ちょっと考えさせてくれ」

紀尾中が言い、いったん協議は終了となった。


翌日、津田が厚労省に提出した報告書のコピーがバイク便で届いた。

開封するのも腹立たしかったが、確認しないわけにはいかない。どうせ前回と同じだろうと思って見ると、野々村は前に見たときとは逆の意味で絶句した。

診断名は『急性尿細管壊死』のみ。評価は『軽度』、因果関係は『なし』にチェックが入っている。まさか別人の報告書と入れ替わったんじゃないだろうな。

野々村は信じられない思いで、池野とともに所長室に行った。

「いったいこれはどういうことでしょう」

コピーを見た紀尾中が、ニヤリと口元を緩めた。

「一発逆転だな。やっぱり医学的な根拠のないいやがらせだったか」

顔を見合わす二人に、紀尾中が説明した。

「院長の立岩さんに話を通したんだよ。こういう事象が発生していて、主治医と我々の見解にかなり齟齬《そご》がありますとね。そしたらすぐ調べると言ってくれた。津田という主治医はとっちめられただろうな。それがこの報告書になったというわけだ」

野々村が未だに信じられない気持で訊ねた。

「でも、よくあの立岩院長がこちらの言い分を聞いてくれましたね」

「たしかに短気だが、立岩さんはそんなに悪い人じゃない。私も前に説明会で怒鳴られたけれど、そのあと逆に親しみを込めて接していたら、気さくに話しかけてくれるようになったんだ。それで別のセミナーで会ったとき、声をかけてきて、君のところのレジータはよく効くね、おかげでずいぶん楽になったと言ったんだ」

「立岩院長はレジータをのんでるんですか」

「自分で処方しているらしい」

野々村と池野がまた顔を見合わせる。

「野々村君から聞いたデータを告げると、立岩院長は、そんな値で腎不全なんてとんでもない、主治医は何を考えてるんだと怒ってた」

晴れ晴れとした気分で所長室を出たあと、野々村が池野に言った。

「さすがは所長ですね。立岩院長に怒鳴られても、避けずに逆に親しみを込めるというんだから。池野さんがいつも言ってる〝損して得取れ〟って、こういうことですよね」

「いやあ、俺なんか所長に比べたらまだまだだよ」

池野が珍しく神妙に言う。

「報告書を書き直させられた津田は、恨みがましく思ってるでしょうから、顔を合わすのがいやだと思ってたけど、逆に笑顔で近づいてやりますよ。今回の完勝を思い出せば、陰湿な嫌みを言われても平気ですからね」

野々村はむしろ津田の顔を見るのが楽しみというような調子で笑った。

11　在宅の光

月曜日の朝。

ミーティングエリアにはいつも通り、窓から太陽の光がいっぱいに差し込んでいた。

山田麻弥が手持ちぶさたにしている肥後に聞いた。

「うちの会社って、ワクチンは作らないんですか」

「作っとらんな。何でや」

「定期接種になったら自動的に売れるじゃないですか。こんな楽なことはないでしょう」

「簡単には定期接種にはならんやろ」

「なってるじゃないですか、子宮頸がんの〈ＨＰＶワクチン〉」

「ああ、ヒト・パピローマ・ウイルスですね」

略語を知っているとばかりに市橋が口をはさんだ。それを無視して、山田麻弥は肥後に言う。

「あのワクチンが定期接種になった経緯には、かなりの疑惑があるみたいですよ。厚労省の報告書に引用されている論文に、販売元の社員が筆者として紛れ込んでいたとか、審議委員会の委員に、関連企業から多額の金銭が渡っていたとかです。これって明らかに利益相反でしょう」

利益相反とは、立場等を利用して、不正に利益を誘導する行為や状況を指す。

「それで異例の早さで定期接種に格上げされたっちゅうわけか」

「ワクチンの推奨年齢が、小学六年生から高校一年生相当というのもおかしいでしょう。ウイルスの感染経路は、セックス以外考えられないのに、セックスをしない女子にまで受けさせるのは、販売元を儲けさせるための過剰予防ですよ」

「副反応もいろいろ出てるみたいだしな」

となりの池野が、山田麻弥に加勢した。

「だから、定期接種に決まってからたった二カ月で、厚労省は積極的勧奨の中止を発表したんです。これって十分な検討なしに定期接種化された証拠じゃないですか」

子宮頸がんワクチンを受けた女子に、筋力低下や不随意運動などの副反応が出たことは、一時、マスコミでも騒がれた。

山田麻弥が熱く続ける。

「にもかかわらず、産婦人科学会は、厚労省に積極的勧奨の早期再開を求めてるんです。主な感染経路がセックスであることは言わずにですよ。これってズルくないですか」

「そやからウチもワクチンを作って、専門家や委員に賄賂をばらまいて、定期接種にして儲けようと言うんか」

「ちがいますよ」

山田麻弥がテーブルに拳を打ち付けて肥後をにらんだ。

「わたしが言いたいのは、肝心なことが世間に伝わってないってことです。世間の人は健康情報に関心が高いのに、こういう少し考えればわかることを理解していないでしょう」

池野が揶揄する調子で言った。

「しかし、あんまり理解するのも問題だぞ。わからなくていいことまでわかるからな」

「何のことです」

「夫としかセックスをしていない女性が、子宮頸がんになったらどう判断するんだ。夫がどこかからウイルスを持ってきたってことになるだろ」

バツイチで気楽な独身貴族の野々村が、悲鳴に近い声をあげる。

「そんなんで浮気がバレたら最悪だな。不倫を責められるだけでなく、がんになったことでも恨まれるんだからな」

生まじめな牧も、深刻な調子で言った。

「逆の場合も問題ですよ。不倫に縁のない男の妻が、子宮頸がんになったら、そのウイルスはだれにもらったんだということになりますからね」

「ウハハハ。これは大問題やな。子宮頸がんはＨＰＶだけが原因やないというところに、すがる以外にない」

将来の結婚を考えて、不安になったらしい市橋が肥後に聞く。

「ウイルス以外でがんになるのは、何パーセントくらいなんですか」

「それは知らぬが仏や」

あとから出勤してきたＭＲたちも口々に言う。

「男の側は、ＨＰＶに感染してもがんになりにくいのは不思議だな」

「オーラルセックスで感染すると、口腔がんや咽頭がんになる危険性はあるみたいですよ」

「朝から何の話や」

肥後がまぜ返すと、良識家の牧が話をもどすように言った。

「山田さんの言いたいこともわかりますが、ワクチンを売ってる会社も、子宮頸がんを予防しているという自負があるでしょう。我々だって、患者さんのためになると思うから、いろんな薬を売ってるんですから」

「でも、ＨＰＶワクチンは、売り方がズルいから……」

堂々巡りになりかけたとき、所長室から紀尾中が出てきた。

「朝から侃々諤々《かんかんがくがく》の議論みたいだな。けっこう、けっこう」

そう言いながら、奥の定位置に座り、全体ミーティングをはじめた。

＊

「それじゃ、行ってきます」

チームの打ち合わせを終えた市橋が、車のキーを持って営業所を出た。今日の訪問は堺市の東区と、その東側の大阪狭山《さやま》市・富田林《とんだばやし》市方面である。

午前中の訪問先をまわったあと、ファミレスで昼食をすませ、午後はまず高級住宅地の大美野《おおみの》の高見《たかみ》クリニックに行った。去年、開業したばかりで、四十代前半の高見院長は気さくなので話がしやすい。

「先生、最近はいかがですか。このあたりは大きな家が多いから、患者さんも上品なんでしょうね」

「大きい家が多い分、人口密度が低いから、患者が集まらなくて困るよ。在宅訪問診療をやってなかったら、つぶれていたかも」

「またまた、ご冗談を」

たしかに高見クリニックは午後いちばんに来ても、午前の診察が延びていることはほとんどない。それで週に三回、午後に在宅訪問診療で患者宅をまわっているのだ。

「市橋君は薬剤師の村上さんを知ってるだろ。この前聞いたんだけど、彼は少し前まで天保薬品の堺営業所でＭＲをやってたそうだね」

名前だけではわからなかったが、元ＭＲと聞いて思い出した。康済会病院の立岩に「ニヤニヤするな」と怒鳴られて、会社をやめた村上理だ。

「彼、今はどこにいるんですか」

「マーブル薬局の富田林店で、在宅訪問の薬剤師をやっているよ。僕もずいぶんお世話になってる」

マーブル薬局は、村上の実家が経営している薬局のチェーン店だ。と言っても、府下に五店舗ほどで規模はさほど大きくない。村上は富田林市の出身だから、おそらく実家の店で働いているのだろう。

「村上さんは私の二年先輩なんです。急にやめちゃったんで心配してたんですが」

「彼は頼りになる訪問薬剤師だよ。仕事熱心で、患者さんの症状や処方について、いろんなアドバイスをくれる。さすがは元ＭＲという感じだね」

「ベタぼめじゃないですか」

「当然だよ。訪問薬剤師の中には、休日や深夜の処方をいやがる人もいるけど、村上さんはまったくそういうことはないからね」

「元気にやっているのならよかったです。また連絡してみます」

市橋は村上の神経質そうな顔を思い出しながら、開業医がよく使う薬をPRして、次のクリニックへと向かった。


数日後、市橋は堺東《さかいひがし》の居酒屋で村上と会った。

高見に村上のことを聞いてから、スマートフォンに残していたアドレスにメールを送ると、村上からもぜひ会おうという返信が来た。場所を営業所から離れたところにしたのは、みんなに合わせる顔がないという村上の希望だった。

先に店に行って待っていると、時間通りに村上が入ってきた。

「待たせたみたいやね。悪い」

「僕も今来たところです」

村上は営業所にいたころより少し太って、顔の線も柔らかくなっていた。言葉が関西弁なのは、患者と話す仕事に変わったからだろう。

ビールで乾杯してから、それぞれに好きな料理を注文した。

「お元気そうで何よりです。メールにも書きましたが、大美野の高見先生が村上さんのことを絶賛していましたよ」

「いやいや、高見先生のほうこそいつも患者さんのために一生懸命で頭が下がるよ。在宅医療は二十四時間、三百六十五日対応やからね」

謙遜しつつも、高見にほめられたのを喜んでいるのがわかった。以前よりどことなく落ち着いた感じだ。

「メールをもらったときは嬉しかった。あんなやめ方をしたから、営業所のみんなに申し訳なくて」

「大丈夫ですよ。康済会病院の院長はひどいらしいですね。野々村さんはネクタイを引っ張られたと言ってました」

「けど、怒鳴られたくらいでやめたのは僕ぐらいのもんやろ。自分でも情けないと思うよ」

「もういいじゃないですか。今は訪問薬剤師として活躍されてるんですから」

「そうやな」

互いにビールを飲みつつ、並んだ料理に手をつける。

「会社をやめてから、すぐご実家の薬局に勤めはじめたんですか」

「いや、しばらく家に引きこもってた。なんで僕がこんな目に遭わなあかんねんとか、もうちょっと頑張ったほうがよかったんかなとか、鬱々としてたら、紀尾中所長が電話をくれたんや」

「所長が？」

「急にやめたことを謝ったら、気にせんでええと言うてくれて、僕のええとこが発揮できる場所があるはずやから、そこで頑張れと応援してくれはった。嬉しかったよ。それで元気が出て、親父の店で働かせてもらうことにしたんや」

「訪問薬剤師の仕事は、自分からはじめたんですか」

「それも紀尾中さんのアドバイスや。君はドクターの相手をするより、患者を相手にするほうが向いてるやろと言うてくれてな。あの人、ほんまによう見てるわ。うちの店では女性の薬剤師が在宅をやってたんやけど、夜とかは危ないから親父が行ってたんや。それを僕が引き受けて、昼間の配達も僕が行くようにした。そしたらこれが面白うてな」

村上は訪問薬剤師の仕事を簡単に説明した。医者が処方箋をファックスで送ってくると、調剤して患者宅に届けるのがメインだが、ほかにも服薬指導や残薬の管理、訪問看護師やケアマネージャーとの連携などもするという。

「今の介護はチームプレーやからな。メンバーの一員として、利用者と家族に喜んでもらえるのが、やり甲斐につながってる。薬以外にもいろんなものを届けるんやで」

「たとえば？」

「おしめとか尿取りパッドなんかの介護用品、爪切りとか耳かきなんかの日用品、サプリメントとか栄養補助食品なんかも持っていく。口腔ケア用の歯ブラシとか、頼まれたら腰痛ベルトや膝のサポーターなんかも揃える。介護用の移動コンビニみたいなもんや」

そう言って、ジョッキのビールを飲み干し、大きな声でお代わりを注文した。

「村上さん、なんか活き活きしてますね。でも、患者さんや家族が相手だと、ドクターのときとはちがう苦労もあるんじゃないですか」

「そらあるよ。なんぼ説明しても、薬をのみ忘れるお爺ちゃんとか、逆にのんだかどうかわからんようになって、のみすぎるお婆ちゃんとかな。そういう人には、〝お薬カレンダー〟を持っていって、薬を一日分ずつ小分けしてカレンダーのポケットに入れとくんや。そうするときっちりのんでくれる」

患者の相手はやはり面倒くさそうだなと思うが、村上は市橋の反応に頓着せずに続けた。

「在宅で患者さんと家族を見てたら、いろいろなことを感じるんや。重症のアルツハイマー病の患者さんで、完全に無言無動なんやけど、ご主人が熱心に介護をしてて、褥瘡《じょくそう》予防のために、夜中でも二時間おきに体位変換をしてる。退院前のCTスキャンを見たら、脳実質が萎縮してペラペラになってた。目は開いてるけど表情はまったくない。そやのに、ご主人がこう言うんや。『朝、温《ぬく》いタオルで顔を拭いてやったら、やっぱり気持がええのか、嬉しそうな顔をしよりますねん』と。ご主人にはそう見えるんやろうな」

「脳実質が萎縮してるなら、反応はないんじゃないですか」

「僕もそう思うよ。けど、ご主人にあり得ませんとか、言う必要ないやろ」

たしかにそれは余計なことだ。患者や家族には、医学的に正しいことより、心が安らぐことのほうが重要だろう。

「訪問診療のドクターにもいろんな先生がいるんじゃないですか。処方のまちがいとか、薬の出し忘れとかありませんか」

「あるよ」

「そういうときはどうするんです。まちがいを指摘したら、怒るドクターもいるでしょう」

「おるけど、相手によって対応を変えるノウハウをMRの経験で学んだからな。ほんとうにヤバイときは、相手を怒らせてでも、粘り強く説明する。不愉快なこともあるけど、患者さんのためやからね」

「村上さん、強くなりましたね。高見先生が、村上さんは夜中や休みの日に処方を出しても、嫌がらずに届けてくれるってほめていました」

「いつでも届けるのは当然のことや」

「でも、夜中にいつ起こされるかわからないと、ゆっくり眠れないじゃないですか。休みの日も予定が立てにくいし、つらいと思うことはありませんか」

「それはない。患者さんは薬を待ってるんやから」

「どうしてそこまでやれるんです」

村上は箸を置いて、ビールで赤くなった顔をさらに赤らめて言った。

「市橋君には悪いけど、MRのときには患者さんのためになってるという実感がなかった。どうしても会社の利益のために働いてるという気持があるやろ。けど、訪問薬剤師は、直接、患者さんの役に立ってるんや」

村上は酔ったのか、呂律《ろれつ》の怪しくなりかけた口調で続けた。

「医者は診察はするけど、薬は持ってない。患者はいくら診察してもらっても、薬がないことには症状は治らへん。そやから僕が届けるんや。深夜に車を走らせると、住宅街はわずかな門灯があるくらいで、どの家の窓も真っ暗や。その中に一軒だけ、窓に明かりのついてる家がある。それが薬を待ってる家なんや。インターフォンを押すと、患者や家族が待ち焦がれた顔で出てくる。薬を渡すと、相手は拝まんばかりに喜んで受け取ってくれる。そしたらこっちもええ気持になるの、わかるやろ。ああ、ええことをした。そんな気持で帰るときは、夜中であれ、休みの日であれ、少しもつらいとは思わんよ」

「なるほど……。村上さん、今の仕事に変わってよかったですね」

「そう思うか。ありがとう」

村上はジョッキを持ったまま頭を下げた。

その姿を見て、市橋は逆に複雑な気持になった。自分と今の村上とでは、立場がぜんぜんちがう。在宅訪問の薬剤師は、どの会社の薬でも、患者がよくなりさえすればいい。だが、MRは他社の薬で患者がよくなっても、心からは喜べない。自分たちMRは、所詮、会社の利益と自分の成績のために働いているのだ。社長の万代や所長の紀尾中は、患者ファーストを忘れるなと言うけれど、実際には会社ファースト、自分ファーストにならざるを得ない。少なくともチーフの池野や山田麻弥なら、それを堂々と認めるだろう。市橋はそれに抵抗したい気分だった。

顔を上げた村上が、市橋のようすに気づいて訊ねた。

「市橋君は、何か悩みごとがあるのか」

「いえ。悩みというほどではないんですが。村上さんが羨ましいなと思って」

「MRかて、直接患者さんに接しなくても、十分、医療に役立ってるやろ。患者さんのことを第一に考えて、仮に他社の薬を薦めることになっても、それは医師の信頼という形で返ってくる。そうやって人間関係を作っていくことが売り上げにもつながるし、ひいては患者さんのためにもなるやろう」

「そうですね」

会社をやめた村上に励まされる形になって、市橋は己の不甲斐なさを密かに嗤った。村上が新しい仕事に意義を見つけたように、自分も納得できるものをさがせばいいのだ。

「今日は会えてよかったですよ。村上さんが頑張っていること、紀尾中所長にも伝えておきます」

「ああ、よろしく頼む」

あとは軽い話題で気楽に盛り上がり、楽しい夜を過ごすことができた。

12　発達障害ＭＲ

大阪・日本橋《にっぽんばし》にある国立文楽劇場の小ホールで、チケットといっしょに渡された名刺を取り出し、山田麻弥があきれたように言った。

「この肩書き、『琵琶法師《びわほうし》』って怪しすぎでしょ。でも、裏に連絡先が書いてあるから、マジで配ってるんだわ」

となりの座席にいる市橋が、微妙なため息を洩らす。

「殿村さんはこの流派の中では、けっこうえらいみたいですよ。奥伝とかいう免許をもらってるって言ってましたから」

二人は錦心《きんしん》流琵琶の演奏会に来ているのだった。

三カ月ほど前、営業所で趣味の話をしていたとき、池野が「殿村さんは琵琶を弾くんですよね」と、殿村に声をかけた。「そうだよ」と言うのを聞いて、山田麻弥が「へえ、琵琶ですか。いっぺん聴いてみたい」と言い、市橋が「僕も」と応じた。そのとき、池野が横を向いて小さく肩をすくめたが、市橋はその意味がわからなかった。

わかったのは今週月曜日だ。

「これ、山田さんと市橋君に。今週の木曜日。午後六時半からだから」

唐突に渡されたのが、演奏会のチケットと名刺だった。唖然とする二人を残して、殿村は何事もなかったかのように自分の席にもどった。

池野が近づいてきて低くささやく。

「前に殿村さんの琵琶の話をしたとき、君らがいっぺん聴きたいと言っただろう。だから、チケットをくれたんだよ」

山田麻弥が声を落として言い返す。

「あんなのお愛想に決まってるじゃないですか」

「それが通じないのが殿村さんなんだよ。お愛想でも行くと言ったら行く、聴きたいと言ったら聴きたい、それが殿村さんの理解なんだ。チケットを受け取りながら演奏会に行かなかったら、理由をしつこく聞かれるぞ、殿村さんが納得するまで」

「えー、最悪」

山田麻弥が顔をしかめる。市橋も興味はなかったが、スケジュールを確認すると、幸か不幸か予定は空いていた。

次の日、山田麻弥が紀尾中に愚痴った。

「所長は殿村さんが琵琶を弾くのをご存じでした？　わたしと市橋君、明後日、演奏会に行かなくちゃいけないんです。時間の無駄だと思うんですけど」

「たまには伝統芸能に触れるのもいいんじゃないか。私は興味ないけど」

「わたしだってありませんよ」

ふて腐れる山田麻弥の横から、市橋が訊ねた。

「殿村さんて、どこか捉えどころがない感じですが、それでもチーフMRをやっているということは、営業力はあるんでしょうね」

「殿村君はある種のレジェンドだな」

「どういうことです」

営業に関する話だと、山田麻弥は俄然、興味を示す。

「彼は自分でも公表しているからいいと思うが、軽い自閉スペクトラム症、いわゆるアスペルガーらしいんだ。知能は高いけれど、コミュニケーションにやや難がある。ところが、ほかのMRにはない能力もあってね」

そう言えば、池野も以前、殿村は発達障害っぽいと言っていた。それでも何か特別な能力があるのか。

「たとえば、何年も前にした約束を覚えていてきっちりと守る。ダメ元で頼まれた稀少な文献を、二年以上たってから『ありました』とドクターに届けて、相手を驚かしたこともあるそうだ。映像記憶もあって、製薬法や薬の複雑な構造式を、一度見たら忘れないらしい。それで殿村君は医師の信用を得て、多くの薬を処方してもらってるんだ」

山田麻弥が不審そうにつぶやく。

「でも、コミュニケーションに難ありだと、先生方を怒らせることもあるんじゃないですか」

「そのへんはうまくやっているようだよ。詳しくは本人に聞いてみたらどうだ」

同じ時間を費やすのならと、山田麻弥は殿村に、「演奏会が終わったら、少しお話を聞かせてもらえませんか」と頼んだ。市橋は演奏会のあとには会のメンバーと打ち上げがあるのではと気を遣ったが、殿村はあっさりと彼女の頼みを承諾した。

会場の小ホールは客席が百五十ほどだが、客はまばらで、ほとんどが関係者か奏者の知人のようだ。どこかで見たような顔もあったが、とっさにだれかわからなかった。

「錦心流琵琶というのは、薩摩琵琶の一派で、明治の終わりごろに永田《ながた》錦心という人が創設した流派らしいですよ」

市橋がパンフレットを見ながらつぶやくと、山田麻弥は「興味ないわ」とそっぽを向いた。演目には「羽衣」「本能寺」「羅生門」など、聞いたことがあるようなないようなタイトルが並んでいる。殿村は三番手で、平家物語の「敦盛《あつもり》」を奏でるらしかった。

開演になり、緞帳《どんちよう》が上がると、金屏風の前に緋毛氈《ひもうせん》が敷かれた舞台に、最初の奏者が現れた。和装の女性で、正座の膝に琵琶を立てるように載せ、大きな撥《ばち》を構える。一礼したあと、いきなり、ベーン、ベベーンとたゆたうような音が響いた。女性がよく通る声で歌いだす。謡《うた》うというか、吟《ぎん》じるというか、琵琶の演奏を聴くのがはじめての市橋には、いかにも新鮮に聞こえる。

二番手の女性が演奏を終えると、いよいよ殿村が舞台に現れた。黒紋付きに袴《はかま》の出で立ちで、盲目の法師をイメージしているのか、出てくるところからほとんど目を閉じている。一礼したあと、膝に琵琶を載せ、底辺が三十センチほどもある大ぶりな撥を構えた。

「あの撥、水牛の角製で、三十万円もしたそうですよ」

市橋が殿村から仕入れた情報を伝えると、山田麻弥は冷ややかに肩をすくめる。

撥が翻《ひるがえ》り、ジャラン、ビーン、ジャジャンと前奏がはじまる。弦を弾《はじ》くタイミングがバラバラで、アレンジなのか下手なのかがわからない。余韻を残して前奏が終わると、おもむろに唸りだした。

〽祇園精舎《ぎおんしようじや》の鐘の声　諸行無常の響きあり
沙羅双樹《さらそうじゆ》の花の色　盛者必衰の理《ことわり》を表す

この有名な文句を歌い終わるのに、たっぷり二分ほどもかかる。そのあと、敦盛が登場し、武蔵《むさし》の武将熊谷直実《くまがいなおざね》との悲劇のやり取りがある。殿村は琵琶をかき鳴らしたり、弾いたり、擦《こす》ったりの大熱演で、十五分ほどの演奏を終えた。

自らも感極まったかと思いきや、弾き終わるとふつうの顔にもどり、スタスタと舞台袖に引き揚げた。やっぱり殿村さんは変わってると、市橋は思わずにはいられなかった。

演目がすべて終わったあと、半分以上居眠りをしていた山田麻弥を起こし、出口近くのロビーで待っていると、スーツ姿に着替えた殿村が出てきた。琵琶用の大ぶりなケースを肩にかけ、着物が入っているらしいキャリーバッグを引いている。

「どこか近くの店にでも入ろうか」

「出演者のみなさんと、ごいっしょしなくてよかったんですか」

市橋がふたたび気を遣うと、殿村はなぜ同じことを聞くのかという顔で首を傾げ、市橋が忘れたかのように答えた。

「山田さんが話を聞かせてほしいそうなんだ。だからね」

「いや、そうですけど」

当の山田麻弥は、早く行こうとばかりに出口に足を向けている。

劇場の外に出ると、後ろから大柄な青年がついてきた。微妙な距離でついてくるので、山田麻弥が気味悪がって市橋に聞いた。

「後ろにいるの、だれ」

歩きながらそれとなく後ろを見るが、市橋にもわからない。殿村をうかがうが、何も言わない。そのまま堺筋を南に下り、殿村は通りに面した割烹料理屋の引き戸を、慣れたようすで開けた。

「ここ、よく来るんですか」

「いや、はじめてだ」

店に入ると、大柄な青年もついてきて、市橋たちのとなりのテーブルに座った。殿村の知り合いか、琵琶の関係者かと思うが、こちらを見ようとしないので、市橋も気にしないことにする。

ビールで乾杯したあと、山田麻弥はすぐにも自分の聞きたい話に持っていきたいようすだったが、ここはまず演奏会の話をすべきだろうと配慮して、市橋が言った。

「今日の演奏会、よかったです。琵琶の生演奏を聴くのははじめてですけど、聴き応えがありました」

「そりゃよかった」

「音の響きがすごいですよね。今でも耳に残ってます」

「そりゃよかった」

同じ返事に市橋が苦笑すると、山田麻弥が待ちきれないとばかりに殿村に聞いた。

「この前、紀尾中所長に聞いたんですが、殿村さんて、ＭＲのレジェンドなんですってね。少し勉強させていただきたいんですが、どんな営業をされるのですか」

いきなりそんなことを聞くのは失礼だろうと思ったが、殿村は頓着せずに答えた。

「特別なことはしていないよ。とにかくドクターの前では、できるだけ薬の話はしないようにしている」

「はあっ？」

山田麻弥が顔を歪め、市橋も意味不明とばかり首を傾げる。

「じゃあ、趣味の話とかで場を持たすんですか。まさか、琵琶の話とか？」

「いや、琵琶のことはほとんど言わない。興味を持ってるドクターなんか滅多にいないからね。まあ、たまに変わり者の教授なんかで、琵琶が大好きという人もいるけど」

山田麻弥が苛立ちを抑えているのがわかる。殿村はそれに気づいてか気づかずか、視線を上げてつぶやくように言う。

「薬の話をしないと、逆に聞かれたりするんだ。何のために来たのかっていう顔でね。そのときは答えるけど、売り込みはしないようにしている。そうすると処方してくれるな」

山田麻弥が市橋に顔を寄せて小声で聞く。

「市橋君、わかる？」

首を横に振ると、山田麻弥は年長のチーフへの敬意も忘れたように露骨な聞き方をした。

「つまり、その得体の知れない雰囲気で、逆に先生方の興味を惹くというわけですか」

「そういうことは考えたことがないな。とにかく自然体でいくことだよ」

「所長が殿村さんは製薬法でも薬の構造式でも、一回見たら忘れないと言ってましたが、何か特殊な訓練とかされたんですか」

「記憶力はいいほうかな。ドクターの顔と名前も、一度見たら忘れないしな。しかし、冷蔵庫を閉め忘れたり、ガソリンを入れ忘れてエンストになることはときどきある」

羨ましいようなそうでないような話に、山田麻弥はますます混乱している。

「話はこれくらいでいいかな」

殿村が唐突に言い、「君、ちょっと」と、となりのテーブルにいた大柄な青年に声をかけた。

「前にやめた村上君の後任で、うちの営業所に配属された緒方《おがた》君だ」

えっと市橋と山田麻弥が顔を見合わす。青年は急にスイッチが入ったかのように背筋を伸ばし、こちらのテーブルに向かって頭を下げた。

「緒方晴仁《はるひと》です。よろしくどうぞ」

市橋と山田麻弥はすぐに挨拶を返せないくらいに驚き、殿村と緒方を何度か見返した。

殿村が緒方に言う。

「同じ営業所の山田さんと市橋君だ。チームは別だが、世代は近いだろうから、いろいろ教えてもらうといいよ」

「はい。よろしくどうぞ」

「こちらこそ……」

山田麻弥が応えるが、目が虚ろだ。殿村が説明する。

「緒方君は優秀なMRなんだが、どうも営業所で長続きしなくてね。堺営業所も五カ所目だったたっけ?」

「六カ所目です」

緒方はアラサーに見えるが、その歳で六カ所の営業所を転々としたのなら、相当なハイペースだ。

「どうしてそんなに営業所を変わったんですか」

山田麻弥が訊ねると、緒方は照れ笑いをしながら後頭部に手をやった。代わりに殿村が答える。

「彼はよくドクターを怒らせるんだ。それで上が異動させたほうがいいと判断するんだ」

「たとえばどんなことをしたんです?」

緒方がはにかむように答えた。

「尼崎《あまがさき》の営業所では、中央病院で院長が『話を聞いてるのか』と言ったので、『ほかのことを考えてました』と答えたら、激怒されました。北畠《きたばたけ》では、府立病院の内科部長のアポを二回続けて忘れて出禁になりました。豊中《とよなか》では市立病院の内科のドクターが変な髪型になってたんで、『散髪屋さんが失敗したんですか』と聞いたら、殴られました。千林《せんばやし》では皮膚科の女性医師に『口が臭いですね』と言ったら、コップの水をかけられました。和歌山では泌尿器科の教授に『ご先祖は足軽ですか』と聞いて、口をきいてもらえなくなりました」

「彼はちょっとコミュニケーションに難があってね」

殿村にそう言われるなら、相当なものだろう。市橋は笑顔が強張るのを感じつつ、なんとか差し障りのない話題を振る。

「今日は殿村さんの演奏会に来てたんですね。どうでしたか」

「素晴らしかったです。琵琶ははじめてでしたが、心に響くものがありました」

「そりゃよかった」

また同じ相槌だ。市橋が続けて聞いた。

「緒方さんは何か趣味があるんですか」

「僕の趣味は浪曲です」

山田麻弥が額に手を当てて顔を伏せる。市橋も驚いて訊ねる。

「浪曲をやるんですか」

「聴くほうです。大阪は会が少ないので困っているんです。東京には定席もあって聴く機会も多いんですが、大阪はお寺の境内とか、区民ホールとかくらいで。だけど、生で聴く浪曲はいいですよ。客席から『待ってました』『たっぷり』なんて声がかかって、空間の一体感と言いますか、浪曲師が両手を広げて唸りだすと、それはもう……」

緒方は浪曲の魅力について興奮したように語りだした。途中で口をはさめないほどの勢いで、市橋は耳を傾けるのに疲れてくる。殿村は平気そうだが、山田麻弥はさっき以上に苛立ち、顔に怒りさえ浮かべている。市橋はそろそろそのへんでという雰囲気を出すが、まるで伝わらない。

ようやく話が途切れたときに、殿村が言った。

「浪曲はいいよね。春野百合子《はるのゆりこ》なんかよかったね。緒方君の好きな浪曲師はだれ」

せっかく終わりかけていたのに、緒方はさっきに増して早口でまくしたてた。

「それはむずかしい質問です。どの浪曲師にもそれぞれ特徴があって、たとえば……」

ふたたび浪曲談義がはじまり、ついに山田麻弥が声をあげた。

「すみません。わたし、明日の準備があるので、お先に失礼します」

財布から五千円札を取り出し、「足りなかったら明日言って」と市橋に言い残して、椅子に突っかかりながら店を出て行った。

緒方が茫然とそのあとを眺めている。殿村が慰めるように言った。

「悪かったな。彼女、ちょっと空気が読めないところがあるからな」

市橋が目を剝《む》く。それはあんたらでしょうと思うが、彼らにすれば、せっかく盛り上がっていたのにということになるのかもしれない。

立場が代われば、どちらが基準かはわからない。どこまで空気を読めばいいのかも人それぞれだろう。ということは、程度の差はあれ、だれもが発達障害ということではないか。

そう考えていると、緒方があっけらかんと言った。

「山田さんは、僕よりコミュニケーションに難があるんですね」

山田麻弥が聞いたらどれほど激怒するだろう。彼女が先に帰ったのは正解だと、市橋は虚ろな笑みを浮かべた。

13 ブロックバスター

その日、牧健吾はいつも乗る朝の電車を一本遅らせた。家を出るとき、下の七歳の娘・繭子《まゆこ》がぐずったからだ。下の娘にはどうしても甘くなる。繭子は制服のスカートがブカブカだと泣いたのだ。「お姉ちゃんも一年生のときはブカブカだったよ」と言っても納得せず、妻が肩紐を調節してどうにか泣きやんだ。

牧は島根県松江《まつえ》市の出身で、大学から関西に来て、同級生だった妻と結婚した。目立たない風貌だが、勉強熱心で、医師の信頼も厚く、ＭＲとしての成績は申し分ない。

ミーティングエリアには、すでに八割方のＭＲが集まって雑談をしていた。今朝の話題は、製薬会社にとってもっとも好ましい病気は何かということらしかった。

調子のいい野々村が、スマホをいじくりながら肥後に言った。

「やっぱり重症の病気がいいんでしょうね。薬をたくさん使ってくれますから」

「いいや。いちばんええのは、治らん病気やな。ずっと薬をのんでくれるやろ」

「高血圧とか糖尿病みたいな慢性病だな」

だれかが答えるのが聞こえ、牧はふと、自分の病気もそうだなと自嘲する。

文学部出身の牧が製薬会社に就職したのは、大学二回生のときに、自分が「家族性高コレステロール血症」だとわかったからだ。悪玉と言われるＬＤＬコレステロールが遺伝的に高くなる病気で、動脈硬化になりやすい。母方の祖父は脳梗塞、叔父は心筋梗塞で亡くなっていたし、母もずっとコレステロールを下げる薬をのんでいる。

牧自身は子どものころから脂肪の多い食事を好まず、なおかつ片方の親からの遺伝による「ヘテロ接合体」という軽症のタイプだったので、成人するまでわからなかった。

「慢性病の患者は、リピーターやからな」

肥後の皮肉な比喩に、野々村が「ヘヘッ」と笑う。もちろん彼らに悪気はない。二人は健康だから、ずっと薬をのみ続けなければならない者の気持がわからないのだ。

牧が自分の病気を黙っているのは、気を遣われたり、あれこれ聞かれるのがいやだからだ。もちろん、妻には結婚前に明かしている。ヘテロ接合体は、遺伝の確率が五〇パーセントだから、出産は不安だったが、幸い上の娘・真理恵《まりえ》には遺伝しなかった。だが、繭子が牧と同じヘテロ接合体だった。そのため食事に気をつけなければならないし、将来の妊娠、出産にも注意が必要となる。

雑談から気が逸れていると、となりで早口の声があがった。

「エイズウイルスのキャリアも、ありがたいんじゃないですか」

これまた服薬には縁のなさそうな山田麻弥だ。

「キャリアはエイズの発症を抑えるために、一生、薬をのみ続けなくちゃいけないんですから。一人当たり年間約三百万円の薬価収入らしいです。うちの会社もエイズ抑制の新薬を開発してくれないかしら」

チーフＭＲの池野が首を振った。

「年間三百万なんて、そんなチマチマ儲けてどうするんだ。我々が目指すべきはやっぱりブロックバスターだろ」

池野の向こうに座っている市橋が素朴に訊ねる。

「ブロックバスターって、そんなに儲かるんですか」

「ブロックバスターは年間の売り上げが十億ドル、つまり約一千億円を超える薬のことだ。分子生物学とＩＴ技術の発展で、多くの新薬が創られるようになって、合併と買収による製薬会社の大型化で、巨額の宣伝費が投じられて、メガヒット商品が誕生してるんだ」

池野が具体例を挙げる。

「高脂血症治療薬の〈リピトール〉を知ってるだろ。あれはピーク時で年間の売上高が約百三十六億ドル、一兆四千三百億円ほどだ。一剤で販売元であるファイザーの年間売上の三分の一を稼ぎ出した。日本発では、抗がん剤の〈オプジーボ〉が約七千九百億円、認知症治療薬の〈アリセプト〉も、最盛期には年間約三千億円だ。同じく降圧剤の〈ブロプレス〉も二千九百億円ほど売り上げてる」

「そんなにですか。ブロックバスターってすごいんですね」

「ブロックバスターがどうしたって？」

所長室から出てきた紀尾中が、機嫌よさそうに訊ねながらミーティングエリアの奥に進んだ。いつもの席に着くと、テーブルの上で両手を組み、にこやかにミーティングの開始を告げた。

「みんなも承知と思うが、今年四月にうちが出した高脂血症の新薬バスター5は、当社のブロックバスターになることが期待されている。そのためには一にも二にも、来年改訂される『診療ガイドライン』に収載される必要がある。この度、経営企画担当の栗林常務から、当営業所がガイドライン収載活動の中心になるようにという特命が下った」

ＭＲたちの表情がいっせいに華やいだ。彼らは紀尾中がバスター５のプロモーションを手がけられるかどうか、気を揉んでいたことに気づいていたからだ。

牧の胸の内はさらに複雑だった。バスター５は家族性高コレステロール血症にも有効で、彼自身が密かに服用している薬だったからだ。

「当営業所が選ばれた理由は、ガイドラインの作成に多大な影響力を持つ泉州医科大学の乾学長のお膝元であるからだ」

乾はガイドラインの改訂を担当する合同研究班の班長である。紀尾中は地理的な理由しか挙げなかったが、本社が特命を下したのは、紀尾中の有能さを信頼してのことであるのは、牧以下、全員が了解している。

「ガイドラインの改訂作業は、これからが本番となる。特に来年四月に予定されている日本代謝内科学会総会は、会場が大阪で、乾学長が学会長を務めることが決まっている。最終的な評価はそこで決まるだろうから、みんなも気を緩めず、バスター５のガイドライン収載が確実なものになるよう努力してもらいたい」

「はいっ」

その場のＭＲ全員が声を揃えた。

バスター５の売上見込みは、診療ガイドラインの第一選択に記載されれば、一挙に一千二百億円前後に跳ね上がり、天保薬品の新たなブロックバスターになると見込まれている。だが、当然ながらガイドラインへの収載は簡単ではない。科学的根拠はもちろんのこと、臨床現場の反応や、学会での評価も参考にされる。さらには、他社のライバル薬にも打ち勝たなければならない。

堺営業所に特命が下ったからには、牧もその一員として、さらには自分自身が服用している薬にお墨付きを得るためにも、密かに目的達成の決意を固めた。


高揚した気分でミーティングが終わったあと、牧は紀尾中に呼ばれて所長室に行った。

「今日、十時に取材に来る記者は、君の知り合いなんだろ」

「大学時代の同級生です」

「だったら、君も同席してくれ」

この日の取材は、牧が毎報《まいほう》新聞の医療情報部にいる友人の菱木雄治《ひしきゆうじ》に頼んだものだった。バスター5の特性を話すと、興味を持ってくれたのだ。

時間通りに菱木が来ると、紀尾中は親しみを込めた笑顔で出迎えた。

名刺を交換したあと、菱木はさっそく取材ノートを広げて質問をはじめた。

「御社のバスター5は、高コレステロール血症の画期的な新薬とのことですが、これまでの薬とどこがちがうのですか」

「従来の治療薬は、コレステロールを下げることばかりを目指していました。代表的なものは、肝臓でのコレステロールの生成を抑える〈スタチン〉系と、消化管からの吸収を抑える〈エゼチミブ〉です。第三の方法として、排泄を促す薬も開発されていますが、これは下痢などの副作用もあり、さほどの効果が得られません。弊社のバスター5は、これらとはまったく異なる発想で創られたものです」

紀尾中はいったん言葉を切り、改まった調子で訊ねた。

「菱木さん。脳梗塞とか、心筋梗塞はご存じでしょうが、腎臓梗塞とか、肝臓梗塞というのを聞いたことがありますか」

菱木は戸惑いの表情で首を振る。

「コレステロールが問題なのは、動脈硬化を引き起こし、脳梗塞や心筋梗塞につながるからです。しかし、腎臓や肝臓にだって動脈はあるし、心臓や脳以上に血管が細かいのだから、梗塞を起こしても不思議ではない。ところがそうはならない。なぜか。バスター5はそこに目をつけて開発された薬なんです」

要領がつかめない菱木に、紀尾中がパンフレットの図を示した。脳と心臓の血管に、悪玉コレステロールが吸着しているイラストが描かれている。

「コレステロールは全身の血管に均等に流れているのに、なぜ脳と心臓の血管で梗塞を引き起こすのか。それは脳と心臓の動脈の壁に、特別コレステロールがくっつきやすいからなんです」

さも意外なことを言われたように、菱木はパンフレットの図に目を凝らした。コレステロールがこびりつくと、動脈の壁はコブのように膨れ、内腔を狭めてしまう。動脈の内皮にコレステロールを取り込んでいるのは、Y字形の白い分子だ。『アポBレセプター』と書いてある。

菱木が眉をひそめて聞いた。

「このアポBレセプターというのが、動脈硬化の原因なのですか」

「そう。『アポB』というのは、コレステロールの表面にあるタンパク質です。アポBレセプターは、このタンパク質と結合して、コレステロールを血管の壁に取り込むのです」

納得したように菱木がうなずく。話が見えてきたのだろう。

「脳と心臓で梗塞が起こるのは、脳と心臓の動脈の壁に、ほかよりアポBレセプターが多いということです。バスター5は、このアポBレセプターをブロックする薬なのです」

紀尾中の説明に、菱木は取材ノートに要点を書き留めていく。そして、ふと思いついたように聞く。

「なぜ、脳と心臓の動脈の壁に、このレセプターが多いのですか」

「それは重要臓器だからです。コレステロールは元々生体に必須の物質です。かつてコレステロールが十分でなかった時代に、ほかの臓器より効率よく取り入れるために、アポBレセプターが多く発現したのでしょう。ところが近代になって食生活が向上し、コレステロールが過剰になった。それが動脈硬化の原因になる。バスター5はこの過剰摂取を抑えるのです」

バスター5が動脈硬化を抑制するメカニズムはわかっただろうが、その先の画期的な意味を、菱木は理解するだろうか。牧は期待を込めて大学時代の友人を見た。紀尾中も同じ思いなのか、考える時間を与えている。

菱木は頭を整理するように眉間に皺を寄せ、自分の考えを追うように言葉にした。

「動脈硬化はコレステロールが原因のひとつで、バスター5はコレステロールを取り込むアポBレセプターをブロックする。ということは――、つまり、コレステロールが高くても、血管の壁に取り込まれない。ということは――、そもそもコレステロールを下げる必要がなくなるのですね」

「ご明察」

さすがは辣腕《らつわん》記者だ。紀尾中も満足そうに微笑む。

菱木が牧のほうを向いて、難問のクイズでも解いたような顔で言った。

「たしかに画期的な治療薬だな。高コレステロール血症という病気が、有名無実になるんだものな。面白い記事になりそうだよ」

牧も興奮気味に応じた。

「心臓と脳以外で梗塞が起こらないことに目をつけたのは、紀尾中所長なんだ。すごいと思わないか。脳梗塞や心筋梗塞の研究をする者は多かったが、梗塞が起こらない臓器に着目した研究者はいなかったんだから」

「私はきっかけを作っただけだよ。重要な役割を果たしたのは、アポBレセプターを発見したうちの創薬開発部だ」

謙遜したあとで、紀尾中が元の口調で菱木に続けた。

「動脈硬化を起こすのは、コレステロールだけではありません。中性脂肪も原因になります。バスター5は完全にではありませんが、中性脂肪が心臓と脳の血管に蓄積されるのを抑える効果も証明されています」

「身体に必要なコレステロールを下げすぎずに、動脈硬化を予防できるのは、従来の治療薬とはまったくちがうコンセプトですね。まさに新しい発想です」

紀尾中がゆっくりとうなずく。牧も誇らしい気分だった。

「今日、うかがった内容は、デスクに伝えて大きな記事にしてもらいます。医療は読者の関心も高いですからね」

「よろしくお願いします。バスター5には我々も期するところが大きいのです。この薬で高コレステロールに悩む患者さんに少しでも安心を届けたいと願っています」

紀尾中が言うと、菱木は力強くうなずき、満足そうに立ち上がった。

牧が三階のフロアから出口まで見送った。

「今日はありがとう。この営業所は特命を受けて、バスター5のガイドライン収載を目指してるんだ。新聞で紹介してもらえれば追い風になるよ」

牧が緊張を解いて言うと、菱木もくだけた調子で応じた。

「礼を言うのはこっちのほうさ。だけど、薬の宣伝になるような記事は期待するなよ。あくまで事実を報じるだけなんだから」

「それで十分だ」

本心からそう思った。菱木もいい記事を書いてくれるだろう。ガイドライン収載に向けて、まずは順調な滑り出しだった。


ところが、三日後、菱木が妙に落ち着きのない声で電話をかけてきた。

「高脂血症の新薬は天保薬品だけじゃなくて、タウロス・ジャパンも出しているそうじゃないか。《グリンガ》という画期的な薬。牧は知らなかったのか」

「もちろん知ってるさ。けど、グリンガは画期的でも何でもないぞ。コレステロールの排泄を促進する薬だろう。バスター5に比べると、効果はかなり低いんだから」

「いや、タウロス・ジャパンに取材に行った記者は、逆にグリンガこそが画期的で、バスター5は海のものとも山のものともつかないと言われたらしいぞ」

「タウロス・ジャパンにも取材に行ったのか。まさか、同じ記事で紹介されるんじゃないだろうな」

「それはわからん。デスク次第だ」

せっかくバスター5をメディアに売り込んだのに、グリンガと抱き合わせの記事になれば効果が半減してしまう。それどころか同等の薬と見なされて、バスター5の価値が逆に低下しかねない。

「なんとか別記事で頼むよ。バスター5のほうが明らかに優れているし、発想も斬新なんだから」

牧は言葉を尽くして説明したが、菱木の一存では決めにくいようだった。

14　タウロス・ジャパンの鮫島

牧から話を聞いた池野が報告に来ると、紀尾中はタウロス・ジャパンと聞いて、思わず考え込んだ。

「取材の相手はわかってるのか」

「本社の営業部らしいです。応対したのは例の鮫島《さめじま》さんですよ」

池野が口にしたのは、紀尾中がもっとも聞きたくない名前だった。

鮫島淳《じゅん》。タウロス・ジャパンの営業課長。紀尾中とは浅からぬ因縁のある相手だ。よりによってあいつが出てくるとは、と紀尾中は眉をひそめ、今後の成り行きに強い警戒心を抱いた。

タウロス・ジャパンのグリンガは、もちろん紀尾中も知っている。元々、コレステロールの排泄促進は、天保薬品でも考えていたメカニズムだった。しかし、この方法では十分な効果が期待できないということで、開発が疑問視された。そんなとき、紀尾中のアイデアから、心臓と脳の動脈内皮細胞でアポBレセプターが見つかり、画期的な新薬として密かに研究が進められていたのだった。

効果としてはバスター5のほうがはるかに優れている。副作用も少ない。おまけにバスター5には、中性脂肪による動脈硬化予防の効果も含まれる。グリンガなどよりよほど第一選択にふさわしいはずだ。

しかし、優れていればそれだけでガイドラインに収載されるほど、世の中は甘くない。ましてや鮫島が相手となると、よほど気を引き締めてかからないと苦杯をなめさせられる。

紀尾中の脳裏には、いやでも鮫島の不敵な笑いが思い浮かんだ。

…………

今年の一月、製薬協の学術フォーラムで、紀尾中が池野と昼食後のコーヒーを飲んでいると、長身の鮫島が部下を連れて近づいてきた。

「よう。久しぶり」

招かれざる客だとわかっていながら、愛想よく片手を上げる。

「紀尾中は相変わらず堺にいるらしいな。俺は今、本社に移ってこういう仕事をしてるよ」

差し出された名刺には、営業課長の肩書きがついていた。少し前まで奈良の営業所長をしていたはずだから、栄転したのだろう。

鮫島はろくに許可も取らずに、紀尾中たちの前に座った。そして横に腰を下ろした部下に、芝居がかった口調で呼びかけた。

「おい、佐々木《ささき》。この紀尾中所長はな、天保薬品きっての切れ者で、将来は社長にでもなろうかってお人だ。俺以上に戦略家だから、いろいろ学ぶところがあるんじゃないか」

鮫島はオールバックに薄い眉で、三白眼に異様な敵愾心《てきがいしん》をにじませながら、思い出したように佐々木に問うた。

「そう言えば、紀尾中は以前、こんな話をしていたな。MRとして担当するとき、売れている薬と、売れてない薬のどっちがいいか。おまえならどっちを選ぶ？」

「そりゃ売れている薬でしょう。楽にノルマを果たせるんだから」

キツネ目の佐々木が即答すると、池野が思わず俯《うつむ》いて口元を緩めた。鮫島は一瞬、鋭い視線を向け、すぐに鷹揚な笑みを浮かべた。

「おまえ、天保薬品のＭＲさんに嗤われてるじゃないか。こういうときは逆張りで、売れていない薬と答えるのが常識だろ。理由はわかるか」

この話は紀尾中がまだチーフＭＲだったころに、何かの集まりで、鮫島もいた席で話したことだった。

当時、鮫島は天保薬品より売り上げの少ない会社にいて、同じくチーフＭＲをしていた。自分が格下の会社にいることで、紀尾中に強い劣等感を抱いていたが、その後、実力が評価され、タウロス・ジャパンにヘッドハンティングされたのだった。外資系のタウロス・ジャパンは、大阪駅前の一等地で高層ビルの四フロアに本社を構える準大手で、従業員数は約四千人。給与水準も国内系を上まわる。ニューヨーク州バッファローを本拠地とするタウロス本社は、年間総売上三百億ドル（約三兆一千五百億円）を超えるメガファーマだ。

佐々木が答えあぐねていると、鮫島は紀尾中を横目で見ながら言った。

「売れていない薬を担当させられたら、腐るＭＲがいるが、紀尾中所長によればそれはチャンスなんだそうだ。売れない薬を売れば実力があると見なされるからな。逆に売れている薬を担当させられたら、売れて当たり前、売れなければ評価が下がるというわけだ。楽な仕事を与えられて喜んでいるようではダメってことだ」

「よく覚えてるな。あのころに比べると、鮫島もずいぶん出世したじゃないか」

紀尾中はお愛想のつもりだったが、鮫島は目に険を走らせ、むかし以上のライバル心を剝き出しにした。

険悪な雰囲気を察した池野が、差し障りのない話題を振った。

「所長は鮫島さんとずいぶん親しそうですが、前からのお知り合いなんですか」

「俺と鮫島は、大学も一部リーグで、二人とも主将を務めてた。学年も同じだからな」

「そう。どっちの大学サッカーの試合でよく会ってたんだ。ポジションは俺がトップで、紀尾中がトップ下の司令塔。紀尾中のスルーパスは意表を衝《つ》きすぎて、味方の選手も追いつけなかったな」

鮫島は気分を変えて笑い、池野に含みのある目を向けた。

「しかし、君も紀尾中の下で働いてると、息が詰まらないか。彼は優秀だが、きれい事に走るきらいがあるだろ」

池野が答えに困っていると、紀尾中が「何のことだよ」と問い返した。鮫島は紀尾中には答えず、池野に説明した。

「大学のとき、日本と北朝鮮の試合をみんなでビデオ観戦したことがあってな。相手のラフプレーがひどかったから、次は日本もやり返すべきだと俺は言ったんだ。ところが、紀尾中はフェアプレーを続けるべきだと主張した。そんなことをして格下のチームに負けたらどうするんだと言ったら、紀尾中はどう勝つかが問題なんだとのたまったのさ」

池野は苦笑いで応じたが、紀尾中は軽い気持で聞くことができなかった。

学生時代の鮫島のプレーを思い出す。ペナルティエリア内での大袈裟なシミュレーション。足をかけられてもいないのに、派手に倒れてファウルを取らせた。ペナルティキックを決めて、奇妙なダンスを踊ったから、「ふざけてるのか」と怒鳴ったら、明るい声で「鮫島はまじめさ！」と言い放った。紀尾中は自分のチームにだけは、そんな卑怯な真似はさせまいと心に誓った。

「俺は今でも同じ考えだ。相手に合わせてラフプレーをすれば、試合に勝っても勝負には負けたも同然だ。日本はフェアプレーを貫いて勝つべきだ」

「ご立派だねぇ。もしかして、薬の売り方も同じと考えてるんじゃないだろうな」

「もちろん同じさ」

「じゃあ、効果の不確かな薬とか、副作用が心配な薬を売るときはどうするんだ。天保薬品にだって、そういう薬はあるだろう。医者に処方させるためには、都合の悪いことは言えないんじゃないか」

「ありのまますべてを話す。その上で、処方してもらえるかどうかは医者次第だ。患者のことを第一に考えれば当然だろう」

鮫島は待っていたかのように、鋭い目で見返してきた。

「俺の考えはちがうね。自社製品の不都合なことを医者に伝えるのは、利敵行為に等しい。薬はできるだけ多く、できるだけ長く処方してもらうことが重要なんだ。薬の宣伝を見てみろ。テレビでやってる風邪薬のＣＭ。『治そうね、即、《ピピロン》で！』って、かわいい子役が父親役の俳優に言ってるだろ。早期治療を勧めるのは、少しでも薬をたくさん使わせるためだ。あのＣＭのせいで、今、ピピロン中毒が問題になっているのを知ってるか。早めの治療でしょっちゅうピピロンをのんでた連中が、ピピロンをのまないと落ち着かない症状が出てるんだ。風邪薬には習慣性のあるアセトアミノフェンや、リン酸コデインが含まれてるからな」

「だからこそ、患者のことを考えないといけないだろう」

「だが、儲かってるのは患者のことなんか考えない会社だ。副作用が出たら薬をやめるんじゃなくて、それを抑える薬を追加する。耐性が生じたらさらに強い薬をのませる。それが製薬会社の利益につながるんだ。そうだろ、佐々木」

佐々木が御意《ぎょい》とばかりにうなずく。それに対抗するように、池野が口を開いた。

「でも、今はコンプライアンスが強化されていますから、薬本位で医師に働きかけるしかないんじゃありませんか」

鮫島は面白い話題を見つけたとばかり、ニヤリと笑った。

「むかしは医者の接待し放題、贈り物も渡し放題で、MRはある意味やりやすかった。だがその分、カネもかかった。今は規制でがんじがらめだから、少ない経費で効果が得られる。お偉い先生方も所詮は人間。出すものを出せば以心伝心、魚心あれば水心ってやつさ」

「それは利益相反だろう」

紀尾中が反論すると、鮫島は我が意を得たりという顔で開き直った。

「利益相反、大いに結構。コンプライアンス違反もお構いなし。ただし、バレないという前提でだがな」

「不正行為をしてまで薬を売ろうとは思わない。製薬会社には社会的使命がある」

「理想主義者の紀尾中らしいな。しかし、はっきり言ってやろう。俺たち製薬会社は病気という他人の不幸でメシを食ってるんだ。患者をいたわるふりをして、胸の内ではもっと長引けと思っている。早く治るといいですねなどと言うのは、建前にすぎん」

池野が横でバツの悪そうな顔で俯いていた。こいつも似たような考えなのか。紀尾中は姿勢を正して声を強めた。

「MRの目的は医療に貢献することだ。俺たちがやっているのは単なる金儲けじゃない」

そう言うと、鮫島の三白眼に鋭い怒りのようなものが走った。

「だから、MRの仕事は崇高だとでも言いたいのか。それは単なる金儲けでしかない数多《あまた》の職業を誹謗《ひぼう》するのと同じだぞ。おまえは自分の営為を美化し、ほかの仕事を見下しているんだ。それこそおまえの鼻持ちならないエリート意識だ」

紀尾中は一瞬、たじろいだが、それでもなんとか反論した。

「俺はほかの職業を見下してなんかいない。どんな仕事でも、社会に必要とされているから存在しているんだ」

「よくそんな欺瞞的なことが言えるな。営利企業が金を儲けなくて、社会に貢献できるのか。倒産すればすべてパーだ。おまえだって、天保薬品が外資に吸収合併されたら、金儲けに走らざるを得なくなるんだ」

「そんなことにはならない。俺は理想を忘れない。理想を失って金儲けに走るほど、空しいものはない」

紀尾中が言うと、鮫島は苛立ちと不愉快さをこけた頬に走らせ、捨てゼリフとともに立ち上がった。

「なんて頑固なんだ。霞《かすみ》でも食ってろ」

……………


「あのとき、所長は私を諭すつもりで言ってくれたんですよね」

池野が一月の出会いを思い返すように紀尾中に言った。

「そういうわけでもないが、俺はやはり鮫島のような営利主義は好まない。まわり道のようでも、患者のことを第一に考えたほうが、結果的に売り上げにもつながると思っている」

池野がうなずき、ふたたび問うた。

「毎報新聞のほうはどうしましょう」

「牧君の知り合いに無理を言うわけにもいかんから、この件はこれで終わりにして、次の方策を考えよう」

池野が出て行くと、紀尾中はひとりデスクで考え込んだ。

――鼻持ちならないエリート意識。

そう指摘したときの鮫島の目には、本気の怒りが浮かんでいた。理想主義者とも言われた。たしかに自分は、そこそこ裕福な家で何不自由なく育ち、これといった挫折もなく今日まできた。それが自分のきれい事好きにつながっているのか。

紀尾中の父は商社マンで、多忙だったが取締役まで出世した。その父が、常に「仕事でいちばん大事なものは誠意だ」と言っていた。それがまわりまわって自分の利益にもつながるのだと。

嘘は効率が悪いということを教えてくれたのも父だった。

――嘘をつけば、その嘘を正当化するための嘘がまた必要になって、きりがなくなる。そんなことをするより、過ちでも失敗でも正直に認めて、謝ったほうがいい。

紀尾中は己の信じる道を行くことで、キャリアを積んできた。努力もし、いろいろ考え、決断もした。それが今につながっている。それを鮫島は理想主義者と言い、エリート意識とそしるのか。そうかもしれない。だが、紀尾中が目指しているのは、患者を第一に考えることばかりではない。口には出さないが、売り上げも重視している。当たり前だ。その両立が理想なのだ。理想を高く掲げずにして、何のための仕事か。

今はバスター5のガイドライン収載に向けて、全力を挙げることが先決だ。勝たなければ意味がない。鮫島相手にどこまでフェアプレーを貫けるのか。紀尾中にも先は見えなかった。

15　論文ねつ造事件

北摂《ほくせつ》大学は新興の私立大学だが、発足当初から医学部を持つ総合大学である。医学部と付属病院のある摂津《せっつ》市は、大阪北部に位置する衛星都市で、住みやすい町として、ここ十年、人口も増加している。

付属病院の研究棟の廊下を、タウロス・ジャパンの鮫島淳が、大股で歩いていた。目指すは代謝内科の教授、八神功治郎《やがみこうじろう》の部屋である。

八神は日本高脂血症治療学会の理事で、診療ガイドラインの改訂をする合同研究班のメンバーでもある。

秘書に教授の在室を確かめ、扉をノックする。

「失礼します。タウロス・ジャパンの鮫島でございます」

鮫島は気をつけの姿勢で最敬礼をしたあと、最高の笑顔を教授に向ける。

「鮫島君か。君の顔はいつ見ても怖いな。俳優ならさしずめ悪役専門だろう」

半白髪に縁なし眼鏡の八神が、にやけた顔で揶揄する。機嫌は悪くないようだ。それならこちらもと軽く応じる。

「いやだな、先生。これでも精いっぱい、いい顔をしてるんですよ。八神先生は私にとっては特別重要な方ですから」

露骨に媚《こ》びると、八神は「フン」と満足そうに鼻を鳴らした。鮫島にパイプ椅子を勧めながら、自分は豪華な肘掛け椅子にふんぞり返る。

「先生のその白衣、いつ見ても斬新ですね。さすがは大学きってのエリート集団のボスでいらっしゃる」

「来る早々、ベンチャラの連発か」

口では疑いながら、まんざらでもないようすで白衣の襟を撫でる。

八神の白衣は特注で、ナポレオンカラーと呼ばれる高く折り返った襟が特徴だ。間もなく還暦を迎える八神は、高脂血症治療の専門家とは思えないほどの肥満体だが、鮫島が大人《たいじん》の風格だなどと持ち上げると、簡単に機嫌のよい顔になるのだ。

それもこれも、八神の挫折のなせる業だと、鮫島は内心で憐れむ。MRが重要人物に近づくときは、経歴はもちろん、性格、趣味、家族構成、自慢のネタからコンプレックスまで、ありとあらゆる情報を〝裏えんま帳〟と呼ばれるメモに記録する。

八神は私立の中高一貫校から、現役で阪都大学の医学部に進み、席次一位で卒業した。卒業後はエリートが集まる第一内科に入局し、同期のトップで博士号を取得。アメリカの名門、スタンフォード大学に留学し、そのまま日本には帰らず、十八年間、高脂血症治療の研究に従事した。論文は「ネイチャー」や「ランセット」などの一流誌に掲載され、国際的な評価も高まった。もちろん、日本でも名声を轟かせ、阪都大学からは招聘《しょうへい》教授の肩書きが贈られていた。

ここまでは絵に描いたようなエリートコースだが、思わぬ挫折が待っていた。五十五歳で満を持して帰国し、当然、「招聘」ではなく本チャンの教授として迎えられるだろうと思っていたところが、教授選で准教授の岡部《おかべ》信義《のぶよし》に敗れたのだ。理由は、教授会のメンバーが八神の性格を危ぶんだからららしかった。八神は名誉欲と嫉妬心が強く、傲慢であることが知れ渡っていた。教授会はある意味、ムラ社会なので、仲間に加えるかどうかは、医学上の実績もさることながら、人間性が重視される。

教授選に敗れた八神は、さりとてアメリカにもどることもできず、致し方なく新興の北摂大学の教授に甘んじたのだった。彼の屈辱と怒りはすさまじく、何かといえば阪都大を敵視し、学会では自分の就くべきポストを奪った岡部にいやがらせのような質問を繰り返した。

そんな性格でよく医学部の教授が務まるなと思うが、そこは八神の学問的業績がものを言った。アメリカ滞在中に、彼は脂肪細胞から分泌される「レポネクチン」というペプチドを発見し、専門家をあっと言わせた。これは食欲と代謝を調整するホルモンで、肥満を抑制する効果もあり、脂質代謝の領域で大いに注目された。

さらにここ数年来、世間的に八神の名声を高めたのが、「《ディテーラ》論文ねつ造事件」である。今日の訪問目的を達するためにも、せいぜい八神を気分よくさせなければならない。

「先生のご指摘で明るみに出た例の論文ねつ造事件、世の中に与えたインパクトは大きかったですね」

頃合いを見て鮫島が話を振ると、何度も話していることなのに、毎回、新鮮な反応が返ってくる。

「医学者として、あの事件だけは許しがたいと思ったからな。薬を売らんがために、医学研究を悪用するなど、医療者の風上にも置けん行為だ」

「おっしゃる通りでございます」

世間を揺るがしたディテーラ論文ねつ造事件は、二〇一〇年から一四年にかけて行われた大規模な論文不正事件である。ディテーラはベルギーに本社のあるギルメッシュ社が発売した高脂血症治療薬で、中性脂肪の値を下げる薬剤として世界中で処方されていた。すでに年間の売り上げが二十億ドルを超えるブロックバスターだったが、ギルメッシュ社はさらに売り上げを伸ばすため、新たな臨床試験を企てた。

舞台に選ばれたのは日本の五つの大学である。臨床試験の内容は、ディテーラを服用している患者は、服用していない患者に比べ、心筋梗塞の発症率が有意に（統計上、意味がある状態で）低いというものだった。実際、ディテーラによる心筋梗塞の予防効果に関する論文は、スウェーデンとイタリアからすでに出ていた。しかし、臨床試験の規模が小さかったため、説得力が十分でなかった。それを日本で大規模試験を行い、その論文で世界中にディテーラを売り込もうとしたのである。

ねつ造事件の主役はギルメッシュ社日本支社の社員、滝村真一《たきむらしんいち》という男だった。滝村は五つの大学の教授に取り入り、ギルメッシュ社の大規模試験への参加を持ちかけた。そして身分を隠し、統計処理の専門家という触れ込みで、直接、データを管理できる立場を確保した。

五つの大学には、ギルメッシュ社からそれぞれ左記のような奨学寄附金が送られた。

- 京洛《きょうらく》大学（国立）：三億四千万円。
- 奥洲《おくしゅう》大学（国立）：三億一千万円。
- 中部中央《ちゅうぶちゅうおう》大学（県立）：二億八千万円。

・東京帝都《ていと》大学（私立）：一億九千万円。
・北摂大学（私立）：七千六百三十万円。

見ての通り、奨学寄附金の額は明らかに大学の格に合わせて決められている。北摂大学が一桁少ないのは、新興の大学のせいだろう。それでも臨床試験に選ばれたのは、権威の一人である八神がいたからだ。

一方、プライドの高い八神にすれば、この奨学寄附金の額はとうてい納得できるものではなかった。八神はギルメッシュ社に寄附金の増額を求めたが、受け入れられなかったようだ。

各大学でいっせいにはじまった臨床試験で、最初に論文を発表したのは、東京帝都大学だった。内容はギルメッシュ社の要望通り、ディテーラの服用群では、有意に心筋梗塞の危険性が低下するというものだった。

しかし、一部の専門家から、この論文は信頼性が十分でないという意見が出され、国立医療センターの副院長が、医師向けの雑誌である「医事通誌」で、この論文の問題点を具体的に指摘した。

この動きを見て、八神は知り合いの記者を通じて、週刊誌に東京帝都大学の論文には重大な疑義があるという意見を発表した。しかし、八神の性格をよく知る記者は、どうせやっかみから出たものだろうと、扱いを小さくしたため、さほどの反響は得られなかった。

続いて、京洛大学と奥洲大学から相次いで論文が発表され、やや遅れて中部中央大学からも論文が出て、ディテーラの心筋梗塞予防効果が、専門家の間で話題になるようになった。ところが、奥洲大学の研究者による内部告発で、論文に改ざんの疑いがあることが発覚し、調査委員会が立ち上げられた結果、不正行為が明らかになった。

この報道で決定的な役割を果たしたのは、毎報新聞の記者だった。一連のディテーラの論文の著者に、不可解な名前が紛れ込んでいることに気づいたのだ。その名は「Shin-ichi Takimura」。論文には通常、筆頭著者以外に論文に関わった研究者が五、六名、多いときには十名近く名前が挙げられる。英語論文では、当然、著者名も英語表記になる。見慣れない者には、パッと見で同一名の存在を見分けるのは困難だ。だからこそ、当人も発覚しないと高をくくったのだろう。

しかし、記者はこの「Shin-ichi Takimura」＝滝村真一がどういう人物なのかを調べた。肩書きは某大学の統計処理専門家だった。しかし、その大学に該当する人物はおらず、さらに調査を続けると、滝村はディテーラの治験の前に、ある短期大学で非常勤講師として臨床統計学を担当していることがわかった。正体を知るべく、その大学の教員一覧表を確認する、果たして肩書きは「ギルメッシュ日本支社・統括宣伝部副部長」。すなわち、ディテーラの臨床試験に、発売元であるギルメッシュ社の社員が関わっていたことが判明したのだ。

滝村が身分を偽って治験に関わっていたことは、明らかな利益相反であり、許されないことである。この事実は一大スクープとして報じられ、先の週刊誌の記者が八神に取材して、今度は大きな記事にした。

その後の取材で、臨床試験に関わった研究者から、データの改ざんやねつ造の証言が出はじめ、ある研究者は滝村がギルメッシュ社に都合のいいように、データの水増しや改ざんをしたと証言した。これらにより、ディテーラの臨床試験は「論文ねつ造事件」として、連日、大々的に報じられることになったのである。

八神がこの状況を利用しないはずはない。ディテーラの論文に最初に疑問を呈したのは別の教授らだったが、彼らは軽々しくメディアに出ることを嫌ったため、八神だけが注目される恰好になった。過激な発言も辞さない八神は、メディアに重宝され、新聞や週刊誌のみならず、テレビ番組にも出演するようになった。論文不正を厳しく糾弾することで、自らの正義を印象づけたのである。

八神の知名度は上がり、一躍、高脂血症治療の第一人者のような扱いを受けるようになった。鮫島が八神に接近したのも、このような経緯があったからだ。

この事件は、医学に対する世間の信頼を裏切るものとして糾弾された。しかし、端的に言って、この論文不正で、実際的な被害を受けた患者は一人もいない。むしろ、これまでディテーラで良好に治療を受けていた患者が、事件のせいでディテーラが処方されなくなれば、そちらのほうが実害があった。

結局、メディアはそんな実態より、製薬会社や研究者という社会的強者が行った不正に、大袈裟な正義を振りかざしたということなのだ。騒ぎが大きくなったことで、厚労省が検察庁に告発し、滝村は逮捕されたが、罪状は薬事法の誇大広告違反。それを見ただけでも、患者に治療上の被害はなかったことがわかる。裁判では滝村と医師の間で、責任のなすり合いが行われただけで、結果、一審も二審も無罪判決となった。

本社のギルメッシュ社もまた、論文のねつ造は現場の医師主導で行われたもので、ギルメッシュ社はいっさい関知していないと公表することで、巧妙に責任を回避した。

鮫島はここからひとつのことを学んだ。すなわち、うまくやれば、論文不正は発覚してもだれも有罪にならず、会社の被害も最小限に抑えられるということだ。

八神はこの事件の発覚を自分の手柄のように思っているから、ご機嫌うかがいの話題には欠かせない。

「ディテーラ論文ねつ造事件以来、八神先生は名実ともに、高脂血症治療学会のドンになられましたからね」

「君ぃ、ドンだなんて、地方政治家のボスみたいな言い方はやめてくれよ。学会には会長の乾先生もいるんだから」

思わせぶりに乾の名前を出し、軽く顎を引く。

乾は八神が帰国したときに退官した阪都大学の教授で、もし乾が八神を後任に推してくれていたなら、すんなりと教授になれたはずだった。だから、乾に言及したということは、悪口を言えという誘い水である。鮫島はここぞとばかりに誘いに乗る。

「いやいや、乾さんはもう過去の人ですよ。御年七十でしょう。いつまで地位にしがみついてるんですかね。若い先生方からすれば、老害もいいところですよ」

「まあ、そんなことを言う人もいるようだが」

まだ餌が足りないと感じると、鮫島は即座に言い足す。

「まわりが見えてないんですね。判断力が鈍っているというのか、もしかしたら、認知症がはじまっているのかも」

「ウッハッハ。君も口が悪いな」

八神の頰が喜悦に膨らむ。もうひと押しだ。

「だいたい乾さんは人を見る目がなさすぎますよ。自分の後任にあんな華のない岡部さんを推すなんて。おかげで阪都大は今や鳴かず飛ばずでしょう。そこへ行くと、北摂大学は八神先生が来られてから、繁栄の一途じゃないですか。前途洋々ですよね」

「まあ、この大学も、僕が来てずいぶん得をしているようだからね」

「ごもっともでございます。ところで」

機が熟したと見た鮫島が、揉み手をしながら上体を屈めた。

「来年の六月、診療ガイドラインの改訂がありますでしょう。弊社のグリンガですが、その後、先生のご印象はいかがでしょうか」

「作用機序としては目新しいが、従来薬と比べて、効果が思ったほどでないからな」

「またまた、そんな意地悪をおっしゃる。グリンガは患者さまによっては、従来薬にはない効果を発揮いたしますよ。便通もよくなりますし、コレステロールと中性脂肪の両方が高い患者さまには特に有効です」

「しかし、天保薬品のバスター5のほうが優れているのじゃないか」

ライバルの薬名を出されて、鮫島は表情を引き締める。おもねり一辺倒の顔を引っ込め、狡猾《こうかつ》な陰謀家の目で声をひそめる。

「バスター5は、泉州医科大学の乾学長が推しておられるようですよ」

それまでさん付けだった乾を学長と呼び、わざと八神の自尊心を傷つける。八神の顔に剝き出しの敵意が浮かびあがる。

「ほんとうかね」

「天保薬品のMRが、あざといやり方で乾さんを籠絡しつつあるようですから」

さん付けにもどして八神を軽く慰撫する。さらに困ったふうを装い首を振る。

「まったく、乾さんには参りますよ。自社薬品のいいところばかり吹聴するMRを盲信するんですからね。完全に判断力を失ってますね。耄碌《もうろく》してるんじゃないですか」

乾をこきおろしても、八神の怒りは収まらない。

「乾さんは診療ガイドラインの改訂で、バスター5を第一選択に収載しようとしてるのか」

「それはわかりませんが、万一、それが通ったら、乾さんはますます学会でのさばりますよ。そんなことを許していいんですか」

「いいわけはないだろ。あのピンボケのジジイには早々に退場してもらわなけりゃいかん。それが学会の発展のためだ」

「おっしゃる通りです。八神先生が学会長になられることこそが、高脂血症治療学会のため、ひいては日本の医学のためです。ですから、なにとぞグリンガの後押しを、よろしくお願いいたします」

八神は苛立ちに満ちたため息を洩らしただけだったが、鮫島は十分な手応えを感じ、内心でニヤリとした。

教授室を出たあと、鮫島は鼻歌まじりに六階からエレベーターで下りた。MRのときはもっぱら階段で上り下りしたが、今は実力者の八神に取り入っているのだ。怖いものはいない。

——クソまじめな紀尾中なら、本社勤務になってもエレベーターは使わないんだろうな。

ライバルの顔を思い浮かべて冷笑する。

玄関から駐車場に向かうと、西の空に北摂の夕暮れが広がっていた。ブルーと赤みがかったオレンジのグラデーションに、ふと十代のいやな思い出がよみがえった。

中学時代の鮫島は、優等生でサッカー部のキャプテンだったが、家の中は荒れていた。両親の喧嘩が絶えず、まともな食事もできなかった。鮫島が喧嘩をやめてくれと頼むと、「子どもは口出しするな」と父親に怒鳴られ、母親からは「あんたさえ生まれなかったら、とっくのむかしに別れてた」と言われた。鮫島は自分が両親の不仲の原因のように感じられ、悲しかった。

中学三年生の半ばに両親が離婚し、父親は遠くに去り、母親は別の男と暮らしはじめた。家に居づらくて、鮫島は町を徘徊した。ある日の夕暮れ、学校に滅多に来ない不良の級友とばったり出会い、声をかけられた。

――百円貸してくれや。

百円くらいならと思い、差し出した。次に会うと三百円を要求され、五百円、千円と額が上がった。断ろうとすると、何をするかわからない凶暴な目でにらまれた。

顔を合わさないようにとうろつき先を変えたが、級友はまるで鮫島の考えを先読みするように待ち伏せていた。

カネをたかられる自分は弱い。どうにかならないかと思っていたとき、パチンコ店の前でまたも級友と出くわした。派手なアロハ姿で、いっぱしのヤクザのように見えた。

――ええとこで会《お》うたわ。ちょっとカネ貸してくれや。

言われるままに財布を取り出したとき、パチンコ店の扉が開いて、本物のヤクザが出てきた。級友を見ると、「おまえ、何してんねん」と鋭い目でにらみつけた。

――いえ、別に。

級友は肩をすくめるようにして言い、財布を持った鮫島に、「早《は》よしまえ」と、小声で命じた。

――しょうもないことしたら、あかんぞ。

――わかってます。

級友は気をつけのまま言い、鮫島に「あっち行け」と、手の甲で追い払うようにした。

それ以来、級友は鮫島につきまとわなくなった。つまりは力関係ということだ。強い者でもさらに強い者にはへつらう。それなら自分が強くなればいいのだ。

高校受験が近づいたとき、母方の祖父母が見かねて鮫島を引き取ってくれた。鮫島は強くなるため、懸命に勉強に励んだ。高校は地元の進学校に進み、クラブでサッカーも続けた。人生で勝利をつかむためには、力をつけてのし上がればいい。高校二年生のときに、マキャベリを読んで、目的のためには手段は正当化されることを学んだ。それが鮫島の指針となった。

駐車場に停めた課長用のセダンを見て、鮫島は思う。

今ならどんな不良に絡まれても、恐れることはない。

16　キー・オピニオン・リーダー

池野が運転する車が、泉州医科大学の駐車場に着いたのは、午後四時すぎだった。晩秋のひんやりした風が、アスファルトの枯れ葉を掃くように転がしていく。後部座席から降りた田野保夫《たのやすお》が、八階建ての大学病院を見て甲高い声をあげた。

「なかなか立派な病院じゃないか」

天保薬品の大阪支店長でありながら、泉州医科大学に来るのがはじめてなのかと、紀尾中はあきれた。

田野が学長の乾に挨拶をしたいと言いだしたのは、つい二日前のことだ。今回は重要なプレゼンだから、できればまたの機会にとやんわり断ったが、田野は、「だからこそ挨拶しておきたいんだよ」と強引に押しもどした。そのことを伝えると、池野は、「ゲッ」と声に出してうめいた。

「田野さんが同席するんですか。大丈夫かな。いやな予感がするな」

近畿ブロックの営業所を管轄する大阪支店長は、紀尾中の直属の上司に当たる。

「このタイミングで首を突っ込んでくるということは、バスター5のプロモーションに、自分も関わっているとアピールしたいからでしょうね。まさか手柄を横取りするつもりじゃないだろうな」

池野と同じ懸念を紀尾中も抱いたが、それより前に、今回の池野のプレゼンを台無しにされないかどうかのほうが不安だった。

田野は紀尾中の四年先輩で、現在五十歳。なで肩で、男性には珍しい洋ナシ型の肥満体だ。これまでいっしょに働いたことはないが、噂によれば、〝目が上向きにしかついていないヒラメ〟のような男とのことだった。

〝MRの掟〟に従い、池野が車を駐車場の端に停めたので、病院の玄関まではかなり歩かなければならない。約束は午後四時半だから、時間的にはまだ余裕がある。それでも田野は早足で歩きながら、大柄な身体に似合わないせせこましい口調で紀尾中に聞いた。

「で、今のところ、ガイドライン収載への見通しはどうなんだ」

「それはまだ何とも」

「収載と言っても、もちろん第一選択のAグレードを狙っているんだろうな」

ガイドラインには、それぞれの治療法に推奨度のグレードがつけられている。判定の基準はおよそ次の五段階だ。

A：強く勧められる（レベルⅠの結果、または複数のⅡ～Ⅳの結果）。
B：勧められる（レベルⅡ～Ⅳの結果、および専門家の意見の一致）。
C1：考慮してもよいが、十分な科学的根拠がない。
C2：科学的根拠がないので、勧められない。
D：行わないよう勧められる。

レベルⅠ～Ⅳというのは、エビデンスの格付けで、数字が小さいほど信頼性が高い。

紀尾中が田野に自覚を促すように言い足した。

「今日の池野のプレゼンを、乾先生がどう判定されるかが重要なポイントになりますので、よろしくお願いいたします」

大学病院に向かう途中の車内で、田野は乾についてあやふやなことを言った。

「乾学長は、何とかっていう物質を発見したんだったな」

紀尾中は思わず目を剝いた。これから挨拶に行くのに、大御所のいちばんの業績を忘れたりしたら取り返しがつかない。

「イデポチンです。脂肪細胞から分泌されるホルモンで、脂肪酸の燃焼を促進して、動脈硬化を予防する効果があります。ノーベル賞級の発見で、毎年、賞の発表時期になると、乾先生のご自宅に新聞記者が張り込むくらいです」

「そんなえらい先生にお目にかかるのかと思うと、緊張するよ。ハハハ」

車が着くまでに、紀尾中は乾の経歴を、阪都大学時代から現在の社会活動まで、レクチャーした。

「つまり、ＫＯＬ《コル》の中のＫＯＬです」

ＫＯＬとは「キー・オピニオン・リーダー」。その専門領域で強い影響力を持つ医師のことである。

病院の玄関を通ったのは午後四時十分だった。乾の部屋に行くにはまだ早すぎる。

「ちょっとロビーで待ちましょう」

紀尾中が壁際の長椅子に田野を誘導した。

「乾学長は相当な気分屋らしいな。今日のご機嫌はどうだろうか。ご機嫌斜めだったらまずいな」

田野が心配しても仕方のないことで不安を募らせる。こんなに小心でよく支店長まで出世できたものだと紀尾中は訝るが、田野は京洛大学の経済学部出身で、社内の京洛派閥にうまく取り入り出世したのだろう。

「今日のプレゼンで、ガイドライン収載の手応えが得られるといいんだがな。そうしたら、五十川《いそかわ》部長にもいい報告ができる。池野君、君の責任は重いぞ」

「はあ」

曖昧な返事をしつつ、池野は紀尾中に含みのある目を向ける。五十川和彦《かずひこ》は、本社の総務部長で、本来、営業部とは関わりがない。にもかかわらず、田野が五十川の名前を出すのは、自分が五十川ファミリーの一員だからだ。

五十川は紀尾中の十期上で、元々はMRだが、途中から本社勤務となり、幹部に取り入ってさまざまな改革を成し遂げた。海外部門でも実績を挙げ、将来は社長候補と目されるキレ者だ。性格は冷酷かつ狡猾で、取り巻き連中でさえビクついているという噂だ。

紀尾中はその五十川に嫌われていた。元々は評価してくれていたようだが、あることがきっかけで態度が変わった。何年か前の新年会で、取り巻き連中が五十川の横に行かないかと誘いにきたとき、紀尾中が軽く手を振って断ったのだ。それを見ていた五十川の表情が強張った。五十川を軽んじたわけではない。こちらで話がはずんでいたから、動きたくなかっただけだ。それを根に持っているとすれば、小物もいいところだ。

二人の反目が決定的になったのは、今、薬害裁判で争われているイーリアの添付文書で、五十川が主張している内容に、紀尾中が公然と異を唱えたからだ。五十川の主張は、イーリアの売り上げを伸ばすために、劇症肝炎の副作用を曖昧にするものだった。その話を聞きつけた紀尾中は、逆に明確にすべきだと主張して、社長に直訴した。検討の結果、五十川の意見が通ったが、それ以後、五十川は紀尾中を目の敵《かたき》にするようになった。

田野にとって、五十川は自分の出世に関わる有力なボスだから、これまで涙ぐましいほどの忠誠ぶりを発揮していた。今日の田野の最大の関心事は、ただただ五十川にいい報告ができるかどうかのみのようだった。

「ガイドラインの改訂は、乾学長の鶴の一声で決まったりするんだろうか。それなら、学長がどれくらいの腹づもりでいるのか探る必要があるな。そもそもガイドラインは……」

「田野支店長。あらかじめ申し上げておきますが」と、紀尾中が遮った。「乾先生の前ではガイドラインのガの字も出さないよう、くれぐれもお願いいたします」

「どうしてだ」

「乾先生は立場上、公平を期してMRとのやり取りではガイドラインについていっさい触れないと決めておられるようなのです。噂では、某社のMRがガイドラインへの収載を頼んだとたん、不機嫌になってそのまま口を開かなくなったため、MRは恐縮して退散せざるを得なくなったということです」

「なるほど。余計なことは言わないにかぎるな」

「よろしくお願いいたします」

ほんとうはひとこともしゃべってほしくなかったが、さすがにそこまでは言えなかった。

「そろそろ行きましょうか」

池野が腰を上げ、紀尾中と田野も続いた。

学長室の扉の前で時間をたしかめ、四時半ちょうどに紀尾中がノックをした。

「どうぞ」

か細くしゃがれた声の応答があり、紀尾中が先頭で学長室に入った。

重厚な机の向こうから出てきた乾は、銀縁の老眼鏡をかけ、糊《のり》のきいた白衣に地味なネクタイをしめ、骨格がわかるほどやせていた。紀尾中が一礼して田野を紹介する。

「本日は、弊社の大阪支店長、田野を同行して参りました」

田野は奉るようにして名刺を差し出し、揉み手をせんばかりにしゃべりだした。

「ご高名な乾学長にお目にかかり、誠に光栄に存じます。先生の卓越したご研究につきましては、私どももかねてから注目しておる次第でございます。特に脂肪代謝に重要な関わりを持つイデポチンは、まさに世紀の大発見として、ノーベル賞も確実とうかがっております。さらには厚労省の審査会や協議会でご活躍され、誠に頭が下がる思いでございます」

さすがは元MRだけあって、さっきレクチャーした内容を滞りなくまくしたてるが、乾が中身のないお世辞を喜ばないのは明らかだ。わずかな言葉の切れ目を捉えて、乾は「まあ、そちらにお掛けください」と、応接セットを勧めた。

「これは恐れ入ります。さ、君たちも座らせてもらったらどうかね。そんなところに突っ立ってないで」

あんたがしゃべるから座れなかったんだろうと思うが、紀尾中は顔に出さず腰を下ろす。そして間を置かずに乾に言った。

「本日は、新堺医療センターをはじめとする、六つの施設で実施いたしました臨床試験の集計結果を、ご報告に参りました」

「例のバスター5の件だね」

「さようでございます」

田野が横から相槌を打つ。乾はそれを無視して、紀尾中に重々しい調子で語りだした。

「高脂血症の治療は、昨今、ますます重要性を増している。内臓脂肪の蓄積は動脈硬化を引き起こし、心筋梗塞、脳梗塞の原因となる。動脈硬化が進んでから治療をはじめても、重症疾患を食い止めることはむずかしい」

「そのため、メタボリック症候群を早期発見することが重要となるわけですね」

紀尾中が言うと、田野もすかさず続いた。

「厚労省が推進している〝メタボ健診〟でございますね」

「『特定健康診査および特定保健指導』だよ。専門用語は正確に使いたまえ」

乾に指摘され、田野は縮み上がる。

話が一段落したところで、紀尾中が改めて言った。

「よろしければ、臨床試験の結果について報告させていただきます。報告は池野が担当いたします」

池野は手早く報告書のコピーを乾に差し出した。緊張の面持ちで説明をはじめる。

「臨床試験の概要は、《フェミルマブ》、商品名バスター5における、高脂血症患者の動脈硬化の抑制効果の比較検討であります。実施施設は、新堺医療センター、泉北中央病院、グラーベン総合病院、関空医療センター、与謝野《よさの》記念病院、聖テモテ病院の六施設で、第Ⅲ相一般臨床試験の成績を集計し、検討いたしました。対象は高脂血症患者四三六例で、有効性解析対象は四一八例、安全性解析対象は四一〇例であります」

　商品名のバスター5で報告することも可能だったが、紀尾中は敢えて一般名のフェミルマブを使うよう池野に指示した。そのほうが学究肌の乾には効果的だからだ。

「投与方法は、フェミルマブ10㎎を一日三錠、三二週から四〇週、経口投与いたしました。動脈硬化の抑制効果につきましては、動脈の弾力性保持作用の指標として、非侵襲的なＰＷＶ（脈波伝播速度）、および頸動脈の超音波診断を用いております。各施設における患者数と、年齢、性別、体重および合併症の有無等は、表1に示した通りでございます」

　池野がコピーから顔を上げ、乾のようすを確かめる。軽くうなずくのを見て、説明を再開する。

「結果は次のページの表2および図1から6をご覧ください。ＰＷＶの変化値から求めた回帰係数は、コントロール群を下まわる低い勾配で推移し、試験終了時には、六施設とも、p値（有意確率）五パーセント未満で有意差を生じております。これはフェミルマブによる血管内皮へのコレステロールの取り込みが阻害されたことによる効果だと推察できます」

　表にはそっけない数字が並び、図は微妙な折れ線だけだが、専門家の乾にはすぐその意味がわかるだろう。それでも池野は急がない。これがプレゼンのキモなのだ。

「よろしいでしょうか」

　乾がふたたび軽くうなずいたのを見て、池野は次へ進んだ。

「頸動脈の超音波診断の結果ですが、評価項目としては、mean IMT（平均内中膜肥厚）とmax IMT（最大内中膜肥厚）の短軸および長軸の二方向での測定、ならびに最大厚1・5㎜を超えるプラーク（粥状《じゆくじよう》変化）の有無、および、短軸断面でのプラークの占有率を用いています。結果は表3から6をご覧いただけますでしょうか」

乾がコピーのページを繰って、表に目を通す。紀尾中も同じくページを繰って、表と乾の両方に注意を向けているが、田野は明らかに内容を把握できないようすだ。

「ご覧の通り、各施設ともコントロール群に比べ、平均と最大の両方で内中膜肥厚が抑えられ、プラークの出現率ならびに占有率ともに、有意に低くなっております」

これがフェミルマブ、すなわちバスター5の効果である。

「安全性に関しましては、副作用の発現頻度は、六施設の合計で四三六例中、一三例で2・98パーセント。内容は胃部不快感が五例、下肢のむくみ、全身倦怠感、口渇が各二例、頭痛および下痢が各一例でございます。本試験において、入院加療を必要とする重篤な有害事象は認められておりません」

乾が大きくうなずく。

最後にまとめとして、池野はアポBレセプターを阻害するバスター5の画期的な作用機序を要約して、集計結果の報告を終えた。

申し分のないプレゼンだった。池野も手応えを感じているのだろう。さすがに田野も場をわきまえて、余計な口をはさまない。

「報告は以上です。何かご質問はございますでしょうか」

池野の問いに、乾が今一度、コピーをめくる。老眼鏡の奥で、目を細めながら訊ねた。

「生体内で形成されるリポタンパクは、多成分集合体だが、アポBが動脈硬化の脂質危険因子として働くメカニズムは、どう考えているのかね」

池野はあらかじめ用意していたように、よどみなく答えた。

「アポBは、細胞表面のLDLレセプターや、ヘパラン硫酸プロテオグリカンなどに結合し、リポタンパクの細胞内への取り込みを促進します。マクロファージによるリポタンパクの捕食にも関わりますので、アポBレセプターを阻害することで、動脈内皮のアテローム性変化が抑制されるものと考えられます」

「フェミルマブは、冠動脈や脳血管の動脈硬化を抑制するという触れ込みだが、評価項目として、頸動脈の超音波診断を使用したのでは、直接の評価は下せないのではないかね」

「アポBレセプターは、冠動脈と脳血管同様、頸動脈の内皮細胞にも存在いたします。よって、頸動脈での評価は心臓および脳の血管での評価につながると考えられます」

「うむ」

乾が再度うなずき、コピーをテーブルに置いた。

「たいへんけっこうです。この集計は阪都大のだれかに頼んで、メタ分析のペーパー（論文）にしてもらえばいい」

その言葉に池野が即座に反応し、身を乗り出す。

「ありがとうございます」

紀尾中も思わず拳を握りしめる。意味を理解しない田野の両側で、池野と二人、会心の笑みを交わした。

「今日はこれで失礼いたします。お忙しいところ、お時間をいただきまして、誠にありがとうございました」

紀尾中が立ち上がり、池野もそれに続く。田野はわけがわからないという顔で、学長室をあとにした。

「やりましたね。所長」

病院の玄関を出るやいなや、池野がガッツポーズを決めた。

田野が戸惑いの表情で聞く。

「紀尾中君。いったいどういうことなのかね」

「メタ分析ですよ。レベルⅠのエビデンスです」

そこまで言っても、まだ田野はピンと来ないようすだ。

メタ分析とは、複数の研究データを統合的に解析するもので、エビデンスの最高レベルと判定される。ガイドラインの推奨グレードで、もっとも重視されるものだ。

「つまり、Aグレードの内定みたいなものですよ、もちろん第一選択の」

池野が焦れったさを隠さず言う。

「そうなのか。乾学長は融通の利かない堅物だと思っていたが、専門分野では公平な判断を下すようだな」

田野は自分にいい印象を持たなかっただろう乾に反感を抱いていたようだが、さすがにこの判定は嬉しいのだろう。

「ようし、さっそく五十川部長に報告しよう。ガイドライン収載は決まったも同然だとな」

テンションを上げる田野を、紀尾中は慌てて制した。

「メタ分析の件は、まだ他言無用に願います。正式に決まったわけではありませんし、乾先生の意向が洩れたら、ほかの合同研究班のメンバーが反発する危険性もあります」

「社内で共有するのもだめなのか。五十川部長は今日の結果を楽しみにしているんだぞ」

「感触くらいは伝えていただいてもけっこうですが、メタ分析の話が出たことは、まだご内密に願います」

強く釘を刺しながら、不満そうな田野を見て、紀尾中はふと思った。田野を今日のプレゼンに同行させたのは、五十川の差し金だったのではないか、と。

17 妨害工作

堺の営業所を出て、安井町《やすい》の交差点から阪神高速の堺線に乗る。時刻は午前七時十分。土曜日の朝は空いていると思ったのに、住之江《すみのえ》あたりで工事をしているらしく、二車線とものろのろ運転だった。それでも時間的にはまだ余裕がある。

ハンドルを握る市橋は、いつもの小型車ではなく、チーフ用のセダンなので、車内の広さを感じていた。それでもさすがに五人乗ればアクセルが重い。

助手席の山田麻弥が、「右車線のほうが早いわよ」と早くも苛立ちはじめ、後部座席を振り向いて不満そのものという声を出した。

「今日の学術セミナー、タウロス・ジャパンも共催になったって、どういうことですか」

後部座席の右側に座った池野が、渋々という調子で答える。

「代謝内科医会の幹事会で決まったことだから、仕方ないだろ」

この日、大阪代謝内科医会が主催する学術セミナーが、終日の予定で開かれることになっていた。会場は中之島にあるグランキューブ大阪。元々は天保薬品一社の共催の予定だったが、今週になって、突然、タウロス・ジャパンも共催に加わるという連絡が入ったのだった。

車が詰まりかけてきたのをにらみながら、山田麻弥がフロントガラスに怒りをぶつけた。

「うちは前から所長や本社の営業部長が根まわししていたんでしょう。会場の選定やらプログラムの作成やら、面倒なことを全部うちがやったのに、最後になって、金だけ出すから共催に加わらせてくれなんて、割り込みじゃないですか」

「たしかにな」

池野が同意する。

「幹事会で決まったって言うけど、根まわしはしていたんでしょう。どうして最後にひっくり返るんです」

後ろの真ん中に座った野々村が、これに答えた。

「北摂大の八神先生が急に言いだしたらしい。一社だけに共催させるのは、不公平と見られる恐れがあるとか言って」

「そんなの、はじめからわかってることじゃないですか。今回のセミナーは、バスター5のガイドライン収載に向けて、多くの先生方に印象づけることが目的ですよね。だからこそ、何もかもうちでと、前々から準備してきたんじゃないですか。八神先生だって承知のはずです。どうして急にそんな建前みたいなことを言いだしたんですか」

後部座席の左側に座っている牧が静かに言った。

「毎報新聞の記者に聞いたのだけれど、タウロス・ジャパンの営業課が八神先生に接近しているようですよ」

「鮫島か。あいつのやりそうなことだな」

池野が眉間に皺を寄せて舌打ちをする。鮫島のことは市橋も聞いていた。紀尾中の学生時代からの知り合いで、因縁のある相手らしい。

野々村が露骨に嫌悪感を表した。

「北摂大の八神先生は、ほんとにイヤな野郎だよ。ディテーラの論文ねつ造事件でいつまでもテレビに出て、チヤホヤされるのが大好きって顔をしてるじゃないか」

山田麻弥も続く。

「ネットの画像を見ても、変な襟の白衣を着て、えらそうに写ってる写真ばっかりですもんね。メタボリック症候群の専門家のくせに、ブルドッグみたいに頬が垂れて、陰険な目つきで、裏で悪いことしてる政治家と同じ顔をしてますよ」

悪口で盛り上がるのを好まない牧が、話題を変えるように言った。

「そこへいくと、泉州医科大学の乾学長はいかにも公平無私な人格者という感じですね。学会での影響力も大きいし、我々には頼もしい味方です」

紀尾中と池野がこの前の訪問で、乾からメタ分析を勧められた朗報は、箝口令《かんこうれい》つきではあるが営業所内で共有された。

「ところで、今回の学術セミナーに、うちはいくらぐらい出してるんですか」

市橋が池野に訊ねた。

「一千四百万程度だ」

「タウロス・ジャパンは？」

「似たようなもんじゃないか」

「でも、うちからの予算で足りてるんじゃないですか」

「だと思うが、会場やら何やらをグレードアップしたみたいだからな。残った分は代謝内科医会にまわるんじゃないか」

答えてから、池野は腑に落ちないようにつぶやく。

「しかし、今日のセミナーは、バスター5のオンステージみたいなもんだろ。今さら共催に加わったところで、グリンガの講演をねじ込めるわけでもないのにな」

「何か企んでるんでしょう。でなきゃ金は出しませんよ」

野々村が即応する。

「何かって、何だ」

「それは――、こっちの講演を妨害するとか」

「どうやって」

野々村が答えに窮すると、代わりに牧が答えた。

「偵察じゃないですか。バスター5の弱点を探るとか」

「それなら金を出さなくても、顔の割れていない社員をもぐり込ませればいいだろ。それともバレたらヤバイから、共催に加わって堂々と情報集めをするのか。鮫島はそんな正攻法をするヤツじゃないぞ」

池野が自問自答すると、助手席から山田麻弥が声をあげた。

「参加しているドクターを丸め込んで、講演で卑劣な質問をして、バスター5を貶《おとし》めるつもりじゃないですか」

「どうだろう」

池野は納得しないようだった。

住之江の工事現場をすぎると、車の流れはスムーズになり、土佐堀《とさぼり》の出口を降りたのは午前七時三十五分だった。ここからグランキューブ大阪までは十分ほどだ。駐車場に車を停め、五人はイザ出陣という雰囲気で、会場に向かった。

＊

紀尾中は集合時間の三十分前に会場入りして、準備に怠りはないか最終チェックに余念がなかった。講演を行うホール、ポスターの展示や書籍販売を行うホワイエ、受付や講演者控室など、前日の夜までかかった準備に不備はないか、念には念を入れて見てまわる。

年二回開かれる大阪代謝内科医会の学術セミナーには、大阪だけでなく京阪神地区から専門医たちが集まる。今回、天保薬品が一社で共催を請け負うまでには、本社の営業部長をはじめ、常務の栗林にも同行してもらい、紀尾中が根まわしに奔走した。バスター5の画期的な作用機序を説明して、幹事たちの理解を得てきた。ところが、今週の月曜になって、急遽、会長の岡部からタウロス・ジャパンも共催に加えることにしたと連絡があったのだ。北摂大の八神の横やりが入ったことは、そのときに聞いた。岡部と八神の確執は、むろん紀尾中も知っている。五年前、アメリカから帰国した八神が、教授選で岡部に敗れたのだ。八神はことあるごとにいやがらせを繰り返しているが、気の弱い岡部は面と向かって抵抗できないのだった。

集合時間の午前八時になる前に、営業所の所員たちが会場に到着した。

「所長。おはようございます」

池野がエレベーターから小走りに近づき、チームの四人も追いかけるように来る。肥後、殿村のチームも揃ったところで、紀尾中は全員を受付前に集めた。

「今日はみんな、よろしく頼む。バスター5のガイドライン収載に向けて、有利な状況を維持するためにもミスは許されない。抜かりはないと思うが、突発事や想定外の事態も考えられるから、全員、気を引き締めて、それぞれの持ち場を担当してほしい。以上」

MRたちは一礼し、機敏な動作で散っていった。

紀尾中は三人のチーフMRを呼び、スケジュールの再確認をした。セミナーの開始は午前十時で、受付開始は午前九時。午前中の第一部は新堺医療センターの竹上《たけがみ》医師による講演。昼食のあと、午後の第二部は豊中薬科大学の林《はやし》研究員と、阪都大学代謝内科の堂之上《どうのうえ》講師の講演で、終了予定は午後四時。それぞれの講演内容に抜けや重複はないか、最終チェックを要請する。

「事前の参加申し込みでは、医師が百八十名、看護師が七十六名、薬剤師が四十二名で、総勢二百九十八名だ。多少欠席もあるだろうが、混乱が起こらないよう、誘導と案内には万全を期してくれ」

打ち合わせを続けていると、エレベーターが開き、スーツ姿の男が十人ほど出てきた。受付開始までには時間があるのにと思って見ると、先頭に見たくもない顔があった。

「いよう、紀尾中。一月の学術フォーラム以来だな」

鮫島がことさら笑顔を浮かべて近づいてくる。

「今回の学術セミナーでは、急遽、共催に加わらせてもらったが、ぎりぎりの参加でほんと申し訳ない」

形ばかり頭を下げるが、三白眼は笑っている。後ろには佐々木というキツネ目のチーフMRのほか、若手のMRが控えていた。

「うちもこれだけのメンバーを連れて来たから、用事があれば何なりと言いつけてくれ」

「準備は抜かりなくやっているから、お気遣いなく」

だれが仕事などさせてやるかと返すと、鮫島は思わせぶりに唇を歪めた。

「しかし、思いがけない事態も起こり得るだろう。そんなときにはうちの者が役に立つかもしれんぜ」

何のことだと問い返す間もなく、鮫島は背を向け、部下のMRたちに会場を見てまわれと命じた。

横にいた肥後が、眉間に険を浮かべて言った。

「何や、あいつ。気色の悪い白目を剝いて、ヘビみたいなヤツやな」

「肥後さん。ヘビに白目はありませんよ」

殿村が訂正すると、池野が紀尾中に声をひそめて聞いた。

「何か企んでるんでしょうか」

「わからん。とにかく何が起こっても、うちは全力でカバーするしかない」

受付開始の時間になり、ぼつぼつと参加者が集まりはじめた。

午前九時十五分。泉州医科大学の乾がやって来た。秘書も連れずにやって来るのは、権威をひけらかさない乾らしい。紀尾中がいち早く近づき、受付まで案内する。

「先日は貴重なお時間をいただき、誠にありがとうございました」

「この前の集計、ペーパーはだれかに頼んだの？」

「岡部先生のところの守谷《もりや》准教授にお願いしました。今日もいらっしゃるはずです」

「守谷君なら研究者としても実績もあるから、いいんじゃないか」

乾の好印象は変わっていないようだ。ホワイエのポスター展示を見るという乾と別れ、紀尾中はふたたびエレベーターホールに立った。池野も何人かを案内したようだが、合間を縫って、鮫島と佐々木も参加者に近づき、存在をアピールしている。

しばらくすると、阪都大学の岡部が姿を現した。ここはタイミングを逃すわけにはいかない。紀尾中が気迫の一歩を踏み出し、早足で近づいた。

「岡部先生。ようこそお出でくださいました。本日はどうぞよろしくお願いいたします」

笑顔でお辞儀をすると、タウロス・ジャパンの件で恐縮しているらしい岡部は、教授らしくもなく腰を折った。

「今回のことは誠に申し訳ない。私としても、なんとか天保薬品さんの単独共催でと思ったんだが」

「どうぞお気遣いなく。事情は重々承知しておりますので」

岡部が悪いのではないと暗に仄めかし、笑顔で応じる。貸しを作るにはそのほうがいい。

岡部が去ると、阪都大学の堂之上がやってきた。

「堂之上先生。ご講演は第二部のトリですのに、早々のお越しですね」

「岡部先生が朝からいらっしゃるのに、私が午後から来るわけにはいきませんよ」

彼は代謝内科の講師で、ボスである岡部の手前、セミナーの開始前から駆けつけたのだろう。医学部の白い巨塔では、今も厳しい序列が幅を利かせているようだ。

「岡部先生はもういらしてる？　じゃあ失礼」

堂之上はさっそく忠誠心を発揮して、そそくさと岡部のあとを追った。

何人かの医師を出迎えたころ、北摂大学の八神が取り巻きを従えて姿を現した。

鮫島がここだけははずせないという勢いで歩み寄る。

「これはこれは八神先生。お待ちしておりました」

素早く鞄を受け取り、歩きながら八神の耳元で何やらささやく。八神も意味ありげにうなずく。

紀尾中を意識した、いやらしいパフォーマンスだ。

「八神先生に何か頼んでるんでしょうか」

鮫島を目で追っていた池野が、不安げにつぶやいた。

「さあな」

紀尾中にも予測はつかない。

そろそろ開始時刻が近づき、紀尾中は遅れてくる参加者の出迎えを池野に任せて、特別会議場に向かった。

18　厚労省の監視モニター

定員四百十四人の特別会議場は、七割方参加者で埋まっていた。

舞台では岡部が開会の挨拶をはじめた。小柄でやせている岡部は、地味な灰色のスーツとも相まって、いかにも貧相に見える。だれかアドバイスする者はいないのかと紀尾中は思うが、見てくれより実績が大事なのだろう。挨拶も決して歯切れはよくなかったが、客席からはそれなりの拍手があった。

池野が後ろの扉から入ってきて、紀尾中の背後に屈み、声をひそめた。

「京洛大学病院の薬剤師が来たんですが、参加者名簿に名前がありません」

「急な参加ということか」

「みたいなんですが、何か引っかかります」

「何かって」

「雰囲気とか、目配りとか。ちょっと気になるので、今、調べさせています」

「わかった」

池野はそのまま腰を屈めて出て行った。

岡部は舞台の右にしつらえた座長席に移動し、第一部の講演がはじまった。演者は新堺医療センターの竹上医師。演題は「高脂血症患者の頸動脈におけるフェミルマブの動脈硬化抑制について」。竹上の講演はバスター5の効果を鮮明に打ち出し、新堺医療センターのみならず、南大阪地区の計六施設で同様の結果が出ていることをつけ加えて、講演を終えた。

岡部が感想を述べ、会場から質問を募った。紀尾中は緊張したが、おかしな雰囲気はなく、いくつか出された質問も、バスター5に好意的なものはあれ、評価を貶めるようなものはなかった。午前の講演は問題なく終わったと言ってよかった。

「まずは第一関門突破ですね」

途中からとなりに座っていた池野が、肩の力を抜くように言った。紀尾中はホールを出て、座長を務めた岡部に礼を述べた。続いて講演者控室に向かい、講演を終えたばかりの竹上にねぎらいの言葉をかけた。

「素晴らしい講演でした。会場の先生方も大いに納得されたんじゃないでしょうか」

「薬そのものがいいんだから、僕はそれを話したまでだよ」

「恐れ入ります。今、お弁当とお茶をご用意いたしますので」

紀尾中が壁際のテーブルに置いた弁当と、ペットボトルの茶を持ってくる。竹上が右手を上げて恐縮する。

「このごろはMRさんもやりにくいんじゃないの。弁当も上限は決められているみたいだし、参加者の数と突き合わせて、残った分は回収しなければいけないんだろ」

「せめて今回のような講演会では、上限を変えられればいいんですが、そうもいかなくて」

天保薬品では自主規制で、弁当の上限は二千円、講演料は十万円と決められている。タレントや文化人の講演料が数十万円から百万円を超える現実がある一方で、患者の治療に役立つオピニオンリーダーの講演が十万円というのは、明らかにおかしい。

そこへ阪都大学の准教授、守谷誠《まこと》が入ってきて、後輩の竹上に声をかけた。

「竹上君の講演はよかったよ。僕は今、バスター5の治験をメタ分析の論文にまとめる作業をしていてね。こちらの天保薬品さんのご依頼で」

「恐れ入ります。先生もお弁当いかがですか」

紀尾中が壁際に立とうとすると、守谷がそれを制して言った。

「僕は講演者じゃないんだから、気持だけいただいておく」

さすがは乾と岡部の薫陶を受けただけあって、きっちりしている。守谷は学界でも信頼度は高く、その論文も重みを持つだろう。紀尾中は守谷のメタ分析の論文に期待しつつ、話し込みはじめた二人に遠慮して控室を出た。


出たところで池野が待ちかねたようすで立っていた。

「さっきの薬剤師の件、わかりました。厚労省の委託を受けた監視モニターですよ」

厚労省の監視モニターは、コンプライアンス違反をチェックするために、学会やセミナーに送り込まれる調査員である。違反があれば、即、厚労省に報告され、その程度によって業務改善命令、期限つきの業務停止命令などの行政処分が科せられる。

「監視モニターというのはたしかか」

「まちがいありません。肥後さんが京洛大学病院の別の薬剤師から聞き出したんですから」

そこへ肥後がふらりと近づいてきた。

「厄介なことになりましたな」

さすがにふだんの軽い調子もなりをひそめている。

「今の竹上先生の講演には問題はなかったと思うが、午後の二題は大丈夫だろうな」

セミナーでのコンプライアンスには、製薬会社だけでなく、講演者も従わなければならない。添付文書に記載された効果以外に触れたり、海外の論文で紹介されている内容に言及したりすることは禁じられている。信頼性に欠けるデータの使用や、誇大な表現、他社製品との比較などもＮＧだ。

コンプライアンス関係を担当している池野が答える。

「講演者の先生からは、事前に原稿とパワーポイントの画像を送ってもらってチェックしています。午後の両先生も問題となるような箇所はないはずです」

「念のため、もう一度、確認してくれ。もしも微妙なところがあったら、演者に頼んで安全な表現に変えてもらうんだ」

「了解」

二人がスタッフの控室に消えたあと、紀尾中は殿村を呼んで確かめた。

「君も事前にチェックしてくれたのか」

「はい。三題とも確認しています。原稿も画像もいずれも問題ありませんでした」

こういうときの殿村は信用できる。チェックには時間がかかるが、画像の細部まで一度で記憶する殿村は、原稿も一字一句見逃さない。

これだけ厳重にしていれば、監視モニターがいても大丈夫だろう。そう思っていると、山田麻弥がホワイエのほうから小走りに近づいてきた。

「所長。ちょっと来てください」

「どうした」

「書籍販売で八神先生がもめてるんです」

面倒な予感がよぎり、とにかくホワイエに向かった。学会やセミナーでは、最寄りの書店に頼んで、関連書籍の販売をしてもらうことが多い。

急ぎ足で歩きながら、山田麻弥の報告を聞く。

「昼食のあと、八神先生が書籍販売のコーナーに来て、テーブルの向きが悪いと言いだしたんです。ロビーのほうに向けないと参加者にわからんだろうとおっしゃって。どうやら、ご自分の著書が目立たないところに置かれていたのがお気に召さなかったようです。例のディテーラ論文がらみの本で、学術書でもないので当然だと思うんですが、本を並べた市橋君に激怒して、すぐ並べ替えろとおっしゃったんです」

「しかし、あそこは壁が湾曲しているから、ロビーに向けると長テーブルは斜めになるだろ」

「そうなんですよ。だけど、言っても聞かないので、わたしと市橋君とで回転させたら、八神先生がこんな不細工な置き方でいいと思っているのか、元にもどせって怒鳴って、市橋君が小さい声で、えーって言ったのが聞こえちゃったんです。おまえ、オレを誰だと思ってるんだって、市橋君に詰め寄ってすごんでるんです」

たしかに、八神はホワイエで仁王立ちになっている。市橋は戦争捕虜のようにうなだれ、出張販売の書店員も慣れない状況に戸惑っているようすだ。

紀尾中は腰を折りながら八神に近づいて、立ち止まるや両手を揃えて最敬礼した。

「八神先生。たいへん失礼いたしました。誠に申し訳ございません」

「君が天保薬品の責任者か。部下にどんな教育をしてるんだ」

八神は肥満体の腹を突き出し、たるんだ頰を震わせた。

「今回のセミナーには、オレの本を買いたいって人もたくさん来てるんだ。それがなんだ。こんな隅っこのテーブルで、しかもオレの本を端に置きやがって、いやがらせか」

「めっそうもない。先生にはご不快な思いをさせてしまい、お詫びの言葉もありません」

医者を怒らせたら、とにかく謝るしかない。しかも、相手はKOLの一人だ。落ち度があるかないかは関係ない。後ろで市橋と山田麻弥も気をつけの姿勢で頭を下げる。

「だいたい、このショボいテーブルはなんだ。オレは希望者にはサインをしてやるつもりで、筆ペンまで用意してきてるのに、座る場所さえないじゃないか」

「申し訳ございません。さっそく手配いたしますので」

言いかけると、後ろから調子のいいだみ声が聞こえた。

「八神先生。どうぞこちらへ。先生のご著書販売の特設コーナーをご用意いたしました」

鮫島だ。

「八神先生をご案内して」

命じられた若いMRを見て、市橋が「あっ」と声をあげた。

「どうした」

「あいつ、世良ですよ。前に朝倉製薬にいた」

紀尾中はすぐに思い当たった。野球道具を寄贈したり、風俗ネタで院長を脅したりして、コンプライアンス違反をした男だ。朝倉製薬をやめたあと、タウロス・ジャパンに再就職したようだ。

「どうぞこちらに。座り心地のよい椅子もご用意しております。書店員さん。八神先生のご著書を全部、運んでください」

世良は猫なで声で言い、八神を案内する直前、市橋に嘲《あざけ》るような嗤いを見せた。

受付の横に肘掛け椅子が用意され、鮫島が早くもロビーにいる参加者に呼びかけた。

「ただ今、八神先生のご著書、『ディテーラ論文ねつ造事件　衝撃の真相』を販売しております。今でしたら先生にサインをしていただけます。この機会をどうぞお見逃しなく」

さっそく何人かがテーブルの前に並びはじめる。タウロス・ジャパンのMRがほとんどだ。中には買った本を鞄にしまい、ふたたび列に並ぶ者もいる。サインをする八神はまるで流行作家気取りだ。

「何なんですか、あれは。浅ましいったらないですね」

いつの間にかようすを見に来た池野が小声で吐き捨てた。

「しかし、医者をええ気分にさせるテクニックは見習わんといかんな。太鼓持ち作戦や」

肥後も後ろに立ち、もっともらしくうなずく。紀尾中が二人に訊ねた。

「講演のチェックはどうだった」

「林先生のは問題はおませんでした。アポBレセプターの話ばっかりで、バスター5にはほとんど触れてませんけど」

「堂之上先生のスライドと原稿にも、問題になるような箇所はありませんでした」

「よし。じゃあ、ホールに行こうか」

紀尾中は遠目に世良をにらみつけている市橋に気づいた。失態を見られて、屈辱がよみがえったかのようだった。

「気にするな。おまえは天保薬品で力をつけてるんだから、ドロップアウトしたヤツのことなんか忘れてしまえ」

市橋は短いため息で視線を逸らしたが、悔しさは消えないようだった。


第二部の講演は、予定通り午後一時からはじまった。

座長は八神である。八神は書店が用意した二十冊の著書が完売したので、さっきの剣幕もどこへやらの上機嫌だった。

林の講演は、生化学の専門領域におよび、直接、バスター5に触れることはなかったので、コンプライアンス的には楽観して聴くことができた。座長が八神であることが気になったが、彼も問題となるような司会はしなかった。

林の講演が終わると、十五分の休憩が告げられた。

「いよいよ、あとひとつやな」

肥後が椅子に沈み込むようにもたれた。池野は油断なくホールに視線を投げかけ、休憩に立つ参加者の中からある人物を見つけて、紀尾中に言った。

「彼女ですよ、厚労省の監視モニター」

池野が指した相手は、化粧気のないショートカットで、いかにも生まじめという風貌だ。ホールの中央あたりの席から、足早に後方の出口へと出ていく。このまま帰ってくれればいいが、それはあり得ない期待だ。

休憩時間が半分ほどすぎたとき、紀尾中は堂之上に最後の念押しをしようと、最前列の次講演者席に行った。ところが、堂之上の姿がない。トイレにでも行ったのか。廊下に出ると、舞台袖につながる通路の奥に人の気配があった。扉の陰からそっとのぞくと、八神と堂之上がいるのが見えた。

八神は座長を終えたところで、堂之上は次の講演者だから、すれちがってもおかしくはない。しかし、堂之上の態度がおかしかった。八神はいつもの横柄なようすで、堂之上の肩を叩いたりしている。どういうことか。

八神がこちらに出てきそうになったので、紀尾中はホールにもどり、最後列の席にもどって池野に言った。

「今、八神先生が堂之上先生と話していたが、大丈夫かな」

「講演の内容は確認してますよ。二人は元々同じ医局だから、挨拶してたんじゃないですか」

そうだろうか。堂之上のボスである岡部と、八神は今や犬猿の仲もいいところだ。朝、岡部にあれだけ忠誠を表していた堂之上が、八神に近づくのは不自然だ。紀尾中は訝りながらも、答えが見つからず、講演のはじまるのを待った。

休憩時間終了のベルが鳴ると、参加者たちは元の席にもどり、監視モニターの女性も着席した。

座長は新堺医療センターの内科部長だった。型通りに堂之上の紹介をすませたあと、慣れた口調で会場に告げた。

「それでは本日、最後の講演になります。演題は『高コレステロール血症の治療におけるフェミルマブの適応と臨床応用』です。堂之上先生、よろしくお願いいたします」

黒縁眼鏡に豊かな黒髪の堂之上は、いかにも神経質そうなまなざしで会場を見渡し、さっそく最初の画像から説明をはじめた。

「通常、血漿《けっしょう》中のコレステロールは、親水性のリン脂質や、アポリポタンパクに覆われて存在します。このうちレセプターに対するリガンド（特異的な結合）を持つのは、アポBとアポEの二種類で、フェミルマブはこのアポBレセプターを阻害することにより、血管内皮へのLDLコレステロールの取り込みを抑制するのであります」

滑り出しは順調だった。堂之上は臨床医らしく、バスター5で治療した症例を挙げ、実際の患者のデータを示してその効果を説明した。もちろん、バスター5の説明書に記された効能の範囲内での評価だ。

聴きながら、紀尾中が池野に確認する。

「海外での論文を引用したりはしてないだろうな」

「大丈夫です」

「他社製品、特にタウロス・ジャパンのグリンガと比較するようなデータもないか」

「ありません。そんなのがあったら一発アウトじゃないですか」

紀尾中らの緊張が続く。講演は終盤に近づいてきた。堂之上が説明しながら、手元のスイッチを押してパワーポイントの画像を変えた。スクリーンに映し出された図表を見て、池野が弾かれたように身を乗り出した。

「どうした」

「事前にもらった資料にない画像です」

映し出されているのは、マウスの解剖標本とそれを模式化した図だ。

堂之上はそれまでと同じ調子で続けた。いや、わずかに声が上ずっている。

「これはフェミルマブの血栓予防効果を示すデータであります。マウスでの実験ですが、フェミルマブには動脈硬化の抑制のみならず、血栓を予防する効果が見込め、梗塞予防に二重の効果が期待できるのであります」

まずい。マウスの実験では、良好なデータが得られたが、臨床実験、つまり人間の患者では有意差が出なかった。従って、バスター5の効能として認められず、当然、添付文書にも記載されていない。未申請の効果をセミナーの場で発表するのは、明らかなコンプライアンス違反だ。

堂之上はバスター5の奥の手を披露するかのように、滔々《とうとう》と血栓予防効果を論じている。なんとか止められないかと思うが、画像を消すことも、立ち上がって制止するわけにもいかない。

会場の聴衆は気づいていないようだった。しかし、厚労省の監視モニターはどうか。薬剤師なら、当然、見すごすはずはない。紀尾中はショートカットの女性を後ろから見たが、その頭は微動だにしなかった。

「結論といたしまして、フェミルマブは、ＬＤＬコレステロール値を下げることなく、動脈硬化を抑制し、心筋梗塞ならびに脳梗塞の発生頻度を有意に低下させる効果のある画期的な薬剤と言えると思われます。ご静聴、ありがとうございました」

表向きはバスター5の応援講演のように聞こえた。しかし、血栓予防に言及したコンプライアンス違反は、重大なマイナス要素だ。

座長のまとめと会場からの質問も耳に入らないほど、紀尾中は集中して対処を考えた。

質疑応答が終わり、ふたたび岡部が登壇して閉会の挨拶をした。

紀尾中は三人のチーフMRに声を落として言った。

「池野君は閉会したらすぐ厚労省の監視モニターのところへ行ってくれ。事情を説明して、弁明の機会を与えてもらえるよう頼むんだ。肥後さんは殿村君といっしょに、乾先生や岡部先生らの見送りを頼みます。私は堂之上先生に、なぜあんな画像を出したのか聞いてきます」

「承知しました」

池野がうなずくと、肥後が紀尾中に肩を寄せて訊ねた。

「八神先生はどないしますの」

「もちろん丁重にお見送りしてください。できれば鮫島を出し抜いて」

「こりゃ厄介や」

話しているうちに岡部の挨拶が終わり、参加者たちが席を立ちはじめた。紀尾中らは素早く後ろの扉から出て、それぞれの目的に向かって散った。


紀尾中の頭にあったのはオネスト・エラー、悪意のないミスだ。先ほど殿村に確認したら、血栓予防効果の画像は、事前に送られてきた資料にはたしかになかったと証言した。すなわち、講演者が本番になって急にこちらの把握していない内容に言及したため、当社としては止めようがなかった、決して意図的に未申請の効果を講演者に話してもらったのではない。こう説明できれば、違反にはちがいないが、情状酌量の余地ありと判断してもらえるだろう。

紀尾中は講演者控室の手前で堂之上をつかまえた。

「堂之上先生。ちょっとお話が」

堂之上は立ち止まり、不審そうに紀尾中を見た。そのまま控室に入り、テーブルをはさんで向き合った。

「ご講演でお疲れのところ、誠に申し訳ございません。今のご講演で、事前にいただいていた資料とちがうところがございましたので、どういうことなのか事情をうかがいたく存じます」

「資料とちがうところ？　どういうことですか」

堂之上は黒縁眼鏡の奥で神経質そうな二重まぶたをしばたたかせた。

「バスター5の血栓予防効果の画像です。事前にいただいた資料にはなかったと存じますが」

「そんなことはないでしょう。ちゃんと送っていますよ」

紀尾中は一瞬、言葉の意味が理解できなかった。

「しかし、弊社の担当はご講演中に血栓予防の画像を見て、すぐに事前にいただいた資料になかったと申しておりますが」

「私は送ったよ。見てみますか」

堂之上はブリーフケースから、画像と原稿を印刷したコピーの束を取り出した。手渡されて、繰るとたしかに血栓予防のスライドと読み上げた原稿が、一枚に収まったページが入っている。しかし、通し番号がない。どこかおかしい。

堂之上は声に若干の苛立ちを込めて言った。

「その画像に何か問題でもあるのですか。たしかに、臨床実験では血栓の予防効果に有意差はなかったと聞いていますが、マウスの実験で効果があったのでしょう。それなら公表した方が、御社のバスター5に有利だと思ったから、わざわざ講演に入れたんですよ」

最後は恩着せがましい響きさえあった。

「バスター5の血栓予防効果は、臨床実験で有意差が得られませんでした。ですから、効能として申請していないのです。未申請の効能を公の場で発表することは、厚労省が定める医薬品広告規制に抵触して、コンプライアンス違反になります」

「じゃあ、どうして事前に教えてくれなかったんです。私だって広告規制までは把握していないし、そういうことをチェックするために、事前に資料を提出させるんでしょう」

その資料がなかったから、指摘のしようがなかったのだ。そう反論しても、堂之上は資料は送ったと繰り返すだけだろう。

考え込んでいると、池野が控室に入ってきて、紀尾中に耳打ちをした。

「監視モニターは、一応、事情に理解を示してくれました。厚労省とも相談して、後日、ヒアリングをしてくれるそうです」

それはもはや朗報でも何でもない。紀尾中は池野に厳しい目を向け、手渡されたコピーの束を見せた。

「堂之上先生は、血栓予防の画像も事前に送ったとおっしゃってる。これだ」

池野は一瞬、冤罪《えんざい》に動かぬ証拠を突きつけられた容疑者のように固まり、即座に大きく首を振った。

「そんなはずありませんよ。ちょっと待っててください」

スマホを取り出し、せわしなく発信する。

「市橋か。堂之上先生から送られてきた講演資料を控室に持ってきてくれ。大至急だ」

ものの一分もしないうちに、市橋が急ぎ足で資料を持ってきた。池野はひったくるようにして資料を受け取り、問題のページをめくった。

「見てください。臨床データの紹介の次は、フェミルマブの用法と用量の画像です」

紀尾中はコピーを手に取り、さきほど覚えた違和感の理由に気づいた。

「これはうちでプリントアウトしたものか」

「いいえ。堂之上先生から送られてきたものです。郵送で」

今どき郵送は珍しい。講演の資料提出は、たいていPDFのメール添付だ。FAXもたまにはあるが、郵送はめったにない。いちばんのちがいは、メールやFAXなら記録が残るが、郵送では中身の記録が確認できないことだ。つまり、送った送らないは水掛け論になる。

無駄だとは思いつつ、ダメ元で堂之上に送られてきたコピーを見せる。

「こちらで受け取りました資料には、やはり血栓予防のページが見当たりませんが」

「私はちゃんと送ってますよ。そちらで紛失したんじゃないの」

平然と答える。紛失することなどあり得ない。混乱しかけたとき、半開きになった扉から、鮫島が顔をのぞかせた。

「これはこれは、お取り込み中ですかな」

言いながら、遠慮もせずに入ってくる。後ろから佐々木と世良も入室する。

「さきほどの堂之上先生のご講演、素晴らしい内容でしたな。ですが、天保薬品さんにはいささか困ったことになるんじゃないですか」

不敵な笑いで紀尾中のほうに顔を向ける。堂之上が鮫島を見て、倦《う》んだようなため息を洩らした。

「鮫島さん。何だか知らないが、私の講演がコンプライアンス違反になるとか言って、詰問されてるんだよ。私は天保薬品さんのことを思って、血栓予防の効果を話したつもりなんだけどね」

親しげに声をかけたのは、鮫島が阪都大学にも出入りしているからだろう。

「いや、私もおかしいと思ったんですよ。バスター5の効能には血栓予防は書かれていませんからね。それをセミナーの講演で言っちゃっていいのかと。今、世良に調べさせたら、やはり未申請だったようですな」

鮫島が視線を向けると、世良は一歩前に踏み出て、頬骨の出た貧相な顔に得意そうな笑みを浮かべた。

「厚労省の医薬品医療機器総合機構に問い合わせましたので、まちがいございません」

またも市橋に嗤いを含んだ視線を飛ばす。

「事前に天保薬品さんのチェックはなかったんですか」

「それが資料を紛失したみたいなんだ」

「まさか、そんなことはないでしょう。ねえ、紀尾中所長」

紛失を嘲笑《あざわら》うかと思いきや、鮫島はそれを否定するように念を押してきた。どういう意味か。答えあぐねていると、さらに鮫島が言った。

「問題となるページだけ紛失するなんて、都合よすぎますからね」

つまり、天保薬品が未申請の効果を宣伝してもらうために、講演で発表されることを知りながら、故意にストップをかけなかったと示唆しているのだ。しかし実際は、紛失はあり得ないから、はじめから送られてこなかった可能性が大だ。それは堂之上のケアレスミスか。いや、それこそ問題のページだけ、うっかり送り忘れるほうが都合よすぎる。つまり、はじめから仕組まれていたということだ。

考えていると、世良が市橋をチラ見しながら、甘えるような声を鮫島にかけた。

「鮫島課長。僕が朝倉製薬にいたとき、天保薬品は僕の営業に、コンプライアンス違反の冤罪をでっち上げて、会社にチクったんですよ。おかげで僕は社内でも白い目で見られて、朝倉をやめざるを得なくなったんです。その天保薬品がこんな幼稚な手でコンプライアンス違反を犯すんですから、あきれてものも言えませんね」

市橋が我慢しきれないという勢いで、世良に怒鳴った。

「おまえのどこが冤罪だ。野球道具の領収書を新薬説明会の経費に紛れ込ませていたじゃないか」

「それがでっち上げだと言うんだよ。俺はそんなことをした覚えはないからな」

「よくもシャアシャアと」

「市橋。今はそんなことを言ってる場合じゃない」

紀尾中が制すると、鮫島はさもおかしそうな顔でうなずいた。

「そうだよな。尻に火がついてるのに、鼻クソをほじってる場合か」

それを無視して、紀尾中は必死の思いで堂之上に頼み込んだ。

「今回の件につきましては、厚労省がヒアリングをしてくれると思います。どうか、我々が事前に資料を点検できなかったことを、証言していただけないでしょうか。お願いいたします」

「そんなことを言われても、私は資料を送ったのだし……」

「それは否定いたしません。しかし、何らかの手ちがいで、問題のページが我々の目に触れなかったことを、証言していただきたいのです。この通りです」

紀尾中が立ち上がり、テーブルにつきそうなほど頭を下げた。後ろで池野と市橋も同じく低頭する。

「ハハ。ザマあないね。こいつら、自尊心はないんですかね」

世良が嘲笑すると、鮫島はむしろ同情するように眉を八の字に寄せて言った。

「気の毒にな。会場には厚労省の監視モニターも来てたから、言い逃れはできんだろう」

鮫島は監視モニターのことまで知っている。紀尾中の胸に強い疑念が湧き上がった。

「鮫島。おまえが仕組んだんだな。堂之上先生に渡りをつけて、厚労省にも情報を流して、監視モニターを派遣するよう仕向けたんだろう。そんなことをして、許されると思っているのか」

ありったけの怒りを込めてにらみつけると、思わぬところから声があがった。

「それはどういう意味です。紀尾中さん。あなたは私がタウロス・ジャパンに買収されたとでも言うのか。せっかく天保薬品によかれと思って講演を引き受けたのに、そんな汚名まで着せられては我慢ならない。ヒアリングか何か知らんが、すべてお断りする。いいですね」

しまったと思ったが、遅かった。堂之上は怒りに手を震わせながら、テーブルに広げた資料をブリーフケースに詰め込むと、一刻も我慢ならないという足取りで、控室を出て行った。鮫島がアメリカ人のようなジェスチャーで肩をすくめてみせ、身を翻すように堂之上のあとを追う。

「堂之上先生。待って下さい。車でお送りしますよ」

鮫島の明るい声が廊下に響いた。世良も同様にあとを追いながら、消える直前、またもいやらしい嘲りの嗤いを市橋に向けた。

19　還暦祝賀パーティ

学術セミナーの終了後、すぐに紀尾中は大阪支店長の田野に連絡して、堂之上のコンプライアンス違反を報告した。予測されたことではあるが、田野は電話口で激怒した。

「何ということをしてくれたんだ。セミナーは君が任せてくれというから、信用して任せたんだぞ。それなのに講演者がコンプライアンス違反で問題になってるだと。いったいどう責任を取るつもりだ」

元々、セミナーには田野も関わりたそうにしていたが、余計なおしゃべりをして、乾の不興を買ったり、八神とトラブルでも起こしたりしたらコトだと思って、あらかじめセミナーは堺営業所で仕切ると伝えていたのだった。

「だから言わんこっちゃないだろ。こんなことなら私がはじめから行くべきだったよ。私なら講演で未確認の画像を出されるようなヘマはしないし、万一、画像が出たとしても、あとで堂之上先生の機嫌を損ねることはなかっただろう。君は自分の立場もわきまえず、出しゃばって自分たちだけで仕切ろうとするから、こんな事態を招いてしまうんだ。おまけに厚労省の監視モニターまで来ていただと？　これは致命的な失態だぞ。すべては君の責任だからな。わかっているのか」

「申し訳ございません」

今は謝る以外にない。田野は要するに、この失態の責任が自分に降りかかることを恐れているのだ。

「バスター5のガイドライン収載については、五十川部長も気にされているんだ。今回の失態で、万一、ガイドラインの収載が不首尾に終わったら、君の進退にも関わることになるからな。そのつもりで対処しろよ。わかったな」

田野の念頭には常に五十川がチラつき、万一の場合は紀尾中の首を差し出すことで、自分の責任を免れるというシナリオが脳裏に浮かんでいるのだろう。今はとやかく言ってもはじまらない。紀尾中は暗澹《あんたん》たる気分になりながら、「わかりました」とだけ答えて通話を終えた。


週明けの月曜日、紀尾中は本社のコンプライアンス統括室に呼ばれた。

コンプライアンス管理責任者は、紀尾中の元上司、中条光弘《ちゅうじょうみつひろ》で、紀尾中が新人MRのとき、堺の営業所長だった温厚な人物である。

「ご無沙汰しております。この度はとんだご迷惑をおかけすることになり、申し訳ございません」

「まあ、座りたまえ。土曜日の晩に田野君から電話があってね。えらい剣幕でまくしたてていたよ。彼はすぐカーッとなる質《たち》だからな」

中条は田野の二代前の大阪支店長で、田野のこともよく知っている。紀尾中に応接用のソファを勧めてから、かつての部下を懐かしむように言った。

「君のことだから、準備に抜かりはなかったんだろうが、想定外のことは起こるからな」

信頼に感謝しつつも、紀尾中は中条の呑気さに心許ないものを感じた。出世コースをはずれたが故の倦怠か。中条は営業所長、支店長までは順調に昇格したが、その後、本社の部長レースに敗れて、コンプライアンス統括室に配属されたのだった。

田野も経緯を説明したようだが、感情が先走ってほとんど支離滅裂だったようだ。紀尾中が改めて話すと、中条は飲み込みよくポイントをまとめた。

「要するに、未申請の効能を書いた画像を、堂之上先生は事前に送ったと言い、こちらは受け取っていないということだな。うちが紛失した可能性は考えられるか」

「それはないと思います。映像記憶能力のある殿村君も、事前に送られた資料になかったと証言していますから」

「だったら、堂之上先生が入れ忘れたということか」

「その可能性が高いと思われますが、それにしても、問題のページだけ入れ忘れるというのも不自然に思えます」

「意図的に送らなかった。つまり、仕組まれたコンプライアンス違反だったということか」

中条はゆっくりと腕組みをして、長い息を吐いた。そんなことがあり得るだろうかという面持ちだ。

「確証はありませんが、状況証拠はいくつかあります。まず資料の提出が郵送で、資料に通し番号がついていなかったこと。セミナーの直前になって、タウロス・ジャパンが共催に割り込んできたこと。また、厚労省の監視モニターが来ていたことも、偶然にしてはできすぎな気がします」

中条はどう判断したものかと視線を漂わせ、ふと思考を逆回転させるように愚痴った。

「そもそも、製薬協の規制がきつすぎるんだよな。宣伝活動の取り締まりは治安維持法並みだからな。今回のことだって、マウスの実験では有意差が出てるんだろう。患者のデータでも有意差が出たと言えば嘘になるが、そこまでは言ってないんだから、虚偽の宣伝でも何でもない。まあ、こんな締め付けも、これまでに製薬会社が何でもありの宣伝活動をやりすぎた報いだな」

自嘲的に言って嗤う。

状況を検討しなおしているところに、中条宛ての外線が入った。

「……はい、この度は誠に申し訳ございません。……ええ、そのようにしていただければ。……承知しました。ご配慮、ありがとうございます」

受話器を置いてから、中条が憂鬱そうな視線を向けてきた。

「厚労省の監視指導課だよ。今回の件のヒアリング、木曜日に決まった。午後三時に、近畿厚生局の特別指導第二課に来るように言われた。それまでになんとか申し開きの材料を集めなけりゃならんな」

「猶予は三日ということですね」

それまでに有効な情報が集められるだろうか。幸い、中条は紀尾中に好意的なので、田野のように足を引っ張ることはないだろう。それでも挽回できる可能性は、かなり低いと思わざるを得なかった。

いったん営業所にもどったあと、紀尾中は午後一時に中条と待ち合わせて、吹田《すいた》市にある阪都大学病院に向かった。堂之上に会って、改めてヒアリングへの参加を求めるためだ。ヤラセを疑うような発言で、堂之上を激怒させたことは中条にも伝えてある。

「実際はどうなんだ。堂之上先生がタウロス・ジャパンに買収された可能性はあるのか」

「わかりません。しかし、こちらは何も言っていないのに、堂之上先生のほうから買収という言葉を使ったのは、怪しい気がしないでもありません」

「タウロス・ジャパンにかぎらず、外資系のメーカーは国内資本の会社よりコンプライアンスの遵守は厳しいはずだがな」

外資系の製薬会社は、医師に支払う謝金なども国内メーカーより低く抑えている。株主に対する意識が高く、企業イメージを大切にするからだ。しかし、売り上げが低ければ、株主にそっぽを向かれるのも事実だ。

「いずれにせよ、買収の話は禁句だな」

中条はプラスの方策を持ち出すのではなく、失策を自戒するようにつぶやいた。

代謝内科の医局は研究棟の四階にある。窓のない薄暗い廊下は陰気で寒々しい。堂之上は講師なので個室は与えられず、机は医局の大部屋にある。半開きの扉から入ると、パソコンに向き合っている背中が見えた。

「堂之上先生。お忙しいところ、突然にうかがいまして、たいへん失礼いたします」

相手を驚かせないよう、声と上体を低くして話しかける。それでも堂之上はギョッとした顔で振り向き、警戒と拒絶の色を露わにした。

「帰れ」と言われる前に、紀尾中が低姿勢で言葉を継いだ。

「一昨日の学術セミナーでは、誠に失礼をいたしました。先生が弊社のためにしてくださった講演でしたのに、ご不快な思いをさせてしまったことには、お詫びのしようもございません。あのときは私も混乱しておりましたので、根拠のないことを口走ってしまい、深く反省している次第であります」

堂之上の表情がわずかに和らぐ。その機を捉えて中条を紹介する。中条は素早く名刺を差し出しながら、畏まった姿勢で述べた。

「本日は事後の対応につきまして、先生に特にお願いがございまして参りました」

「お願い、ですか。私にできることはないと思いますがね。とにかく私はそちらの要求に従って、事前に資料は送っているんだ。それをチェックしなかったのはそちらのミスでしょう」

「そこなんでございます。たしかにチェックが抜けていたのはまちがいございません。ですが、担当者はお送りいただいた資料をすべて拝見し、問題のないことを確認いたしております。問題の画像は、拝見したけれども見過ごしたのではなく、元々担当者が見ていなかったものである可能性が高いのです」

「そんなこと、私は知りませんよ。資料は全部揃えて送ったんだから」

中条が目配せをして、紀尾中が応対を代わった。

「堂之上先生には、以前にもご講演をいただいております。そのときはＰＤＦで資料が送られてまいりました。今回、郵送になったのには何か理由がございますでしょうか」

「特にはありませんよ。何で送ろうとこちらの勝手でしょう。それとも何ですか。郵送だと受け付けられないとでも言うのですか。私はね、そう、ＰＤＦだとそちらでプリントアウトしなきゃならんから、その手間を省くためにも郵送がいいと思ったんですよ」

いかにも取ってつけたような口ぶりだ。

紀尾中は疑念を深めたが、中条は最終的な追及はまだ早いと判断したらしく、当面の依頼を口にした。

「今朝がた、厚労省から連絡がございまして、今週の木曜日、午後三時から近畿厚生局でヒアリングが行われることになりました。ご多忙な先生には誠に恐れ入りますが、堂之上先生にもご同席をお願いできませんでしょうか」

「あいにく木曜日の午後はカンファレンスが入っていましてね。抜けるわけにはいかないんですよ」

カンファレンスくらい何だ、こっちは行政処分がかかってるんだぞと、紀尾中の胸はざわめいたが、もちろん顔には出せない。中条も同じ思いだろうが、あくまで低姿勢を貫く。

「先生のご都合もうかがわず、ご無理をお願いして申し訳ございません。ヒアリングにつきましては、弊社のほうで準備をいたしますので、もしもお時間が許すようであれば、ご協力のほどをお願いしたいのですが」

「だから、カンファレンスがあると言ってるだろ。どうして私がそんなところに顔を出す必要があるの。厚労省から命令でも来てるんですか。冗談じゃないよ、まったく」

ここでキレさせるのはまずい。中条もそう判断したようで、前のめりになっていた上体を引いた。

「度重なるご無礼、平にご容赦をお願いいたします。本日のところは、これで失礼させていただきます。状況によっては、またご連絡させていただくこともあろうかと存じますが、そのときはどうぞよろしくお願い申し上げます」

「連絡なんかなくて結構。状況は変わんないんだから」

堂之上はハエでも追い払うように手を振った。中条は丁寧に頭を下げて引き下がる。これくらいで顔色を変えていては、ＭＲは務まらない。

医局を出たあと、紀尾中は中条を岡部の教授室に案内した。

「失礼いたします。本日は弊社のコンプライアンス管理責任者の中条と参りました」

紹介すると、岡部は怪訝《けげん》な顔で紀尾中を見た。堂之上のコンプライアンス違反には、気づいていないようだった。

経緯を説明すると、岡部は「それは困ったことになりましたな」と表情を曇らせたが、どこか対岸の火事のようだった。堂之上に買収の疑いがあることは、もちろん口に出せない。確証もなしに教室員を誹謗されれば、いかに温厚な岡部でも怒るだろう。

「ついては、今週の木曜日に開かれるヒアリングに、なんとか堂之上先生のご出席をお願いできないかと思いまして。木曜日の午後はカンファレンスがあるとうかがいましたが、弊社といたしましては、重大な危機でもありますので、なんとかお願いいたします」

紀尾中が頼むと、岡部はモグラのような小さな目をしばたたきながら答えた。

「それくらいなら、堂之上君に言いますよ。カンファレンスはどうにでもなるから」

「ありがとうございます」

これでなんとか、堂之上にはヒアリングに出てもらえるかもしれない。しかし、教授命令で無理やり引っ張り出されたとなれば、とても協力的な証言は期待できないだろう。岡部に頼んだことが裏目に出るのではと、ほっとしたのも束の間、紀尾中は不安になった。

＊

午後五時四十分。

紀尾中らが帰ったあと、堂之上彰浩《あきひろ》は早めに仕事を片付けて、病院の本館を抜け、正面玄関から道路一本を隔てたモノレールの駅に急いだ。特別なオケージョン用のダークスーツに、おろしたてのワイシャツ、金色のネクタイは気恥ずかしいが、派手好みの主賓の祝いの席にはこれくらいがいいだろうと、医局を出る前に取り換えた。

モノレールから地下鉄に乗り継ぎ、梅田の人ごみの中を十数分歩いて、JR東西線の「北新地駅」に向かう。タクシーを使ってもいいが、しがない国立大学病院勤めでは、千数百円のタクシー代をつい惜しんでしまう。副収入が増えたとはいえ、まだまだ贅沢には慣れない。

堂之上は高校のときから成績優秀で、現役で阪都大学の医学部に合格し、卒業したあとは代謝内科の医局に入って、臨床の傍ら研究に励んできた。家族は見合いで結婚した妻と娘が一人。自宅は北千里《きたせんり》にある3LDKのマンションで、車はもう十二年も乗っている国産車だ。麻雀やゴルフもせず、趣味は読書という質素な生活ぶりだった。しかし、五十歳を過ぎたころから、さすがにこれでいいのかという疑問とも焦りともつかないものが胸をかすめるようになった。

この日、ふだんめったに使わない路線に乗ったのは、「大阪城北詰駅」というはじめて降りる駅に行くためだ。目的地は「ザ・ガーデンオリエンタル・大阪」。タウロス・ジャパン主催の医薬品講演会は名目であって、実態は「八神功治郎先生の還暦を祝う会」である。

製薬会社の講演会はたいてい都心のホテルで開かれる。今回の会場はネットで調べると、かつての大阪市公館で、大川沿いに約四千坪の敷地を誇る壮麗な迎賓館とのことだった。そんな異例の会場を望んだのは、もちろん八神本人だろう。

開会の十五分前に受付に行くと、すでにお歴々という雰囲気の医師たちが集まっていた。招待客は教授や病院長、中堅から若手の医師ら百二十名。招待客リストには循環器内科や消化器内科の有名教授の名前もあった。

会場のボールルームに入ると、ピアノとバイオリンの生演奏が流れ、ライトアップされた庭園がきらびやかな雰囲気を盛り上げていた。私立大学の教授になればこんな世界も味わえるのかと、堂之上は茫然とする思いだった。国公立ではとても手の届かない境遇だ。

前方の丸テーブルには、著名な医師らが着席して談笑している。堂之上は顔見知りと目を合わせないようにして、会場の隅に控えた。いくら招待されたとはいえ、八神の仇敵である岡部の部下が、何をしにきたと白い目で見られてはかなわないからだ。

開会の時間になり、タウロス・ジャパンの鮫島が、前方の司会者台でマイクを取った。

「それでは皆さま。ただ今より、弊社主催の医薬品講演会をはじめさせていただきます。皆さまにおかれましては、ご多忙のところたくさんお集まりいただき、誠にありがとうございます」

鮫島は粘りつくような視線で会場を見渡し、精いっぱいの愛嬌を振りまく。続いて胸に特大のリボンローズをつけた八神が賑々しく登場した。盛大な拍手の中、満面の笑みで正面マイクの前に立つ。

「本日はかくも大勢の皆さまにご参集いただき、誠に恐縮至極に存じます。そもそも高脂血症治療の分野におきまして、今般、認可されましたＬＤＬコレステロール排泄促進のグリンガは、まさに新機軸。あっと驚く作用機序で一世を風靡《ふうび》するものであります」

八神はタウロス・ジャパンのグリンガをこれでもかというほど持ち上げる。そのあとでひとつ咳ばらいをし、いかにも蔑《さげす》む調子で天保薬品のバスター5を暗に貶めた。

「巷《ちまた》にはナンチャラ阻害剤などという突飛な薬も出まわっているようですが、それこそ海のものとも山のものとも知れぬ曖昧薬で、聞くところによりますと、某製薬会社は、とあるセミナーでコンプライアンス違反を犯してまで、その薬を宣伝しようとしたらしいですな。悪あがきと言うか、馬脚を露したと言うか、自ら作用機序の胡散《うさん》臭さを露呈したのも同然であります」

堂之上は思わず顔を伏せた。招待客の中に一昨日のセミナー参加者がいて、今の発言が堂之上の講演のことだと気づく者がいたらどうしよう。しかし、幸い、その恐れは杞憂だったようだった。

八神はバスター5についてはそれ以上語らず、ふたたび話をグリンガにもどした。

「これからは高脂血症の治療はグリンガの時代です。グリンガでコレステロールの排泄を促進できれば、患者は食事制限で苦しむこともなく、うまい料理と酒に舌鼓を打てるわけです。グリンガこそは高脂血症治療の切り札。グリンガを処方せずして、高脂血症の治療はあり得ません。医学の進歩は素晴らしい。よい薬さえあれば、後顧の憂いなく人生を楽しめるのですから。その意味で、我々医師はよい薬を提供してくれる製薬会社に、感謝の意を表さなくてはならないでしょう」

八神はグリンガの名前をこれでもかというほど連呼し、最後は自らの還暦祝賀パーティに対するタウロス・ジャパンへの感謝を言外に込めて、講演を終わった。

ふたたび、鮫島が司会者台から会場に向けて白々しく言う。

「皆さま。たまたまですが、八神先生は間もなく還暦をお迎えになられます。弊社ではサプライズとしてこのようなものをご用意させていただきました」

脇から貧相な顔のＭＲが出てきて、八神に真っ赤なちゃんちゃんこを着せ、同じく真っ赤な丸帽子をかぶせた。たしか、世良とかいう転職組のＭＲだと堂之上は思い当たる。八神は「おいおい、何だこれは」と照れながらも、定番の還暦衣装にご満悦のようすだ。

続いて、ＶＩＰとして招かれた有名教授が、順に八神の還暦に対する祝賀のメッセージを述べた。いずれも歯の浮くようなお世辞の連続で、聞いているほうが恥ずかしくなるようなスピーチだが、八神自身は外国人のように肩をすくめたり、両手を広げたりして、謙遜するそぶりを見せている。堂之上はあまりのバカバカしさに苦笑いしたが、本音では若干、羨ましい気もした。長年にわたる地味な研究生活の報酬として、このような晴れやかな席も悪くないのではないか。いつか自分もこのような舞台に立つ日が来るだろうか。堂之上はその可能性について考えた。それを実現するためには、漫然と構えてはいられない。

祝辞が終わると、会場のスタッフが盆に載せたシャンパンのグラスを参加者に配った。乾杯の発声は、八神と同じ北摂大学の医学部長だった。噂では八神とはツーカーの仲で、製薬会社や医療機器メーカーから、かなりの寄附が二人の懐に流れ込んでいるとのことだった。

スピーチはやはり中身のない美辞麗句の連続だったが、全員がグラスを掲げた。

八神の周囲には鮫島はもちろん、北摂大学の取り巻きから、八神の息のかかった教授、病院長、部長連中が集まり、盛大に盛り上がっている。堂之上は後方の壁際でローストビーフと寿司をつまんでいた。自分もあの輪に入るべきだろうか。しかし、出過ぎた真似をして、八神の不興を買うことは避けたい。

元々、堂之上が八神に近づいたのは、八神のほうから声をかけてきたからだった。

昨年四月、金沢で開かれた日本代謝内科学会総会で、高容量のEPAによる心血管イベントの抑制効果を発表したとき、座長だった八神が堂之上を高く評価してくれたのだ。

控室で二人になったとき、八神が堂之上に訊ねた。

——君のところの准教授の守谷君ね、彼は君の何期上だ。

——二年です。

——だとしたら、君は自分の将来をどう考えているのかね。

八神の問は、それまで堂之上が敢えて考えないようにしてきたことだった。現在、教授の岡部は六十二歳で、定年まであと三年を残している。そのあとを准教授の守谷が継げば、堂之上は講師から准教授には昇格するだろうが、次の教授の目はない。守谷が定年になる十年後には、堂之上も定年まで二年しかないからだ。

——君が守谷君を追い越して、岡部さんの後任になる見込みはあるのか。

八神はその可能性がないことを知った上で問うていた。苦笑いでごまかすと、八神が声をひそめた。

——このまま阪都大学にしがみついていても、いいことはないんじゃないか。だいたい岡部さんは研究バカで、部下の将来など何も考えとらんだろう。僕ならそれなりのポストを用意できるがね。たとえば、芦屋医科大学の第二内科教授とか。

危険な誘いだった。それに乗ることは、岡部を裏切ることになる。芦屋医科大学は裕福な教授陣がいることで有名なところだ。しかし、堂之上には〝国立大〟という金看板に未練があった。

――ですが、阪都大学を離れるのはどうも。

堂之上がためらうと、八神は急に不機嫌になり、ぞんざいな言葉遣いになった。

――そんな凡庸なことを言っていると、いつまでたっても成功にはありつけんぞ。

たしかにそうかもしれない。堂之上が逡巡《しゅんじゅん》を見せると、八神は追い打ちをかけるように言った。

――国立大などと言っても、今どきだれがありがたがるものか。窮屈なだけだろう。そこへいくと私立大学は自由でいいぞ。いろいろおいしい話もあるしな。

――それは羨ましいです。

迎合すると、八神は機嫌を直し、声をひそめて話の本題に入った。タウロス・ジャパンとの密かな関係。それに協力することの見返り。旨味はあるが危険な誘い。

――君もいつまでも国立大学病院の安月給では報われんだろう。清廉潔白もいいが、水清ければ魚棲《す》まず、清濁併せ呑むとも言うだろう。

――少し考えさせてください。

堂之上がタウロス・ジャパンの説明会に、講演者として招かれたのは、それから一カ月後だった。もちろんその場には八神もいた。講演料は通常の五倍の五十万円。現金を手渡されて驚いたが、アレンジした鮫島はすべて飲み込んだように笑い、日付なしの領収証にサインを求めた。

――五枚お願いします。手続き上、そうしていただくことになっておりますので。

明らかに怪しい処理だった。

そんなことを思い出しながら、ぬるくなったビールを啜《すす》っていると、人混みの間からふいに世良が顔を出した。

「堂之上先生。こんなところにいらっしゃったんですか。八神先生がお待ちですよ。早く前のほうにいらしてください」

追い立てられるように前方に進むと、八神が気づいて反《そ》り返るように手を上げた。

「堂之上君。こっちだこっち」

「八神先生。この度はおめでとうございます。お祝いの言葉が遅くなりまして、申し訳ございません」

「何を言っとるんだ。君は一昨日のセミナーで大活躍だったじゃないか。ワハハハハ」

八神が爆笑すると、横にいた鮫島が不気味な三白眼で同調した。

「まったくでございます。堂之上先生のご講演には私も感服いたしました。ですが、それにしても天保薬品もひどいですなぁ。あくどいと言うか、盗人猛々《ぬすっとたけだけ》しいと言うか」

「何があったんだね」

その場にいた循環器内科の教授が聞いた。経緯を説明したあと、鮫島はわざとらしくあきれて見せる。

「堂之上先生は事前にすべての講演資料を送っておられるにもかかわらず、チェック洩れを犯した天保薬品が、問題の画像と原稿は見当たらなかったなどと言って、堂之上先生に責任をなすりつけようとしたんですよ。信じられますか」

「天保薬品は準大手に名を連ねているのに、そんな卑劣なことをするとは思わんかったな。循環器の領域でもいろいろ薬はあるが、今後は処方を考えんといかん」

それを聞きながら、堂之上は複雑な思いに駆られた。鮫島の説明は事実とは異なる。それを自分の前で言うのは、筋書きの念押しだろう。言われなくても、天保薬品からのアプローチは突っぱねている。毒を食らわば皿まで。そんな言葉が脳裏をよぎった。

八神が循環器内科の教授のあとを引き取って言う。

「処方と言えば、最近の患者はよく勉強しとるから、すぐデータとかエビデンスとか言うが、データ優先でいいなら、ＡＩに処方させればいいんだ。だが、そんなものが目の前の患者に当てはまるとはかぎらない。そうでしょう」

その場にいた消化器内科の教授がうなずく。

「患者は医者が最適な薬を処方してくれると思っているかもしらんが、はっきり言って、効くかどうかは使ってみなけりゃわからん。たぶん、効くだろうと思って処方しとるんだ」

「そこでものを言うのが、名医の勘というヤツじゃないですかな。患者を診て発揮されるインスピレーションのようなもの」

八神が自信たっぷりに言うと、すかさず鮫島がいかつい笑顔を突き出した。

「おっしゃる通りでございます。私《わたくし》どもは名医であられる先生方に、そのインスピレーションを遺憾なく発揮していただくために、こうして盛大な講演会を開かせていただいているのでございます」

「高価なお土産まで用意して、だろ。ワッハッハッハ」

「建前は別として、私立大学の先生方には堅苦しい縛りがございませんので、私どもも融通を利かせやすいわけで」

鮫島が追従を言うと、循環器内科の教授が明け透けに笑う。

「いいねぇ。どんどん融通してくれたまえ。ウハハハ」

堂之上もだらしなく笑っている自分に気づくが、それを消そうとは思わなかった。むしろ、自分にも明け透けに笑える日が近づいているのだと感じ、己を正当化した。

「それはそうと、八神先生。例の韓国からのデータ処理はいかがでしょうか」

鮫島が八神に上体をすり寄せて訊ねた。

「心配するな。万事、オレに任せておけ」

すでにアルコールがかなり入っているらしい八神は、縁なし眼鏡の奥で腫れぼったい目に狡猾な光を閃《ひらめ》かせた。

20　架空講演

阪都大学に堂之上を訪ねた翌火曜日、紀尾中はいつも通り朝いちばんに出勤し、所長室にこもって考えていた。

厚労省のヒアリングまであと二日半。それまでにコンプライアンス違反に対する処置を穏便にすませる方策を見つけられるだろうか。

いちばんいいのは、堂之上が問題の資料を送っていなかったことを認めてくれることだ。しかし、昨日のようすでは、こちらの都合に合わせて証言してくれる可能性はゼロに近い。それにしても、堂之上はなぜ、問題の資料を抜いたりしたのか。

バスター5にコンプライアンス違反が発生すれば、喜ぶのはタウロス・ジャパンだ。ということは、やはり堂之上はタウロス・ジャパンに買収されたのか。しかし、いかに鮫島といえども、岡部の医局で講師の堂之上に買収を持ちかけたりはできないだろう。

八神が堂之上に指示したとしても、バックにいるのは鮫島だ。堂之上は八神に脅されたのか、それとも甘い罠を仕掛けられたのか。

いくら考えを巡らせても、解決の糸口はつかめそうになかった。

この日も全体ミーティングを開くことにして、所長室を出かけたとき、池野がノックの返事も待たずに飛び込んできた。

「所長。これを見てください」

差し出してきたコピーは、タウロス・ジャパンのホームページから印刷したものらしかった。

「タウロス・ジャパンから医療関係者への資金提供のリストです。堂之上先生への資金提供が、昨年度から一気に増えています。これって、ぜったいおかしいですよ」

製薬会社はいずれも自社のホームページで、「透明性に関する取り組み」として、医師への資金提供を公開している。内容は講師謝金、原稿料、コンサルタント業務の委託料などだが、製薬会社が渋々公開している証拠に、リストにたどり着くためには、ホームページのトップからいくつものページを経由しなければならない。しかも、リストは膨大で、その中から不正が疑われるケースを見つけ出すのは容易ではない。

タウロス・ジャパンの堂之上の欄を見ると、一昨年度の講師謝金が二件で十三万六千円なのが、昨年度は七十二件で八百五十二万三千円。原稿料や監修料も一昨年度がゼロなのに、昨年度は計二十二件で約二百六十万円だ。堂之上が最近、大きな賞を受賞したとか、海外の有名雑誌に論文が掲載されたとかならわかるが、目立った業績もないのに、突然、講演や原稿執筆の依頼が増えるのは不自然だ。

「ほかの製薬会社も堂之上先生に講演を依頼していることはないのか」

「そこまで見ていませんが、たぶんないでしょう。いずれにせよ、講演回数が年七十二回は多すぎませんか。講演は有給休暇を取得して行うはずですから、かなり無理があると思われますが」

堂之上は国立大学の職員だし、本務以外の活動に厳しい岡部の医局では、そうそう有給休暇も取りにくいだろう。週末や祝日を当てているとしても、この回数では相当、私生活が圧迫されるはずだ。

「もし、講演の不正が明らかになれば、突破口になるな」

紀尾中はコピーを持って、池野とともに所長室を出た。

ミーティングエリアには、いつも通り窓から明るい陽の光が射し込んでいたが、待機しているMRたちは重苦しい表情で紀尾中を待っていた。

「池野君が興味深い資料を見つけてきた」

紀尾中がタウロス・ジャパンから堂之上への資金提供の変化を説明すると、全員が色めきたった。

「それはぜったい怪しい。明らかな買収ですよ」

野々村が声をあげると、同じチームの山田麻弥も決めつけるように言った。

「講師謝金と原稿料、監修料が合わせて一千万円超えだなんて、講師の堂之上先生では考えられません」

万年チーフMRの肥後も続けて洩らす。

「タウロス・ジャパンからは八神はんとこにも、相当な金額が流れてるらしいな」

「八神先生のリストはプリントアウトしませんでしたが、講師謝金だけで一千八百万円を超えていました」

池野が答えると、さらにMRたちは疑いを深めた。堂之上は八神の口利きで、タウロス・ジャパンに買収されたのか。

一同が、「許せない」「カネで魂を売るとは情けない」などとテンションを上げていると、もうひとりのチーフＭＲである殿村が紀尾中に聞いた。

「堂之上先生への資金提供が増えているのは、どういう理由なんですか」

何を今さらと一同は白けたが、紀尾中は答えることができなかった。代わりに池野が苛立った声で応じる。

「タウロス・ジャパンに有利な働きをしてもらうために決まってるじゃないですか」

「どこでわかるんですか。公開されている情報には出ていないでしょう」

殿村が食い下がると、転勤で彼のチームに入った緒方が、殿村に聞いた。

「さっき、だれかが言ってましたが、魂って売れるんですか」

「さあな」

首を傾げた殿村を紀尾中が制した。

「その話はあとにしよう。しかし、今、殿村君が指摘したように、公開された情報だけでは、堂之上先生がタウロス・ジャパンに買収されたとは言い切れない。向こうもそれがわかっているから、堂々と公開しているんだろう。支払われた講師謝金に不正か矛盾があることをなんとか見つけ出す必要がある」

「水増し請求とか架空講演ですね。それを証明できるのは、内部事情を知ってる者しかいない。タウロス・ジャパンに内部告発をしてくれる人間がいればいいですが」

池野が考えを巡らせるが、それ以上は進まないようだった。代わりに山田麻弥が手を挙げた。

「堂之上先生の奥さまに話を聞くのはどうでしょう。講演日に家にいたとか、家族でどこかに行ったとかの証言が得られれば、架空講演が明らかになるでしょう」

「いや、それはよくない」

「どうしてです」

「奥さんから証言を得られても、それは堂之上先生を窮地に追い込むことになる。意図を明かさず聞くのはフェアではないし、意図を明かせば当然、答えてはくれないだろう」

「フェアでないって、そもそも堂之上先生がアンフェアなことをしてるんですよ。ヒアリングは明後日なのに、きれい事を言ってる余裕はないんじゃありませんか」

苛立ちを隠さない山田麻弥を、肥後がやんわりとたしなめた。

「そうカリカリしなさんな。堂之上の奥さんに話を聞くと言うても、こっちに都合のええ証言が得られるとはかぎらん」

「じゃあ、ほかに方法があるんですか」

山田麻弥が声を強めると、それまで沈黙していた牧が静かに言った。

「講師謝金や原稿料の不正を調べるのは、調査のノウハウを持っている人に頼むのがいいんじゃないでしょうか」

「興信所にでも依頼するのか」

「いえ。毎報新聞の菱木に頼んでみます。彼なら社会部の記者とかも知っているでしょうから、手がかりがつかめるかもしれません」

「新聞記者ったって、特別なノウハウがあるわけじゃありませんよ」

山田麻弥が反論した。彼女は新聞社がいやで転職したので、古巣に否定的なのだろう。

牧がバスター5に思い入れがありそうなのを紀尾中は知っていた。根拠はないが、今の彼にはほかに頼れそうなアイデアがなかった。

＊

ミーティングを終えたあと、牧健吾は紀尾中に断ってから、大阪市北区堂島にある毎報新聞の本社に向かった。ＬＩＮＥで連絡し、時間を調整して、一階の面会室で菱木と向き合った。

菱木が興味津々の顔で聞く。

「阪都大の講師が、製薬会社から不正なカネを受け取っている疑いがあるっていうんだな。それが事実なら大問題だ。詳しく話してくれるか」

経過を説明すると、菱木は取材ノートにメモを取っていたが、牧が話し終えると小さく唸った。

「たしかに不自然だが、これだけで不正とは決めつけられんな。何か決定的な証拠を見つけないと」

「それを君に頼みたいんだ。どうにか尻尾をつかめないか」

「阪都大の講師なら、講演をするときには学部長に承認申請の書類を提出しているはずだ。届け出の数が製薬会社のリストと合わなければ、追及できるかもしれん」

「じゃあ、調べてくれないか。急な話で悪いけど、明後日の午後三時がタイムリミットなんだ」

厚労省のヒアリングの話が後まわしになっていた。菱木が、えっという顔で話を止めた。

「二日で証拠をつかめというのは無茶だぞ。申請書類は外部の者は閲覧できないし、製薬会社も本人も万全のカムフラージュをしてるだろう。製薬会社がホームページにデータを公開している段階で、足がつかないよう対策をしているはずだ」

「そこをなんとか頼めないか。こっちは切羽詰まってるんだ」

「おまえの立場もわかるが、明後日までというのは、いくら何でも時間がなさすぎる。悪いが期待に応えられそうもないよ」

取材が専門の相手にそう言われれば、牧も引き下がるしかなかった。

毎報新聞社を出ると、四ツ橋筋の雑踏は相変わらずで、車も人もせわしなく行き交っている。せっかくいいアイデアだと思ったのにと、無念の思いが込み上げた。

そのまま地下鉄の駅に向かいかけたとき、ふと、菱木が言った「外部の者は閲覧できない」という言葉が引っかかった。ならば内部の者なら調べられるということだ。それまで思いつかなかったが、阪都大の大学病院とはつながりがあるではないか。家族性高コレステロール血症の遺伝が心配で、二人の娘はともに阪都大学病院で診察を受けたのだ。

次女の藺子が牧と同じタイプだとわかったとき、詳しい検査を受けるために、小児科と代謝内科の共観という形で入院した。三年前のことで、代謝内科の受け持ち看護師だった本村《もとむら》早苗《さなえ》が藺子をかわいがり、勤務のあとも病室に遊びに来てくれたりした。本村とはその後も年賀状のやり取りをしている。たしか、連絡先が書いてあったはずだ。

牧は自宅に電話をかけ、妻に本村の連絡先を調べてもらった。本村のスマホにメッセージを送ると、すぐに返事があった。深夜勤明けで、自宅にいるとのことだった。本村に会って、有益な情報が得られるかどうかはわからない。しかし、今はできるかぎりの伝手《つて》を生かすべきだ。牧は直接電話をかけ、こちらの勝手で申し訳ないが、今から会ってもらえないかと頼んだ。

「いいですよ。それなら近くのスタバで」

本村が指定したのは北千里駅西口にある店だった。本村は主任に昇格したとのことで、それらしい風格が備わっていた。スマホにある繭子の写真を見せると、「わあ、大きくなって」と声をあげるところは、かつてと同じ屈託のなさだ。

今回は厚労省のヒアリングのことも忘れずに説明した。正義感の強そうな本村は、堂之上が製薬会社から多額の資金提供を受けていると聞いて、眉をひそめた。

「まじめな先生だと思っていたのに、信じられない。でも、そう言えば思いあたる節があるわ」

堂之上が去年の四月ごろから、ちょくちょく有給休暇を取るようになったというのだ。

「年に七十二回ということは、平均でも毎月六回です。そんなに休んでいたんですか」

「いえ。月に二、三回ですよ。それまでほとんど休まなかったので目立ったんです」

それならやはり回数の水増しだ。しかし、休みの日に行っている可能性もある。

「土日に講演に行ってるようすはありませんでしたか」

「さあ、そこまでは」

「大学の医師は外部に講演に行くとき、承認申請書を出すのでしょう。医学部長宛てだと思うんですが、なんとかその情報を得られないでしょうか」

「うーん、どうかしら」

さすがに現場の一看護師にはむずかしい注文のようだった。

「製薬会社のデータと届け出の差が証明できるといいんですが」

ダメ元で言うと、本村は「間に合うかどうかわかりませんが、できるだけ調べてみます」と請け合ってくれた。

本村から連絡があったのは、その日の夜だった。

「同期の看護師が医学部長の秘書をよく知っていたので、事情を話して、承認申請の書類を見せてもらいました」医学部長が帰るのを待っていたので、こんな時間になってしまいましたが」

「で、どうでした。届け出の書類は何枚出ていました？」

返ってきたのは意外な答えだった。

「昨年度分の申請書は七十二枚。堂之上先生はきっちり届け出ていたようですよ」

そんな……。菱木の言葉がよみがえった。

――製薬会社も本人も万全のカムフラージュをしてるだろう。

「その書類には講師謝金の額は書いてありませんか」

すがるような気持で聞くと、本村は聞かれることを予測していたように即答した。

「ありました。合計は八百五十万円を少し超えてますよ」

金額も正確に届けているのか。堂之上は実際にそれだけの講演をこなし、すべて正規の報酬として申告しているということか。それなら回数は多いとしても、不正として追及することはできない。

しかし、実際、そんなことが可能だろうか。一昨年度までたまにしか講演していなかった堂之上が、いきなり昨年度に七十二回も講演したということが、牧にはどうしても信じられなかった。

「その申請書類を私も見ることができますか」

もしやと思って聞くと、今度はいい意味で予想外の答えが返ってきた。

「原本は無理ですけど、わたしが念のためスマホで全部撮りましたから、そのデータなら見ていただけます」

「じゃあ、恐縮ですが、それを私のメールアドレスに送ってください」

データはクラウドに保存されているらしく、しばらく待つと送られてきた。申請はひと月ごとにまとめて行われており、ほぼノーチェックで承認されているようだ。講演日はやはり週末が多いが、土曜日より日曜日に偏っていた。土曜日は学会やセミナーなど、医師が集まる機会が多いので、講演との重複を避けたのだろう。

講演の場所は大阪と東京が多いが、その他の地域も含まれる。牧はプリントアウトしたデータを何度も見直したが、不自然な箇所を見つけることはできなかった。

翌日、牧がそのデータを報告すると、紀尾中は全体ミーティングで対策を募った。

池野が半ばダメ元で提案した。

「カネの流れだけで追及してみますか。一昨年と昨年のちがいを突き付けたら、堂之上先生も動揺するんじゃないですか」

「それくらいは織り込みずみだろう。追及されてもいいように、大学にきちんと届け出をしているんだから」

「ぜったいに怪しいのに、悔しいですね。なんとか攻め落とせないのかしら」

山田麻弥が鋭い目を吊り上げると、肥後が冗談ともつかない口調で言った。

「何かほかに弱みはないんかいな。女とか賭博とかヤバイ薬とか。あのクソまじめなエリートには、ないんやろうな」

殿村が紀尾中に訊ねた。

「堂之上先生はヒアリングには出てくれるんですか」

「岡部教授からは許可をもらっているが、当人にはこれから説得する」

牧はじれったい気持でやり取りを見守っていたが、だれにも次の一手は思いつかないようだった。残された時間は今日と明日の午前中のみ。紀尾中は堂之上の承認申請書を入手しただけでも手柄だとほめてくれたが、このままでは釣り落とした魚も同然だ。

＊

ヒアリング当日の朝、紀尾中は全体ミーティングが終わったあと、祈るような気持で牧を送り出した。営業所全員の思いも同じだった。

昨日は結局、新しい情報も得られず、今朝までに事態の進展はゼロ。そこに牧から細いがたぐる値打ちのある糸のような可能性が示された。

「うまくいきますかね」

「さあな」

紀尾中の横で池野が不安そうにし、紀尾中はいつも笑っているような目を細めた。

午後零時二十分。牧から阪都大学病院に直接行くという連絡があり、紀尾中は本社の中条と待ち合わせて、堂之上に最後の説得をするために向かった。昨日、電話でヒアリングへの参加を依頼したときの返事は、ノーだった。

大学病院のロビーで牧と落ち合い、牧の成果を確認して堂之上のもとを訪ねた。

堂之上は明らかに不機嫌だった。眉間に深い皺を寄せ、黒縁眼鏡の奥に苛立ちを浮かべている。

「また来たのか。いい加減にしてくれ」

「申し訳ございません。ですが、今日は先生にぜひ、ご確認いただきたいものをお持ちしましたので」

紀尾中は恐縮しつつも、牧が新たに書き出した一覧表を差し出した。堂之上は面倒そうに紙を受け取り、投げ遣《や》りな視線を落とした。一瞥して突き返そうとしたが、ふいにその手を止め、顔色を変えた。

紀尾中が時間を置いてから、確信を込めた声で問う。

「――ご説明しなくても、おわかりですね」

「いや、これは何かのまちがいで……」

「どういう？」

すかさず追及すると、堂之上はこめかみに汗をにじませて弁解したが、無理筋であることは自身にもわかっているのだろう。次第に追い詰められ、牧が最後に決定的な証拠を突きつけると、ついに逃げ場を失い、肩を落とした。さらにメディアとの関係をチラつかせると、堂之上は恐怖を露わにして、「何でもするから」と声を震わせ、全面的な協力を申し出た。

そのまま営業車で大手前《おおてまえ》四丁目の近畿厚生局に向かい、午後三時から特別指導第二課でヒアリングを受けた。厚労省側で応対したのは、特別指導管理官、第二課長、そして学術セミナーに来ていたモニターの薬剤師である。

ヒアリングでは、堂之上が自ら説明した。

「講演で話す原稿と画像は、事前に天保薬品さんから提出を求められていたので、資料を郵便で送りました。全部送ったつもりでしたが、たまたま問題となった部分が抜けており、そのことに気づきませんでした。血栓の予防効果が未申請であることも、私は不勉強ながら把握しておらず、資料はすべてチェックを受けたものと思い込んでいたので、講演で話してしまったのです」

堂之上はコンプライアンス違反を犯したのはすべて自分の責任であり、天保薬品には防ぎようがなかったことを認めて謝罪した。紀尾中は現場の責任者として、堂之上の証言を追認するだけでよかった。

特別指導管理官から二、三質問はあったが、それ以上の追及はなく、判定は行政処分に入らない厳重注意にとどまる見通しとなった。厚労省の判断がそうであれば、製薬協の処分も右へ倣《なら》えになるだろう。結果は紀尾中が想定した中で、最良のものとなった。

＊

その夜、堂之上はこれ以上ない重い足取りで、北浜一丁目にある老舗の料亭「花外楼《かがいろう》」に向かった。明治八年、大久保利通《としみち》、木戸孝允《たかよし》、板垣退助《いたがきたいすけ》、伊藤博文《ひろぶみ》らが集まって、日本の立憲政体の樹立を決めた大阪会議の場所として知られ、今も贅を尽くした会食や祝いの席に用いられる名店である。

堂之上を待っていたのは、北摂大学の八神と、タウロス・ジャパンの鮫島だった。その日行われたヒアリングの結果を聞きつつ、天保薬品のコンプライアンス違反を肴《さかな》に大いに盛り上がろうというのである。

土佐堀川を見下ろす二階の十二畳の部屋に通されると、すでに八神と鮫島は先に杯を交わしていた。黒塗りのテーブルには色鮮やかな料理が並べられている。

「いよう、今夜の主役が現れた」

八神が赤い顔で杯を上げ、鮫島は立ち上がって堂之上に八神のとなりを勧めた。

「遅くなりました」

背中を強張らせて恐縮すると、八神は太鼓腹を揺らすようにして堂之上に酒を注ぎ、「まずは乾杯」と杯を掲げてから、口に放り込むようにして飲み干した。空いた杯に鮫島がすかさず注ぎ足す。

「今日はご苦労さん。さぞかし天保薬品はがっくりきてただろうな。何と言っても、厚労省の監視モニターの目の前でコンプライアンス違反を犯したんだからな」

「理想主義者の紀尾中が、悔しそうに歯嚙みしているのが目に見えるようですよ」

鮫島が嬉しそうに濁った声で応じる。

「で、厚労省の処分はどうなりそうだ。業務改善命令ですみそうか。もしかして、業務停止命令までいったか」

タウロス・ジャパンと密かな関係にある八神は、八百長レースの結果を聞くような笑みを浮かべた。

「それが……、実は、その……」

堂之上はこめかみから汗を流し、ずり落ちる眼鏡を押し上げながら、事情を説明した。天保薬品には落ち度がなかったという結果になったと聞くと、八神は、「いったいどういうことなんだ」と、への字に曲げた唇に憤懣《ふんまん》をにじませた。

「申し訳ございません。私の講演の届け出に、架空のものがあると追及されて、どうにも抵抗できなかったのです。おまけに、天保薬品のＭＲに新聞記者の知り合いがいるとのことで、架空の講演が事実なら、取材したいと言っていると脅されたんです。そんなことがメディアに出たら、私の将来はなくなります。ですから、相手の言いなりになるしかなかったんです。誠に申し訳ございませんでした」

堂之上は椅子から降りて両手をつき、畳に額をこすりつけて土下座をした。

八神が朱に染まった顔をどす黒く変えて怒鳴った。

「なんで架空講演がバレたんだ。大学にはきっちり届けを出していたんじゃないのか」

「出していました。しかし、平日の有休をあまり使うと目立つので、週末に講演したことにしていたのです。土曜日は自分が出席しなければならない会合が多くて、日曜日を講演に当てたようにして。ところが……」

堂之上は言い淀み、それでも観念したように言葉につかえながら告白した。

「実は、その、私は読書が趣味で、毎月最終の日曜日に、地元の図書館で開かれる読書会に参加していたのです。その日付と講演したことにしていた日が重なっているのを追及されて、言い逃れができませんでした」

「どうして、予定のある日に講演の届け出をするような、迂闊なことをしたんだ」

「講演の回数が実際の五倍以上ありまして、どうしても重ねざるを得ませんで、読書会はプライベートなことでもあり、まさかそこまで調べられると思わなかったものですから」

「バカ者！」

八神が怒号を発した。鮫島も顔色を変えて詰め寄る。

「日が重なっていても、先生が読書会に出席したという証拠はないでしょう。だれかが証言しただけなら、勘ちがいだと反論できるじゃないですか」

「それが、その、読書会を主宰している地元の作家が、参加者の発言をメモ書きで記録していたのです。そこに私の発言も書かれているので、認めざるを得なかったのです」

鮫島が露骨なため息をついた。八神が怒りを抑えきれないようすで声を震わせる。

「君な、もしもこの話がマスコミに出たら、どうなるのかわかっているのか。君の将来なんてどうでもいい。これまで多大な貢献をしてくれているタウロス・ジャパンさんにも大いに迷惑がかかるんだぞ。私だって痛くもない腹を探られて、不適切な金銭授受とか騒がれる危険性もある。わかっているのか」

「申し訳ございません。まさかこんなことになるとは思いもよりませんで」

堂之上は重ねて土下座をし、そのまま畳に這いつくばった。

「まったく、君の脇の甘さにはあきれるよ。そんな火種を抱えている人間を重要なポストに推すわけにはいかないからな。前に話していた芦屋医科大学の件は、なかったことにしてもらう」

「そんな。今さら梯子《はしご》をはずされたら、私はいったいどうすれば」

「知らんよ。介護施設にでも拾ってもらうんだな。君のような目先の利かん医者は、開業しても流行《はや》らんだろうからな」

堂之上が泣きそうな顔で八神を見上げていると、鮫島がそれを無視して八神に言った。

「善後策を考えないといけませんな。架空講演については、弊社としてはとにかくきっちり講演していただいていたという認識で通すことにいたします。届け出た日付にまちがいがあったとか、読書会への参加のあとに講演をしていただいたとか、何とでも言いつくろえるでしょう」

言い終わってから「堂之上先生もそのつもりでお願いしますよ」と、冷ややかに告げた。

「まったく、何という不愉快な話だ。君のおかげでせっかくのシナリオも台無しじゃないか。いつまでそこにいるつもりなんだ。さっさと帰れ」

八神は怒りのあまり、杯を取って中の酒を堂之上に浴びせかけた。さすがに怒りが込み上げたが、堂之上はにらみ返すこともできず、そのまま後ずさるようにして部屋を出た。

「もうお帰りですか」

雰囲気を察して廊下で控えていた仲居が、堂之上に声をかけた。それを無視して、荒々しく出口に向かう。堂之上の胸には、屈辱と後悔と先行きへの不安が深海のヘドロのように渦巻いていた。

＊

「それにしても、よくもまあタイムリミットに間に合ったものだな」

近畿厚生局でのヒアリングの翌日、全体ミーティングで、紀尾中が牧の活躍を改めてほめた。

「運がよかっただけですよ。所長がいつもおっしゃるように、最後まであきらめなかったのがよかったんです」

牧は謙遜し、たしかに今回の任務は綱渡りだったと思い返した。

…………

堂之上の書類を写メで送ったあとも、看護師の本村は申請書類に不備はないかと調べてくれていたらしい。そこで講演が日曜日に多いことに気づき、同時に、以前、堂之上が毎月最終日曜日に、地元の読書会に参加していると話していたのを思い出した。書類を確認すると、何度か月の最終日曜日にも講演が入っていた。しかも、講演場所は東京や福岡になっている。本村は翌日、何食わぬ顔で堂之上から読書会の主宰者が豊中市に住む同人雑誌作家であることを聞き出し、夜に牧に連絡してきてくれたのだった。

それがヒアリングの前日で、牧は翌朝いちばんに紀尾中に報告し、全体ミーティングのあと、読書会が開かれる豊中市立千里《せんり》図書館に向かった。読書会のことを聞きたいと主宰者の連絡先を聞き出し、面会を申し込むと、七十代の作家は突然の申し込みにもかかわらず、快く応じてくれた。さすがにいきなり堂之上の出欠を知りたいとは言い出せず、読書会のテーマ本のことなどを訊ねると、作家がノートを取り出して、記録を調べた。見せてもらうと、見開きのページに参加者の名前と発言が記録されていた。

「おもしろそうですね。私も参加してみたくなりましたよ」

確証を得た喜びのあまり、牧は心にもないお世辞を言った。

「参考にしたいので、ちょっと写真に撮らせてもらっていいですか」

作家は意味がわからないという顔をしたが、拒絶はしなかった。牧は堂之上が東京で講演したはずの日の記録を開き、スマホで撮影した。

その時点で正午を十分ほど過ぎていた。堺の営業所にもどる時間はないので、そのまま阪都大学病院に行き、紀尾中と中条に合流した。

堂之上は最初、横柄に構えていたが、牧が書き出した昨年度の講演の記録を紀尾中が差し出すと、顔色が変わった。架空講演の有無を聞くと、「これは何かのまちがいで」と声を震わせた。

牧が読書会の記録を写した画像を見せ、毎報新聞の記者がこの件について興味を持っていると告げると、堂之上は陥落した。

「今回のコンプライアンス違反は、タウロス・ジャパンから頼まれたことですね。問題のある資料をわざと我々に送らず、チェックを受けたものとして講演で発表する。そして、厚労省に対して、弊社が意図的にコンプライアンス違反を犯したように見せかけるつもりだったんでしょう」

紀尾中の追及に、堂之上は肩を落としてうなずいた。これで堂之上も終わりだ。この策謀がメディアに出れば、当然、タウロス・ジャパンも激しい非難にさらされるだろう。牧はそう思ったが、紀尾中の判断はちがった。

「タウロス・ジャパンとのことは不問に付します。堂之上先生はあくまで自分のケアレスミスだったと証言してください。いいですね」

堂之上は実刑判決が突然、執行猶予付きに変わった容疑者のように瞬きを繰り返した。


…………


「今回のことを、どうしてメディアに流さないんですか。大スキャンダルじゃないですか」

ミーティングの席で、池野がみんなを代表するように紀尾中に訊ねた。

「損して得取れというのは、池野君の十八番だろう。ここで堂之上先生を追い落とすより、恩を売っておいたほうがいいんだ。そうすれば、思いがけないところで、我々の味方になってくれるかもしれない。逆にことを公にしたら、タウロス・ジャパンの鮫島が必死に防戦に出てくる。あいつのことだから、面倒な戦略を繰り出さないともかぎらない。この件はうちの被害がゼロであればそれでいいんだ」

肥後がやはりみんなの気持を代弁するように訊ねた。

「ほんで、大阪支店長の田野さんには報告しはったんですか」

「ヒアリングのすぐあとに電話しました。詳しい経緯は話さず、堂之上先生のケアレスミスということにしましたから、単純にあきれてましたよ。どうせそんなことだろうと思っていたとか言ってね。最初は会社倒産の危機みたいに取り乱していたけれど」

紀尾中が頰を歪めて笑うと、みんなも同じように失笑した。目が上向きにしかついていない田野のヒラメぶりは、全員の共通認識らしかった。

21 謎の論文

堂之上のコンプライアンス違反の件が片付くと、堺営業所はふだん通りの業務にもどった。その日の打ち合わせがすみ、池野と野々村が外まわりに出たあと、市橋が山田麻弥に話しかけるのが、牧の耳に入った。

「バスター5のガイドライン収載は有望みたいだけど、なんとなく空しいものを感じるんですよね。MRとしてのやり甲斐と言うか、役割は何なんだろうって思いませんか」

山田麻弥の露骨なため息が聞こえた。このままだとまた市橋がやり込められる。彼は無自覚のまま、彼女に甘えているのだろうか。そう思ったが、放っておけず、牧は椅子を回転させて二人に向き合った。

「市橋君は、どうして急にそんなことを言いだしたの」

「医者や看護師は患者さんから感謝されるけど、MRにはないでしょう。感謝されたくてMRになったわけじゃないけど、やっぱり空しいというか、やり甲斐が感じられなくて」

「市橋君。物事にはね、順序があるの。MRの本分はまず薬を売ることよ。感謝とかやり甲斐とかは、それが達成されてから考えることよ」

山田麻弥が決めつけると、市橋は暗い顔で牧に言った。

「この前、製薬業界を批判した本を読んだら、MRは医者に媚《こび》を売って、自社の薬を処方してもらうことしか考えないと書いてありました。他社の薬のほうがよくても、高額な弁当などで医者を買収して、自社の薬を使うように仕向ける。それで割を食うのは患者だというのです。感謝されるどころか、そんな目で見られてるんですよ」

「気にすることないわよ。どうせ世間におもねった暴露本でしょう」

「ちゃんとした新書です。それに、他社の薬のほうがよくても、MRが自社の薬を薦めるのは事実でしょう」

「そんなの、どの業界だって同じよ。新聞社でも、他紙のほうが情報が豊富でも、自社の新聞を購読させようとするし、レストランでも出版社でも旅行会社でも、ほかにいいところがあっても、自分のところに客を呼び込むじゃない」

「だけど薬は病気の治療に関わるんですよ。そんな自社ファーストでいいんですか」

山田麻弥の目に発作的な怒りが浮かんだのを見て、牧が割って入った。

「たしかに、医療は患者ファーストでなきゃいけないし、所長がいつも言うように、製薬会社もそうあるべきだろうね。だけど、理想と現実のちがいもあるから」

少しは山田麻弥にも配慮したつもりだったが、彼女は硬い表情を解かなかった。

市橋がつぶやくように続ける。

「僕は紀尾中所長にも、不自然なものを感じるんです。あの人の目はいつも笑っているようだけど、あれは医者に心の内を悟られないようにしているうちに、無理して固まったMRの目じゃないですか」

「へえ、市橋君にしちゃ面白いことを言うじゃない」

山田麻弥が苛立ち半分の茶々を入れる。牧は簡単に同意するわけにはいかない。

「私は別に不自然とは思わないけどね。元々の顔立ちじゃないか」

「でも、MRは医者の前ではどんなことがあっても、不機嫌な顔はできないでしょう。怒鳴られても、無視されても、穏やかな笑みを消せない。そんな笑顔はふつうじゃないですよ」

市橋の悩みは、MRの存在意義に関わることのようだった。

牧自身、下の娘を含め、家族性高コレステロール血症の患者として、医者には感謝している。だが、MRにまで感謝しているとは言い難い。薬のおかげで自分も娘も安全に暮らせているのだから、製薬会社には感謝しなければと思うが、医者や看護師に感じる気持と比べるとはるかに曖昧だ。

沈黙していると、山田麻弥が議論はこれまでとばかりに立ち上がった。

「ごちゃごちゃ言ったって、MRとして成績を挙げられなけりゃ、やり甲斐もへったくれもないわ。頑張ったら、結果はあとからついてくるものよ」

たしかにそうかもしれない。牧は後輩に教えられる思いで、自分の机にもどった。

＊

紀尾中の電話に外線が入ったのは、同じ日の午後三時すぎだった。相手は東京の杉並総合病院の院長、城戸《きど》である。

「城戸先生、ご無沙汰しております。大阪ではお世話になりました」

城戸は四年前に市立天王寺《てんのうじ》大学の教授を退官し、東京に移ったのだった。紀尾中は八年前、阿倍《あべ》野《の》の営業所にいたときに、城戸と良好な関係を築いていた。

「僕は今、『リピッド・ジャーナル』の編集委員をやっているんだが、ちょっと気になる論文を見たので、君に報《しら》せておこうと思って」

「リピッド・ジャーナル」は、高脂血症分野の学術専門誌で、代謝内科領域では注目度の高い雑誌である。

「北摂大学の八神先生が出してきた論文なんだが、タイトルが『高コレステロール血症における《トルマチミブ》の脳血管障害抑制について』というんだ。トルマチミブは、タウロス・ジャパンのグリンガだろう」

城戸は八神や乾と同様、高脂血症の診療ガイドラインを作成する合同研究班のメンバーである。

「査読は別の編集委員がやったので、僕は別刷《べつずり》ではじめて知ったんだが、君のところのバスター5にとって、ちょっと都合の悪い論文じゃないのか」

「ありがとうございます。別刷になっているということは、『リピッド・ジャーナル』への掲載は決まっているということですね。恐れ入りますが、その別刷を拝見することは可能でしょうか」

「そのつもりで電話したんだ。PDFで送ればいいね」

「よろしくお願いいたします」

電話を切って間もなく、問題の別刷が送られてきた。ファイルを開くと、八神が筆頭著者になっている論文が現れた。著者には韓国人らしい研究者も数名、名を連ねている。

論文の元になった研究には、治験のタイトル『Tormatimibe Suppression Effect for Cerebrovascular events in patients with hypercholesterolemia following the treatment with

Tormatimibe』から、『T－SECT《セクト》』という略称がつけられていた。

内容は、高コレステロール血症の患者を無作為に二群に分け、グリンガを服用したグループと、従来の治療薬のグループを比較して、三年間追跡したところ、グリンガのグループで脳血管障害が有意に抑えられたというものだった。グリンガの承認は今年の三月だったから、T－SECTは承認前から行われたことになる。

登録患者数は五百八十六人。治療とデータの収集は韓国で行われ、分析と統計処理が日本で行われたようだ。いずれにせよ、T－SECTは立派な大規模ランダム化比較試験である。この論文が公になれば、バスター5にとっては大きな脅威となる。

紀尾中は論文の別刷をプリントアウトして、三人のチーフMRを呼び寄せた。

「北摂大の八神先生がグリンガに関する論文を発表するらしい。これがその別刷だ」

概要を話すと池野が素早く反応した。

「これまでスタチン系でも非スタチン系でも、単独では脳血管障害の抑制効果は明らかでなかったのに、グリンガで脳卒中が抑えられるというのは、ちょっと信じがたいです」

「そやけどこのT－SECTちゅう治験では、きっちり有意差が出とるで。しかも、大規模ランダム化比較試験やからな」

肥後の牽制を無視して、池野が続けた。

「八神先生とタウロス・ジャパンがズブズブの関係なのは周知の事実ですし、この治験もグリンガの宣伝を目的にしていて、明らかに利益相反ですよ」

紀尾中もそう思う。だが、証拠がない。

「論文にはタウロス・ジャパンとの関わりがいっさい書かれていない。しかも、日韓の共同研究グループによる治験ということになっている」

「その日韓というのが怪しいじゃないですか。国内だと不正がバレやすいから、わざわざ韓国でデータを集めたんですよ」

しかし、それだけでは不正と断じられない。肥後がお決まりのコースというように口をはさんだ。

「問題はカネの出所ですな。タウロス・ジャパンが関わってるのに、そのことが明記されてなかったら、利益相反のコンプライアンス違反や」

「研究助成金を出したのはＪＨＲＧ（Japan Hyperlipidemia Research Group＝日本高脂血症研究グループ）という一般社団法人と、韓国側はＫＤＲ（Korean Dyslipidemia Researchers＝韓国脂質代謝異常症研究者）という団体になっている。池野君、この団体は知っているか」

池野はスマートフォンで検索しながら答える。

「ＪＨＲＧは八神先生が四年前に設立した団体です。高脂血症の専門家が理事になっていますが、実態は八神先生の取り巻きグループです」

「タウロス・ジャパンとは関係ないのか」

「寄附金とか資金提供があれば、事業報告書に明記されるはずですが、見当たりません」

「ＫＤＲのほうは」

「待ってください。……グーグルでもヤフーでもヒットしません」

肥後がやっぱりというようにあきれる。

「今どきネットで見つからん団体なんてあり得へんやろ。怪しいにおいがプンプンするで」

「韓国に行って調べてみるべきじゃないですか」

池野が言うと、ようやく別刷を読み終えたらしい殿村がしゃべりだした。

「韓国と言えば、埼玉県の高麗《こま》神社をご存じですか。六六八年に高句麗《こうくり》が唐と新羅《しらぎ》に滅ぼされたあと、亡命してきた渡来人を朝廷が武蔵国《むさしのくに》に移住させたんです。そこが高麗郡で、高麗神社は初代の郡の長官に任命された高麗若光《こまのじゃっこう》を祭っています」

それがどうしたという顔で、池野と肥後が殿村を見る。殿村は平然と続ける。

「私は五年前、高麗神社のイベントで、琵琶の演奏をしたことがあるんです。そのときは韓国の大使夫妻も列席して、大いに日韓友好で盛り上がりました」

「だから、殿村君が韓国に行って調べてくれるということか」

紀尾中がかなり深読みをして聞くと、殿村は晴れ晴れした顔で、「はい」と答えた。

池野が不審そうに聞く。

「でも、殿村さん。韓国語はできるんですか」

「いや、できるのは琵琶で高麗若光の伝説を語ることですが」

肥後が首を傾げる。

「それは日本語やろ。向こうの人にわかるんかいな」

「琵琶の楽曲は万国共通です」

二人は顔を見合わせたが、紀尾中は苛立ちもせず言った。

「韓国出張の件は、もう少し調査を進めてからでいいだろう。私はまず岡部先生のところに相談に行ってくる」

一時間後、阪都大学病院の研究棟にある教授室に行くと、岡部は紀尾中の顔を見るなり、後頭部を二度叩いた。

「いや、堂之上君の件は申し訳なかった。穏便にすませてもらって感謝しているよ。私も管理責任を問われかねないところだったからな。セミナーの共催の件といい、君には合わせる顔がない」

「めっそうもない。私どものほうこそ、岡部先生にはいつもお世話になり、感謝しております」

挨拶代わりのやり取りを切り上げて、紀尾中は本題に入った。

「この論文なんですが、岡部先生はご存じでしたか」

別刷を見せると、岡部は脂気の抜けた顔で唇を歪めた。

「T－SECTだろ。話には聞いているけれど、この論文はどうもね」

「何か問題があるのでしょうか」

「そうは言わないが、ちょっとグリンガに都合がよすぎる気がするね」

やはり追及の余地はあるのか。紀尾中は岡部の反応に力を得て訊ねた。

「日韓共同研究というのは、何か理由があるのでしょうか。国内でデータを採るほうが手間も省けると思うのですが」

「他国との共同研究は珍しいことでもないよ。八神先生は何かしら経緯があって、韓国との共同研究に踏み切ったんじゃないか」

やはり、理由があるらしい。

「弊社は今、バスター5のガイドライン収載に向けて、社を挙げて取り組んでおります。先生のところの守谷准教授にお願いしているメタ分析の論文も、強力な追い風になると考えております。ガイドラインの改訂は来年の六月ですね。この論文はどれほど影響があるでしょうか」

「乾先生は論文重視だから、敵対する八神先生の論文でも、内容がよければ評価されるだろうな」

「『リピッド・ジャーナル』への掲載は、インパクトがあるということですか」

「それだけですめばいいが、八神先生のことだから、もっと派手な舞台での発表を考えているんじゃないか」

岡部が想定しているのは、来年四月に開かれる日本代謝内科学会総会だろう。次回の開催地は大阪の予定だ。学会長は乾である。自らのお膝元で華々しい論文が発表されれば、乾もガイドラインに反映せざるを得ないだろう。

紀尾中は危機感を募らせて、岡部の教授室をあとにした。


そのまま営業所にもどりかけたが、ふと思いついて北摂大学の八神に電話で面会を申し入れた。突然の依頼だったが、八神は意外にすんなり受け入れてくれた。

北摂大学は阪都大学病院から車で行けば二十分もかからない。それでも午後五時を過ぎていたので、紀尾中は駐車場に車を停めたあと、急ぎ足で八神の教授室に向かった。

「天保薬品の紀尾中でございます。突然のお願いにもかかわらず、面会のご許可をいただき、誠にありがとうございます」

八神は肘掛け椅子にふんぞり返り、トレードマークのナポレオンカラーの白衣の襟をもったいぶった手つきで撫でた。

「この前の学術セミナーでは世話になったな。本の販売の件は、僕も少々取り乱して大人げなかった。許してくれたまえよ」

口先だけの謝罪をしながら、八神はいたぶるような目で紀尾中にソファを勧めた。

「セミナーのあと、何やら問題もあったようだが、うまく切り抜けたそうじゃないか。天保薬品もなかなかやるな」

声に苛立ちがにじんでいる。堂之上のコンプライアンス違反には、八神も一枚噛んでいたのだろう。ここは話題を変えたほうがいい。

「そう言えば、八神先生はこの度、還暦をお迎えになったとか。おめでとうございます。ですが、とてもそんなお年には見えません。顔の肌艶など五十代前半と申し上げても十分に通用するかと」

「ベンチャラは言わんでいい。で、今日はどういう用件だ。いやに慌てていたようだが、何か問題でもあったか」

「八神先生は合同研究班の重要メンバーであらせられますので、弊社のバスター5にどのような印象をお持ちなのかと思いまして」

「それが今すぐ会いたいという申し入れの用件か。フフン。バスター5はいい薬だと思っとるよ。コレステロールは生体に必要な物質だから、無闇に下げるのはよくない。それにうまい食い物には、たいていコレステロールがたっぷりだからな」

「弊社といたしましても、少しでも多くの患者さまに使っていただけるよう願っているところでございます。そのためにもガイドラインにはしかるべく収載されますことを、よろしくお願いいたします」

「しかるべくねぇ。それはもちろん、しかるべく記載されるだろう。そのことについて、何か特別な配慮が必要ということかな」

八神の口ぶりは明らかに〝特別な配慮〟を強調していた。紀尾中は相手の機嫌を損ねないよう注意しながら答えた。

「配慮と申しますか、バスター5に関して、何かご不明な点がございましたら、いつでも説明させていただきますので、何なりとお申し付けください」

「別に不明な点はないよ」

八神はそっけなく答えた。それだけでは足りないように白々しく続ける。

「ガイドラインは全国の医師が参考にするからね。僕はバスター5を評価しているが、さらに有効な薬があれば、そちらを優先しなければならない。当然のことだろう」

「タウロス・ジャパンさんのグリンガのことでしょうか」

「さあな。僕も合同研究班の一員として、迂闊なことを言えんのでね」

「実は、あるところから八神先生が筆頭著者の論文の別刷を入手いたしました」

コピーを差し出すと、八神はチラと見て歪んだ笑いを浮かべた。

「まだ公表されてないものを持ち出すのは、問題じゃないかね」

「申し訳ございません」

紀尾中は形だけ頭を下げ、勝負に出るつもりで低く続けた。

「この論文について、うかがいたいことがございます。日本の薬の治験なのに、なぜ韓国でデータを採られたのですか」

「答える義務はないね。まさか論文にケチでもつけようというのか」

「めっそうもない。私どもとしましては、この論文が弊社にとって由々しき事態を招きかねないと受け止めておりますので、いくつかの疑問点につきまして、ご教示いただければと思った次第でございます」

率直な返答が功を奏したのか、八神はわずかにそれまでの頑なさを緩めた。

「まあ、この論文はバスター5にとっては脅威だろうな。別に隠すこともない。治験を韓国でやったのは、先方から依頼があったからだよ」

「先方と申しますと」

「論文にも名前が出ているヒュンスン・メディカルセンターのカン・チャンギュ院長だ。カン院長とは旧知の仲でね。彼がグリンガに興味を持って、ぜひ自分の病院で治験をさせてほしいと言ってきたので、タウロス・ジャパンに取り次いだんだ。そしたらカン院長のほうから共同研究という形にして、データの解析を僕に頼んできた」

「なるほど」

紀尾中はいったん納得するそぶりで、次の質問をした。

「登録患者数が五百八十六人となっていますが、ひとつの病院でこれだけの高コレステロール血症の患者が集まるものでしょうか」

患者数の水増しを仄めかしたが、八神は平然と答えた。

「ヒュンスン・メディカルセンターは、総ベッド数二六六〇床を誇るソウルきっての大病院だ。一日の外来数も平均で八千四百人を超えておる。三年もかければ、五百人や六百人の患者を集めることなぞ簡単なことだ」

三年かけて集めても、論文にあるように『三年経過を追った』ことにはならない。しかし、そこはスルーして、もっとも重大なことに質問を移した。

「研究助成金ですが、日本側でこれを支出しているＪＨＲＧは、八神先生ご自身が創設された社団法人だとうかがっております。このＪＨＲＧは、その資金をどこから調達されているのでしょうか」

「寄附だよ。ＪＨＲＧは純粋な研究グループだ。利益相反を避けるため、製薬会社や関連企業のカネはいっさい受け取らんことにしている。寄附や助成金の出所は、すべて事業報告書で公開している。それを見れば、ＪＨＲＧが清廉潔白であることは一目瞭然だろう」

たしかに事業報告書は池野がチェックして、タウロス・ジャパンからの寄附がないことは確認していた。

「韓国側のＫＤＲという団体はご存じですか」

「それはカン院長が関わっている団体だ」

「我々が調べたところでは、団体の所在がはっきりしないのですが」

「それは知らんよ。韓国側の治験はすべてヒュンスン・メディカルセンターに任せていたからな。韓国はＮＰＯへの支援が盛んで、事業によってはワンポイントで援助するような団体もあると聞いているが」

どうも嘘くさい。紀尾中が次の一手を考えていると、八神のほうから反撃してきた。

「Ｔ－ＳＥＣＴの治験は、韓国の監督官庁である食品医薬品安全処の許可を得た第Ⅲ相試験で、治験審査委員会の承認も受けている。それを色眼鏡で見るのは、韓国に対する偏見じゃないのか」

「そんなつもりは毛頭ございません。ただ、韓国でデータが集められたことが異例ではないかと」

「それを偏見だと言うんだ。今は多国間での治験は珍しいことではないし、日本も欧米ばかりに目を向けてはいられない。無闇に韓国との共同研究を疑うことは、日韓関係にも悪影響を及ぼすんじゃないのかね」

紀尾中が畏まってみせると、八神は満足そうに椅子に身体を預けた。腫れぼったい目が糸のように細まり、視線が自らの膨らんだ腹に落ちる。

「君はさっき、僕のことを還暦に見えないと言ったが、ほんとうにそう思うのかね」

「もちろんでございます。先生は年齢よりずいぶんお若く見えます」

「嘘をつくな。医者である僕にはわかる。六十歳は六十歳だ。人間の品種改良が行われたわけでもないのに、特別な力が湧くわけがない。見ろ、この手を」

肘掛けから腕を上げ、自分の手の甲をしげしげと見つめる。

「老人の手だ。色素が沈着し、静脈が浮き出て、細かい皺が無数に寄っている。いつの間にこんな手になったのか」

戸惑う紀尾中に、八神の視線がゆっくり流れた。

「それに引き換え、君の皮膚の艶やかなことはどうだ。細胞の躍動さえ感じられる。君はタウロス・ジャパンの鮫島と同い年らしいな。鮫島は君のことを理想主義者と言っておったぞ」

「面と向かっても言われました」

「――羨ましいんだろうな」

なぜ八神は鮫島などを引き合いに出すのか。

八神はふいに我に返ったように椅子から身を起こし、冷ややかに言った。

「用件がすんだのならさっさと帰りたまえ。僕はまだしなきゃならんことが山積みなんだ」

「申し訳ございません」

ていねいに頭を下げたが、八神は苛立ったようすで目を背け、紀尾中が出て行くのを見送ろうともしなかった。

22　韓国への調査出張

　牧健吾が関西空港に到着したのは、午前七時二十分だった。殿村との待ち合わせは七時半だから、ちょうどいい時間だ。機内に持ち込めるビジネスバッグを持って、四階の国際線出発ロビーに向かう。

　待ち合わせ場所のアシアナ航空のカウンターでは、殿村が先に待っていた。

「殿村さん早いですね」

　見ると、殿村はショルダーバッグのほかに、大きなスーツケースを持っていた。二泊三日の出張で、なぜそんな荷物がいるのか。時間の節約を考えてビジネスバッグだけにした牧は、機内預けになる荷物に不満だったが、チーフＭＲに文句は言えない。

　牧と殿村が韓国への調査出張に行くことに決まったのは、先週の金曜日だった。

　十二月十二日に発刊された「リピッド・ジャーナル」の新年号に、八神の論文が掲載され、表紙にも論文のタイトルが掲げられた。これでグリンガは専門家の注目を集めることだろう。おまけに、四月の日本代謝内科学会総会で、八神が特別講演でこの論文を発表することが、プログラム担当のスタッフから知らされた。総会は乾が主宰するので、泉州医科大学の代謝内科は医局を挙げて、その準備にかかっているのだった。

そんな状況で、紀尾中以下、堺営業所の面々は重苦しい雰囲気に包まれていた。

韓国出張の人選は紀尾中が決めた。牧は堂之上のコンプライアンス違反の件での活躍が評価され、韓国でも成果を挙げると期待されてのことだ。殿村が選ばれた理由はわからない。ヒラのＭＲだけでは先方に失礼なので、チーフＭＲを同行させたということか。いずれにせよ、牧は自分が中心になって動かなければならないと気を引き締めた。

チェックインを終えて、出国までには時間があるので、二人は二階のスターバックスでコーヒーを飲んだ。スーツケースを大事そうに持つ殿村を見て、牧は不安を感じた。殿村は人は悪くないが、話が通じにくいところがある。突拍子もないことを言ったり、意外な行動に出たりもする。

「殿村さんは向こうでアテンドしてくれる笹川《ささがわ》先生をご存じですか」

「いや。知らない」

現地で調査を手伝ってくれる人間が必要だったので、紀尾中があちこち問い合わせ、天王寺大学からソウル大学に留学している医師を見つけた。それが笹川で、所属先の呼吸器内科の教授を通して協力を依頼したのだ。

「向こうに着いたら、まずはＫＤＲの調査からはじめましょうか」

八神らの研究に助成金を出したＫＤＲは、その後の調べで実在することがわかった。牧が韓国関係の『ＮＰＯネット』というサイトで見つけたのだ。住所はソウル特別市中区乙支路《チュングウルチロ》３街《ガ》３６５－８。代表理事はヒュンスン・メディカルセンターの院長、カン・チャンギュで、活動内容は『健康情報発信・医学研究および調査の支援』となっていた。設立は四年前で、Ｔ－ＳＥＣＴの治験がはじまった時期と一致している。データはそれだけで、ＵＲＬなどの記載もなかった。

ＫＤＲが出した助成金は、この規模の研究なら日本側と折半した場合、二億円前後だろう。ＫＤＲはその予算をどこから得たのか。もしもタウロス・ジャパンとの関わりが判明すれば、利益相反ということになる。ＮＰＯなら収支は公表されているはずだから、韓国で調べれば情報が得られるだろう。

「ＫＤＲにタウロス・ジャパンから資金提供があったとしても、簡単にわかるようにはしていないんじゃないですか」

「だろうね」

「じゃあ、どうすれば」

「相手方から裏切り者をさがすのが手っ取り早いね。内部の事情を知っている人間に協力してもらうんだ」

簡単に言うが、そんな相手がすぐ見つかるのか。

「とにかく、手ぶらで帰るわけにはいきませんから」

牧は自分に言い聞かせながら、半分は殿村にも念を押す気持で搭乗時刻を待った。

関西国際空港を定刻に飛び立ったアシアナ航空９６１２便は、予定時刻通り仁川《インチヨン》国際空港に到着した。大阪を出るときは晴れていたが、ソウルは分厚い雲に覆われて、みぞれもようだった。入国審査と手荷物の受け取りで時間がかかり、到着ロビーに出てきたのは午後一時をすぎていた。

出迎えの笹川医師は、キャメル色のカシミアコートにグレーのソフト帽という出で立ちで、牧たちの名前を書いたフリップを持って立っていた。

「この度はお世話になります。よろしくお願いいたします」

牧が挨拶をすると、笹川はソフト帽を軽く持ち上げて人懐こい笑顔を見せた。三十代後半のいかにも優秀な医師という印象だ。駐車場に向けて建物の外へ出ると、首筋に冷気が張りついた。

「ソウルは大阪より寒いでしょう。これでも今年はまだましなんですよ」

「思っていたより寒いです。使い捨てカイロを持ってくればよかった」

牧が丈の短いビジネスコートの襟もとを合わせると、ダスターコート姿の殿村は、左右を見まわしながら朗らかに言った。

「韓国と言えばオンドルですよね。ホテルにもあるんでしょうか」

「今はありませんよ。日本と同じ床暖房が行き渡っていますから」

「飛鳥時代に朝鮮半島から来た渡来人は、日本でもオンドルの家を作っていたそうですよ」

仕事に関係のない話をする殿村に苛立ち、牧が割って入った。

「笹川先生はこちらに来られて長いんですか」

「もうじき四年になります。来年の三月で任期終了なんで、年が明けたら帰国の準備をはじめようかと思っています」

「今回の出張は、ちょっと厄介な仕事で、うちの紀尾中から連絡が行っていると思いますが、『リピッド・ジャーナル』という雑誌に発表された論文についての調査なんです」

「うかがっています。論文の元になったＴ－ＳＥＣＴの治験には、たしかに気になる点がありますね」

笹川の返答に期待できるものを感じたが、歩きながらでは本題に入りにくいので、「ご面倒をおかけしますが、よろしくお願いいたします」と、いったん話を打ち切った。

笹川の車でソウル市内に向かい、予約してあるホテルに直行した。チェックインをすませたあと、一階のロビーで打ち合わせをした。

笹川はｉＰａｄを取り出し、スケジュールのページを開いた。

「今日はまず、ＫＤＲの事務所の確認ですね。私も調べてみましたが、実態がよくわからないんです。ネットには活動内容は出ていましたが、事業報告書や収支報告の類は見当たりません。もしかしたら正式なＮＰＯではなくて、任意団体なのかもしれません」

「その団体に、タウロス・ジャパンから資金が流れているという情報はありませんか」

性急に訊ねた牧に、笹川は残念そうに首を振った。

「とにかく、ＫＤＲの事務所に行ってみましょう。飛び込みになりますが、警戒する余裕を与えないほうがいいでしょう」

笹川はさらに続ける。

「明日はヒュンスン・メディカルセンターにアポを取っています。院長のカン・チャンギュ先生に、Ｔ－ＳＥＣＴの論文について聞きたいことがあると申し入れると、喜んでお目にかかるとのことでした。そればかりか、今夜、お二人を食事に招待したいとおっしゃっています」

調査する相手と事前に会うのはどうだろう。こちらの疑問を探られないともかぎらない。適当な理由をつけて断ったほうがと、牧が思う間もなく殿村が笹川に答えた。

「ありがとうございます。喜んでご招待にあずかります」

「ちょっと、殿村さん。いいんですか」

「何が」

笹川の手前、あまり先方を疑うようなことも言いにくい。牧が困惑の表情を浮かべると、笹川はとりなすように言った。

「別に警戒することはないと思いますよ。私も同席させていただきますし、カン先生は日本語も堪能ですから」

続いて二日目の予定を話す。

「午前中にヒュンスン・メディカルセンターを訪問し、カン院長ほかT－SECTに関わった先生方を紹介してもらいます。昼食のあと、午後はヒュンスン・メディカルセンターの治験管理推進室で、治験コーディネーターに会っていただきます」

「それで、内々にお願いした件は大丈夫でしょうか」

牧が遠慮がちに確認したのは、病院側に知られずに話を聞ける関係者との面会だった。治験に問題があれば、病院側は当然、都合のいい人間にしか会わせないだろう。だから、裏の事実を聞かせてくれる相手を頼んだのだ。

「大丈夫です。治験コーディネーターの女性に、内密で話を聞かせてほしいと頼んでいます。明日の晩は、彼女を招いて食事会を予定しています」

「ありがとうございます」

「それで、三日目は予備日ということにして、特に予定は入れていません」

「承知しました。それでよろしいですね、殿村さん」

「うん。それで今日、ＫＤＲへ行ってから夜の食事に行くまでに、ホテルにもどる余裕はありますか」

「それは大丈夫だと思いますが――」

笹川が戸惑い気味に答えると、殿村は安心したようにうなずいた。なぜそんなことを聞くのか、牧は見当もつかなかった。


ＫＤＲの事務所がある乙支路3街は、牧たちがチェックインしたホテルのある明洞《ミョンドン》から地下鉄で一駅の距離だった。

笹川の車でオフィスビルの立ち並ぶ大通りを進み、地下鉄の駅を過ぎたあたりを曲がると、下町風の店が並ぶ地域に入った。笹川は路上駐車の列を眺めながら、空きスペースを見つけて素早く車を縦列駐車させた。

「ここは駐車可なんですか」

「駐禁ですが、これだけ車が並んでいれば大丈夫ですよ。取り締まりに引っかかったら、運が悪いとあきらめます」

笹川は軽く答え、住所を打ち込んだグーグルマップを頼りに、通りの番地を確認した。

車外に出ると、みぞれは降っていないが、刺すような空気の冷たさに牧は思わず肩をすくめた。通りを行き交う人々はコートの襟を立て、寒そうに背中を丸めている。店先には鉛色の空とは対照的に、黄色や赤や青の派手な看板が並び、記号めいたハングル文字が躍っている。

「もう少し先ですね」

笹川がナビを見ながら進む。塗料の剝げかけた横断歩道を渡ると、バラックのようなマーケットがあり、露店が食料やさまざまな生活用品を並べていた。

「番地はここですが、こんなところに事務所があるんでしょうか」

案内しながら、笹川が不安そうにつぶやく。

「奥にあるんじゃないですか」

牧が薄暗いアーケードの奥をのぞき込むと、殿村は「じゃあ、入ってみましょう」と先に進んだ。

買い物客はまばらで、店番をしている男女が暗い目でこちらを見つめている。頭上には裸電球が灯《とも》り、埃の積もった電線がよじれた神経のように走っている。牧は周囲に聞きとがめられないよう笹川に低く訊ねた。

「番地からはどの建物かはわからないんですか」

「365－8というのがこのマーケット全体の番地みたいです。ちょっと聞いてみますね」

笹川は果物屋の女性に韓国語で声をかけた。左右を見て、場所をさがしている手ぶりを加える。牧が聞き取れたのは、KDRという略語だけだった。女性は首を振って短く答えた。わからないと言っているのだろう。

「だめですね。別のところで聞いてみましょう」

さらに奥に進むと、アーケードが途切れ、中庭のようなところに出た。ゴミの吹き溜まりがあり、汚水が流れている。破れた金網や剝がれた貼り紙がいかにも殺伐とした雰囲気だ。奥は雑居ビルの裏手で、勝手口らしい扉はあるが、板を打ちつけて開けられないようにしてある。

「おかしいですね。向こう側は別の建物ですから番地がちがうはずです」

笹川はアーケード内にもどり、店先にLEDの電球を灯した靴屋に韓国語で訊ねた。二、三やり取りをしたあと、振り返って首を振る。

「このあたりにそんな事務所はないと言っています。店の入れ替えはあっても、マーケットに関係のない業者は入れないそうです」

「さっきの扉が塞がれていた雑居ビルはどうでしょう。番地がまちがっているのかもしれませんし、向こう側から見てみませんか」

牧が提案すると、笹川は「そうですね」と気軽に応じて出口に引き返した。殿村は店に並べられた日用品に興味があるようだったが、黙ってあとからついてきた。

西の通りにつながる路地を進んで、マーケットの裏にあたる場所をさがした。ふたたび看板と電線が頭上を覆う通りを行くと、笹川が古びたタイル張りのビルの前で立ち止まり、「ここです」と上を見上げた。一階は韓国料理の店で、通路の奥にコンクリートの階段がある。入口にテナント用の郵便受けがあり、笹川はまずそれをチェックした。

「KDRらしい名前はありませんね」

郵便受けにはマジックインクで走り書きしたハングルや、怪しげなシールが貼ってあり、まともなテナントが入っているようには思えない。

「ちょっと聞いてきます」

笹川は狭い階段を足早に上り、二階の扉をノックした。だれかと話している声が聞こえ、やがて扉が閉まる音がして、笹川が下りてきた。

「ここもちがうようです。このビルの半分は下の韓国料理店の寮で、事務所のようなものは入っていないと言っていました」

「そうですか。ありがとうございます」

通りにもどると笹川が牧に問うた。

「どうします。もう少しこの近所をさがしてみますか」

「いえ、けっこうです。事務所の実態を確かめようと思っていましたが、ネットに出ていた住所に事務所がないことがわかっただけでも収穫です。幽霊団体であることの根拠にもなるわけですから。ねえ、殿村さん」

牧が念を押すと、殿村は「幽霊の団体？」と怪訝な顔で聞き返した。

それを無視して、牧が笹川に時間を訊ねた。

「まだ午後五時前です。会食は午後七時の予定なので、いったんホテルにもどりましょう。殿村さんは何か用事があるようにおっしゃっていましたし」

「そうしてもらえると、ありがたいです」

殿村が言い、三人は車のところにもどった。幸い、駐車違反のステッカーは貼られていなかった。


ホテルにもどってシャワーを浴びながら、牧は夜の会食のことを考えた。

ＫＤＲの事務所が見つからなかったことを、会食の席で話すべきか否か。ＫＤＲの代表理事であるカンに言うのは賢明でない。実際に幽霊団体だとすれば、話をうやむやにされる危険がある。さらに、明日訪問するまでに、適当な説明を用意する余裕を与えてしまう。

であれば、まずすべきは殿村への口止めだ。そう思うと気が急《せ》いて、牧は髪を乾かすのももどかしく、待ち合わせの二十分前にロビーに下りた。

じりじりしながら待っていると、ほどなく殿村がエレベーターから現れた。その姿を見て牧は思わず声をあげた。

「殿村さん。どうしたんですか、その恰好」

殿村は黒紋付きに袴、白足袋に草履という出で立ちだった。羽織は着ずに、着物用のコートを手に持っている。スーツケースに入っていたのはこの装束か。

「君には言ってなかったが、私は五年前、埼玉県の高麗神社で琵琶を演奏したことがあってね。そのときは韓国の大使夫妻も来られたから、この衣装がいいんじゃないかと思って」

意味がわからない。牧は困惑と苛立ちを抑えて言った。

「今夜の食事ですが、午後にＫＤＲの事務所をさがしに行ったことは言わないほうがいいと思うんです」

シャワーを浴びながら考えたことを話すと、殿村は「そうだね」と同意した。

待ち合わせの五分前に笹川が現れると、彼もまた殿村の衣装に驚き、どう声をかけたらいいのかわからないようすだった。牧が助け船を出すように話しかけ、会食ではＫＤＲの事務所をさがしたことは言わないでほしいと頼んだ。

「わかりました。じゃあ、今日の午後の話は触れないようにしましょう」

笹川は自分の車は置いてきたようで、ホテルの玄関でタクシーを呼び、牧たちを後ろに乗せた。自分は助手席に座り、韓国語で行き先を告げてから牧たちを振り返った。

「今夜は朝鮮王朝の宮廷料理の店に招かれているんです。ホテルからは二十分ほどのところです」

車は片道三車線の大通りを走り、しばらく行くと大きな川に差しかかった。

「漢江《ハンガン》です。今通っているのが麻浦《マポ》大橋。自殺の名所です。欄干にハングルがいっぱい書いてあるでしょう」

言われて横を見ると、落書きもあるが、当局による注意喚起も多い。

「思いとどまれ、みたいなことが書いてあるんですか」

「ええ。『人生でいちばんいい時はまだ来ていない』とか、『夜明けは必ず来る』とかですね。韓国は日本と並ぶ自殺大国ですから」

橋を渡り終えると、車は近代的なビル街を抜けて、きらびやかな照明に照らされた宮殿風の店に到着した。

笹川に促されて豪華な門をくぐり、受付で名前を告げると、チマチョゴリを着た店員が案内してくれた。個室に入ると、長テーブルの手前に座っていた三人の男性が席を立って、牧たちを出迎えた。

「ようこそ、いらっしゃいました。ヒュンスン・メディカルセンターの院長をしておりますカン・チャンギュと申します」

禿頭《とくとう》に口髭を生やした男性が、流暢な日本語で頭を下げ、殿村に名刺を差し出した。

「天保薬品のチーフMRの殿村です。それから、こういうこともしています」

殿村は会社の名刺のほかに、プライベートの名刺も添えて渡した。牧はチラと見て絶句した。肩書きが『琵琶法師』となっていたからだ。

カンは牧と笹川とも名刺を交換し、後ろの二人を紹介した。

「副院長のムン・ジョンギルと、治験リーダーを務めた内科部長のイ・ソンハです」

たしか、カン共々二人の名前も論文の共著者に挙がっていた。

ビールで乾杯すると、さっそく漆器に盛られたカラフルな前菜が運ばれてきた。店員の説明をカンが訳してくれる。

「これはクジョルパンと言って、八種類の具を真ん中の薄焼きに包んで食べる前菜です。酢醤油かカラシをつけてどうぞ」

「カン先生はどうしてそんなに日本語がお上手なんですか」

牧が聞くと、カンは柔和な笑みを浮かべて答えた。

「私は元々在日なんです。だから、中学まで日本で育ちました。大阪市生野《いくの》区の猪飼野《いかいの》です。ご存じですか」

「もちろんです」

猪飼野は戦前から在日韓国・朝鮮人の多い地域である。カンが続けて言った。

「副院長のムンと部長のイも、ある程度、日本語は理解できます。そうだろ」

「はい。ゆっくりなら、大丈夫です」

ムンに続いて、イも「私も、たぶん」と照れたように笑った。いずれも友好的な表情だ。

殿村がステンレスの箸を置いて、背筋を伸ばしてしゃべりだした。ムンとイに配慮してか、異様にゆっくりした物言いだ。

「私は、以前、高句麗から渡来した、人物を祭った、高麗神社というところで、琵琶の、演奏を、しました。そのときは、韓国の大使夫妻も、お見えになりました」

「それで琵琶法師ですか。その紋付き袴は、琵琶を演奏するときの？」

「そうです。日本の、伝統的な、衣装です」

「なるほど。でも、そんなにゆっくりでなくてもこの二人は聞き取れますよ」

カンが苦笑しながら言い、ムンとイも笑いながらうなずいた。

料理は続いてカボチャの粥が出て、蒸しエビとアワビを使った海鮮料理、ユッケとカルビの叩きのあとで、神仙炉《シンソルロ》と呼ばれる鍋料理が供された。コレステロールが気になる牧は、できるだけ油分の少ないところを食べるようにしたが、不自然に見えないよう気を遣った。酒もビールから伝統的な焼酎《ソジュ》、マッコリと進み、牧は抑え気味にしていたが、殿村は早々に顔を真っ赤にしていた。カンと二人の部下も陽気になり、盛んに日本の薬を賞賛し、グリンガのみならず、バスター5も高く評価していると言った。

「今回はグリンガの治験をやりましたが、次回はぜひバスター5で比較試験をやりたいと考えています。何と言っても作用機序がユニークですからね。そのときは、ご協力をよろしくお願いいたします」

「こちらこそ、どうぞ、よろしくお願いいたします」

カンの申し出に、殿村は頭をぐらつかせながら応えた。会話は終始和やかで、緊張する場面もなかった代わりに、特に有益な情報も得られなかった。

この夜にわかったのは、韓国でも最近、高コレステロール血症による動脈硬化が問題になっていて、新薬の治療が求められていることだった。それでグリンガに着目したところ、八神が販売元のタウロス・ジャパンと懇意であることを知り、治験の仲介を頼んだらしい。カンと八神はアメリカで出会い、専門分野が同じで、ともにアジア人としてアメリカ人の差別や蔑視に対抗したことなどで、二十年来の交友があるとのことだった。

「治験は韓国だけでもできたのですが、八神先生にお世話になったので、データの解析と論文の執筆を八神先生にお願いしたのです」

いわば手柄を譲ったということだろう。この治験が八神の主導ではなく、韓国側からの依頼でスタートしたのは事実のようだ。

「我々もその論文は拝読しました。実に驚くべき結果ですね」

牧はわざと大袈裟にほめて相手の反応を見た。カンはまじめな調子で応えた。

「T－SECTの結果には、我々も満足しています。患者さんにとっても喜ばしいことでしょう。おっと、グリンガは御社のバスター5のライバルでしたな。そういう意味では何とも申し訳ない結果ですが」

取り繕うように眉を寄せる。

会話の中で、今日の午後に何をしていたか聞かれなかったのは幸いだった。それは笹川のおかげでもあった。話が途切れかけると、料理の由来を聞いたり、自分の研究に言及したりして、うまく話を逸らしてくれたのだ。

カンたちに見送られてタクシーに乗ったあと、牧は笹川に訊ねた。

「今の会食、どんな印象を持たれましたか。私はちょっと歓待しすぎじゃないかと思ったんですが」

「と言うと？」

「治験に使われた薬のライバル社が日本から話を聞きに来たとなれば、もう少し警戒するのがふつうでしょう。何を聞きたいのか探りを入れもしなかったのは、すでに目的を知っているということではないでしょうか。つまり、論文の不正が疑われていることを承知していると。考えすぎでしょうか」

「どうでしょう。たしかに彼らは友好的でしたね。でも、韓国人はその場の雰囲気を大事にしますから、リップサービスも多いんです。もしかしたら、天保薬品さんからも支援を引き出そうと考えているのかも。バスター5の比較試験のことも話していましたし」

そう言ってから首を振り、自らの意見を否定した。

「いや、もし本気でバスター5の治験を考えているのなら、もう少しその話題を広げるでしょう。通り一遍で終わったのは、やはり社交辞令だったのかもしれません。であれば、あの歓待ムードは逆に警戒したほうがいいかもしれませんね」

やはりそうか。殿村の意見も聞こうかと思ったが、彼はマッコリで朱に染まった顔を伏せ、座ったまま寝息を立てていた。

23 ヒュンスン・メディカルセンター

翌朝、牧はホテルのレストランで朝食を摂り、九時前にロビーに下りて待っていた。殿村も早めに下りてきた。もしかして昨夜の出で立ちで出てくるのではと心配したが、杞憂だった。

「殿村さん、おはようございます。昨夜は眠れましたか」

「ああ、バタンキューだったよ。風呂には今朝入った」

清々しい顔で答える。

「今日はいよいよ本番ですね。ＫＤＲのこととか、サポートする研究の有無とか、いろいろ聞くべきことはありますが、殿村さんはどこから攻めるのがいいと思いますか」

「うーん、攻めるのはよくないな。我々は戦争をしに来たわけじゃないから」

牧はそれ以上聞くのをやめた。

約束の九時十五分に笹川が迎えに来て、牧たちは彼の車でヒュンスン・メディカルセンターに向かった。昨夜と同じ方向に進み、麻浦大橋を渡ったところを右に折れて、漢江沿いの道を走った。ミントグリーンのドームが美しい国会議事堂を過ぎ、自動車専用道路を進むと、左側に緑に囲まれた巨大な建物が現れた。

「ヒュンスン・メディカルセンターです」

笹川は表示板に従い、ゲートを通過して広い駐車場に車を入れた。病院は正面に六階部分が張り出し、後ろに屏風のようにジグザグに折れ曲がった十二階建ての病棟が左右に広がっている。さすがはベッド数二六六〇床の大病院だ。

正面玄関に向かいながら、牧が笹川に訊ねた。

「ヒュンスン・メディカルセンターは私立病院ですよね。どうしてこんな巨大な施設が維持できるんですか」

「この病院は名前の通り、財閥の現星《ヒュンスン》グループが設立したものなのです。噂では副会長が大統領と親密で、いろいろ優遇を受けているようです」

硬質ガラスとステンレスのモダンな正面玄関を入り、空港並みの広いロビーで笹川は総合案内に向かった。

「十時にカン院長に面会の約束をいただいている笹川です」

「畏まりました。少々お待ちください」

日本語のやり取りを聞いて牧が首を傾げると、笹川が笑いながら説明した。

「ここは外国人の患者も多いので、日本語、英語、中国語とアラビア語が通じるんです」

たしかに案内板の表記にハングルを含め五カ国語が書いてある。

ロビーで待っていると、昨夜、会食で同席した部長のイが出迎えに来た。

「ようこそいらっしゃいました。院長のカンが待っていますが、その前に、見ていただきたいものがあります」

イはカンほどではないが、流暢な日本語で言い、三人を病院の奥に促した。

前衛芸術風のシャンデリアを吊るした広いホールから、長いエスカレーターで五階に上がると、小さめの映画館のような部屋があり、副院長のムンのほか、数名の職員が牧たちを待ち受けていた。

「ご紹介しましょう。当院の幹部スタッフです」

ムンが順に、看護部長、事務局長、広報課長らを紹介した。

「これから見ていただくのは、当院の紹介ビデオです。十五分ほどですから、ゆっくりご覧ください」

映し出されたのは、ドラマチックに演出された映像で、ヒュンスン・メディカルセンターがいかに韓国の医療に寄与し、先進医療を提供して、国際的な評価も高いかということを、圧倒されるような迫力で見せつける。

それがすむと、ようやく院長室に案内された。病院の幹部スタッフたちもついてくる。

院長室は専用のエスカレーターで上がったところにあり、両開きの扉は宮殿のような重厚さだった。両側に控えた秘書に断ってから、ムンが扉を開く。院長室は小学校の教室ほどの広さがあり、奥の執務机から院長のカンがにこやかに立ち上がった。

「ようこそ。どうぞ、そちらにおかけください」

窓際に設《しつら》えた革張りの応接セットに牧たちを促す。正面にカンが座り、殿村、牧、笹川が斜めに向き合うように着席した。応接セットは優に二十人は座れる広さで、幹部スタッフたちが座ってもまだまだ余裕がある。

「昨夜は楽しいお食事を、誠にありがとうございました。韓国の宮廷料理を十分に満喫させていただきました」

殿村がそつのない挨拶をし、会話は和やかな雰囲気で進んだ。

「それで、当院で行ったＴ－ＳＥＣＴの治験について、お聞きになりたいとのことですが？」

雑談のあと、カンのほうから本題に水を向けた。牧は姿勢を正し、会社の代表で来ているという気概を込めて発言した。

「私どもが日本から参りましたのは、八神先生の論文について、いくつかお話を聞かせていただきたいことがあるからです。立場上、失礼なことをうかがうかもしれませんが、ご寛恕のほどをお願いいたします」

「どうぞご遠慮なく。我々は昨夜、ひとつのテーブルで楽しい食事をしたのですから、すでに友人になっています。お聞きになりたいことは、何でも聞いてください。私たちもわかることは、包み隠さずお答えします」

カンの表情には何の疚《やま》しさもうかがえなかった。もちろん演技かもしれない。牧は惑わされないよう気を引き締めた。

「実は昨日、Ｔ－ＳＥＣＴに助成金を出したとされるＫＤＲの事務所を訪ねようと思ったのです。ネットに住所が出ていたのでさがしたのですが、そこは日用品を売るマーケットで、事務所があるような場所ではありませんでした。ＫＤＲはカン先生が代表理事をされているとうかがっております。事務所はどこにあるのでしょうか」

「マーケットですって。そんなはずはありませんよ。いったいどこをさがされたのですか」

「ここです」

笹川がｉＰａｄを取り出し、住所を示して見せた。カンは一瞥し、「あ、これ」と、声をあげて笑った。

「牧さん。あなたが見たのは日本のサイトでしょう。この住所はまちがっているのです。どうしてそんなものが出ているのかわかりませんが、正しくは、乙支路4街×××の××です」

番地は聞き取れなかったが、笹川が素早く正しい住所をiPadに打ち込んでくれた。記録は笹川に任せて、牧が聞く。

「そこに事務所があるのですか」

「今はもうありません。KDRは八神先生のJHRGを見習って、T－SECTのために臨時に作った団体ですからね。治験の終了と同時に解散したのです」

治験のためだけに作った団体だというのか。

「どうしてそんな団体を作ったのですか」

「研究費の助成金を迂回させる必要があったからです」

「迂回、ですか」

はっきり言われて、逆に牧は戸惑った。自ら不正を告白しているのも同然ではないか。しかし、カンの物言いには後ろ暗いようすはまるでなかった。

「今回の治験で、韓国側の助成金を出したのは現星グループです。ご承知の通り、現星グループは当院の経営にも関わっています。それがT－SECTに二十六億ウォンも出資するとなると、財務処理に不都合が生じるので、いったん任意団体への寄附ということで処理し、その団体が治験を支援したという形にしたのです。あくまで財務上の操作で、別に違法というわけではありません。まあ、あまり大っぴらに公表できることでもないのですが」

そう言って、カンは小さく肩をすくめた。日本円にして約二億五千万円。おそらく、税務に関する操作だろう。説明が事実かどうかわからないが、取りあえずは納得せざるを得ない。

「もうひとつうかがいたいのですが、今回のＴ－ＳＥＣＴで、トルマチミブに脳血管障害の抑制効果が証明されたわけですが、その作用機序についてはどうお考えですか」

牧は商品名のグリンガではなく、敢えて一般名のトルマチミブと言って、科学的な説明を求めた。

「それについては、治験リーダーのイ部長から話してもらったほうがいいのじゃないか」

カンに促されて、イが牧に説明した。

「手元に資料がありませんので、詳しくはお話しできませんが、簡単に申し上げると、トルマチミブのＬＤＬコレステロール排泄促進効果により、頸動脈より末梢の脳血管、特にウィリス輪を中心とした脳底動脈の動脈硬化が緩和され、脳梗塞やクモ膜下出血などのイベント（事象）が抑制されると考えられます」

「論文にはいくつか引用がありますが、Ｔ－ＳＥＣＴの結果につながるような研究や、あるいは類似の研究、すなわち、ＬＤＬコレステロールの低下が脳血管障害を抑制するという研究は、ほかにもあるのでしょうか」

「直接つながるものはないですね。そういう意味では、我々も驚いています。ですが、厳正な比較試験で得られた結果なのですから、説明がつくかどうかより、事実を認めることが大事ではないでしょうか」

こちらは、そのＴ－ＳＥＣＴが厳正に行われたかどうかを問うているのだ。しかし、証拠もないまま不正を疑うことはできない。

それまで黙っていたムンが、イの発言を受けて胸を張った。

「類似の研究がないということは、この治験が画期的であることの証明でしょう。そのような結果が得られたことを、我々はたいへん名誉に思っています」

カンも鷹揚にうなずく。

「昨夜も申し上げましたが、好ましい結果が出れば、患者さんの利益につながりますからね。それは喜ばしいことでしょう」

よい結果が出た治験に、ケチをつけるなということか。牧はいくつか質問を続けたが、すべては論文にある通りとイにかわされ、矛盾や不整合を発見することはできなかった。


院内のカフェテリアで昼食を摂ったあと、午後はイの案内で、ヒュンスン・メディカルセンターの治験管理推進室を訪ねた。治験の現場を見せてもらうためである。患者から得られた生のデータはここに集められ、一括して管理される。データの水増しや改ざんがあるとすれば、ここで行われる可能性が高い。

治験管理推進室はメインの建物ではなく、バックヤードの臨床研究センター棟にあった。四階建てのこぢんまりしたビルで、人気のない廊下に会議室のような部屋がいくつも並んでいる。

イが扉を開けると、白衣を着た十人ほどの女性スタッフが、パソコンの画面に向き合っていた。韓国語で声をかけると、奥の机でこちら向きに座っていた女性が立ち上がり、牧たちのほうに近づいてきた。

「治験管理推進室のペク・ヨンジャ室長です。彼女はＴ－ＳＥＣＴの主任治験コーディネーターを務めてくれました」

紹介されたのは四十代はじめの化粧気のない小柄な女性だった。ショートカットの黒髪に細い吊り目で、いかにも融通の利かない女性という感じだ。

「はじめまして。日本から来ました殿村と申します」

殿村が会社とプライベートの名刺を並べて差し出す。ペクは日本語がわからないらしく、イに韓国語で短く問い、イがそれに同じく韓国語で答える。漢字はわかるようなので、『琵琶法師』と書いた名刺を、胡散臭そうに見て裏返したりしている。

ペクは笑顔ひとつ見せず、敵対するような口調で治験について説明した。イがそれを訳してくれる。

「治験コーディネーターの役割は、手順書の作成、申請手続き、データの収集と管理、参加する患者さんの人権の保護と安全性の確保などです。ほかに同意文書の手配と保管、登録業務、治験薬の手配も担当します」

ペクの説明は杓子定規で、まるで北朝鮮の政府関係者と向き合っているような堅苦しさだった。

「少し質問してもよろしいでしょうか」

牧の言葉をイが通訳すると、ペクは硬い表情のまま、「イェ」とだけ短く答えた。拒絶ではないようだが、とても友好的ではない。

「治験のデータはここですべて管理していると聞きましたが、コンピューターへの打ち込みはだれがするのですか」

イが通訳し、答えを訳してくれる。

「治験に加わった六人のスタッフが担当するそうです」

「打ち込んだデータの確認は行いますか」

「データの打ち込み後に、別のスタッフがカルテのデータと照合してチェックするとのことです」

「そのデータを、すべて日本に送ったのですね」

「そうです」

それ以上は聞いても仕方ないのは明らかだった。ペクは病院の上層部から余計なことはしゃべるなと口止めされているのだろう。それが露骨に感じられる対応だった。

「もういいですかね」

牧が横を見て確認すると、殿村は「そうだね」とうなずき、ペクに向かってていねいに礼を言った。

「今日はお忙しいところ、時間をとっていただいてありがとうございました。現場の方にお話をうかがえて、大いに参考になりました。カムサハムニダ」

最後だけ韓国語で言うと、ペクは驚いたような顔でイを見た。イが殿村の言葉を通訳すると、ペクは元の硬い表情にもどり、無言で一礼した。


「成果はありましたか」

正面玄関でイと別れ、駐車場に向かう途中で笹川が気を遣うように牧に聞いた。

「これといった話は聞けなかったですね。でも、まだ最後のチャンスがあるでしょう」

「今夜の会食ですね。来てくれるのはさっき治験管理推進室にいた女性のうちのだれかです。私も会ったことはありませんが、ソウル大学病院の治験コーディネーターを通じて、話を聞かせてくれることになっていますから」

会食は午後七時からの予定で、場所は明洞にあるカジュアルな寿司屋とのことだった。寿司屋で込み入った話が聞けるのかと、牧は不安だったが、これまでのアレンジを考えれば大丈夫だろうと、笹川を信用することにした。

いったんホテルにもどり、休憩してから午後六時半すぎにロビーで待ち合わせることにした。

牧はシャワーを浴びて、ネクタイはつけず、セーターで行くことにした。相手は若い女性だから、そのほうがリラックスできるだろう。この会食で何か情報をつかまなければと、気を引き締めてロビーに下りていくと、殿村はまたも紋付き袴のスタイルだった。

「殿村さん。今夜はその恰好はちょっとまずいんじゃないですか」

「どうして。紋付きと袴は一度着たらクリーニングに出さなきゃならないから、一晩着るのも二晩着るのも同じなんだよ」

いや、そういう意味ではないんだがと思うが、着替えなおしてきたらとも言えず、そのまま笹川を待った。

時間通りに現れた笹川は、いったん自宅にもどったらしく、牧と同様、ラフなジャケット姿だった。殿村を見て苦笑いを浮かべたが、特に何も言わなかった。

笹川が予約してくれた店は、ホテルから歩いて十分ほどの繁華街にあった。コンクリートに黒い窓枠をはめたビルの二階で、店内も黒を基調としたモダンなデザインだ。間隔の広いテーブル席で、これならほかの客を気にせず話を聞けるだろう。紋付き袴の殿村は、周囲から完全に浮いていたが、当人はまったく気にしないようすで、いっしょにいる牧のほうが照れ臭いほどだった。

午後七時ちょうどに、丸縁眼鏡をかけた女性がおずおずと近づいてきた。二十代後半で、髪は染めずに後ろで束ねている。笹川が立ち上がって韓国語で確認した。

《治験コーディネーターのキム・ソユンさんですね》

《はい。今日はよろしくお願いします》

笹川が牧を紹介すると、キムは殿村の出で立ちに落ち着きのない視線を向けた。

「私はこういう者です」

殿村が二枚の名刺を手渡し、笹川は笑いながら通訳したが、彼女の不審は解けないようだった。キムは顔を伏せ、周囲を気にするそぶりで肩をすぼめていた。やはり内密の会食が後ろめたいのか。笹川が気を利かせて飲み物を聞き、メニューを見せて料理を選ばせた。寿司屋といっても、ダイニングバーも兼ねていて、日韓コラボの創作料理が多い。

乾杯にはキムもビールだったので、牧はよい兆候だと思った。アルコールが入れば、少しは口も滑らかになるだろう。笹川がキムに基本的なことを聞き、牧たちに説明した。

「キムさんは、治験コーディネーターになって四年だそうです。元々は検査技師で、T－SECTでは、データの打ち込みと確認作業をしたそうです」

料理を食べながら、牧はまず答えやすそうなことから聞いた。

「キムさんは日本の天保薬品を知っていますか」

笹川が通訳し、キムの言葉として答える。

「名前は聞いています」

「タウロス・ジャパンもご存じですか」

「アメリカのタウロス本社は知っていますが、タウロス・ジャパンは知りません」

「今回の治験に使ったトルマチミブは、日本ではグリンガという薬名で売られていますが、知っていますか」

「いいえ」

そのあと、いくつかやり取りをしたあと、牧は自分たちの立場を説明した。

「日本で発表されたT－SECTの論文に、私たちは疑問を抱いています。論文がグリンガの宣伝に利用されるかもしれないからです。いや、むしろ、グリンガの宣伝のためにT－SECTが行われ、不自然な結果を元に論文が作成された疑いがあります」

キムが不安そうに笹川に聞いた。それを笹川が訳す。

「どこが不自然なのですか」

「グリンガの効果だけで、脳血管障害が抑制されるとは思えないことです」

笹川の通訳に、キムは首を傾げた。牧の言い分に納得できないという顔だ。自分が関わった治験が疑われていることに、反発を感じたのか。

牧が口をつぐむと、笹川が説得口調でキムに話しかけてから言った。

「牧さんたちが疑問に思っているのは、現場の担当者にではなく、もっと上層部の対応だと説明しました」

「そうなんです。問題は、タウロス本社がT－SECTに関わっているのではないかということなんです。タウロス本社またはタウロス・ジャパンから、資金が提供されたという話を聞いていませんか」

ふたたび問うと、笹川が通訳で答えた。

「タウロス本社のことは聞いていません」

「KDRという団体のことで、何か不審な点はありませんでしたか」

「上の人がKDRのことを話していたのは知っていますが、特に不審を感じたことはありません」

現場の治験コーディネーターでは、助成金に関わる情報に触れる機会はなかったのだろう。牧は金銭面の追及をあきらめ、治験データに関する質問に切り替えた。

「治験コーディネーターが打ち込んだ内容は、具体的にどういうものでしたか」

「総コレステロール、LDLコレステロールなど血液検査の項目が十二、血圧、体温、脈拍などのバイタルサイン、脳のMRI画像とCTスキャンの所見、それに脳血管障害のエピソード（症状の発現）の有無と、症状から判断される障害のレベルです」

「グリンガの服用群で、脳血管障害を起こした人はいませんでしたか」

「いました。トルマチミブを服用したグループにも、対照のグループにも、発症した人はいました」

「グリンガの服用群で脳血管障害を起こした患者は、対照群の患者に比べて明らかに少なかったと言えますか」

キムは答えに詰まり、視線を漂わせてから首を傾げた。

「わたしはすべてのデータを打ち込んだわけではないので、全体のことはわかりません」

「キムさんが打ち込んだ範囲での印象はどうですか」

「……それはよくわかりませんが、それほど差があったとは思えませんでした」

キムはためらった後、消え入りそうな声で答えた。牧はやっぱりという顔で殿村を見た。しかし、この証言だけで治験の不正を証明することはできない。

続いて、殿村が質問をはじめた。

「キムさんは、今の職場で満足していますか」

「はい」

「職場で意地悪な上司がいたり、イジメがあったりしませんか」

「ありません」

「カン院長やムン副院長、イ部長らに、不愉快な思いをさせられたことはありませんか」

「ないです。先生方はみんな親切です」

「今日、我々に話をしてくれた室長のペクさんは、どんな人ですか」

キムはどう答えていいのか迷っているようだったが、やがて顔を伏せて言った。

「ペク室長はまじめで正義感の強い人です」

「ペクさんは日本人のことをどう思っていますか」

「日本人を嫌っているわけではありません。韓国を嫌う日本人に厳しい目を向けているだけです。ペク室長は韓日関係がよくなることを、心から願っています」

「それはよかった。私も同じです。見ておわかりの通り、私は琵琶の奏者ですから、韓国大使ご夫妻の前で演奏したこともあるのですよ。カムサハムニダ」

殿村はまた韓国語で言い、ていねいに頭を下げた。

結局、キムからも確たる情報を聞き出すことはできなかった。実際にデータを打ち込んだ治験コーディネーターの、明らかな差は感じなかったという証言は貴重だが、それだけでは客観性があるとは言えない。

牧はキムと笹川を送り出したあと、会計をすませ、焦りと空しさを胸にホテルにもどった。


出張の最終日、笹川は午前十時にホテルに迎えに来た。

この日の予定は、昨日カンが言ったＫＤＲの住所を訪ねてみることだけだった。

チェックアウトをすませて待っていると、笹川が足早に近づいてきた。

「昨日、あれから現星グループの事業報告書を調べてみたんです。そうしたら、収支報告にＫＤＲへの支出が記録されていました。治験が行われた三年間に、計二十六億三千五百ウォン。ほぼカン院長が言っていた通りの額です」

笹川はｉＰａｄの表示を牧と殿村に見せた。

「つまり、ＫＤＲへの資金提供は現星グループからで、タウロス・ジャパンからではないということですか」

牧の口から落胆の声が洩れた。

荷物を車に積んで、空港に向けて出発した。大通りには冬の太陽が眩しい光を投げかけていた。

途中、乙支路４街の路上に車を停めると、笹川は近代的なビルの前に立った。

「ここの十六階です。部屋番号もわかっていますから、行ってみましょう」

ほとんど期待せずにエレベーターで上がると、その部屋は不動産関係らしい事務所になっていた。

受付の女性に笹川が韓国語で聞く。ＫＤＲという言葉が何度か出て、笹川は首を振りながらもどってきた。

「今はマンションの販売を専門にする会社になっているようです。入居したのは去年の二月で、その前はしばらく空いていたそうです。ＫＤＲの事務所がここにあったかどうかまではわからないとのことでした」

確証が得られたわけではないが、一昨日のマーケットよりははるかに実在しそうな雰囲気だった。

「どうも、お手数をおかけしました」

牧は笹川をねぎらうように言い、殿村といっしょに車にもどった。

空港に着くと、ロビーは出発と見送りの人であふれていた。到着のときとは正反対の快晴が恨めしい。それでも牧は気を取り直して、チェックインの前に笹川に礼を言った。

「三日間、ありがとうございました。笹川先生のおかげでいろいろ助かりました。お忙しいでしょうに、お時間を取らせてしまい、申し訳ございませんでした」

「とんでもない。せっかくお出でいただいたのに、これといった結果も出せず、私のほうこそ申し訳ありませんでした。帰国されたあとでも、疑問点や不審な点があればいつでもご連絡ください。私が帰国するまででしたら、喜んでお調べしますので」

一応、期待を込めて頭を下げたが、新たな疑問点が見つかるかどうかは微妙だった。

復路のアシアナ航空９６１３便は、十分遅れで出発し、牧たちが関西国際空港に着いたのは、午後三時二十五分だった。直接、営業所にもどって結果を報告しなければならない。

このままＴ－ＳＥＣＴの論文が公正と認められ、日本代謝内科学会の総会で八神が大々的に発表したら、バスター5は厳しい立場に追い込まれる。頼みの綱は守谷准教授に依頼したメタ分析の論文だが、それでグリンガに対抗できるだろうか。エビデンスのレベルでは勝っているが、症例数でやや見劣りがする。牧は暗い気持で考えたが、答えは出なかった。

南海本線の空港急行に乗って、がら空きのシートに座ると、殿村が今さらのようにつぶやいた。

「笹川先生にはいろいろ世話になったけれど、結局、T－SECTに問題がないことを確認しただけのようだったな」

「それは仕方ないでしょう。不正の証拠が見つからなかったのは、笹川先生のせいじゃありませんよ」

営業所に着くと、所長の紀尾中は急遽、出かけたとのことだった。残っているMRたちに、不安と不穏の表情が浮かんでいる。韓国出張の結果はまだ報告していないのに、この悲愴な雰囲気は何だ。

牧が目顔で問うと、池野が説明してくれた。

「さっき、守谷先生から連絡があって、例のメタ分析の論文が、書けなくなりそうだと知らせてきたんだ。それで所長が阪都大に飛んで行った」

24　メタ分析論文の危機

紀尾中は准教授の守谷とともに岡部の教授室にいた。

守谷から、バスター5のメタ分析の論文が頓挫しそうだという連絡を受け、取るものも取りあえず駆けつけたのだ。まず守谷を訪ねると、詳しいことは岡部からと、教授室に促された。

「ああ、紀尾中君か。ちょっと困った連絡が入ってね」

岡部は思わぬ成り行きに同情するようなため息を洩らした。

「協堂《きょうどう》医科大学の須山《すやま》教授が、メタ分析の元になる治験に疑問があるとして、追試（確認のための実験）をやったそうなんだ。そのデータが出はじめて、南大阪地区の六施設でやった治験とちがう結果になりそうだと知らせてきたんだよ」

協堂医科大学は東京の私立大学で、須山は岡部と同じ代謝内科の教授である。

「治験に疑問があるというのは、どういうことですか」

「まずは南大阪地区の六施設で行われた治験が、すべて天保薬品の依頼で行われたものだということだ。客観性に欠けるし、利益相反の疑いもあると言っていた」

「利益相反については、論文にきちんと弊社の関わりを明記していますし、各施設の受託治験審査会で承認を受け、公明正大に行われています。客観性に欠けるというのは、言いがかりです」

紀尾中は強く言ったあと、改めて岡部に訊ねた。

「それにしても、追試の途中で岡部先生に連絡してくるなんて、不自然ではありませんか。多分に意図的なものを感じますが」

「意図的？」

「明らかに守谷先生のメタ分析の論文を遅らせようとするためでしょう。来年の四月には代謝内科学会の総会があり、六月にはガイドラインの改訂があります。守谷先生のメタ分析の論文が、遅くとも五月中に出なければ、弊社は大きな打撃を受けます」

メタ分析の論文が六月の改訂に間に合わなければ、次は三年後になってしまう。その間の損失は計り知れず、三年後もまだバスター5が高脂血症治療薬の新機軸でいられるという保証もない。今回の改訂でガイドラインに収載されてこそ、バスター5はブロックバスターになり得るのだ。

岡部は紀尾中の言い分に理解を示しつつも、製薬会社の都合だけで状況を判断することはできないという面持ちだった。

「いったい、須山先生は何人くらいの患者さんで追試を行ったのですか」

「二十二人だと言っていた」

「それでは反証にならないでしょう。南大阪地区での治験は、六施設で四百例を超えているんですよ。そんな少人数の追試で先行論文を否定しようとするのは、明らかに足を引っ張ることが目的じゃないですか」

「だからと言って、須山教授の追試を無視するわけにもいかんだろう。須山教授は、バスター5のバックボーンであるアポBレセプターに関する論文が少ないことも、問題視してるんだ」

アポBレセプターに関する研究は、たしかに天保薬品の創薬開発部以外では行われていない。そのことに、紀尾中も歯がゆい思いをしていた。しかし、これには理由があった。アポBレセプターに関する研究は、天保薬品の独走状態であるが故に、後追いで参加しても、評価を得にくい。iPS細胞などのように大きな発見には後続も多いが、小規模の発見には、ほかの研究者は手を出したがらない。

岡部はある種の倦怠感を漂わせて言った。

「研究者はみんな苦労しているからな。宝の山を目指したがるのも無理はない」

「お言葉ですが、医学の研究は病気に苦しむ患者さんを救うために行うのではないですか。自分の評価につながらないから、研究テーマに選ばないというのでは、まったく患者側の視点に欠けています」

これには守谷が生まじめな口調で言い返した。

「紀尾中君の気持もわかるけどね、我々研究者は、常に競争にさらされているんだ。どんな素晴らしい発見でも、ほかで先に報告されれば価値はない。もちろん、患者さんへの貢献は第一に考えているよ。しかし、それだけではやっていけない」

だからといって、利に聡《さと》くなり、自分ファーストでいいのか。しかし、今、守谷や岡部に反論しても仕方がない。紀尾中は熱意を込めて二人に言った。

「先生方のご苦労には、心底、頭の下がる思いです。口幅ったい言い方で恐縮ですが、私はバスタ－5が真に有益な薬だと思うからこそ、少しでも多くの患者さんに届くようにと祈念しているのです」

「君が患者のことを考える気持はわかる。だが、バスター5のガイドライン収載にこだわるのは、やはり会社の売り上げにつながるからじゃないのかね」

紀尾中は一瞬、答えに詰まった。学究肌の岡部がこんな指摘をするのは予想外だった。

「それはもちろん、ないとは申しません。ですがもっとも重視しているのは、あくまで薬の効果です。バスター5は現存のどの薬より効果の面で優れているからこそ、ガイドライン収載を目指しているのでございます」

「だったら、バスター5より優れた薬があれば、ガイドラインへの収載は遠慮するのかね」

「もちろんです。そのような薬があれば」

岡部は守谷にチラと視線を送り、ふたたび紀尾中の正面を見据えて言った。

「ならばT－SECTの論文で、グリンガのほうが優れているような結果が出ていることについては、どう考えるのかね」

先日、相談に来たときは、あの論文はグリンガに都合よすぎると言ったではないか。今になって論文を肯定するのは、何か状況に変化があったのか。

「T－SECTの治験には、韓国でデータが収集されたことを含め、疑わしい点が多々あります。今の段階でバスター5よりグリンガのほうが優れているとは、私にはとうてい思えません」

「しかし、あの治験は無作為の比較試験で、症例数が六百近いのだから、結果は率直に受け止めるべきじゃないか。八神先生の論文に問題があるというのなら別だが」

岡部はいったん言葉を切り、改めて紀尾中に訊ねた。

「君のところは、T－SECTに疑念を抱き、わざわざ所員を韓国に送ったそうじゃないか。確たる証拠もないのに、治験の結果に不正を疑ってかかるのは、あまりほめられたことじゃないな」

殿村と牧を韓国に出張させたことがもう伝わっている。岡部はそれが気に入らないのか。

「部下を韓国にやったのは、Ｔ－ＳＥＣＴに助成した韓国の団体が、架空のものである可能性があったからです。失礼ながら、岡部先生はどうして弊社の所員の出張をご存じなのですか」

「八神先生が電話してきたんだよ。紀尾中君が論文にあらぬ疑いをかけて、所員を韓国にまで出張させたとね。私がそそのかしたのじゃないかと言われて驚いたよ。濡れ衣もいいところだ」

それはひどい。紀尾中は驚き、怒りさえ感じたが、岡部にはとにかく謝罪をした。

「で、韓国では何か情報は得られたのかね」

「それは、まだ報告を受けておりませんので――」

だが、望みは薄い。もし、殿村たちが証拠をつかんでいたなら、当然、韓国から連絡があるはずだ。それがないということは、さしたる成果はなかったのだろう。

岡部は前回は八神の論文に中立の立場に見えたが、「リピッド・ジャーナル」に論文が掲載されたことで、肯定する気持に傾いたのかもしれない。であれば、根拠のないまま批判するのは逆効果だ。

「韓国出張の結果については、改めて報告させていただきます。守谷先生のメタ分析の論文に関しましては、当然のことながら、無理をお願いするわけにはまいりませんので、ようすを見させていただきます。本日は、お忙しいところ、突然にお邪魔いたしまして、誠に申し訳ございませんでした」

紀尾中は深く頭を下げて教授室を出た。慌てて駆けつけてみたものの、何の進展もなく帰らざるを得ないことに、深い徒労感だけが残った。

廊下に出たところで、ふと顔を上げると、医局の前に見知った顔が立っていた。

「堂之上先生——」

紀尾中が声をかけると、堂之上は申し訳なさそうに一礼し、そそくさと大部屋に消えた。


駐車場の車にもどって、スマホのサイレントモードを解除すると、突然、着信音が鳴り出した。大阪支店長の田野からだった。着信履歴が十回ほども残っている。応答すると、いきなり怒号が飛び出した。

「何度も電話してるのに、一向に出ないのはどういうわけだ」

「申し訳ございません。今、阪都大学の岡部教授と面会しておりましたので」

「岡部教授？　面会しないといけないのは守谷准教授だろ。例のメタ分析の論文の件、どうするつもりだ」

「守谷先生ともお話ししてきました。協堂医科大学の須山教授が、バスター5の動脈硬化抑制作用について追試をしているそうです。まだ論文にはなっていないようですが、南大阪地区での治験と齟齬のある結果が出た場合、メタ分析の論文にも影響が出る可能性があるようです」

「そんなことはわかってるんだよ。須山の追試の研究費がどこから出ているか、君は把握しているのか」

「いえ、そこまでは」

「タウロス・ジャパンだよ」

まさか。紀尾中の脳裏に不可解な相関図が浮かび上がった。

「そんなことも知らないで、君はいったい何をしてきたんだ。君の脇が甘いからタウロス・ジャパンに裏をかかれるんじゃないか。どうして向こうの動きを事前に察知して、先手を打たなかったんだ」

「――申し訳ございません」

「ただでさえ、うちは『リピッド・ジャーナル』に出た八神先生の論文で窮地に立たされているのに、守谷先生のメタ分析の論文まで妨害されて、バスター5のガイドライン収載は実現するのか。万一、グリンガなんかに第一選択の座を取られたら、君の責任問題だぞ。五十川部長にもそのように報告しとくからな。覚悟しとけよ」

「待ってください。支店長は須山教授の追試の件を、どこからお聞きになったのですか。私は守谷先生から直接、お電話をいただいて知ったのですが、守谷先生が支店長にも連絡したのですか」

そんなはずはない。なら、どこからこれほど早く情報が伝わったのか。

「新宿営業所の有馬《ありま》君だよ。有馬君が須山から情報を得て、五十川部長に報告したんだ。君にも有馬君ほどの情報収集力があれば、こんな事態は未然に防げただろうに、まったくどうしてくれるんだ」

有馬恭司《きようじ》は東京採用のMRで、紀尾中とは同期だった。現在は新宿営業所の所長をしている。五十川の懐刀とも言われる男で、いっしょに働いたことはないが、切れ者という評判は紀尾中の耳にも届いていた。

田野との通話を終え、紀尾中は重苦しい気分だけを抱えて営業所にもどった。

所長室に入ると、すぐさま殿村と牧が出張の報告に来た。案の定、殿村の口から出たのは、T－SECTの治験が正当に行われたことを示す情報ばかりだった。

牧が悔しそうに顔を伏せたまま言う。

「治験コーディネーターの女性からは、グリンガを服用したグループからも脳血管障害のエピソードはあり、対照群より明らかに少ないという印象はなかったという話は聞けたのですが」

そこで言葉を切らざるを得ないのは、それが傍証にもならないと、牧自身もわかっているからだろう。

「ご苦労さん。韓国での助成金の出所がわかっただけでも成果はあったよ。疑わしい点をひとつずつ消していくのが調査だからな」

二人をねぎらったあと、紀尾中は殿村に残るように言い、池野と肥後を呼んだ。

三人のチーフMRが揃うと、紀尾中は岡部と守谷に面会した結果を伝えた。

「須山教授の追試は、明らかに守谷先生のメタ分析の論文を遅らせることが目的だ。しかも、研究費はタウロス・ジャパンから出ているらしい」

「そんなバカな。ひどいじゃないですか」

池野が声をあげ、肥後も「タウロスもえげつないことをしよるな」と、顔をしかめた。池野が我慢しきれずに続ける。

「この前の堂之上先生の件といい、タウロス・ジャパンのやり口は汚すぎますよ。露骨な妨害工作だと製薬協に訴えて、処分審査会にかけてもらいましょう」

それは紀尾中も考えないことではなかった。しかし、今、タウロス・ジャパンを訴えても、問題にされるのは堂之上の架空講演に対する謝金だけで、須山の追試はタウロス・ジャパンが資金提供を公開しているかぎり、利益相反とはならない。

池野は不服そうだったが、紀尾中は改めて三人の意見を求めた。

「年が明けたら、四月の日本代謝内科学会総会に向けて、本格的な準備がはじまるだろう。八神先生がT-SECTの成果を大々的に発表したら、六月末のガイドラインの改訂に大きな影響を与えかねない。五月中になんとか守谷先生のメタ分析の論文が出れば、強力なカウンターパンチになるが、今はそれも危うい状況だ。この二つをなんとか解決しなければならないが、君たちの考えを聞かせてくれるか」

「私はメタ分析の論文を優先すべきだと思います。八神先生がいくらT-SECTの成果を強調しても、ランダム化比較試験はエビデンス的にはメタ分析よりインパクトが落ちます。総会のあとでメタ分析の論文が出れば、逆転の可能性は高いと思われます」

池野が即答すると、肥後も「そうやな」と応じ、「守谷准教授の論文には、泉州医科大の乾学長のお墨付きもあるんでっしゃろ」と補足した。

「殿村君はどうだ」

「私は八神教授の論文を引っ込めさせるほうがいいと思います」

「しかし、君は韓国で不正の決定的な証拠はつかめなかったんだろう」

「今回の出張ではそうですが、もう少し調べれば何か見つかるかもしれません」

殿村の口調には、焦りも苛立ちもない代わりに、自信や手応えのようなものも感じられない。

「とにかく、東京の須山教授に接触して、どういう状況なのか聞いてみる必要があるな。そのときは、そうだな、肥後さん、同行をお願いできますか」

「了解」

肥後なら年の功で、須山をうまく懐柔することができるかもしれない。さっそく東京行きの準備にかかったが、念のため、大阪支店長の田野に連絡を入れた。すると、意外なことに東京出張は待てとの指示が出た。

「どういうことですか。ことは一刻の猶予もないと思われますが」

「この件は今、本社で検討しているんだ。現場が勝手に動くと、混乱が生じる。本社からの指示が出るまでおとなしくしてろ」

対応をせっつきながら、動こうとすると待てと言う。田野も本社からの指示でそう言わざるを得ないのかもしれないが、紀尾中の焦りは高じるばかりだった。

本社の意向を伝えると、肥後がそもそも論のように言った。

「それにしても、須山教授の追試がこっちの治験とちがう結果になるのはおかしいですな。こっちは真っ正直にデータを集めて、六施設とも有意差ありになったんやから、東京でも同じ結果になるはずでしょ」

「つまり、意図的に結果が異なるように仕組んで、追試をしたということか」

タウロス・ジャパンが助成金を出して結果を誘導したのなら、それこそ利益相反だ。

「うちが助成金を出して、別の先生に追試を頼んだら同じ結果が出るんでしょうけど、それには時間が足りまへんな」

打開の方策を探っていると、翌日、田野から連絡が来た。

「本社からの指示で、須山教授の追試の件は、新宿営業所の有馬君に担当してもらうことになった。地の利を考えれば当然のことだ。だから、君は八神先生の論文のほうに専念するように」

「待ってください。バスター5の治験に関しては、私のほうが詳しいはずです。須山教授の追試の内容をチェックして、異なる結果が出た原因を突き止めれば、メタ分析の論文にもゴーサインが出せます。本社に再考してもらえるよう取り計らいをお願いします」

「君は何を勘ちがいしているんだ。そもそもこんな事態を招いたのは、君の目配りが足りなかったからだろう。本社の指示通り、堺営業所は八神論文の対応に専念すること。以上」

田野は返事も待たずに通話を切った。紀尾中はふたたびチーフMRの三人を所長室に呼んで、本社からの指示を伝えた。池野は拳を握りしめて怒りを露わにした。

「きっと五十川部長の差し金ですよ。紀尾中所長の動きを封じて、わざと不利な状況に追いやるつもりなんです」

肥後も同感のようすで、長いため息を洩らして愚痴った。

「あーあ。久しぶりの東京やと思うて、楽しみにしとったのに」

殿村は無言だった。代わりに肥後が長身をのけぞらせて総括した。

「これで今年最後の大仕事はキャンセルというわけですな。正月も明るい気持で迎えられそうにおませんな」

その通りだ。だが、時間は待ってくれない。紀尾中は解決の糸口も見えないまま、ゴミ箱でも蹴りたい気分だった。

25 篤志家からの出資

年末の二日間、紀尾中は妻の由里子《ゆりこ》から割り当てられた窓拭きと、風呂、トイレ、洗面所の大掃除をした。

紀尾中の自宅は北区百舌鳥赤畑町《もずあかはたちょう》のマンションで、九階のベランダからは仁徳御陵が眺められる。日当たりのいい場所には、由里子が冬バラの挿し木ポットを並べている。由里子とは大学時代からの付き合いで、結婚して二十二年がすぎた。子どもは大学生の息子と高校生の娘の二人。加えて、二年前から義母の敏江《としえ》を引き取って同居している。

敏江は現在七十八歳で、要介護4の認知症を患っている。それまで奈良で独り暮らしをしていたが、徐々に認知症と体力低下が進んで、放っておけなくなった。折よく息子の陽介《ようすけ》が神戸の大学に入って下宿することになったので、空いた部屋を介護室にしたのだった。

敏江の認知症はかなり進んでいて、自分の娘と孫はかろうじて認識しているが、紀尾中のことはだれかわかっていない。それでも朝晩、笑顔で挨拶し、休みの日は介護も手伝うので、親切な人とは思ってくれているようだ。足腰が弱っていて、ほぼ寝たきりなので、徘徊などの問題がないのはありがたい。

正月三が日は穏やかな晴天が続き、紀尾中は自宅でゆっくりすごした。二日には敏江を車椅子に乗せて、由里子とともに近くの百舌鳥八幡宮《はちまんぐう》に初詣に行った。正月らしい賑わいで、敏江も珍しく「八幡さん」と、場所がわかったようだったが、紀尾中の頭の中は、須山の追試と八神の論文のことで占められていた。果たして、打開の道は拓けるのだろうか。

考えても仕方ないが、それでも考えずにはいられなかった。


天保薬品の堺営業所は、一月四日の仕事はじめから緊迫した雰囲気に包まれていた。

「年明け早々で申し訳ないが、今、バスター5のガイドライン収載はきわめて厳しい状況にある。諸君には無理をお願いすることになるが、力を合わせてこの難局を乗り切れるよう頑張ろう。まだ時間はある。あきらめずに知恵を絞れば、何か方策が見つかるはずだ。各自のいっそうの努力に期待します」

紀尾中はなんとか気持を奮い立たせようとしたが、状況には何の変化もなかった。MRたちは正月気分もそこそこに、さっそく担当の卸業者、診療所や病院に新年の挨拶に向かった。所長室にもどると、紀尾中はどっと疲れを感じた。

田野が言った「八神論文の対応」は、要するに論文の不正を暴けということだろう。しかし、自分たちに都合が悪いからといって、論文に疑いの目を向けるのは、研究者の反発を招く。

加えて、韓国出張が空振りに終わったことも痛手だった。韓国側から話を聞いたらしい八神は、天保薬品にあらぬ疑いをかけられた、濡れ衣だとあちこちで怒りを露わにしているらしい。これ以上、失点を重ねると、合同研究班長の乾の心証も害しかねない。そうなると、ガイドラインへの収載は絶望的だ。まさに手足を縛られた気分だったが、それでもわずかに進展はあった。

最初のそれは、池野のチームの山田麻弥がもたらした。

池野とともに所長室に来た山田麻弥は、プリントアウトした紙を差し出した。

「T－SECTのプロトコール（治験実施計画書）です。これだけ見たら何の問題もありませんが、プロパティ（設定の属性）を開くと作成者の記録が残っていました。作成者の欄に『TAU・J05965』とあるでしょう。うちの広報部に問い合わせたら、これはタウロス・ジャパンの社員番号らしいです。個人を特定することまではできませんが、T－SECTにタウロス・ジャパンの社員が関わっていたことにまちがいありません」

池野が続けて言う。

「これでT－SECTの利益相反を問えるんじゃないですか。論文にはタウロス・ジャパンの社員名は出ていませんから、関与を隠したか、身分を偽った可能性があります」

たしかにそうだが、プロトコールを作成したというだけでは弱い。単に事務的な作業に関わっただけだと言われれば終わりだ。それでも紀尾中は山田麻弥をねぎらった。

「よく気がついたな。さすがは元新聞記者だ。これでタウロス・ジャパンの関わりが明らかになったから、ほかにも出てくるだろう。プロトコールの作成だけで終わるはずがないからな」

山田麻弥は不服そうだったが、なんとか納得させて所長室から送り出した。

次の情報は肥後のチームの永田《ながた》というMRが持ってきた。永田は中堅のMRで、話がまわりくどいのが玉にキズだが、仕事ぶりは緻密で医師からの評価も高い。肥後が永田の肩に手をやりながら言った。

「T－SECTにカネを出したJHRGという団体がありますやろ。八神が理事長をしてるヤツ。

永田がこの団体への寄附元を順番に調べていったんですわ。そしたらひとつ、怪しいところがありましてん。ほれ、おまえの口から言うてみ」

肥後に促されて、永田が一礼して説明した。

「ＪＨＲＧに寄附をした団体や会社は、事業報告書によると全部で二十ほどでした。いちばん額が大きいのは日本肥満学会で、これはＪＨＲＧの理事長である八神先生が、同じく理事を務める団体ですから、いわば自分で自分に寄附しているようなものです。一般企業からも寄附を受け入れています。製薬会社もありますが、タウロス・ジャパンからの寄附はありません。私がおかしいと思ったのは、ＮＰＯ法人の『生活習慣病研究支援機構（Organization for Supporting Lifestyle-related diseases Research)』という団体です。略称はＯＳＬＲ。内閣府のＮＰＯポータルによると、定款に『この法人は専門の研究医による臨床研究を支援し、生活習慣病の治療分野において、有益な治療の確立と実現に寄与し、生活習慣病の重症化によって起こる疾病を、一人でも多く阻止することを目的とする』と記されています。設立年月日がＴ－ＳＥＣＴが開始される約一カ月前。事務所の所在地は、和歌山県海南《かいなん》市重根《しこね》東2丁目15となっています」

長たらしい説明に、紀尾中がわずかに焦れた。

「その団体のどこが怪しいんだ」

「まず、所在地です。ネットの地図で調べましたが、まわりに何もないところです。とても医療分野に関わるＮＰＯの存在する場所とは思えません。それにホームページが開かないんです。行政入力情報と閲覧書類もダウンロードできませんでした。どうやら活動らしい活動をしていないようなんです」

「だから?」

「そんなNPO法人が、JHRGに二億三千万円も寄附をしてるんです。もしかしたら、その寄附にタウロス・ジャパンが関係しているのではないかと思って」

「つまりやな、タウロス・ジャパンのヒモ付きであることを隠すための迂回寄附。マネーロンダリングということやろ」

肥後がわかりやすくまとめた。

「なるほど。それならこれは利益相反を問えるな。調べに行くか」

この情報は山田麻弥がもたらしたものよりはるかに有望だった。

「永田君、君のお手柄なのに悪いが、出張は俺が行く。肥後さんも東京出張の埋め合わせに、同行してもらえますか」

「了解。行先はえらいちがいやけど、帰りに紀州の梅干しでも買いますわ」

肥後はいつもの軽口にもどって言った。


紀尾中がOSLRの事務所に電話をかけると、すぐにつながった。架空の事務所ではないらしい。面会のアポを申し込むと、用件を聞かれた。T-SECTに関することだと言うと、何のことかわからないとの答えだった。

「お宅が日本高脂血症研究グループ、略称JHRGに出した助成金についてうかがいたいのです」

そう頼むと、相手は渋々という感じで面会を受け入れた。

翌日、紀尾中は肥後の運転で、堺から阪和自動車道を和歌山に向かった。海南東インターまで約一時間。県道十八号線を東に進むと、十分ほどでネットに記載されていた住所に着いた。あたりは住宅地だが、更地も目立ち、周囲には雑木林も残っている。

「たしかに医療分野のＮＰＯが、事務所を置きそうな場所とはちがいますな」

肥後が車を停めて周囲を見まわし、「このビルですかね」と、赤大理石張りの古びたビルを見上げた。四階建てで人気はなく、入口の横に『空室あり』の貼り紙が出ている。

「バブルのときにできたんでしょうなぁ。贅沢な造りやけど、今はさびれまくってるという感じですな」

紀尾中も似たような印象を持った。ＯＳＬＲの事務所は二階で、エレベーターもあるが、横の階段で上がる。

「失礼します」

ドアを開けると、カウンターに人はおらず、殺伐とした空間が広がっていた。

「どなたかいらっしゃいませんか」

紀尾中が声をかけると、左手の扉が開き、顔色の悪い男が顔を出した。来客を認めると、「どうぞ」と、自分の部屋に招き入れる。部屋には両袖のある立派な机と、表面にひびの目立つ黒革の応接セットがあった。

「本日はお時間をいただき、ありがとうございます」

とても「お忙しいところ」とは言えなかった。名刺を交換すると、男の肩書きは『ＮＰＯ法人ＯＳＬＲ　理事長』だった。名前は平井《ひらい》芳次《よしつぐ》。

「こちらは平井さんおひとりで運営されているのですか。それとも、別に活動拠点のようなところがあるのでしょうか」

「そういうところはございません」

平井は明らかに警戒感を抱いているようだった。肥後が雰囲気を和らげるように、窓の外に視線を向けて言う。

「このあたりは開放的でよろしいな。空気もきれいやし、健康にもよろしいやろ」

平井は無反応。

「こちらの活動内容をお聞かせ願えますか。基本的なことを承知しておきたいので」

紀尾中が聞くと、平井はＮＰＯポータルに出ていた内容を、多少、肉づけして説明した。

「その業務の一環として、ＪＨＲＧに助成金を提供されたのですね」

「そうです」

「ほかの研究にも助成金を出しておられますか」

「いえ、それはまあ、今のところはＪＨＲＧさんだけです」

「ほかは内容に問題があったとか、そちらの意に沿わなかったということでしょうか」

「まあ、そうですね」

平井はそれ以上聞いてくれるなというように目線を逸らした。

肥後が代わって訊ねる。

「そちらのホームページを拝見しようと思うたんですが、どういうわけか開きませんねん。どうなってるんでしょうかね」

「ホームページは閉鎖しています」

「なんでまた」

「当ＮＰＯは間もなく解散の予定なんです。運用がうまくいきませんでね」

「そしたら、ＪＨＲＧに支援をしただけで、役目を終えるっちゅうわけですか」

肥後が思わせぶりな言い方をすると、平井は「結果的にはそうなってしまいます。あくまでたまたまですが」と、偶然を強調した。

ふたたび紀尾中が聞く。

「運用がうまくいかなかったというのは、資金面でのことですね。つまり、資金が枯渇したということでしょうか」

「そうです。お恥ずかしい話ですが」

「元々ＯＳＬＲさんの資金は、どのようにして集めておられたのですか」

「寄附です」

ここからが勝負だ。紀尾中は何食わぬ顔で質問した。

「ＪＨＲＧさんへの助成金は、いくらぐらいだったのですか」

「それは帳簿を確認しなければ明確にはわかりませんが、一千万ほどではなかったかと」

紀尾中が肥後と顔を見合わせた。永田が調べた額と大きくちがう。

「平井さん。我々もこうしてわざわざお目にかかりに来たのは、嘘や戯言《ざれごと》を聞くためではありません。ＯＳＬＲさんがＪＨＲＧに提供した額は、こちらの調査で二億三千万円だったことがわかっています。私どもが面会を申し込んだとき、平井さんはＴ－ＳＥＣＴが何のことだかわからないとおっしゃいましたね。つまり、お宅のＮＰＯは、二億三千万円もの助成金をどんな研究に使われるかもわからずに、提供されたということですか」

それを認めれば、自分がバカだと公言するに等しい。平井は、紀尾中の微笑みながら強い光を宿す目線を避けるように、顔を伏せた。それでもにらみ続けると、観念したように色の悪い唇を震わせた。

「申し訳ありません。ＪＨＲＧさんが助成金をＴ－ＳＥＣＴの治験に使ったことは、承知していました」

「そやろな。それが真実っちゅうもんやで」

肥後が身体を反らせてうなずく。紀尾中はさらに追及する。

「なぜ、知らないとおっしゃったんですか」

「面倒を避けようと思って」

「どうして面倒が起きると思われたのですか。助成金の提供が公明正大に行われたのであれば、むしろ胸を張ってもいいんじゃありませんか」

そこまで言うと、平井は完全に戦意を喪失したかに見えた。紀尾中はさらに相手の逃げ道を塞ぐように言葉を重ねた。

「ＯＳＬＲさんはＴ－ＳＥＣＴのために作られたＮＰＯではないかと、我々は見ています。もちろんたまたまではなく、意図的に作られたものです。そうでしょう？」

「おっしゃる通りです」

「それは助成金の出所を表に出さないことが目的でしたね」

平井は観念したようすでうなずいた。うなだれたまま低い声で聞く。

「お宅らは、その出所も見当をつけているんですか」

「もちろんです。タウロス・ジャパン。T－SECTの治験に使われた薬剤の販売元です」

これで利益相反は明らかになる。思った瞬間、平井が顔を上げて目を剝いた。

「はあ？　タウロス・ジャパン？　まさか、えっ、そんなふうに考えていたんですか」

頓狂な声に、紀尾中たちのほうが動揺した。なんとか平静を装い、平井を見据える。

「平井さん。この期に及んで下手な言い逃れはよしてください。T－SECTの治験に二億三千万円もの助成金を出す会社が、タウロス・ジャパン以外に考えられますか。あるならはっきりおっしゃってください」

思わず力を込めたが、それが不安の裏返しであることは紀尾中自身、自覚していた。それくらい平井の顔には曇りがなかった。

「ご説明しましょう。個人名は出せませんが、JHRGさんに助成金を提供したのは、和歌山のある篤志家です」

「個人が出したやて、二億三千万円も？　そんなアホな」

肥後が信じられないというように落ちくぼんだ目を見開いた。それを無視して、平井が続ける。

「その方は県下でも有数の資産家で、四年前に娘さんを脳出血の発作で亡くされたのです。原因は動脈硬化です。四十二歳の若さで動脈硬化が進んだのは、体質的にコレステロールが高かったのを、きちんと治療しなかったからだそうです。そのことを悔やんでいるときに、たまたまコレステロールを下げるいい薬が開発中だという話を聞いて、娘の供養のためにと研究費の助成を申し出られたのです」

「タウロス・ジャパンがその篤志家と接触したのですか」

「詳しいことは存じません」

「しかし、それならどうして、わざわざＮＰＯを立ち上げたりしたのです。直接、寄附をすればいいじゃないですか」

「その方は社会的に名のある方で、娘さんが亡くなったことを公表していなかったので、助成金を出すことも公にしたくなかったのです。それで税理士さんに相談して、ＮＰＯを迂回する方策をとられたのです」

「その篤志家の方にお話をうかがえますか」

紀尾中が食い下がると、平井はとんでもないというように首を振った。

「お宅らがしつこく聞くから、ここまで話しましたが、ほんとうは寄附元についてはいっさい他言無用ときつく言われているんです。話を聞くだなんて、ぜったいに無理です」

紀尾中と肥後はこの信じがたい話をどう理解すればいいのか、互いに言葉にならない目線を交わした。

平井はすっかり落ち着きを取りもどし、ソファの背もたれに身を預けるほどの余裕で言った。

「紀尾中さんでしたっけ。お宅らがなぜうちのＮＰＯに疑問を持ったのかが、ようやくわかりましたよ。製薬会社同士のゴタゴタだったんですね。残念ながら、うちはそういう争いとは無縁ですから。悪しからず」

さらなる追及のネタもない以上、席を立つよりほかはなかった。

帰りの車の中で、肥後がキツネにつままれたような顔で訊ねた。

「所長。今の話、どない思いはります?」

「手の込んだ作り話、というところですかね」

「やっぱりそうですか。しかし、それならあの平井という理事長、小心者のように見せて、相当な役者ですな」

肥後の言う通り、最初に見せた警戒心も、こちらの追及に観念したようすも、すべて演技だったのだ。

「決定的な証拠をつかまないことには、タウロス・ジャパンはどこまでも言い逃れを繰り返すだろう。しかし、不正をやっているなら、どこかにほころびがあるはずだ」

紀尾中が自分に言い聞かせるようにつぶやくと、肥後は黙ってうなずき、梅干しを買うのも忘れて高速道路のインターに向かった。

26　オネスト・エラー

その後、永田はさらに調査を進め、ＯＳＬＲの事務所が入居するビルが、タウロス・ジャパンに新たなシステムを導入した「フライング・ネット」というＩＴベンチャーの所有であることを突き止めた。タウロス・ジャパンが迂回寄附のＮＰＯを設立するときに、フライング・ネットが取引上の付き合いで持ちビルの一室を提供したことは十分に考えられる。

しかし、それもまた状況証拠の域を出ず、逆に資産家の寄附を受け入れるために、便宜を図ったのだと言われれば辻褄が合ってしまう。

池野はこれだけグレーの証拠が集まったのだから、Ｔ－ＳＥＣＴとタウロス・ジャパンとの関係を追及してもいいのではないかと主張した。だが、紀尾中は応じなかった。ただでさえ、八神は天保薬品の疑念を濡れ衣だと喧伝しているのだ。決定的な証拠なしに追及すれば、さらにこちらの非礼を言い募るだろう。

二月のはじめ、泉州医科大学から、日本代謝内科学会総会のプログラムがほぼ固まったという連絡が届いた。八神のＴ－ＳＥＣＴの論文発表は、総会最終日の午後、注目度の高いメインホールでの特別講演に組まれている。座長は乾。この発表で八神がグリンガの効能を高く評価すれば、ガイドラインの第一選択に収載される可能性は一気に高まる。

紀尾中はなんとか打開の道を探るため、ふたたび阪都大学の岡部を訪ねた。

「岡部先生。代謝内科学会総会で八神先生の発表の座長を、乾先生が務められるということは、乾先生もＴ－ＳＥＣＴの成果を認めておられるということでしょうか」

「たぶんな。八神先生はこれまでの確執を捨てて、乾先生にずいぶん接近しているようだから。まあ、乾先生はそんなことで態度を変える方ではないと思うが」

これまでいくら紀尾中が乾との信頼関係を築いたとしても、論文の威力にはかなわない。論文とエビデンスは、医療者と製薬業界の癒着を排するための、世間に向けての〝錦の御旗〟なのだから。

何の助力も得られず、悄然として教授室を出たところで、思いがけない人物が紀尾中を待っていた。

「堂之上先生。ご無沙汰しています」

新年の挨拶がまだのことを謝ろうとすると、堂之上はそれを制し、「実は、私のほうからうかがおうかと思っていたのです」と声をひそめた。

紀尾中に目配せをして、無人のカンファレンスルームに招き入れた。白衣の脇に人目をはばかるようにクリアファイルをはさんでいる。

「紀尾中さんたちが、Ｔ－ＳＥＣＴの治験について、タウロス・ジャパンからの資金提供を疑っていることは、岡部教授から聞いています。その疑念の通り、経費はタウロス・ジャパンから出ています。しかし、それを公表したら論文の説得力が弱まるので、タウロス・ジャパンとの関わりを消すために、助成金を迂回させたのです。八神先生が設立したＪＨＲＧに、ＯＳＬＲというＮＰＯから助成金が出たことはご存じでしょう。これはそのＯＳＬＲにタウロス・ジャパンからのカネが流れたことの証拠です」

クリアファイルから取り出されたのは、銀行通帳のコピーだった。通帳の名義は『タウロス・ジャパン経理部』。三回にわたって、タウロス・ジャパンからＯＳＬＲに行われた振り込みの記録である。日付と金額は、いずれも四年前の一月二十五日に八千万円、三月二十五日と五月二十五日にそれぞれ七千五百万円。振り込み金額のトータルは二億三千万円。ＯＳＬＲからＪＨＲＧに提供された金額とぴったり一致する。

「これは、いったい……」

紀尾中は信じられない思いでコピーを見直した。堂之上が声をひそめる。

「一昨日、タウロス・ジャパンの経理部にいる男から手に入れました。名前は伏せますが、その男は以前からせこい横領を行っていて、それを私が知ったので、告発しないことを条件に通帳のコピーを取らせたのです」

堂之上によると、その男は、タウロス・ジャパンが抱き込んだ医師たちへの謝金の支払いを担当していたという。

「紀尾中さんたちに架空講演の謝金を追及されたとき、タウロス・ジャパンのホームページに医師への提供資金が公表されていると聞き、自分のデータを調べてみたのです。そうしたら、実際にもらっていた金額より、三割ほど多かったのです。しかも、支払いを受けた覚えのない監修も五件ほど挙がっていました。それでおかしいと思い、経理の担当者に確かめたのです。はじめは事務手続きのミスだとか言ってましたが、ほかの医師にも確認するぞと詰め寄ると、男は水増しを認めました。私の架空講演の上にさらに架空の講演や監修を作って、その謝金を自分のポケットに入れていたのです」

製薬会社が医師への資金提供を個人ごとに公表していることは、医師にもあまり知られていない。まして堂之上は〝抱き込み医師〟としては〝新米〟なので、経理担当者もバレないと思ったのだろう。ほかの医師からもピンハネしているだろうから、総額はかなりの金額になるにちがいない。発覚すれば当然、懲戒解雇、刑事告訴も受けかねない。

その弱みにつけこんで、経理担当の男に通帳のコピーを取らせたのだという。

「堂之上先生、どうして私たちのためにここまで」

「この前のコンプライアンス違反で、紀尾中さんたちが私の架空講演を公にしなかったことへの、せめてもの恩返しですよ」

あのとき、架空講演の問題を表沙汰にしなかったことが、思いがけず功を奏したようだ。

「ありがとうございます。これでバスター5も息を吹き返します」

「最後にお役に立ててよかったです」

「最後に？」

「ええ。私は三月いっぱいで大学を離れるのです。あんな不祥事を起こしたのだから、医局を追放されても当然なのですが、岡部先生が神戸の関連病院に、内科部長のポストを用意してくださったのです。八神先生は、岡部先生は部下の将来など考えていないと貶していましたが、ちゃんと考えてくれていたのです。ほんとうに感謝の言葉もありません」

その目は、以前の神経質なギラつきが消え、洗われたように穏やかだった。

営業所にもどると、紀尾中はさっそくMRたちに、堂之上に渡されたコピーを見せた。タウロス・ジャパンの関わりを明らかにすると、それぞれが興奮した声をあげた。

「これでT－SECTが〝ヒモ付き治験〟だったことがはっきりしたわけですね。いよいよ決定的な証拠で一気に攻め落とすときが来ましたね」

山田麻弥が、まず気勢を上げた。池野が続く。

「これで八神先生も一巻の終わりだな。あらぬ疑いをかけられたみたいに言いふらしていたそうだが、このコピーを突きつけたらぐうの音も出ないだろう」

「八神先生も、まさかタウロス・ジャパンの内部から、情報が洩れるなんて思ってもいなかったでしょうね」

野々村が言うと、同じ池野のチームの牧が感心するように殿村を見た。

「韓国出張のとき、殿村さんが言ったんですよ。相手方から裏切り者をさがすのが手っ取り早いって。その通りになりましたね」

「いや、その経理の担当者は裏切ったのではなく、脅された結果、情報を出さざるを得なかったのだろう」

殿村が訂正すると、肥後がニヤニヤしながら言った。

「OSLRの平井のヤツ、何が和歌山の篤志家や。ふざけやがって。寝言は寝て言え」

池野が改まって紀尾中に進言した。

「T－SECTの論文に、タウロス・ジャパンからの資金提供が明示されていないのは、明らかな利益相反だし、二つも団体を迂回させて、出所を隠ぺいしようとしているのは悪質です。この際、八神先生を徹底的に追及しましょう」

「そうだな。じゃあ、さっそくアポを申し込む」

電話で「T－SECTの件で、うかがいたいことが」と申し入れ、「できれば早いほうが」と頼むと、「それなら明日の朝、来い」と命令口調で言われた。

翌日、紀尾中は池野を伴って、北摂大学に向かった。

ハンドルを握る池野は、「これで決着がつきますね」とつぶやいたが、紀尾中は今一度、八神がどう反論するかを考えた。単に知らぬ存ぜぬでは通用しないことくらいはわかるだろう。ならばJHRGに渡ったカネは、タウロス・ジャパンからのものではないと言い張るのか。それならOSLRにはその二億三千万円が残っているはずだ。しかし、この前訪問で、OSLRは資金が枯渇しているという言質《げんち》を取っている。つまり、タウロス・ジャパンからのカネ以外に、JHRGに流れる資金はないということだ。

よし、完璧だ。

紀尾中は自分にうなずき、北摂大学に着くのを待った。

午前十時。約束の時間ぴったりに、八神の教授秘書に取り次ぎを頼んだ。

教授室に入ると、八神は険しい表情で紀尾中たちを迎え入れた。どんなに威圧的な態度をとられようと、こちらには動かぬ証拠がある。剝き出しの敵意はむしろ相手の不利の表れだと感じるほど、紀尾中には余裕があった。

「貴重なお時間を無駄にしてはいけませんので、単刀直入に申し上げます。今般、私どもの調査で、先生が論文を書かれたT－SECTの治験に、タウロス・ジャパンからの資金提供があったことが判明いたしました」

「タウロス・ジャパンからの資金提供？　どういうことかね」

まだとぼける余裕はあるようだ。ならば言ってやろう。

「助成金を出したＪＨＲＧに、資金を提供したＯＳＬＲへ、タウロス・ジャパンからの振り込みがあったのです。タウロス・ジャパンは、二つの団体を迂回させて、資金提供を隠ぺいしたのです。悪質なマネーロンダリングです」

八神の目が揺れる。しかし、そこには意外にも驚愕の色はない。不敵な声で低く聞いた。

「証拠はあるのか」

「これです」

紀尾中が池野に命じて、通帳のコピーを八神に見せた。

八神は一瞥しただけで、鼻で嗤いながら続けた。

「フン。まったく」

「なるほど。残念だが、どうやら事実のようだな」

いやに余裕がある。紀尾中のほうが不審を抱き、攻めを急いだ。

「驚かないのですか」

「そのコピーのことは聞いていたからな」

どういうことか。戸惑う紀尾中に八神が続けた。

「ＯＳＬＲの平井君から連絡があったんだよ。昨日、彼のところに差出人不明の速達が届き、中にそれと同じコピーが入っていたそうだ。まさかと思って、タウロス・ジャパンに問い合わせたところ、経理の担当者が急に会社を辞めて、詳細はわからなかったらしい」

堂之上にコピーを渡した経理部の男が、退社したというのか。おそらく懲戒解雇を恐れたのだろう。

「平井君も慌てとったよ。助成金の出所は、和歌山の篤志家だと前任者から聞かされていたんだからな。もちろん、僕も驚いた。まさに、青天の霹靂《へきれき》だったよ」

「とぼけないでください。タウロス・ジャパンからの資金提供があったことは、認めるのですね」

「事実のようだからな」

八神は不愉快そうに目を逸らした。

「でしたら、悪質な隠ぺい工作もお認めになるのですね」

「隠ぺい工作とはどういう意味だ。僕はこの件は、昨日はじめて知ったんだぞ。知らないものを、どうやって隠すというのかね」

経理部の男は情報が洩れたことを報せるために、平井にコピーを送ったのだろう。平井は紀尾中らが調査に来たことを踏まえて、すぐ八神に連絡し、八神は急遽、言い逃れを考えた。それがこの開き直りだ。紀尾中が唇を噛むと、横から池野が我慢しきれないように口をはさんだ。

「八神先生がご存じないはずがないでしょう。治験の責任者なのだから、助成金がどこから出たのか、知らないなんてあり得ない」

「あり得ないとはなんだ。僕は正直に話しているだけだぞ。平井君の前の理事長から篤志家のことを聞いたんだ。なぜそんな話になったのかはわからんがね」

「前理事長は何という人です。今、どこにいるんです」

「さあ、忘れたな。どこにいるのかも知らない」

八神は池野の追及をとぼけた調子でかわし、紀尾中に言った。

「助成金のことは、我々の与《あずか》り知らないところで行われたのだ。だから、論文にも書かなかった。しかし、今は知ったのだから、論文は一部訂正しなけりゃいかんだろうな」

「待ってください。助成金の迂回は悪質と見なされますから、論文は取り下げるのが筋ではありませんか」

「何が悪質なのかね。これは単純ミスなのだ。つまり、オネスト・エラーだ」

「何ですって」

思わず聞き返した。こんな悪質な隠ぺいを、うっかりミスだと言い抜けるつもりか。厚顔無恥も甚だしい。池野も想定外の言い分に呆気に取られている。

八神は二人の驚きを無視して続けた。

「だから、論文は訂正する。代謝内科学会の総会でも、タウロス・ジャパンからの資金提供には言及するよ。それで問題はないだろう」

声に不満の響きがあるのは、利益相反に言及せざるを得なくなったことへの苛立ちだろう。紀尾中は逃がしてなるものかと、声を強めた。

「それだけではすまないでしょう。明らかなヒモ付き治験で、隠ぺい工作もあったのですから、総会での発表も取りやめるべきではありませんか」

「さっきから隠ぺい工作と言ってるが、だれが何を隠したと言うのかね。これはオネスト・エラーだと言っているだろう。それとも何か。僕がタウロス・ジャパンから資金提供があったことを、あらかじめ知っていたという証拠でもあるのか」

八神の声も強まった。明らかな開き直りだ。答えられずにいると、八神は勝利者の余裕で、解説するように言った。

「製薬会社から資金提供があったからといって、研究者が事実を曲げたり、製薬会社に有利な結果を出したりするというのは世間の偏見だ。製薬会社は自社で薬を開発しても、保険適用の認可を得るには治験が必要だ。患者への投与は医師にしかできない。だから、医師と製薬会社は互いに協力する以外にないのだ。君も製薬会社の人間ならわかるだろう。そこに癒着を疑い、利益相反があると決めつけるのは下衆《げす》の勘繰りだ。常に患者のことを思い、日夜、努力を続けている医師や研究者への侮辱でもある」

今はそんな話を聞きに来たのではないとにらみ返すと、八神は含みのあるいやらしい笑みを浮かべて言った。

「君らが守谷君に書かそうとしているメタ分析の論文も、元はと言えばすべて天保薬品がカネを出してやった治験だろう。それで天保薬品に有利な結果が揃った。それを癒着だの、利益相反だの言われたら、腹が立つだろう」

「南大阪地区の治験で良好な結果が得られたのは、バスター5がいい薬だからです。何も疚しいところはありません」

「その言葉をそっくり返させてもらうよ。グリンガもいい薬だから、T－SECTの治験で良好な結果が得られたのだ」

盗人猛々しいとはこのことだ。紀尾中はそう思ったが、具体的な反証の手立てがなかった。

「守谷君のメタ分析の論文も、雲行きが怪しいそうじゃないか。T－SECTの粗さがしをする暇があったら、メタ分析をサポートするほうが急務じゃないのかね」

八神はまるで紀尾中たちが動けないことを知っているかのように、嫌みな笑みを浮かべてみせた。

悔しいがこれ以上、長居をしても仕方がない。席を立つと、八神は驚いたように言った。

「もう帰るのか。まあ、君たちも忙しいだろうからな」

最初の苛立ちとは打って変わった鷹揚さで、紀尾中たちを見送った。

27　日本代謝内科学会総会

二月二十日。

紀尾中は所長室から沈鬱な顔で出てきて、その場にいた二人のチーフMRに言った。

「今、杉並総合病院の城戸院長から電話があったよ。八神先生が『リピッド・ジャーナル』の次号に、論文の訂正記事を出すよう依頼してきたらしい。T－SECTの助成金に、タウロス・ジャパンが関わっていたことを追加する記事だ。城戸院長によると、八神先生は悪びれもせず、とんだオネスト・エラーで自分もびっくりしているとか言っていたそうだ」

「何がオネスト・エラーですか。白々しいにもほどがある」

池野が吐き捨てると、肥後は多少の期待を込めて確認した。

「けど、訂正記事が出たら、論文の信用度も下がるんとちがいますか。しかも、利益相反に関わる訂正でっしゃろ」

「いや、訂正記事は巻末の目立たないところに出るだけだろう。雑誌としてもあまり恰好のいいものじゃないからな。それに、三カ月も前に載った論文と、今度の訂正記事を突き合わせて確認するほど暇な読者が、それほど多いとも思えない」

「我々のほうで、T－SECTの論文に利益相反の事実が隠されていたと、大々的にアピールすることはできないんですか」

「八神先生は隠していたわけではなく、知らなかったのだと主張するだろう。その上で言いがかりをつけるなと、我々を攻撃してくるにちがいない。そうなれば、こちらはバスター5を売り込むために、ライバルのグリンガを貶めようとしていると勘繰られかねない。八神先生があらかじめタウロス・ジャパンの資金提供を承知していたことを示す証拠をつかまなければ、隠ぺいとして攻撃できない」

「ほんまにムカつくオヤジですなあ」

肥後が表情を歪め、池野は悔しそうに唇を噛む。そして池野は、ふと思いついたように紀尾中に提案した。

「四月の代謝内科学会総会で、八神先生は最終日にT-SECTの特別講演をするんでしょう。そのときに、タウロス・ジャパンからの資金提供も言わざるを得ないでしょうから、質疑応答でヒモ付き治験ではなかったのかと糺《ただ》せませんか」

「それをするにも証拠がいるだろう。ただの疑いでそんなことを追及したら、それこそこちらが言いがかりをつけていると取られてしまう」

答えながら、紀尾中の胸中に無念の思いが込み上げる。せっかくタウロス・ジャパンからの資金提供までつかんだのに、あと一歩のところで詰めきれない。池野も肥後も思いは同じだろうが、二人とも気が逸るばかりで、八神の講演を阻止する妙案はないようだった。

気分転換に廊下の自動販売機にコーヒーを買いに行くと、牧がペットボトルの茶を飲んでいた。しばらく雑談したあと、牧が改まった調子で、「市橋君のことなんですが」と切り出した。

「彼は学術セミナーのあとあたりから、ちょっと考え込んでいるみたいで……」

何のことかと思うと、ＭＲの理想と現実のギャップに悩んでいるというのだ。市橋はＭＲとして患者や家族に感謝されたいのに、ノルマや売り上げに追われるばかりでいいのかと悩んでいるらしい。

「今、うちの営業所はバスター5のガイドライン収載に向けて、わき目もふらずという感じでしょう。それでよけいに疑問を感じているみたいなんです」

「例の興信所まがいの仕事もイヤなんだろうな」

紀尾中はタウロス・ジャパンと八神の不適切な関係をつかめないかと、市橋に八神の行動確認を指示していた。もちろん毎日ではなく可能な範囲で、と条件は緩めてある。

「この大変なときに、所長を煩わせるようなことを言って申し訳ないんですが、ちょっと気になったもので」

「ありがとう。心に留めておくよ。ＭＲも長くやっていると、患者とのつながりも感じられるんだけどな。牧君も相談に乗ってやってくれ」

「わかりました」

牧は一礼して、大部屋にもどっていった。後ろ姿を見送りながら、後輩への目配りも利く牧は、近いうちにチーフに推輓《すいばん》しようと紀尾中は思った。


三月に入っても、進展はなかった。

東京では、新宿営業所の有馬が動いているようだったが、詳しい情報は入ってこない。紀尾中は気が気ではなかったが、須山の追試の件は新宿営業所に任せろと本社から言われている以上、口出しもできない。

大阪支店長の田野からは、八神の不正を証拠立てろ、タウロス・ジャパンとの癒着を暴けと、連日の催促で、紀尾中は何度か居留守を使った。そうでもしなければ、無駄なストレスが募るばかりだった。

そのうち、泉州医科大学からさらに思わしくない情報がもたらされた。最終日の特別講演に、韓国のヒュンスン・メディカルセンターからカン院長が参加するというのだ。元々、カンはソウル大学の代謝内科の教授で、現星グループの会長に請われてヒュンスン・メディカルセンターの院長に移ったが、今も世界的な研究者と見られている。そのカンが、総会の最終日に、特別講演のトリをとるというのだ。講演のテーマは未定だが、当然、Ｔ－ＳＥＣＴに関するものになるだろう。

八神の講演はカンの前、寄席で言うなら膝代わりということになる。これでグリンガは二枚看板でフィーチャーされ、総会の参加者に強烈な印象を与えるにちがいない。ますますバスター５の影が薄くなるが、まさかカンの来日を止めることもできない。

堺営業所は、連日、重苦しい空気に包まれていた。

昼休み、ＭＲたちはみんな昼食に出たらしく、大部屋はがらんとしていた。食欲のない紀尾中は、せめてコーヒーだけでもと所長室を出た。すると、廊下から奇妙な声が聞こえてきた。

〽そのときぃー　若光ぉ十五歳　父同様にぃ　王族の血を受け継ぎてぇ
武芸のー達人として　広く頭角をぉ　現すぅうう

何事かとのぞくと、殿村が壁に向かって唸っていた。

「殿村君。どうしたんだ」

「あっ、つい熱が入ってしまいました。すみません」

「別にいいけど、何なの、今の」

「琵琶の稽古ですよ。来月、発表会がありますので」

この大変なときに、呑気なものだと紀尾中はあきれる。

「そう言えば、牧君に聞いたけど、殿村君は韓国出張のときに、紋付き袴を持っていったそうだね。どうしてまた」

「友好のしるしですよ。韓国の人は日本という国は嫌いでも、日本人は好きという人も多いですから」

どうも殿村の言うことは話が見えない。自動販売機のほうに行こうとすると、殿村が数秒、迷うように口元をうごめかせた。

「何かあるのか」

「実はその、まだはっきりしないので、申し上げていませんでしたが、私の紋付き袴がもしかしたら、功を奏したかもしれないんです」

「どういうことだ」

「この前、生野区に住む在日韓国人の女性が私に連絡してきて、ペク・ヨンジャさんが、私のことを誤解していたかもしれないと言ってきたのです」

ペク・ヨンジャ？　かすかに覚えのある名前だ。そうだ、牧が書いた韓国出張の報告書に、面会相手として挙げられていた。

「ヒュンスン・メディカルセンターの――」

「治験管理推進室長です。Ｔ－ＳＥＣＴの主任治験コーディネーターをやっていました」

「その彼女がどうしたと」

殿村は次のように説明した。

ペク・ヨンジャは、殿村らが訪問したとき、まるで敵対しているかのような態度だったが、それは殿村たちが嫌韓派だと教えられていたからだ。その情報をもたらしたのは、殿村たちを案内した笹川だった。ペクの部下であるキムは、その夜、内密に取材に応じるという名目で、夕食の招待に応じた。殿村は紋付き袴姿で現れ、自分は琵琶の奏者で、韓国大使夫妻の前でも演奏したことを話した。キムからその話を聞いたペクは、殿村から『琵琶法師』と書いた名刺をもらったことや、彼が別れ際に韓国語を口にしたこともあり、奇妙に思って調べるうちに、ネットで殿村が演奏している動画を見つけた。日本にいる韓国の大使夫妻が、高麗神社の催しに参加したことを伝えるニュース映像である。それで、ペクは殿村が嫌韓派であるという情報を疑い、在日韓国人の知り合いを通じて連絡をしてきたというのだ。

「で、そのペクさんは、何か新しい情報を持っているのか」

「わかりません。ですが、彼女は韓国側で行われた治験の生データを、すべて持っているのです。もしかしたら、そこから何かわかるかもしれません」

可能性はある、と紀尾中は思った。論文に挙げられているのは、データの集計であり、個別のデータは出ていない。生データの解析には時間がかかるが、やってみる値打ちはあるかもしれない。

「そのデータを見せてもらえるのか」

「それは無理でしょう。情報の漏洩になりますから」

だったらどうするのか。考えながら、紀尾中はふと、今の殿村の話に強い違和感を抱いたのを思い出した。

「ちょっと待ってくれ。今、君たちを嫌韓派だと伝えたのは、笹川先生だというのか。天王寺大学からソウル大学に留学している？」

「そうです。笹川先生は来月帰国の予定です。どこにもどるか、所長はご存じですか」

「古巣の天王寺大学じゃないのか」

「いいえ。笹川先生は、北摂大学の呼吸器内科の准教授になるそうです」

殿村はあっさり言ったが、北摂大学の内科に所属するなら、ボスは八神ということになる。つまり、笹川には八神の息がかかっていたのだ。韓国に留学している医師をさがして、阿倍野営業所時代の伝手でたまたま見つけた笹川だったが、とんだ敵方の人間だったというわけだ。

「韓国出張で情報が得られなかったのは、当然というわけだな」

紀尾中が天を仰ぐように言うと、殿村は「ですね」とうなずいてみせた。


四月十五日、火曜日。日本代謝内科学会総会の前日。

紀尾中たちは、午後から会場のリーガロイヤルホテル大阪で、総会の最終準備を進めていた。企業関係者の控室は、ウエストウイング二階の「楓《かえで》の間」である。

学会総会のような大がかりな催しは、専門のイベント会社が運営を取り仕切る。製薬会社や医療機器メーカーは、協賛の形でセミナーやシンポジウムに参加することになる。天保薬品も三日間の会期中、ランチョンセミナー四つと、シンポジウムおよびワークショップを一つずつ共催していた。紀尾中たちのチームは、特命によりセミナーなどの業務から離れ、バスター5のガイドライン収載の宣伝活動に専念するよう指示されていた。

総会の前夜には、ホテル三階の大広間で、学会長主催の懇親会が開かれる。その場にはガイドラインの合同研究班のメンバーも参加し、ふだん接触しにくい遠方の医師も来るので、紀尾中はMRたちにそれぞれの担当を決めて、アプローチの機会を逃さないよう準備をさせていた。

懇親会の開始三十分前。すでに多くの製薬会社のMRたちが会場の入り口に立ち、目指す相手を待ち受けていた。

紀尾中が部下のMRたちを集めて言う。

「うちは阪都大の岡部教授と守谷准教授、それと杉並総合病院の城戸院長はぜったいにはずすな。それから、池野君。君はできたら協堂医科大学の須山教授をつかまえてくれ。例の追試がどうなっているか聞き出して、なんとかうちの不利にならないようにできないか探ってほしい」

遊撃隊の池野に困難なミッションを与えると、意外な答えが返ってきた。

「さっき、事務局に確認したら、須山先生は急遽、参加を取りやめたとのことでした」

「参加しない？　どういうことだ」

「わかりません。欠席の連絡は、一昨日あったそうです。病気とかではないようですが」

総会は年に一度、全国の関係者が集まる重要な学会のはずだ。それを欠席するのにどんな理由があるのか。

ＭＲたちが来場する関係者を見逃すまいと、エレベーターホールに目を凝らしはじめる。紀尾中は殿村の背後に近づき、小声で訊ねた。

「ペクさんからの連絡はまだか」

「まだです」

「間に合うのか」

「わかりません。八神先生の講演の日時は伝えていますが」

殿村を急かしても意味はないし、拙速に動いて不確実な結果を手にしても仕方がない。

開始時間が近づくと、大広間のロビーは参加者でいっぱいになり、ラッシュアワーのターミナル駅のようになった。重要なターゲットには二人ずつの担当をつけている。部下のＭＲたちは、抜かりなく目的の相手を見つけて、会場内に案内しているようだ。

開始五分前、別室での役員会を終えたメンバーたちが、係員に誘導されてロビーに現れた。学会長の乾をはじめ、八神や岡部ら学会の役員たちが、受付を素通りして大広間に入っていく。紀尾中が岡部のあとを追おうとすると、後ろから、「よう」と低いだみ声がかかった。タウロス・ジャパンの鮫島だ。無視して会場内に向かうと、鮫島はあとを追ってきて、紀尾中の耳元でささやいた。

「韓国に部下を派遣したり、和歌山くんだりまで行ったりしてご苦労なこったな。で、成果はあったのか」

「Ｔ－ＳＥＣＴに、おまえんとこからカネが流れていたのがわかったよ」

にらみ返すと、鮫島は悪びれもせずヘラヘラ笑った。

「その件じゃ、俺も八神先生にきつく叱られたぜ。タウロスから助成金が出ていたのなら、なぜ前もって言わなかったんだってな」

あくまで八神は知らなかったということで通すつもりのようだ。

役員たちがステージの手前に到着すると、司会役の理事が開会を告げた。

まず学会長の乾が厳粛な調子で挨拶をし、海外から招待された研究者たちの挨拶が続いた。アメリカ、ドイツ、香港からの参加者がステージに立ったあと、副会長を務める東京帝都大学の教授が乾杯の挨拶をはじめた。

「……明日からはじまります第92回日本代謝内科学会総会は、代謝内科学会の重鎮であられます乾学会長のお力もあり、これまでの総会にも増して有意義な講演、セミナー、シンポジウム等が目白押しでございます……」

きらびやかな光と華やいだ雰囲気の中で、紀尾中が池野に不審の声を洩らした。

「ヒュンスン・メディカルセンターのカン院長はどうした」

カンの講演は最終日の予定だが、招待講演なのだから、当然、懇親会から参加するのがふつうだろう。現に海外からの招待者は、カン以外全員、顔を揃えている。

「調べてきます」

池野が素早くその場から消える。

副会長の挨拶が終わる前にもどってきて、紀尾中に耳打ちした。

「カン院長の来訪日程は、未定だそうです」

「キャンセルの可能性もあるのか」

「それはないと思いますが」

今の段階で講演取りやめの情報はないということだろう。

乾杯の発声に全員が唱和して、そこここでグラスが掲げられると、立食形式で懇談がはじまった。鮫島はさっそく八神のまわりに取り巻きの医師を集め、集団で盛り上がっている。周囲には彼の部下であるＭＲの佐々木や世良の顔も見える。紀尾中は素早く学会長の乾に挨拶をしにいったが、ガイドラインについてはひとことも触れずにおいた。アピールしたいのは山々だが、このような場での働きかけは、むしろ逆効果になるからだ。

懇親会および二次会の終了後、紀尾中は部下を集めて報告を聞いたが、八神の講演も守谷のメタ分析の論文も、特段の進展はないとのことだった。


翌日、代謝内科学会総会は、メイン会場での開会式のあと、乾による学会長講演で幕を開けた。全国的な学会だけあって、会場はリーガロイヤルホテル大阪だけでなく、となりのグランキューブ大阪を第二会場とし、三日間で一般演題の口演が七十五題、教育講演が二十三題、特別講演が六題、ランチョンセミナーが三十九、シンポジウムが十一、ワークショップが五、ポスターセッションが八十八、市民公開講座が二という豪華なプログラムだった。

控室の「楓の間」には、各企業のスタッフが詰め、紀尾中たちも壁際に置かれた長テーブルのひとつを占領して待機していた。殿村はパソコンの前に座り、じっとペクからのメールを待っている。連絡はギリギリになりそうとのことだったが、彼はモニターに開いたメールソフトから目を離さずにいた。

午後に大阪支店長の田野がやってきて、紀尾中に現状の報告を求めた。

「他社の人間もいますから、出ましょう」

会話が周囲に筒抜けであることを仄めかして、紀尾中は田野を人のいない屋内駐車場に誘導した。

須山が不参加であることを告げると、総会中に説得工作を目論《もくろ》んでいたらしい田野は、「いったいどうするつもりだ」といきなり取り乱した。怒鳴ったところで来ていないものは仕方がない。紀尾中はカン院長も未着であることを告げ、理由がわからないと説明したが、殿村が待っているペクからの連絡については話さなかった。話せば田野が迂闊な動きをして、せっかくの情報が台無しになりかねないからだ。

「控室にはタウロス・ジャパンのMRもいます。何をするにも、動きを悟られないようにしなければなりません。支店長はうちが担当しているセミナーやシンポジウムの監督をお願いします」

体よく八神対策から離れるように仕向けると、不首尾に終わったときに失点がつくのを恐れているらしい田野は、これ幸いと紀尾中の提案を受け入れた。

総会の二日目も特に動きはなく、プログラムは予定通りに進んだ。殿村は相変わらずパソコンの前に控えていたが、ペクからのメールは届かなかった。

夕方、ソウルからヒュンスン・メディカルセンターのカン院長が到着したという連絡が入った。これで最終日の特別講演がキャンセルになる見込みは消えた。紀尾中はもしかしてと期待していたが、そう都合よく事態は進まなかった。

そして、いよいよ総会最終日。

紀尾中が朝一番にホテルに着くと、駐車場で殿村といっしょになった。殿村は昨日まで電車で来ていたのに、今朝は車で来て、後部座席から大きな荷物を取り出した。

「何だ、それは」

「琵琶と紋付き袴です」

黒いケースに入った琵琶を背負い、衣装が入っているらしいキャリーバッグを引っ張り出した。

「来週、発表会があって、今夜はリハーサルなんです。総会が終わってから家に取りに帰ると間に合わないので、持ってきたんです」

殿村はかさばる荷物を両手に持ち、いつもと変わらない顔で紀尾中とともにウエストウイングの二階に向かった。リハーサルが夜なら、荷物は車に残せばいいのに、殿村は盗難を気にして、目の届くところに置いておきたいのだという。控室に入ると、コピー用紙に『私物』と書いて荷物に貼り付けた。そして、長テーブルの所定の位置に陣取ると、パソコンを起動させた。

「ペクさんからのメールはまだか」

「まだです。スマホのGメールでもチェックしていますから、夜中でも着信があればわかります。ペクさんは八神先生の講演がはじまるまでには、結果は出せると言ってましたので、もう少し待ちましょう」

殿村は焦るようすもなく、モニターを凝視している。時間を確認すると午前八時二十五分。八神の講演は午後一時半からの予定だ。紀尾中は万一、ペクからの連絡が間に合わないときのことを考え、続いてやってきた池野に、堂之上をさがすように命じた。

午前九時からプログラムがスタートすると、ほどなく池野が堂之上を見つけたと連絡してきた。プログラムの合間に、ロビーで落ち合い、事情を説明して、八神の講演を聴くよう頼んだ。ペクからの連絡が講演の開始後になったとき、最後の質疑応答で八神を糾弾してもらうためだ。

「今の私は八神先生に楯突いても失うものはありませんから、喜んで協力させていただきます。しかし、その韓国からの連絡は、信用がおけるんでしょうね。いくら不正を糾すためでも、まちがったデータで追及するわけにはいきませんし、そんなことになったら、逆に開き直られてしまいますから」

「ご心配なく。信頼のおける専門家が慎重に検討してくれているはずです。だから、時間がかかっているのです」

紀尾中も確証があるわけではなかったが、ここは殿村を信頼するしかない。

午前十一時十五分。前もって事情を話しておいた岡部が、自らが座長を務めるセミナーを早めに終わらせて、「楓の間」にやってきた。

「韓国からの連絡は、間に合いそうか」

「わかりません。ギリギリになるとは聞いてましたが、もしかしたら、思うような結果が出なかったのかも」

殿村がペクに依頼したのは生データによる再解析で、その結果が八神が日本で行った統計処理と食いちがうという保証があるわけではなかった。再解析の結果が、八神の論文の判定と一致したなら、何の問題もないことになる。だが、そんなはずはない。紀尾中はそう念じたが、それはもしかして、自分の勝手な希望的観測なのかという不安が、刹那、脳裏をかすめた。

ランチョンセミナーは午後零時から十五の会場に分かれて開かれる。予定は一時間。午後のプログラムが開始されるまでの三十分は、休憩に充てられる。

八神は特別講演に備えて、昼食を講演者控室で摂っているという連絡が、市橋から届いた。時刻は午後零時四十五分。同席しているのは、八神の取り巻きらしい医師が数名だけとのことだった。

そのとき、頻繁に送受信をクリックしていた殿村が、声をあげた。

「所長。来ました」

「結果はどうだ」

開かれたメールを食い入るように見る。文面は英語だが、解析結果は論文と同じ形式で表示されている。

「よし。行こう。殿村君はそのパソコンを持ってきてくれ」

紀尾中が言い、殿村、池野、肥後の三人があとに従った。「楓の間」から、講演者控室に充てられた「葵《あおい》の間」に向かう。分厚い絨毯《じゅうたん》を踏みしめながら、控室に近づくと、開け放した扉から取り巻きの高い声が聞こえた。

「八神先生のご講演は大盛況でしょうな」

「何と言ってもT－SECTは、日韓合同の大規模無作為比較試験ですからね」

「これでグリンガの勝ちは決定的になりますな。タウロス・ジャパンも喜んでるでしょう」

盛大な笑い声が響く。扉の前で歩みを止めていた紀尾中が、意を決したように開いたままの扉をノックした。

「ご歓談中、失礼いたします」

一瞬、控室に静寂が訪れ、取り巻き連中が何事かと振り返る。

「天保薬品の紀尾中でございます。ご講演前のお忙しいときに、誠に恐縮ではございますが、八神先生に折り入ってお話ししたいことがございまして、不躾《ぶしつけ》ながらお時間を頂戴しに参りました」

毅然とした口調に気配を察したのか、八神が「おい」と、顎で取り巻きに退出するよう求めた。医師たちは胡散臭そうに紀尾中らをねめつけながら出て行った。

八神は部屋の中央に置かれたテーブルの奥に座り、悠然と紀尾中たちを迎え入れた。シルバーグレーのスーツにオレンジ色のネクタイを締め、胸には講演者用の赤いリボンローズをつけている。腫れぼったいまぶたの下の細い目に陰険な光を漲《みなぎ》らせて、八神が不快きわまりないという声を発した。

「また君らか。今度はどんないちゃもんをつけに来たんだ」

紀尾中は怯《ひる》むことなく、相手に強い視線を当てて言った。

「時間がございませんので、単刀直入に申し上げます。ここにおります殿村が、ヒュンスン・メディカルセンターの治験コーディネーターの責任者から、T－SECTの生データに関する情報を入手いたしました。T－SECTはデータの収集は韓国で行い、その統計処理は日本で行われたとうかがっております。先生の論文に対する我々の疑問を、韓国の治験コーディネーターに伝えたところ、先方で再解析をしてくれました。その結果が、先ほどメールで届きました。再解析の結果、論文にあるような有意差は認められず、トルマチミブ、すなわちグリンガによる脳血管障害の発作の抑制効果は認められないという結論です」

八神の論文では、グリンガを服用したグループが、対照群より脳血管障害の発作が有意に少なかったという結論だった。しかし、ペク・ヨンジャから届いた再解析の結果では、二つのグループに有意差がなかったというのである。ペクからのメールに時間がかかったのは、専門家二人によるダブルチェックを行っていたからだ。

八神は仏頂面のまま、言いたいだけ言ってみろというような太々《ふてぶて》しさで、紀尾中を見つめた。紀尾中が同じ強さで見つめ返すと、八神は口元を歪め、「フン」と鼻を鳴らした。

紀尾中は先手を打つように言った。

「証拠がないとおっしゃるのですか。では、これをご覧ください」

殿村に指示して、ペク・ヨンジャから送られてきたメールの添付データを開かせる。形式は論文と同じになっているから、八神には一目瞭然のはずだ。

紀尾中が次の一手を繰り出すように言葉を重ねた。

「論文の結果と再解析の結果が異なる理由は、ふたつ考えられます。ひとつは単純な計算ミス。今ひとつは意図的な改ざんです。いずれにしても、論文の結論はひっくり返ります。申し上げておきますが、韓国から届いた再解析の結果は、統計処理の専門家が二人、ダブルチェックをして同じ結果に達しておりますから、正確であることはまちがいありません」

これでチェックメイト、詰みだろう。紀尾中の後ろに控える三人の部下も、同じ思いにちがいない。

ところが、八神は往生際悪くパソコンのモニターに顔を近づけ、老眼鏡を上げたり下げたりして、画面に視線を走らせたあと、「フハハハ」と乾いた笑いを洩らした。

「君たち、論文のデータと二人の専門家が再解析したというデータを、よくよく突き合わせてみたのかね。解析対象のnがちがっとるじゃないか、nが」

「n」とはデータの総数。すなわち、統計処理に使われた患者の数を表す。紀尾中はパソコンのモニターを自分のほうに向け、八神の論文のコピーを取り出して、八神の指摘する部分を確認した。T‐SECTの治験に参加したのは、合計五百八十六人。グリンガの服用群と対照群は、いずれも二百九十三人。韓国から送られてきた解析結果は、この数字から十五人の治験離脱者を除いたデータを使用している。ところが、八神の論文には、こう書かれていた。

『対象となる高コレステロール血症患者数：五八六例。有効性解析対象：五三八例。グリンガ服用群：二五三例。対照群：二八五例』

すなわち、治験に参加した患者のうち、四十八人が何らかの理由で解析の除外例になったということだ。除外の理由は、服薬の不備または中止、他疾患による重症化、死亡、追跡不能などである。

「四十八例も解析の除外対象とされるなんておかしいでしょう。しかも、そのうち四十人がグリンガ服用群から除外されているのは、明らかに不自然です」

「それがねぇ、不思議なことに、この治験ではいろいろあってね。特にグリンガの服用群に、通常の治験離脱以外に、異常体質や原因不明の突発事象、投薬ミスやデータの採取ミスが重なったんだよ」

八神の余裕あふれる返答に、その真意が透けていた。

「八神先生。あなたは故意に、グリンガ服用群で脳血管障害の発作を起こした患者を、解析の除外例にしたのですね」

都合の悪い症例を除外すれば、思い通りに有意差を作り出せる。除外例は数字で示すのみで、個別の除外理由は明示されない。つまり、どの患者を除外するかは、研究者の判断にかかっているということだ。

紀尾中の指摘に、八神は臆面もなく笑顔で答えた。

「人聞きの悪いことを言わんでくれよ。私がそんな操作をするはずがないだろう。それとも何か。私が脳血管障害の発作を起こした患者を意図的に除外したという証拠でもあるのかね」

日本側で行われた解析の資料を見れば、どの患者を除外したかはわかる。しかし、それは八神の手中にあるのだから、おいそれとは引き出せない。韓国側とは除外の判断基準がちがうと言われれば、さらに追及は困難になる。

紀尾中は我慢しきれずに、八神に荒い言葉を投げつけた。

「八神先生。あなたはそれで良心が痛まないのですか。医学の研究者として恥ずかしいとは思わないのですか」

「何だと。権威あるこのオレを侮辱するのか。聞き捨てならん。製薬会社のMRの分際で、何を思い上がっているんだ」

「思い上がっているのはそちらでしょう。あなたは研究者の風上にもおけない人間だ」

紀尾中が言い返すと、池野が「やめてください、所長。言い過ぎです」と止めた。

「よし。そこまで言うなら出るところへ出ようじゃないか。今の暴言を訴えてやる。日本の刑法には侮辱罪もあるからな」

八神が怒りに声を震わせると、肥後が両手を出して「まあまあ」と相手をなだめた。

「八神先生もそう興奮なさらんと。私らは喧嘩をしに来たわけやないんです。所長もちょっと冷静になったほうが」

年長の部下に言われて、紀尾中も気を鎮めようとしたが、八神の欺瞞が許せない思いのほうが強く、さらに八神に迫った。

「偽りの論文で偽りの効果を喧伝し、そのことで処方が歪められることが、どれだけ医療現場に害を及ぼすか、医師ならわかるでしょう。病気の不安を抱える患者さんのことを、どう考えているのですか」

「患者のこと？　製薬会社のＭＲ風情《ふぜい》が利いた風な口を叩くな。おまえらだって、考えているのは薬の売り上げだけだろう」

「そんなことはありません。我々は常に患者さんの治療を第一に考えています」

「きれい事を言うな。虫唾《むしず》が走るわ」

「では、どうしても論文を訂正されないおつもりですか」

「当然だ。根拠がない」

「韓国側の解析と齟齬があるじゃないですか」

「それは見解の相違だ」

八神はあくまでシラを切るつもりだと見た紀尾中は、いったん口をつぐみ、最後の勝負に出るように言い放った。

「あなたがタウロス・ジャパンと不適切な関係にあることは、証拠が挙がっているんですよ」

「また言いがかりをつける気か。バカバカしい。そんなこけ脅しでオレが動揺するとでも思っているのか」

八神が態度を変えようとしないのを見ると、紀尾中は池野に向き直り、小声で「市橋を呼んできてくれ」と指示した。池野がうなずいて部屋を出て行こうとしたとき、当の市橋が牧と山田麻弥とともに血相を変えて飛び込んできた。

「タウロス・ジャパンの連中がこっちに来ます。さっき出て行った先生方が――」

市橋の報告が終わらないうちに、オールバックにダークスーツでヤクザそこのけの鮫島が、部下の佐々木と世良を従えて、控室に乗り込んできた。

「これはこれは、八神先生の大切な特別講演の直前に、いったいどういう妨害工作ですかな、紀尾中所長？」

八神は鮫島の顔を見るや、急にくだけた調子になって、留学時代のアメリカ仕込みか、大袈裟に両手を広げてみせた。

「鮫島君。オレはもうほとほと困り果てとるんだよ。天保薬品のＭＲが、自分たちの薬が売れなくなるものだから、オレの論文に何だかんだといちゃもんをつけて、純粋な医学的知見の発表を妨害しようと企んでるんだ」

「いけませんなぁ。正当な論文に言いがかりをつけるのは、いかに自社の薬を売るためとは言え、医療に関わるものとしては、許し難いことです」

「何が正当な論文だ。鮫島、おまえは研究者の先生方をカネで買収して、無理やり自社に有利な論文を書かせて、製薬会社の一員として良心が痛まないのか」

「清廉潔白な紀尾中所長にそう言われると、生来、鉄面皮の私としても恥じ入りざるを得ませんな。しかし、いったい八神先生の論文のどこに問題があるというんだ？」

「自分に都合のいい基準を作って、不都合なデータを除外して、恣意《しい》的に操作してるじゃないか」

「それはお互いさまだろう。バスター5の治験だって、適当に操作してるだろ。おまえはバスター5を夢の特効薬のように思っているようだが、身びいきがすぎるんじゃないか」

鮫島が鼻で嗤うように言うと、八神が大きくうなずいた。紀尾中が決然と八神に言った。

「バスター5は、厳正な治験の結果、効果が証明されています」

「フン。何が厳正な治験だ。それこそ自分たちに都合よく治験をデザインして、好ましいデータが出るように操作したんじゃないのか。その疑いも濃厚だと聞いているぞ。なあ、鮫島君」

「おっしゃる通りでございます。紀尾中、協堂医科大学の須山教授が、おまえらが南大阪でやった治験の追試をやっているのはそのせいだ。間もなく興味深い結果が出るそうじゃないか」

紀尾中は思わず答えに詰まった。南大阪地区の六施設で行ったバスター5の治験に、恣意的な操作はあり得ない。ところが、今、須山の追試で、結果に齟齬が出る可能性が高いと言われている。もし、そうなれば、先の治験の結果が疑われても仕方がない。だが、須山の追試には、タウロス・ジャパンが助成金を出しているではないか。それなら追試のほうが疑わしい。しかし、確たる証拠もないこの状況では、反論しても説得力はないだろう。

鮫島が三白眼のニヤニヤ笑いを浮かべ、その後ろでキツネ目の佐々木が冷ややかに口元を歪め、貧相な顔の世良は勝ち誇ったように顎を突き出している。紀尾中の背後では、三人のチーフMRに加えて、市橋と牧と山田麻弥も悔しそうに唇を嚙んでいる気配が伝わる。

両者のにらみ合いを高みの見物のように眺めていた八神が、余裕を取りもどして壁の時計を見上げた。

「おっと、もう一時を過ぎとるじゃないか。講演の準備にかからんといかんから、関係のない者は出て行ってくれ。鮫島君。僕の講演会場はメインのロイヤルホールだったね」

「さようでございます。すでに大勢の先生方が、八神先生のご講演を楽しみに詰めかけているかと存じます」

「うむ」

八神が満足そうにうなずいたとき、「葵の間」の戸口から人が入ってくる気配がした。紀尾中が振り返ると、意外な二人が立っていた。

28 ガイドラインの行方

「カン先生。それに、乾先生まで」

驚きの声をあげたのは八神だった。彼にも想定外の来訪だったのだろう。しかし、すぐに笑顔を取り繕って、肥満した身体を持て余すように立ち上がった。

「いやいや、カン先生は昨夜こちらに着かれたとか。ご挨拶もせず失礼いたしました。今日のご講演、楽しみにしておりますよ。乾先生には、次の私の特別講演で、座長をどうぞよろしくお願いします」

愛想のいい言葉をかけ、良好な関係をアピールしようとしたようだが、カンも乾も同じようには応じなかった。紀尾中が微妙な雰囲気を察する間もなく、カンが元在日らしい流暢な日本語で静かに告げた。

「八神先生。実は先ほど、うちの病院の治験管理推進室長から連絡がありましてね。T－SECTの主任治験コーディネーターをしていたペクという女性です」

「ペク？　その女性が何か」

「彼女はT－SECTの論文の結果に疑問があるという情報を得て、生データを改めて二人の専門家に解析してもらったというのです。すると、論文にあるのとは異なる結果が出たということです」

八神は眉をひそめ、瞬きを繰り返した。そしてこれは冗談か何かかと問うように、苦笑とおもねりのまざった顔をカンに向けた。

「しかし、それはカン先生もご承知の通り、除外症例の食いちがいによるもので、我々の解析結果は、あくまで厳正に統計処理をしたものに――」

カンは表情を変えずに、八神の弁解を遮った。

「あの統計処理はとても厳正とは言えません。トルマチミブ服用群から、故意に脳血管障害の発作を起こした患者を除外しているのだから」

やはりそうか。治験の韓国側の責任者が指摘しているのだからまちがいはない。紀尾中は思いがけない援軍の登場に、事態の急変を予感して拳を握った。

八神は鮫島と顔を見合わせ、いったいどうなっているのかという目線を交わしたあと、愛想笑いを消してカンに向き合った。

「今さら何を言いだすんです。統計処理については、あなたも承知していたはずだ。論文も事前にチェックしてもらっているし、掲載誌の『リピッド・ジャーナル』もお送りしている。それをなぜ今ごろになって、そんな言いがかりをつけるんです」

「たしかに論文は拝見していました。当然のことながら、生データも見ていますから、有意差が出たという結論には、実は疑念を抱いていたのです。生データの印象では、有意な差は出ないだろうと思っていましたからね。しかし、権威ある八神先生の論文だから、まちがいはないだろうと、再解析をするというような失礼なことは控えたのです。だが、外部から指摘があれば、再解析せざるを得ない。その結果、最初の印象の通り、有意差は出なかった。八神先生を信じた私の不明です」

「茶番だ！」

突然キレたように、八神が叫んだ。

「カン先生。あんたははじめから何もかも織り込み済みだったはずじゃないか。タウロス・ジャパンから多額の寄附をもらいながら、よくもそんなことが言えるものだな。裏切り行為も甚だしい。なあ、鮫島君」

八神に同意を求められた鮫島は、三白眼を細めて、カンの真意を探るように返答を避けた。代わりにカンが芝居がかったようすで答えた。

「タウロス・ジャパンからの寄附？　いったい何のことです」

「とぼけるな。T－SECTの治験がらみで、うちと同額の二億三千万円の資金提供を受けていたことは、あんたも承知していたはずだ」

鮫島が八神を制しようとしたが、時すでに遅しだった。八神はタウロス・ジャパンの寄附をあらかじめ知っていたことを、自ら告白したも同然だった。八神は自分の失言にも気づかないほど興奮していたが、カンはきわめて冷静だった。

「そのお話は、今はじめて聞くことです。我々がT－SECTの治験で受け取っていた助成金は、病院の母体でもある現星グループからのもので、タウロス・ジャパンとは何の関係もありません。よしんばあるとしても、私自身はまったく与り知らぬことです。それとも何ですか。私がはじめから承知していたという証拠でもあるのですか」

これまで同じ開き直りで紀尾中らを翻弄していた八神は、逆の立場に立たされて、怒りと悔しさで言うべき言葉も見つけられないように唇を震わせた。

紀尾中は鮫島がこの事態にどう動くのか、気配をうかがった。八神も同じ思いだったのか、ふいに鮫島に向かって声を荒らげた。

「鮫島君。なんとか言ってやらないのか。カンにこんなでたらめを言わせておいて、放っておくのか」

カンは動じるようすもなく、むしろ不敵な笑みさえ浮かべて鮫島に向き合った。証拠がない、その一点張りで追及をかわすつもりなのか。紀尾中は不安に思ったが、奇妙なことに鮫島は何も言わずに、白けた顔で目線を逸らしてしまった。

「鮫島！」

焦れた八神の怒声が響いたが、それは何の効果も発揮せず、空しく消えた。

鮫島が動かないと見るや、カンは八神を諭すように言った。

「私は再解析を元にＴ－ＳＥＣＴの結果を改めて考察するつもりです。八神先生の論文と大きな齟齬が生じたら、先生はデータの歪曲《わいきょく》、論文のねつ造を疑われかねません。ここはいったん、論文を取り下げたらどうですか」

「冗談じゃない」

言い返したものの、声に力はなく、単なる強がりにすぎないことはだれの目にも明らかだった。

カンが静かに続ける。

「利益相反がメディアに洩れたら、それこそディテーラの論文ねつ造事件の再来と報じられますよ。あの論文ねつ造事件を、先頭に立って批判した八神先生であれば、よけいにマスコミは騒ぎ立てるのではないですか」

　そこまで言われても、まだ八神は不正を認めようとはしなかった。ただし、抗弁もできない状況で、音がしそうなほど歯を食いしばっている。紀尾中は切腹に怖《お》じる侍を介錯《かいしゃく》するような気持で、市橋に「例のものを」と命じた。

　市橋がショルダーバッグからｉＰａｄを取り出し、ＵＳＢを差し込む。

「八神先生。申し訳ありませんが、我々は先生とタウロス・ジャパンの不適切な関係を証明するために、ある期間、先生の行動確認をさせていただきました。そこで得たのがこの動画です」

　市橋がタブレットに再生したのは、派手な照明が並ぶ夜の繁華街だった。一見して風俗系とわかる店舗に二人の男が近づく。一人は若者で貧相な顔をしている。もう一人はでっぷり太った初老の男性で、縁なし眼鏡をかけている。若者が初老の男性を促して店内に入る。いったん動画が切れ、次の動画に二人が笑いながら出てくるところが写っている。

「画像が粗いので、動画ではわかりにくいかもしれませんが、静止画面にして拡大すれば、写っている人物は特定できます。場所は神戸の福原《ふくはら》。ご承知の通り、ソープランドの密集地区です。二人が入った店は高級ソープランドの某店。日付はわかっていますから、タウロス・ジャパンさんのコンプライアンス統括部門に依頼して、経理に確認してもらえば、実在しないレストランでの会食か何かの名目で、金額が二人分の合計十二万六千円の領収証が見つかるでしょう」

　紀尾中の指摘に、鮫島が世良を振り返って低く怒鳴った。

「おまえ、まさか領収証を経理にまわしたんじゃないだろうな」

「だって、佐々木さんがそうしろって」

「佐々木。そんなことを言ったのか」

「言うはずがないでしょう。そんなコンプライアンス違反を容認するようなことを」

「嘘だ。佐々木さん、経費は会社持ちだからと言ったじゃないですか」

世良があたりも構わず悲痛な声をあげたが、佐々木は平然とそれを無視して、顔色ひとつ変えなかった。

「鮫島さん。信じてください。僕は佐々木さんに言われた通りやったんです。風俗に連れていけというのも佐々木さんが……」

「うるさい。場所をわきまえろ」

鮫島が声を抑えて一喝した。佐々木は世良に見向きもしない。世良が二人に見捨てられたのは明らかだった。紀尾中が市橋をうかがうと、宿敵に一矢を報いたも同然なのに、その横顔は憂鬱そうだった。

紀尾中は改めて八神に向き直った。

「八神先生。この動画は今のところ部外秘にしています。八神先生さえＴ－ＳＥＣＴの論文を取り下げてくだされば、我々も不本意な行動に出ずにすむのです。どうか、状況をご理解の上、ご決断をお願いします」

八神は首《こうべ》を垂れ、肥満した身体をぐらつかせて椅子に座り込んだ。椅子ごと倒れそうになり、かろうじてテーブルに手をついて支える。

カンが憐れむような目線を向けると、それまで沈黙を守っていた乾が、痰の絡んだ咳払いをして、おもむろに口を開いた。

「八神君。ここは潔く身を引くのが君のためじゃないか。今なら傷も浅くてすむ。意地を張って、ことが表沙汰になれば、さっきカン先生もおっしゃったように、君はマスコミの餌食にされてしまうぞ」

深く頭を垂れたままの八神は、なおも未練たらしく考えているようだった。テーブルの上に、いつか自分で「老人の手だ」と自嘲した拳が乗っている。その手から徐々に力が抜け、皺が深くなり、甲がやせて血管が浮き出たように見えた。やがて苦し気な吐息を洩らすと、八神は低いしゃがれ声で言った。

「わかりました……。T－SECTの論文は取り下げます」

その場の空気が一気に緩み、紀尾中は自分たちの勝利を噛みしめる思いだったが、それは決して晴れ晴れとしたものではなかった。鮫島に目を向けると、顔を蒼白にして口元を歪めたかと思うと、佐々木にだけ「おい、行くぞ」と合図して、部屋を出て行った。そのあとを、世良が足をもつれさせながら追いかける。

乾が壁の時計を見上げてつぶやいた。

「そろそろ特別講演の時間になるが、八神君には登壇してもらえそうにないな。どうしたものか」

カンが気を利かせるように乾に提案した。

「私の講演を繰り上げていただいてもけっこうですよ」

乾はそれを吟味するように低く唸ったが、ひとつ首を振って難色を示した。

「それではプログラムの変更に気づかなかった参加者が、カン先生の講演を聴き逃すことになります」

「では、八神先生の講演はキャンセルということで、空き時間にしますか」

「それもホールで待っている参加者に申し訳ない。なんとか代わりに時間を埋める方法はないものか」

特別講演の枠は一時間。紀尾中としては、乾にT－SECTの論文に不備があったことを説明してもらいたいところだが、十分なデータなしに乾が説明に応じるとも思えない。池野たちも考えているようだが、簡単には代替案は浮かびそうにない。

そう思っているとき、殿村が乾に近づき、「あの、私でよければ」と申し出た。

「殿村君。君は何を……」

紀尾中は慌てて止めようとしたが、意外に乾は好意的な表情を殿村に向けた。

「何かアイデアがあるのかね」

「実は来週、琵琶の発表会がありまして、今夜はリハーサルなんです。総会が終わったらそのまま行けるように、琵琶も衣装も用意しているんです」

「そうか。君の琵琶なら、特別講演の代わりとまではいかなくても、総会の余興として演奏を披露してもらうということで、いけるかもしれんな」

呆気にとられる紀尾中を尻目に、殿村は平気な顔で、「了解しました」とうなずく。

「で、出し物は何だ」

「『高麗王若光』でいかがです」

「それはいい。カン先生の特別講演の前にはぴったりじゃないか」

乾が言うと、カンは今気がついたように、「ああ、あなたは前にヒュンスン・メディカルセンターに調査に来られた方ですね」と、笑顔を見せた。

「ちょうど時間だ。私は座長として、八神先生の特別講演が中止になった経緯を説明して、代わりに特別のサプライズを用意していると話しておくから、殿村君は用意をしてくれ」

「わかりました」

殿村がうなずくと、乾はカンとともに「葵の間」を出て行った。いっしょに行こうとする殿村を引き留め、「いったいどういうことだ」と紀尾中が聞いた。

「乾先生は琵琶のファンなんですよ。私の発表会にも来ていただきました。先生は琵琶に造詣が深くて、プライベートで琵琶談義をさせていただいたこともあります」

殿村が言うと、横で市橋が「あっ」と声をあげた。

「そう言えばこの前、山田さんと殿村さんの発表会を聴きに行ったとき、乾先生もいらしてました。どこかで見た顔だなと思ってたんですが、山田さんは気づかなかった?」

「知らないわよ。わたし、退屈でほかのことばかり考えてたから」

山田麻弥が藪蛇とばかりに言い返すと、紀尾中がもどかしげに殿村に聞いた。

「君、乾先生とそんなに懇意なんだったら、どうして早く言ってくれなかったんだ。そうとわかっていたら、ほかにもアプローチのしようもあったのに」

「これは仕事とは別の話ですので」

困惑顔で答えるが、殿村の中では仕事とプライベートは絶縁状態なのだろう。ぼんやり突っ立っている殿村に、紀尾中が言った。

「早く準備をしてこい。乾先生に満足してもらえるように、しっかりやるんだぞ」

殿村が出て行くと、紀尾中たちもヤレヤレという表情で「葵の間」をあとにした。奥のテーブルで、生気を抜かれたように椅子に沈み込んだ八神に気を留める者は、だれもいなかった。

タワーウイング三階のロイヤルホールには、すでに大勢の参加者が詰めかけていた。

紀尾中たちが腰を屈めながら後ろの席に着くと、ちょうど座長の乾が予定変更の説明を終えるところだった。論文の不備には詳しく触れなかったものの、急遽、問題が発生したことは伝えられたようだ。

そのあとで、乾はプログラムの変更を詫び、代わりに諸先生方の気分転換を兼ねて、「日本の古典芸能を堪能していただきましょう」と殿村を紹介した。当然ながら、製薬会社のＭＲであることは伏せ、乾の個人的な知り合いという立場での登場だった。近年、医学関係の学会でも、規模の大きいものでは学術関係のみにこだわらず、人気作家の講演や、文楽鑑賞などをアトラクションに組み入れることも珍しくない。殿村の琵琶もその流れで見れば、必ずしも異例ということにはならないようだった。

紋付き袴姿で舞台に現れた殿村は、静かに中央に進み出て、一礼したのち琵琶を抱きしめるように構えると、おもむろに弦の音を響かせた。

〽今を去るぅ　千三百十余年のむかしぃ　朝鮮半島がぁあ　高句麗　新羅　百済《くだら》は
三つ巴の戦乱　真っ只中にて候がぁあ　ここにぃ　玄武英光《げんぶえいこう》はぁ　文武両道に
長《た》けきぃ　人物と知られけるぅ

七世紀後半、高句麗が唐と新羅に滅ぼされたとき、外交使節団として日本に派遣され、そのまま渡来人の長となった高句麗の王族、高麗（玄武）若光の一代記である。想定外の出し物に戸惑う参加者も少なくなかったようだが、殿村の熱演に次第に観客は引き込まれ、静まり返った会場に、叩きつけるような琵琶の音が響き渡った。

二十分ほどの演奏が終わると、殿村は続いてポピュラーな演目の『平家物語』から、『祇園精舎』を語った。

〽祇園精舎の　鐘のぉ声ぇ　諸行無常のぉう　響きありぃ
沙羅双樹の　花の色ぉ　盛者必衰のぉおお　理をあらはすぅう
驕《おご》れる人も　久しからずぅ　ただ　春の夜のぉおおぉ　夢のごとぉぉしぃ

聴きながら、紀尾中は殿村なりに八神への思いを込めたのかと感じた。

演奏が終わると、会場から拍手が湧き、座長の乾も満足げに殿村への謝辞を述べた。

続いて十五分の休憩をはさんで、ヒュンスン・メディカルセンター院長のカンが特別講演を行った。

演題は「高脂血症治療における合併症抑制の展望」。当然、T－SECTの治験を踏まえ、グリンガを推奨するのが元々の予定だったのだろう。しかし、T－SECTの論文が否定された今、何を話すのかと注目していると、カンが語ったのは、意外にもフェミルマブ、すなわちバスター5の画期的な作用機序だった。

「これまで高脂血症の治療は、ＬＤＬコレステロールの値を下げることのみに執心していました。しかし、新しく開発されたフェミルマブは、ＬＤＬコレステロールの動脈壁への沈着を抑えることで、動脈硬化を防ぐことを可能にしました。この治療がさらに進めば、我々はもうコレステロールの値を気にする必要がなくなるのです」

紀尾中はホールの最後列の座席から、安堵の胸をなで下ろす思いでカンの講演を聴いていた。横にならんだ部下たちも同じだろう。それにしても、急に講演内容を変えるはめになったのに、ここまで淀みなくバスター5について語れるのはどういうわけか。まるであらかじめ用意していたかのようだと、紀尾中は訝ったが、理由はどうあれ、結果オーライであることにはちがいなかった。


総会はすべてのプログラムを終え、ロイヤルホールでは乾が閉会の挨拶をはじめた。紀尾中らは撤収作業のため、後ろの扉から抜け出して「楓の間」にもどった。殿村はすでに元のスーツに着替え、琵琶を日本手拭いで磨いていた。

「殿村君。ご苦労さん。思いがけないことだったが、会場の反応もよかったし、乾先生もご満足のようすだった」

「また機会がありましたら、いつでも演奏させていただきます」

「ああ、よろしく頼む」

たぶん二度目はないと思うが、笑顔で慰労する。

そのとき、「楓の間」の戸口に十歳くらいの娘を連れた母親らしい女性が現れ、「天保薬品の牧さんはいらっしゃいますか」と、声をかけてきた。牧が顔を上げ、心当たりがなさそうに部屋の外に出た。面識のない相手のようだが、すぐに事情を理解したのか、廊下で談笑しているようすだった。しばらくすると、もどってきて市橋を呼んだ。

「僕ですか」

腑に落ちないようすで市橋が出て行くと、女性は市橋にも話しかけ、娘の肩を抱き寄せて、念を押すように大きくうなずいた。市橋は感激したようすで姿勢を正し、両手を差し出して女性と握手を交わしている。

女性が一礼して去ると、二人は頬を上気させてもどってきた。

「どうした」

紀尾中が聞くと、牧は生き別れの家族にでも出会ったような調子で説明した。

「今の女性と女の子は、家族性高コレステロール血症の患者さんなんです。特に娘さんは重症タイプで、幼児のときから心筋梗塞や脳梗塞の不安に怯えていたそうです。それがうちのバスター5が出て、小児にも使えるので、ずいぶん安心になったとお礼を言いに来てくれたんです。前に市橋君が、MRは患者さんに直接感謝されることもないと落ち込んでいたので、ちょうどいい機会だと思って呼んだんですよ」

市橋も感動に声を詰まらせた。

「今のお母さんは、わざわざ名古屋から来たんですよ。総会に市民公開講座があるので、そのあとで牧さんに直接、お礼が言いたくて会いに来たそうです。お母さんは言ってました。娘さんのことを、毎日、どれだけ心配したことか、採血で痛い思いをさせるのもかわいそうだし、食事制限させるのもつらかったし、激しい運動もさせられなかったけれど、バスター5のおかげで、ふつうの生活がさせられるようになったって、とても喜んでいました。MRは患者さんや家族からお礼を言われることは少ないけど、見えないところで感謝してくれている人もいるんだなって、実感しました」

「よかったな。MRにもやり甲斐があるとわかっただろ」

「はい」

「けど、なんでお礼を言う相手が牧なんや。というか、さっきの母親はなんで牧の名前を知っとんねん」

肥後が腑に落ちないようすで牧に聞いた。牧は照れ臭そうにその場で足踏みをした。

「今までだれにも言ってませんでしたが、実は、私は家族性高コレステロール血症なんです。それで『患者と家族の会』に所属していて、名簿で私のことを知ったようです。薬の販売元に勤めていることも、会では隠さず話してましたから」

「なるほど。思わぬところから個人情報が洩れるんやな」

「病気のことを、黙っていてすみませんでした。みなさんにご心配をおかけしたくなかったので」

牧が頭を下げると、山田麻弥が何を今ごろというように言い放った。

「牧さんが家族性高コレステロール血症なのは、みんな知ってましたよ」

「知ってた?」

牧が驚いて顔を上げると、同い年でバツイチの野々村がタメロで説明した。

「おまえのようすを見てたらわかるよ。飲み会でもコレステロールの多そうなものには箸をつけないし、料理も青魚みたいなのばっかり注文するからな。それに小さいけど、右のまぶたに黄色腫もあるだろ」

「だから、池野チームのメンバーはみんなわかってましたよ、市橋君以外はね」

山田麻弥が横目でチラ見すると、市橋は反論しかけたが、そのまま口をつぐんだ。横でにこやかにうなずいている紀尾中に牧が訊ねた。

「所長もご存じだったんですか。だったらどうして」

「本人が言わないものを、こちらから聞く必要もないだろう。みんな大人だから」

「肥後さんも殿村さんもですか」

「まあな」

「私は韓国出張のとき、牧君が食後にバスター5をのんでいるのを見ましたから」

殿村が言うと、牧はさっきの興奮とは別に顔を赤くした。


紀尾中が駐車場に行くと、柱の陰から鮫島が姿を現した。

「よう。今日は大活躍だったな。さっき、おまえんとこの琵琶野郎が、妙な声で唸りながら帰って行ったぞ」

「殿村か。思わぬところで彼の芸が役に立ったよ。これから発表会のリハーサルらしい」

鮫島は鼻で嗤い、腕組みのままコンクリートの柱にもたれた。

「ヒュンスン・メディカルセンターのカンが、今日、なぜ八神を裏切ったか教えてやろうか」

「裏切った？」

「カンと八神は元々全部承知の上で、T‐SECTの治験をやってたんだ。八神が都合の悪い症例を除外して、意図的に有意差をはじき出したことも、当然、カンは知っていた。タウロス・ジャパンが現星グループに資金提供をしたこともだ」

それならなぜ、鮫島は八神の求めに応じてカンに反論しなかったのか。

「おまえが部下を韓国に送ったときは、カンはまだ我々の側にいた。ところが、そのあとで問題が発覚して、うちが現星グループから手を引いたんだ。現星グループ副会長が、大統領に賄賂を贈って、さまざまな便宜を図ってもらっていたことで、特別検察官の捜査がはじまってな。副会長は間もなく逮捕されるだろう。そんなところと関わっていたら、こっちもとばっちりを受けないともかぎらないからな」

紀尾中は知らなかったが、韓国ではよくある話にはちがいない。鮫島は回想するように続けた。

「だから、あのとき俺は何も言わなかった。言っても、どうせカンは証拠があるのかとしらばっくれるだけだろう。こっちの誤算は、うちと現星グループが決裂したタイミングで、ヒュンスン・メディカルセンターの主任治験コーディネーターが、T‐SECTの治験結果を疑いだしたことだ。前もって笹川に、天保薬品から来る連中は嫌韓派だと情報を流させたんだが、それが裏目に出たらしい。例の琵琶野郎が韓国シンパだなんて、思いもしなかったからな。疑問を持った主任治験コーディネーターがカンに訴え出て、カンはこれ幸いと不正を糺す側にまわったというわけさ。再解析の結果がギリギリになるようだったから、最後までコウモリ的態度に終始していたがな」

カンが特別講演でバスター5をスムーズに称揚したのは、やはりあらかじめその準備をしていたからだろう。

紀尾中の思いをよそに、鮫島は友人同士の会話のようにしんみりとした声を出した。

「あのあと、八神は気の毒なほど落ち込んでいたぞ。おまえは八神に少しでも感謝する気持はないのか」

紀尾中には鮫島の意図が読み取れなかった。鮫島が教え諭すように言う。

「八神が高脂血症の合同研究班で、ことあるごとに総コレステロールの基準値を下げる運動をしたのは知ってるだろう。元々二五〇以下が正常だった基準値が、徐々に下がって、今では二二〇以下になってる。基準値が一〇下がるごとに、製薬会社の売り上げは一千億円伸びると言われている。バスター5をのむ患者が多いのも、基準値が低いからだろう。その意味で、八神は恩人の一人じゃないのか」

「基準値を下げるのは、製薬会社を儲けさせるためじゃない。あくまで病気の予防と患者の安全を考えてのことだ」

「基準値を下げればたしかに安全性は高まる。しかし、それは高血圧とか肥満とか喫煙とか、ほかのリスクもある患者の話だろう。血圧も体重も適正で、喫煙もせず遺伝的な素因もない患者は、少々コレステロール値が高くても心配する必要はない。それなのに、なぜ全員に厳しい基準を押しつける。そのほうが医者も製薬会社も儲かるからじゃないのか」

紀尾中は答えられない。

「おまえがいつも言っているように、患者ファーストを実践するなら、無用な薬はのまなくていいという説明を、きちんとすべきなんじゃないのか」

「その努力はしている」

「実に地味にな。逆にコレステロールが高いと恐ろしいことになるという宣伝は派手だよな。患者のため、安全のためと装って、おためごかしに薬をのませて儲ける。それが俺たち製薬会社だろう」

鮫島の露悪的な言い分に、紀尾中は不快なため息で応じた。なぜそんなふうに自らの生業を貶めるのか。

「八神とタウロス・ジャパンとの癒着は、医療界のためでもあったんだぞ」

鮫島が謎をかけるような目で、紀尾中を見た。

「おまえみたいな単純なアタマのヤツにはわからんだろう。八神にいい思いをさせるのは、医療界の成功モデルにするためだ。八神自身も言っていた。若いころから研究に没頭してきた自分が、功成り名を遂げてもなお貧乏暮らしでは、優秀な若手が研究の道を目指さなくなる。かつては教授になれば、接待、謝礼、副収入で、富と名誉が保証された。だから、多くの若手が苦しい中でしのぎを削った。今、自分が裕福になり、満ち足りた生活をすることは、優秀な若手を研究の道に誘う最良の方法なんだとな」

「それは八神先生の思い上がりだ。不正な行為で裕福になったら、後進も不正に走るだけだ。正当な評価を求めるなら、あくまで正当な手段に訴えるべきだ」

「フン。相変わらずの理想主義だな。どこまで続くか見ものだぜ」

鮫島は鼻で嘲笑い、ゆっくりと柱から身を起こした。

「今回は潔くグリンガの敗北を認める。だがな、グリンガに投じたカネは、八神や現星グループに提供したものをひっくるめても、高々十億ちょいだ。年間総売上が三千五百億を超えるタウロス・

ジャパンにすれば、微々たるもんだ。バスター5がガイドラインに収載されたところで、世間には宣伝できんだろう。うちは間もなくグリンガのＯＴＣ薬（市販薬）《グリンガＳ》を発売する予定だ。そっちでガンガン儲けさせてもらうぜ。じゃあな」

鮫島は捨てゼリフを残し、肩をそびやかして駐車場から去っていった。

露悪的になるしかない哀れなヤツ。それが鮫島に対する紀尾中の印象だった。何にせよ、無事に総会を乗り切れたことは大きい。

しかし、この喜びも長続きしないことを、紀尾中は間もなく知ることになる——。

29　薬害訴訟の決着

日本代謝内科学会総会が終了した翌週の金曜日、大阪支店長の田野から、五十川総務部長が、堺営業所を訪問するという連絡が入った。

未だ成功の余韻に浸っているMRたちは、部長訪問の理由をあれこれ陽気に詮索した。

「八神先生の講演を阻止した功績が認められて、特別賞与でも出るんじゃないか」

池野が期待すると、総会でさほど活躍の場がなかった山田麻弥が、「功績を評価するんなら、個人じゃなくて営業所全体でしてほしいです。みんな頑張ったんだから」と念を押した。

「そらまあそうやけど、五十川はんがそんなことでわざわざ来るやろか。彼はそんな甘い人間とちがうで」

五十川の三期下で、同じ営業所にいたことのある肥後が首をひねると、殿村が、「じゃあ、どんな用事でいらっしゃるんですか」と、紀尾中に聞いた。

「私も訊ねたが、田野支店長は午後に行くと言っただけで、訪問の内容は言わなかった」

「もしかしたら、五十川はんも琵琶の演奏を聴きたいんとちがうか」

肥後がニヤニヤ笑いで言うと、殿村は「わかりました。では、すぐ琵琶を取りに帰ります。紋付き袴もあったほうがいいですね」と、出口に向かいかけた。

「いや、殿村、冗談やがな」

肥後が慌てて止めると、殿村は意味がわからないという顔でみんなの輪にもどった。

池野はどことなく誇らしげに紀尾中に言った。

「今回の活躍で、さすがの五十川部長も、所長の実力を認めざるを得なくなったんじゃないですか。ざまあ見ろってとこですよね」

「どうかな。もし部長が評価してくれるのなら、山田さんが言ったように、営業所の全員の手柄だと私からはっきり言うから」

紀尾中は五十川に嫌われている自覚はあったし、無視されたり、足を引っ張られたりもした。しかし、今回はバスター5のガイドライン収載に向けて、八神の論文という大きな障壁を取り除いたのだから、それは評価されてもいいと期待するところはあった。


「所長。五十川部長がお見えです」

池野が所長室の扉をノックして告げた。

大部屋に出て行くと、田野に先導された五十川が入ってくるところだった。

「部長。わざわざお出でいただきまして、恐れ入ります」

紀尾中が進み出て頭を下げると、五十川は立ち止まり、「紀尾中君。久しぶりだね」といかにも他人行儀に言った。

「どちらへご案内すればいいんだ」

横から田野が不手際を責めるようにしゃしゃり出た。奥のミーティングエリアへ誘導すると、五十川はうなずきもせずに足早に進んだ。田野が腰を屈めてついていく。五十川が正面の席に着くと、MRたちも空いている席に座った。紀尾中は田野の反対側に座る。

「みなさんの仕事ぶりは、こちらの田野支店長から随時、聞いています」

五十川はテーブルの上で手を組み合わせ、儀礼的な笑みを浮かべた。

「今日、こちらにうかがったのは、みなさんにお伝えしたいことがあるからです。朗報です。協堂医科大学の須山教授から、バスター5の追試を中止するという連絡がありました。これで守谷准教授にお願いしていたメタ分析の論文に対する障壁は、取り除かれたことになります」

思いがけない発表に、だれもが戸惑いを隠せずにいる。紀尾中が代表して訊ねた。

「追試では、南大阪地区の治験と食いちがう結果が出そうだと聞いていましたが」

「新宿営業所の有馬君がうまく交渉してくれてね。須山教授のデータを再検討してもらったら、不備があったことが判明した」

「不備とは？」

「不備は不備だ。詳しいことはわからん」

五十川は正面を向いたまま、紀尾中の顔も見ずに答える。代わりに田野が、こちらをのぞき込むように言った。

「有馬君はやり手なんだよ。君は彼と同期だったたな。同期の活躍は君も嬉しいだろう」

陰湿な当てこすりに、池野が黙ってはいられないという勢いで質問した。

「須山教授の追試には、タウロス・ジャパンから奨学寄附金が出ていたのですよね。それがなぜ急に途中で中止になったのですか。有馬さんはどういう交渉をしたんです」

五十川は歯切れのいい声で言った。

「君はなかなか目のつけ所がいいな。たしかに研究費はタウロス・ジャパンから出ていた。有馬君がうまくその額を聞き出して、我が社はそれを上まわる奨学寄附金を申し出たんだ。須山教授がデータの再検討をする気になったのもわかるだろう」

田野がまたも割り込んで言う。

「有馬君からの報告を聞いて、即座に寄附金の話をまとめたのが五十川部長だ。部長の英断があってこそ、須山教授の論文を止めることができたのだ」

あからさまなおもねりに、さすがに五十川も興ざめだろうと見ると、笑顔を崩さないまま、一座を眺めている。

さらに田野が嬉しそうに言った。

「これで守谷准教授のメタ分析の論文が出たら、六月のガイドライン改訂で、バスター5が第一選択に収載されることはほぼ確実になる。これもすべて五十川部長のバックアップがあってのことだ」

さすがに営業所の面々が不服の色を浮かべた。

肥後が「ちょっと、よろしいか」と、右手を挙げた。

「須山先生の件はたしかに朗報ですけど、代謝内科学会総会で八神先生の特別講演を阻止したことは、評価してもらえへんのですか。あのまま八神先生が講演してたら、合同研究班のメンバーにもかなり悪い影響を与えたと思うんですけど」

田野が意向をうかがう視線を送ると、五十川は硬直した笑顔で答えた。

「もちろん、評価はしています。しかし、ガイドライン収載にはやはりエビデンスレベルの高いメタ分析の論文が重視されるでしょう。八神教授の論文は、所詮、説得力が一段低い比較試験でしたからね」

堺営業所のメンバーは、自分たちが必死に阻止した八神の論文を軽く扱われて、ますます不満の空気を強めた。五十川は頓着せず話を進める。

「バスター5がガイドラインに収載されても、処方薬だけで売るのではもったいないので、今、本社ではOTC薬として、《バスター8》を開発しています。OTC薬にすれば、テレビでCMも打てるし、新聞や雑誌にも広告が出せますからね」

「ちょっと待ってください。バスター5は成分的に市販薬の認可は取れないはずです」

紀尾中が反論した。

「だから有効成分を調整するんだよ。厚労省の認可が取れるようにね」

「含有量を減らすということですか。それでは十分な効果が得られません」

「効果は弱まるが、副作用の危険も下がる。世の中には念のため薬がほしいという人間も大勢いるんだ。彼らは病院で診察を受けるのが面倒だから、薬局で手に入れて安心したい。そのニーズに応えるんだよ」

そんなこともわからんのかという言い方だった。紀尾中は納得がいかなかった。

「十分な効果が期待できないのに、安心するのは逆に危険です。バスター5にかぎらず、薬は医師の判断に基づいてきちんと服用されるべきです。一般の人が自己判断で念のためにのむのなら、薬はお守りも同然になってしまいます」

「それでいいんだよ。市販薬はお守りだ。しかも、確実に儲かる」

露骨な利益優先に、紀尾中は反論する気をなくした。五十川がさらに続ける。

「タウロス・ジャパンも、ＯＴＣのグリンガＳを出すだろう。うかうかしていると、そっちに客を取られてしまうぞ」

〝客〟という言い方にも不快を感じたが、紀尾中は黙っていた。沈黙を降参と受け取ったのか、五十川は満足げに話を締めくくった。

「私からの報告は以上です。引き続き、みなさんの奮闘に期待します」

素早く立ち上がると、田野を引き連れて出口に向かった。紀尾中があとを追うと、戸口の手前で向き直り、晴れ晴れとした顔で言った。

「例のイーリア訴訟、二審判決が間もなく下される。君にもいろいろ心配をかけたが、これで決着がつくんじゃないか」

笑顔を浮かべているが、目尻に憎悪と敵意がにじんでいる。唇をきつく結んで見返すと、横から田野が揉み手をせんばかりに口をはさんだ。

「おっしゃる通りでございます。これで我が社の正当性も公認ということになりましょう」

五十川は背中をそびやかして出て行った。

紀尾中が大部屋にもどると、ＭＲたちが待ち受けていたように怒りをぶちまけた。

「何なんですか、今の」

まず池野が嫌悪を露わにした。続いて肥後も落ちくぼんだ目をしかめる。

「ほんま、ムカつくヤツやな。何が『もちろん、評価はしています』や。学会総会にはひとことも触れんと、自分の手柄ばっかり吹聴しよって」

「五十川部長は琵琶には興味がなかったみたいですね」

殿村のつぶやきを無視して、池野がふたたび声をあげた。

「新宿の有馬所長は、結局、カネで須山教授を手なずけたんでしょ。そんなの功績でも何でもないですよ。うちはいっさい汚い手を使わずに、グリンガの論文不正を見破ったんですから、よほどこちらのほうが快挙のはずです。それを説得力が一段低いだなんて、暴論もいいところだ」

紀尾中は周囲の部下を見まわし、自分を納得させるように言った。

「みんなの気持はわかってる。五十川部長がいくらスタンドプレーに走っても、栗林常務をはじめ、会社の上層部はちゃんと見てくれているはずだ。くだらないことに煩わされずに、バスター5のガイドライン収載に向けて、最後まで気を抜かずに頑張ろう」

池野がふと思い出したように言った。

「それにしても、五十川部長は帰り際にイーリア訴訟の話をしてましたが、いやに自信たっぷりでしたね。何か情報があるんでしょうか」

紀尾中も同じように感じていた。当てこするように言ったのは、勝訴を仄めかしているのか。しかし、高裁の判決が前もってわかるはずもなく、弁護団とて迂闊なことは言わないはずだ。

いずれにせよ、紀尾中には遠い話だが、五十川との関係を考えれば、高裁の判決はやはり無視できなかった。

＊

イーリア訴訟。

薬害訴訟の中でも、この事件は多数の患者が死亡している点で、世間の注目を集めたものだ。八年前の販売から、現在までに国内の死亡者は累計で八百五十人。今もその数は増え続けている。

イーリアは肝臓がんに対する分子標的薬で、元々はドイツの製薬会社「ステファンクリーグ社」が開発したものだった。治験の段階でそれに目をつけたのが、当時、海外事業部の次長を務めていた五十川で、ステファンクリーグ社は日本に現地法人を持たないため、五十川が直接交渉して、天保薬品が国内販売の独占契約を結んだのである。

その後、五十川は積極的にメディアに売り込み、イーリアは大々的に報道された。

曰く、『副作用の少ない分子標的薬』『手術不能の肝臓がんにも有効』『手軽な錠剤、一日一回の服用で効果』等々。報道はエスカレートし、イーリアは肝臓がんを狙い撃ちする『夢の弾丸』とまでもてはやされた。

天保薬品はさっそく治験をはじめたが、肝臓がんの患者団体が、早期の保険適用を求めて陳情を繰り返したため、厚労省は世界に先駆け、本家のドイツより早くイーリアを承認した。

ところが、いざ治療がはじまると、副作用で劇症肝炎を発症する患者が相次いだ。劇症肝炎は、急激に肝不全に陥る疾患で、死亡率は約七割。販売後、最初の半年間で二十五人が発症し、内十八人が死亡した。

中でもメディアの注目を浴びたのは、三十四歳の若さで亡くなった保育士の女性だった。美人で結婚を控えていたため、世間の同情が集まった。遺影を抱いた父親がテレビに登場し、「主治医からは安全な薬だと聞いていたのに」と、号泣すると、病院に対する批判が強まり、天保薬品にも非難が集中した。

メディアはそれまでの賛美から一転、イーリアの危険性をあげつらい、治療による死を、『あってはならないこと』『遺族の無念』『安全への配慮は十分だったのか』などと批判した。

その後も死亡例が続出し、発売の翌年、遺族ら十七人が原告となって、天保薬品と国を相手取り、大阪地裁と東京地裁にそれぞれ訴訟を提起した。

問題になったのは、イーリアの添付文書だった。「重大な副作用」の欄に、『劇症肝炎』の記載はあったが、トップではなく四番目に挙げられていたのだ。

これだけ多くの死亡者が出る副作用であれば、当然、トップに挙げて強調すべきであるというのが原告側の主張だった。それを四番目に持ってきたのは、製薬会社が薬を売らんがために、意図的に副作用を過小評価した結果である。その影響により、医師は高価な薬剤であるイーリアを、営利目的で安易に処方した。国は患者の安全を保障する義務があるのに、不備のある添付文書を承認してそれを怠った。これが訴訟の理由である。

添付文書の作成には、五十川が深く関与していた。直接の担当ではなかったが、販売契約を主導した経緯から、イーリアに関する取り組みにはオブザーバーとして関わっていたのだ。

当初、劇症肝炎は「重大な副作用」の二番目に挙げる予定だった（一番目はもっとも頻度の高い「重度の下痢」）。だが、それではイーリアのイメージダウンにつながると五十川が言い、四番目に格下げすることを主張した。治験の段階では、劇症肝炎の発症は四例にすぎず、全員が治療で助かっていたからだ。順位を下げることで、医師や患者に使いやすい薬という印象を与えることが重要で、いたずらに稀な副作用を強調するのは、販促に悪影響を及ぼすと主張したのである。

薬事部の同僚からこれを聞きつけた紀尾中は、とても看過できないと、薬事部長に面会を求め、劇症肝炎は「重大な副作用」のトップに挙げるべきだと、五十川とはまったく逆の意見を突きつけた。当時、紀尾中は阿倍野営業所のチーフＭＲをしており、営業所長に抜擢される日も近いと噂されていた。

板挟みになった薬事部長は、社長に直訴することを紀尾中に勧めた。社長の万代智介は、社員の声を直接聞くために、メール目安箱のシステムを導入していた。専用のパソコンから匿名で使えるものだが、紀尾中は敢えて名前を明かして、イーリアの添付文書に関する意見を訴えた。万代は紀尾中を本社に呼び、直に言い分を聞いたあと、薬事部長に伝えると約束してくれた。

薬事部長は五十川に、社長の意見もあるので劇症肝炎は「重大な副作用」のトップにすべきではないかと説得した。部内にも慎重派と積極派がいて、紀尾中の意見に賛成する者もいたが、五十川は彼らを臆病者と呼び、営利という企業の大前提を理解しない甘ちゃんだと批判した。五十川は紀尾中を本社に呼び出して、甲高い声で叱責した。

「部外者の君が添付文書の内容に口出しするなど、越権行為も甚だしい。思い上がるのもいい加減にしたまえ」

紀尾中は臆することなく主張した。

「お言葉ですが、天保薬品は自社が販売する薬に責任を持たなければなりません。安全性を考えれば、発症はわずかでも、致死率の高い劇症肝炎は、『重大な副作用』のトップに挙げるべきです。

それによって、医師も投与に慎重になるでしょうし、患者さんも安易に処方を求めなくなるでしょう」

「それが困ると言ってるんだ！」

五十川はふだんの紳士然とした姿勢を崩し、デスクに平手を打ちつけた。

「特効薬を待っている患者の気持が、君にはわからんのか。劇症肝炎を副作用のトップに挙げたら、厚労省も承認に二の足を踏む。承認が遅れたら、イーリアで救える患者の治療も遅れる。わずかな犠牲に注目して、大局を見失うのは浅はかなセンチメンタリズムだ」

「犠牲者を無視しろとおっしゃるのですか」

「ゼロリスク一辺倒では、逆に犠牲が増えると言ってるんだよ」

五十川は感情に任せて声を荒らげた。

「我々は医師や患者に安心を提供する義務がある。脅したり、不安を煽るのは製薬会社にとって背任行為だ。これ以上、営業を妨害するなら、相応の処分を下すからそのつもりでいたまえ」

五十川が感情的になったのは、自分の〝嘘〟に気づいていたからだろう。いくら患者を救うことを建前にしても、本心では利益を優先していることは明らかだった。

五十川を見つめながら、紀尾中は胸の内でつぶやいた。

（そんなやり方をしていては、世間の信用を失います。それがどれだけ大きな損失につながるか、あなたはわからないのですか……）

紀尾中は態度を変えなかったが、添付文書では五十川の意見が通り、それが今回の訴訟の原因にもなったのだった。

裁判では、天保薬品の弁護士は次のように主張した。

劇症肝炎が重大な副作用であることは明記されており、四番目だからといって過小評価という指摘は当たらない。添付文書を見るのは医師であって、記載があれば、順番にかかわらず重大な副作用として認識する。また、天保薬品は説明会や研修会を開くなどして、医療者に十分な注意喚起を行っており、さらに死亡者の中には、ウイルス性肝炎からの劇症化も含まれていて、それらをイーリアと結びつけるのは不当である。

国の弁護士は、添付文書の認可について、少なくとも違法性のレベルにおいて責任があったとは言い難いと主張した。

昨年二月の一審判決では、大阪地裁は国の責任を認めず、天保薬品の賠償責任を一部認めた。東京地裁は天保薬品および国の両方の賠償責任を一部認めた。これに対し、メディアや原告の支援団体は『がん患者の命の尊厳が守られた』と、気勢を上げた。

控訴審で天保薬品側は、がん患者を治療する医師ならば、副作用について十分な理解があるのは当然であり、抗がん剤に精通しない医師もいるとした一審は、医師の現状を正しく認識していないと反論した。また、患者が自宅で服用できる薬であっても、医師は承知の上で処方するのだから、添付文書で特別な注意喚起は必要ないとした。

それらの主張がどこまで認められるか。紀尾中自身は、添付文書で劇症肝炎の危険性をもっと強調しておれば、医師は投与に慎重になっただろうし、そのことによって救えた命もあったのではないかと考えていた。しかし、具体的な数を割り出すことはできない。憶測で自社の不利益になることを公言すれば、それこそ背任行為と受け取られかねない。

＊

連休明けの五月七日。

大阪高裁２０３号法廷の傍聴席で、五十川和彦は落ち着きなく法壇を見つめていた。間もなく現れる裁判官はどんな判決を下すのか。

紀尾中には自信があるそぶりを見せたが、必ずしも楽観していたわけではない。それでも二審の審理では、裁判官の心証は一審判決破棄に傾いているように感じられた。

もし判決が覆れば、メディアはさぞかし落胆することだろう。企業を悪者にする構図でなければ世間は喜ばない。そんな新聞の大衆迎合姿勢を、五十川は冷笑的に受け入れていた。新聞社も営利企業ならば当然のことだ。

五十川がそのような考えを持つようになったのは、天保薬品に就職してからだった。今でこそ、辣腕部長で通っているが、それまでの人生はむしろ挫折の連続だった。

最初のつまずきは、中学二年生でクラス委員になり損ねたことだ。元々努力家だった五十川は、一年生のときはそうでもなかったが、二年生で成績が伸び、クラス委員の射程内に入った。クラス委員になれば、名札にバッジをつけられる。それは成績、人望ともに備えた優等生の証である。

前期のクラス委員は、学年でトップに近い生徒が選ばれた。クラスにはもう一人、五十川より成績のよい生徒がいたが、彼はクラス委員などに興味を示さず、立候補する気もないと言っていた。となれば、三番手の五十川が選ばれる可能性が高い。選挙の日、五十川は満を持して立候補した。

ところが、どういうわけか、二番手の生徒が突然、立候補したのだ。そのため、五十川は土壇場でクラス委員になり損ねた。三年生のクラスでも、五十川より上位の生徒がいて、クラス委員になれなかった。

次の挫折は高校入試で、公立進学校の合格圏内だったのに、入試で失敗して私立高校に行かざるを得なかった。今から四十年ほど前で、当時は公立高校のレベルが高かった。

不合格をバネに、五十川は勉強に励み、大学は国立の外大を目指した。高校二年生で英語に目覚め、将来は海外で仕事をしたいと思ったのだ。しかし、大学入試でも運に見放され、現役で受験に失敗。一年間予備校に通ったが、二年目も失敗し、結局、彼が入ったのは不本意な私立の外大だった。

高校、大学ともに志望校に入れなかった彼は、自分の人生には失敗しかないと思うようになった。それでも英語に対する情熱だけは捨てなかった。英語力を磨いて、外資系の企業に就職しようと考えたのだ。

五十川が大学を卒業したのはすでにバブル期だったが、レベルの高い企業ばかり受けたので、二次、三次と進んでも、最終面接で落とされた。唯一、内定をもらえたのが、ほとんどついでのように受けた天保薬品だった。

自分の人生なんかどうせこんなものだと、ふて腐れて入社すると、ようやく転機に巡り合った。新入社員の歓迎会で、社長の前で自己紹介をしたとき、「趣味は英語です」と言うと、英語マニアだった当時の宮城《みやぎ》社長がこう訊ねたのだ。

——What is your most favorite movie?（君のいちばん好きな映画は何だね）

五十川は少し考えて、「It might be『The Godfather part Ⅱ』(『ゴッドファーザー・パートⅡ』でしょうか)」と答えた。

——Ah, Robert De Niro in that movie was terrific, wasn't he?　He splendidly reminded me of young Vito Corleone who was played by Marlon Brando in Part Ⅰ. (ああ、あの映画のロバート・デ・ニーロは素晴らしかったね。パートⅠでマーロン・ブランドが演じたヴィト・コルレオーネの若いころを、見事に彷彿させたよ)

——Yes, I was deeply overwhelmed by the scene in which young Vito assassinated the city gang Fanucci. (ええ、若いヴィトが顔役のファヌッチを暗殺する場面にはほんとうに圧倒されました)

そのあと、いくつか言葉を交わしたが、五十川の発音はネイティブ並みで、新入社員はもちろん、そばにいた取締役たちにもほとんど聞き取れなかった。

このとき、五十川は悟った。英語力を生かすなら、英語力のない連中のいるところにかぎる。外資系や商社には英語に堪能な人間はいくらでもいるが、ここなら俺の英語がトップだ。これまでは努力の仕方が悪かったのだ。必要なのは、賢く努力することだ。

宮城社長に顔と名前を覚えてもらった五十川は、四年間、ＭＲとして勤務したあと、本社の海外事業推進部に異動した。二十七歳の若さで主任となり、海外への製品輸出の価格交渉を担当した。そこで実績を挙げ、三十二歳で事務所長としてチューリッヒに赴任した。

天保薬品はロンドン、ロサンジェルス、チューリッヒに海外事務所を構えているが、五十川は敢えてチューリッヒを赴任先に選んだ。これも宮城に評価された。英語が堪能なことだけに安住せず、ドイツ語も身に付けようという姿勢が買われたのだ。

三年後に帰国すると、西大阪営業所長として現場にもどったあと、本社で営業課長、海外事業部次長を経験し、五十六歳の今、総務部長から執行役員入り目前と見られている。その五十川にとって、イーリア訴訟は自らが関わった重大な裁判で、一審で天保薬品に一部賠償責任を認める判決が下ったときには、社内からも引責を求める声があがった。しかし、天保薬品側から見て、一審判決があまりに不合理であったことから、宮城の二代あとの万代社長の判断で、二審判決を待つことが決まったのだった。


法廷では、原告側の弁護団と天保薬品の弁護士がそれぞれの席についていた。傍聴席には五十川のほか、天保薬品の関係者と新聞記者らしい人間が何人か。あとは原告やその支援者たちと思われた。

午前十時三十分。廷吏が傍聴席に起立を求めると、法服をまとった三人の裁判官が奥の出入り口から入ってきた。

開廷が告げられ、裁判長が自ら持ち込んだファイルを開いた。顔を伏せたまま、特徴のない声で判決文を読み上げる。

「主文。被告天保薬品に対する原告らの請求は、棄却する」

その瞬間、傍聴席から「えーっ」という悲鳴のような声があがった。反対に五十川は、よし、と拳を握りしめた。

「静粛に願います」

裁判長が顔を上げて傍聴席に注意を促す。となりに座った田野が力強く言った。

「やりましたね、部長。おめでとうございます」

お追従とわかっていてもうなずいてしまう。勝訴を信じていたとはいえ、実際に逆転の判決を聞くと、五十川は身内に熱いものが湧き上がるのを感じた。

新聞記者が数人、音を立てないように身を低くして出ていった。原告の関係者も何人か顔を強張らせて出ていく。原告の支援者たちが裁判所の外に集まっていたから、彼らに向けて、『不当判決』と書いた紙を広げるのだろう。

何が不当だ、これこそ正義というものだ。五十川は座席にもたれ、満足げにうなずいた。

法壇では裁判長が判決理由を読み上げていた。一審で問題にされた添付文書の説明は、がん治療に携わる医師に対しては十分理解されるものとされ、医師が厳重に患者を観察していたとしても、一定の割合で劇症肝炎による死亡が発生するのはやむを得ないという判断だった。

判決理由を聞きながら、五十川は原告側の弁護士たちに、冷ややかな視線を向けた。

あんたらは正義の味方ぶって、企業を悪者に仕立て上げようとしているが、製薬会社がどれだけ医療に貢献しているかわかっているのか。支援団体の連中も同じだ。犠牲者の尊い命だの、被害者の悲しみだの、センチメンタリズムに訴えているが、その前にイーリアがどれだけ多くの患者を救ったか考えてみろ。その感謝もせず、わずかな犠牲を大袈裟に取り上げて、あり得ない絶対安全を要求してくる。亡くなった患者は気の毒だが、製薬会社も医者も神サマじゃないんだ。精いっぱい努力して、人知のおよぶかぎりを尽くしても、犠牲はゼロにはできない。この裁判の判決がそれを示している。これこそ公正な裁きだ。

大阪高裁の逆転判決は大きい。おそらく間もなく二審判決の出る東京高裁でも同様の判断が示されるだろう。原告らは最高裁に上告するだろうが、審理が差し戻されることはまずない。これで俺の禊《みそぎ》は終わった。次の目標は、自分が見つけた研究シーズを社の上層部に大々的にアピールして、紀尾中が関わっている研究から「特定支援研究」の座を奪い取ることだ。

判決文の朗読を聞きながら、五十川の思いは早くも新たな事業に向かっていた。

30　犠牲者の思い

イーリア薬害訴訟の高裁判決は、紀尾中にもすぐ伝えられた。

所用で本社に行ってもどってきた池野が、所長室に入ってくるなり、注進とばかりに報告した。

「五十川部長が本社で何て言ってるかご存じですか。これこそ公正な判断、正義の裁きだなんて、これ見よがしにアピールしまくってるらしいですよ」

「それくらいは言うだろうな」

紀尾中がいつもの笑顔に苦いものを浮かべて言う。池野はさらに続けた。

「あんな人が総務部長でいて、我が社は大丈夫なんでしょうか。だけど取り巻きも多いし、将来の社長候補だなんてバカげたことを言うヤツもいるみたいですね。もしそんなことになったら、もう絶望ですよ」

紀尾中がうなずくと、池野は不満を露わにしたまま自分の席にもどっていった。

高裁の逆転判決は、たしかに会社にすれば好ましいが、紀尾中は単純には喜べなかった。今から七年前、偶然に知り合ったある患者のことが忘れられないからだ。

吉野《よしの》咲子《さきこ》。

当時、紀尾中は阿倍野営業所で、天王寺大学病院を担当していた。発売二年目のイーリアは、副作用はあるものの、肝臓がんの治療薬として順調な売れ行きを示していた。

医局の訪問を終えて帰りかけたとき、集中治療室の前の廊下でベンチに座っていた初老の男性が、いきなり声をかけてきた。

「天保薬品の会社の人ですか」

名札に目立つロゴで書かれた社名を読み取ったのだろう。「そうですが」と答えると、男性はよろよろと立ち上がり、息せき切るように話しはじめた。

「娘が今、集中治療室に入ってるんです。肝臓がんで手術は無理やと言われて、イーリアという薬で治療を受けたんです。はじめは調子よかったんですが、急に吐きだして、検査をしたら、劇症肝炎やと言われました。腫瘍内科では治療でけへんと言われて、一昨日、集中治療室に移されたんです。イーリアはお宅の会社が出してる薬でしょう。なんとかする薬はないんですか」

ごま塩頭でやや猫背の男性は、すがるような目線で紀尾中を見上げた。

もう一度ベンチに座ってもらい、詳しく話を聞くと、咲子という名の患者は三十六歳で、はじめて受けた人間ドックで肝臓がんが見つかったらしい。がんは多発性で、手術の適応はなかったので、抗がん剤治療のために、天王寺大学病院に入院したとのことだった。

「イーリアいう薬は、『夢の弾丸』と言われてるらしいですね。実際、よう効いて、小さめのがんは消えたんです。ところが、急に苦しみだして、主治医の先生に大丈夫ですかと聞いたら、治療をしてみんとわからんと言われました。私は不安で、昨日も一昨日も、ロクに寝てませんねん」

映画やドラマでは、家族がＭＲにつかみかかる場面だろう。だが、この父親は遠慮がちで、むしろ弱々しくさえあった。

紀尾中は、イーリアはドイツの会社が作ったもので、残念ながら劇症肝炎を治療する薬はないと説明した。それ以上のことは、患者の容態がわからないかぎり詳しく話せない。

「少しお待ちいただけますか」

紀尾中は主治医の名前を聞き、今、面会してきたばかりの松井《まつい》という腫瘍内科の助教のところへ取って返した。

松井は消化器がんが専門で、二年前にアメリカ留学から帰国したばかりのエリート医師だった。医局の自分の席で論文を読んでいたが、紀尾中の姿を見ると、忘れ物でもしたのかというふうに顔を上げた。

「松井先生。さっきうかがいそびれたんですが、イーリアを使っていただいている患者さんで、劇症肝炎の発症率は変わってませんでしょうか」

ＭＲが個別の患者に関わることは建前上、禁じられているので、吉野咲子の名前は出せず、敢えて迂遠な聞き方をした。

「特に変わってないけどな。二・一パーセント前後だろう。死亡率も一・四パーセントで変わってない」

つまり、イーリアを使った患者の約五十人に一人が劇症肝炎になり、そのうち七割は命を落とすということだ。

「松井先生の患者さんで、劇症肝炎を発症した方はいらっしゃいますか」

「二人いるよ」

「どちらも治療中ですか」

「いや、一人は亡くなった。もう一人は今、集中治療室《ICU》に入ってる」

「その患者さんは、どんなようすですか」

紀尾中は慎重に訊ねた。ところが、松井の返答はごくあっさりしたものだった。

「ICUは管轄外だから、詳しくはわからんよ」

集中治療室は二十四時間態勢なので、八時間ごとに申し送りがある。それに参加すれば、患者の容態はわかるはずだ。松井は自分の治療の副作用で、患者が重症になっているのに気にならないのか。

言葉を失っていると、松井がどうかしたかというように、怪訝な表情で紀尾中を見た。

「その患者さん、治療がうまくいけばいいですね」

とりあえずその場を取り繕って、父親のもとにもどった。

「腫瘍内科の主治医に会ってきたんですが、詳しい状況はわからないそうです。お父さまは集中治療室の医師から説明を聞いていませんか」

「予断を許さん状況だと言うとりました。人工呼吸器をつけられて、身体中にチューブやら器械やらを取りつけられて、かわいそうで見ておれんです」

劇症肝炎の死亡率が七割ということを、言うべきか言わざるべきか。助かる見込みが一割くらいと覚悟していたなら安心するだろうが、九割くらいと期待していたら、絶望に突き落とすことになる。

紀尾中は名刺を取り出して父親に渡した。

「私はMRという仕事をしている紀尾中と申します。イーリアの販売元として、お力になれないことを心より申し訳なく思います。もしも何かお役に立てることがあれば、いつでもご連絡ください。営業所ではなく、スマートフォンの番号にお願いします」

父親は「よろしくお願いします」と、半ば放心状態で頭を下げた。心労と睡眠不足で、紀尾中がどういう立場の人間か明確にはわかっていないようだった。

二日後も別件で天王寺大学病院へ行ったので、集中治療室に行ってみた。ガラス張りの廊下から中をうかがうと、左から三番目が咲子らしかった。見舞い客用の薄緑色のガウンをまとい、紙のマスクとヘアキャップをつけた父親の姿が見えた。ベッド柵に手を乗せ、意識のない娘を茫然と見下ろしている。祈ること以外、なすすべもないことに絶望しているようすが伝わってきた。

見つめていると、視線を感じたのか、父親がこちらを見た。紀尾中だとわかると、軽く会釈をしてベッドの横から離れた。少し待つと廊下側の自動扉から父親が出てきた。

「娘さんの容態はいかがですか」

「まだ、意識がもどりません」と、父親は目を伏せた。治療の見込みをどう聞いているかと訊ねると、今のところは五分五分、危険な状況ではないが、楽観もできないとのことだった。

「うちは妻もがんで亡くなって、娘とずっと二人暮らしやったんです。まだ若いのに、なんでこんなことになったのか。咲子は仕事熱心で、証券会社で頑張っとったんです。FPというんですか。一級の技能検定にも合格したというて、喜んでいた直後に病気が見つかって……」

FPとはファイナンシャル・プランナーだろう。一級は簡単には取れない資格のはずだ。……そんな頑張り屋だったらきっと回復しますよ、とは言えなかった。わずかでも医療に関わる人間なら、無責任なことは口にできない。

「劇症肝炎は峠を越えれば、徐々に回復していくことが多いです。ここは大学病院ですから、最高の治療が行われているはずです。待つ身はつらいでしょうが、希望を捨てず、娘さんの回復を待ってあげてください」

「ありがとうございます」

空しい励ましの言葉に礼を言われて、逆に紀尾中のほうが申し訳なさを感じた。もとはと言えば、自社の薬が原因なのだ。もちろん、治療の目的で医師が処方したものだが、だからと言って知らん顔はできない。いくら発症率が二・一パーセントでも、劇症肝炎になった患者にすれば、一〇〇パーセントも同然だ。

次にかける言葉をさがしていると、父親が自分を納得させるようにつぶやいた。

「これも運命ですな。主治医の先生かて病気を治そうとして、こんなことになったんですから。私はもう心配することに疲れました」

声をかけられずにいると、改めて父親が顔を上げ、弱々しく微笑んだ。

「もちろん、製薬会社さんも恨んではおりませんよ」

「ほんとうに、申し訳ございません」

紀尾中は深々と頭を下げた。恨まれたほうがまだしも気が楽だったかもしれない。顔を上げ、ふたたびガラス張りの集中治療室をのぞくと、咲子のベッドには相変わらず人工呼吸器や血漿交換などの器械が取り巻くように置かれていた。チューブやコードやカテーテルが上下から伸び、目元はガーゼで覆われている。

……どうか、頑張ってください。

意識不明の本人には頑張りようもないが、そう念じずにはいられなかった。

咲子のことを気にかけながらも、紀尾中はしばらく天王寺大学病院に行く機会がなかった。父親から連絡があったのは十日ほどしてからだった。不吉な予感を抱きながら電話に出ると、意外な言葉が耳に入った。

「咲子が退院しました」

一瞬、信じられず、すぐ祝福の言葉が出なかった。父親が怯えるような声で説明した。

「おかげさまで、劇症肝炎はようなったんですが、腫瘍内科の病棟にもどったら、咲子がもう治療はいややと言うて、主治医の先生が止めるのも聞かんと退院したんです」

「治療を拒否したんですか。副作用でたいへんな目に遭ったからですか」

「もうこの病院はいややと言うて、いくら諭しても聞かんのです。それで勝手なお願いで申し訳ないんですが、紀尾中さんから、治療を続けるよう言うてやってくれませんか」

「わかりました」

治療でつらい思いをすると、病院から逃げ出したくなる気持はわかる。しかしそれは早計で、イーリアは使えないとしてもほかの治療を試してみるべきだ。

阿倍野区長池《ながいけ》町にある吉野のマンションを訪ねたのは、連絡を受けた三日後の土曜日だった。出迎えた父親はカーディガンを羽織りリラックスした姿だったが、頬の肉が落ち、心労の深さがうかがわれた。

咲子は洋室のベッドで横になっていた。きちんと整理された勉強机と書棚があり、壁にＦＰ一級技能検定の合格証が飾られていた。

「天保薬品の紀尾中と言います。今回はうちが販売しているイーリアでたいへんなことになってしまい、ほんとうに申し訳ありませんでした」

父親から話は聞いているのだろう。咲子は驚くでもなく、無表情に天井を見つめていた。黄疸は消えたようで、白さが目立つ肌に、サラサラの黒髪が枕に広がっている。すっぴんのせいか、年齢より若く見えるが、一文字に結んだ唇には頑なさが浮かんでいた。

「治療をやめて退院したとうかがいましたが、どうしてですか」

「余命はあと三カ月やと言われたんです」

天井を見たまま、投げつけるように言い放った。それで自暴自棄になったのか。そう思ったが、紀尾中が口を開く前に、父親が上体を屈め、弱々しく反論した。

「それはおまえ、治療をせえへんかった場合やろ。治療したらもっと長生きできるかもしれんやないか」

「治療したら、副作用でもっと早く死ぬかもしれんやん」

子どものような言い方だった。やはり、副作用を恐れているのか。

「お気持はわかりますが、主治医の先生ももうイーリアは使わないでしょうし、ほかの薬が効くかもしれません。副作用が少なくて効果のある薬も……」

「わたしは副作用が怖くて治療を拒否したんじゃないんです」

咲子の視線がはじめて紀尾中に向けられた。一重まぶたの目に怒りが満ちている。

「主治医の松井先生が信頼できないんです」

「何かあったんですか」

「劇症肝炎の治療がうまくいって、ＩＣＵから病棟にもどったとき、先生は自分の処方がギリギリのところで私の命を救ったみたいに言うたんです。前にも劇症肝炎になった患者がいたけど、これで一勝一敗やと」

患者の命を何だと思っているのか。紀尾中は松井の顔を思い浮かべ、改めて怒りを感じた。

「松井先生の説明は、いつもテキパキと明快でした。そやけど、まるで保険の契約書の説明みたいで、イーリアは全員に効くわけではないとか、一定の割合で劇症肝炎が起こるとか、実際にそうなんでしょうけど、こっちは命がかかってるんですよ。その不安をどれだけわかってくれているのか。効かへんかったら仕方ない、それでおしまいという感じで、そんな松井先生が口癖のように言うてたのが、『僕は患者第一主義やから』なんですよ」

――患者第一主義。

その言葉が紀尾中の胸に刺さった。咲子が続ける。

「単なるリップサービスですよ。ほんまに患者第一主義なんやったら、わたしの思いを優先してくれるはずでしょう。それやのに、治療を受けたくないと言うたら、余命は三カ月やと脅すように言うたんです。思い通りにならない患者に苛立ってるんです。そんなんで信頼なんかでけへんでしょう」

紀尾中は図らずも自問せざるを得なくなった。自分がいつも口にするそれが、松井の口先だけの患者第一主義とどれほどちがっているのか。

横から父親が遠慮がちに娘に言った。

「そやから言うて、治療を全部やめんでもええやろ。先生が信用できんでも、薬の効果はあるかもしれんやないか」

「いやよ。あんな先生に治療してもらうくらいやったら、何もせんと寿命をまっとうするほうがええの」

紀尾中は懸命に二人の思いを汲《く》もうとした。かたや治療を拒み、かたや治療を受けてほしいと望む。それぞれの思いで対極の二人に、何と答えられるのか。

「むずかしい状況ですが、最近のがん治療には、治らないけれど死なない状態を目指す方法もありますよ」

咲子も父親も、怪訝な表情で紀尾中を見た。

「以前はがんの治療は、治るか死ぬかでしたから、治療をやりすぎて患者さんの寿命を縮めることもありました。今はちがいます。がんはあるけれど、命には関わらない。つまり、がんとの共存と言われる状況を目指す治療があるのです。それなら、咲子さんもお父さまも受け入れてもらえるのではないですか」

「緩和治療ですか。わたしにホスピスに行けと？」

「いいえ。れっきとしたがんの治療です」

「咲子。それならええんやないか。副作用の心配も減るんやから」

咲子はまだ首を縦に振ろうとはしなかった。

「その治療を受けるとしても、大学病院はいや。松井先生以外も、みんな自分のことしか考えていないみたいやったから」

「ほんならどこで診てもらうんや」

「紀尾中さんが薦めてくれはるところやったらいい」

咲子の目から不信や刺々《とげとげ》しさが消えていた。

「わかりました。それでしたら心当たりをさがしてみます」

そのとき思い浮かべたのは、二年前に天王寺大学病院をやめた九木田《くきた》という医師だった。九木田は大学病院の積極的医療一本やりの治療方針に疑問を抱き、医局を飛び出す形で開業した外科医だった。彼なら咲子の気持を汲んで、ほどよい医療を施してくれるだろう。

九木田に連絡すると、治療を引き受けてくれ、その後、六年間、咲子は納得ずくで治療を受けた。病状が悪化しても入院はせず、九木田が訪問診療で治療を続けた。紀尾中も何度か、咲子を自宅マンションに見舞った。亡くなる前は部屋に末期がん患者特有の甘酸っぱいにおいが漂い、咲子はベッドから身体を起こすこともできなかったが、表情は穏やかだった。

いよいよ容態が悪化したとき、見舞いに行った紀尾中に、咲子が言った。

「九木田先生にかかってよかった。紀尾中さんのおかげです」

九木田は医療用麻薬をふんだんに使い、咲子の苦痛を最大限、抑えてくれた。彼女は四十二歳の誕生日を迎えたあと、ほとんど苦痛なしに最期を迎えた。

あとで紀尾中が仏前に参ると、父親が問わず語りに静かに話した。

「余命三カ月と言われていたのに、こんなに長く生かせてもろうて、ありがたいと思うてます。あのまま大学病院で治療を受けてたら、ことあるごとに不安になったり、文句を言うたりしてたと思います。九木田先生はいつも娘のことをいちばんに考えてくれはったから、何があっても受け入れる気持の準備ができました」

亡くなっても感謝と納得がある。医療が目指すべきところはそれではないのか。

紀尾中は医師ではないが、咲子との関わりで、患者ファーストの意味を改めて考えさせられた。その気持があれば、イーリア薬害訴訟の高裁の判決を単純には喜べない。ましてや、イーリアで助かった患者に恩着せがましいことなど言えるはずがない。

紀尾中は久しぶりに咲子を思い出し、その思いを強くした。

31　根回し

大阪の北新地にある「抱月《ほうげつ》」は、紙鍋で有名な老舗である。

紙鍋は特殊な和紙を金網の型に敷き、鍋に見立てたもので、出汁《だし》が百度以上にならないため、燃えずに炊きあがる。紙面が灰汁《あく》を吸い取り、見た目も清潔で、何より紙を火にかける突飛さが料理に興を添える。

二階の個室では、朱塗りの座卓で、五十川が「そろそろ来るかな」と、腕時計を確認した。向かいに座った田野が、一階玄関の気配を察知したらしく、「いらっしゃったようです」と、素早く掘りごたつを出て入口の手前に正座した。

「お連れさまがお見えです」

仲居に案内されて来たのは、天保薬品の女性取締役、栗林哲子常務である。涼し気な麻のスーツ姿で、首筋に六十歳という年齢は表れているが、細身の引き締まった体型で、相手をまっすぐ見る目は、いかにも男社会の製薬業界で発言力を維持してきた強さを感じさせる。五十川が直属の上司でもない栗林を招いたのは、ある根回しのためだった。

「常務。お待ちしておりました。どうぞこちらへ」

五十川は半ば腰を浮かせ、栗林を上座に促す。

「ありがとう。主役の有馬君はまだなの」

「申し訳ございません。新幹線で急病人が出たとかで、到着が遅れるようです。先ほど新大阪駅からタクシーに乗ったという連絡がありましたので、間もなく来ると思います」

今夜は新宿営業所の有馬恭司が大阪に出張してくる機会をとらえて、五十川が慰労会を催したのだった。名目は協堂医科大学の須山にバスター5の追試を中止させた功績である。

栗林は座布団に腰をおろし、仲居が差し出したおしぼりで指先を拭きながら、五十川に聞いた。

「阪都大の守谷先生に頼んだメタ分析の論文は、もう発表されたの？」

「『リピッド・ジャーナル』の最新号に掲載されております」

「じゃあ、今月末のガイドライン改訂には間に合うのね」

田野が卑屈な笑顔でしゃしゃり出る。

「さようでございます。須山先生の追試がバスター5にとって思わしくない結果になりそうだと聞いたときは、ほんとうに焦りましたです。ガイドラインへの収載は、何と言ってもメタ分析の論文がものを言いますからね」

揉み手をしながらさらに続ける。

「今夜はその危機を回避した有馬君の慰労会ですので、常務もせいぜいほめてやってくださいませ。彼は五十川部長も買っておられる優秀な中堅ですので」

そこまで言ったとき、下の玄関で来客を迎える声が聞こえ、仲居に案内されて有馬が到着した。

「遅くなりました。申し訳ございません」

こけた頰に鋭い目の有馬は、個室に入ったところで膝を折り、深々と頭を下げた。

「今日は君の慰労会なんだから、遠慮せずにこっちへ座りたまえ」

田野が自分の上座を有馬に勧める。

「じゃあ、はじめましょうか」

五十川が仲居に飲み物を命じ、四人は揃ってビールで乾杯した。

「常務。少し早いですが、今夜は季節柄、ハモのコースにいたしました。湯引き、刺身、てんぷらと続いたあと、名物のハモ鍋となります」

「それは豪勢ね」

栗林がハモ好きであることは、事前に調査済みである。

先付の煮こごりに箸を伸ばしながら、五十川が有馬に訊ねた。

「今回はご苦労だったな。追試を中止させるのはたいへんだっただろう。どうやって説得したんだ」

「追試は元々、タウロス・ジャパンが意図的に仕組んだものですから、須山先生ご自身はさほど興味がなかったのです。にもかかわらず話を受けたのは、要するにカネの問題だと思いまして」

「ずばり、タウロス・ジャパンがいくら出したか聞いたんだな」

田野が口をはさむと、有馬はひとつ首を振り、五十川と栗林に落ち着いた口調で説明した。

「須山先生は常々、カネの話を嫌っていますので、こちらからは口に出せません。しかし、実際は嫌いどころかお金が大好きなのはわかっていましたから、雑談の中でそれとなく聞き出したのです。四千万円チョイでした。すぐに五十川部長に報告して、うちは六千万円出すと持ち掛けたんです」

「それで五十川部長が素早く動かれて、異例の速さで決裁が下りたというわけですな」

有馬に否定された意趣返しのように、田野が五十川と栗林のほうに身を乗り出した。五十川はそれを聞き流して、なおも有馬に訊ねた。

「しかし、金額を吊り上げたからといって、すんなり追試の中止は受けてくれなかったんじゃないか。先にタウロス・ジャパンからのカネも受け取っているんだし」

「須山先生もはじめは渋っていました。しかし、未練たらたらなのはミエミエでしたから、ウチからのオファーは内密にして、データを再検討したら、思わしくない結果になりそうなので、寄附金の一部を返還するとタウロス側に申し入れるようアドバイスしたのです。奨学寄附金は建前上、ヒモ付きではありませんから、思わしくない結果だから返還するといっても、大っぴらには受け取れません。受け取れば自らヒモ付きを認めるようなものですからね」

「そりゃそうだな」

「現に、タウロス・ジャパンは返還を受け入れませんでした。報告書は求めましたが、論文の提出は求めなかったので、ウチからの奨学寄附金が入ったことは、どこにも記載されていません。須山研究室の収支決算書には出るでしょうが、それが追試の中止に関わったかどうかは、藪の中です」

「完璧だな」

五十川は確信犯の笑みを浮かべ、「いかがです。なかなか優秀でしょう」と言いながら、半分以上残っている栗林のグラスにビールを注いだ。

栗林は軽く口をつけただけで、仲居にウーロン茶を頼み、若干の皮肉を込めて言った。

「それで、須山先生はまんまと二重取りに成功したわけね」

有馬は空気を読んで、目を伏せる。逆に田野は沈黙を取り繕うように明るく言った。

「二重取りとは羨ましいですな。私もあやかりたいです。ハハハ」

五十川がバカなことを言うなとばかりににらみつけ、声に真剣みを含ませて弁解した。

「たしかに、アンフェアな状況を持ち掛けたのは好ましくありません。しかし、背に腹は代えられないこともあります。守谷先生のメタ分析の論文が五月中に発表されなければ、バスター5のガイドライン収載は不確かになるところでした。すべてはバスター5をブロックバスターに育て上げるためです」

栗林は取締役の中でも、潔癖なことで知られている。製薬会社は何より社会に貢献すべきだとも常々口にしている。その姿勢が患者ファーストをモットーとする社長の万代に認められ、女性初の常務に抜擢されたのだった。しかし、取締役という立場を考えれば、栗林もきれい事ばかりは言っておれないはずだ。

田野が先ほどの失言の印象を薄めるように、有馬を持ち上げた。

「いやあ、有馬君が須山先生を止めなかったら、守谷先生の論文はとても間に合わないところだったよ。お手柄だったな」

さらに五十川と栗林に笑顔を向ける。

「バスター5の効果がメタ分析で証明されたのですから、ガイドラインでA判定の第一選択になるのはほぼ確実ですな。いや、めでたいことです」

「田野さんはさっきから、メタ分析の論文ばかり賞賛しているけれど、あなたのところの紀尾中所長の貢献も大きいんじゃないの。学術セミナーで、コンプライアンス違反があったのをうまく処理して、代謝内科学会総会でもグリンガに有利な八神先生の講演を、直前にキャンセルさせたそうじゃない」

大阪支店長の田野が、部下である紀尾中を積極的に評価しないことに、栗林は裏があると察しているのだろう。五十川は他意を読まれないよう素早く応じた。

「たしかに紀尾中君も優秀ですからね。さすがは常務の元部下だけのことはあります。バスター5のガイドライン収載のための特命を、彼に与えたのは大正解でした」

「そうね。彼は粘り強いところがあるし、仕事の運び方もフェアで、何より常に患者さんの利益を最優先に考えていますからね」

五十川は笑顔を維持したまま、不穏な思いを脳裏に刻んだ。栗林は紀尾中を相当高く評価している。

運ばれてきたハモのてんぷらに箸を伸ばしながら、栗林はさらに説明した。

「わたしが紀尾中君に特命を与えたのは、彼が合同研究班の班長の乾先生と良好な関係を築いているからです。加えてバスター5は、元々、彼のアイデアからはじまった薬ですからね。それだけに思い入れもあるでしょう」

五十川は上役の言葉尻を捉えて、本題に近づくためのジャブを繰り出した。

「たしかに紀尾中君の思い入れは、有効だったでしょう。しかし、場合によってはその思い入れが足を引っ張ることもあるのではありませんか」

栗林は箸を止めて五十川を見た。もの問顔の栗林に説明する。

「阪都大学の安富《やすとみ》先生への研究支援ですよ。あれも元はと言えば、紀尾中君が見つけてきた案件でしょう」

阪都大学医学部、生命機能研究センター長の安富匡《ただす》は、免疫療法の分野で大御所と言われる研究者である。紀尾中は吹田営業所にいた十年前、安富の研究を知り、画期的ながん治療につながると見込んで、天保薬品との共同研究を持ちかけた。天保薬品側の窓口は、紀尾中と同じ大学の後輩である創薬開発部の研究員、平良耕太《たいらこうた》である。

「安富先生への研究支援費は、共同研究がはじまった八年前の五十億円から年々増えて、今年度は百二十三億円ですね。突出して多額であるにもかかわらず、いつまでたっても創薬の目途が立たないじゃないですか」

天保薬品は新薬の研究開発費として、毎年六百億円余りを支出している。安富への投資は、共同研究の開始とともにはじまり、安富が自分の研究対象を「安富ワクチン」と名づけてからは、天保薬品の最大の「特定支援研究」として、全体の五分の一を超える額が注ぎ込まれていた。

特定支援研究は、毎年十二月の役員会で審査の上、投資先と額が決まる。栗林は担当常務として、強い発言権を持っていた。

「たしかに時間がかかっているわね。でも安富ワクチンは、今、注目されているがんの免疫療法に加え、放射線治療を併用したものだから、完成すれば画期的なものになる可能性が高いのよ」

「完成すればでしょう。完成の見通しも立たないまま、これ以上、投資を続ける意味があるのでしょうか。ウチの研究員に聞くと、安富ワクチンは実用化までに解決不能な壁にぶち当たっているとのことですが」

「むずかしい状況であるのはわたしも聞いています。だけれど研究に壁はつきものです。それを乗り越えてもらうためにも、我々が支援することが必要でしょう」

栗林が箸を止めたまま反論するのを見て、五十川は逆に無造作にてんぷらを頬張り、含みを持たせた言い方をした。

「常務のおっしゃることはよくわかります。これまでウチがかけてきた投資額はすでに七百億円を超えていますからね。しかし、過去の投資にこだわって、可能性の薄い事業に拘泥するのは、決して得策とは言えないのではありませんか」

「いわゆるサンクコストですね」

有馬が控えめに言うと、五十川が即座に引き継ぐ。

「そう、埋没費用です。常務は『コンコルドの誤謬《ごびゅう》』はご存じですよね」

コンコルドの誤謬とは、イギリスとフランスが、超音速旅客機コンコルドの開発において、製造費や燃費、環境問題から、商業的に失敗することが確実視されていたにもかかわらず、これまでの投資を惜しんで撤退が遅れたせいで、日本円にして数兆円という巨額の損失を出したことを指す。

「安富先生の研究に対する投資を打ち切れと言うの？　五十川部長がそこまで言うからには、それに取って代わる研究の候補があるということね」

「ご明察、恐れ入ります」

目論み通りの展開に、五十川が隠微な笑みを浮かべた。

「天王寺大学の循環器内科に、実に有望な降圧剤を開発している研究者がいるのです。新藤《しんどう》マサルという気鋭の准教授で、去年、自身でベンチャー企業の『ダブルウィンズ』を立ち上げた男です」

「ベンチャー企業？」

「大学発の創薬型ベンチャーです。現在、第三者割当の新株式発行で、資金の調達を目指しています。うちが共同研究で投資をすれば販売権を獲得できます」

「で、有望な降圧剤というのは、どんな」

「ＡＣＥ阻害薬です」

　ＡＣＥ阻害薬は、血圧を上昇させるアンジオテンシンⅡというポリペプチド（アミノ酸化合物）の生成を妨げる薬剤である。ベンチャー企業というだけで胡散臭いものを感じたらしい栗林は、副作用の多いＡＣＥ阻害薬と聞いて、さらに不審の表情を浮かべた。しかし、五十川には織り込み済みの反応である。

「たしかに、ＡＣＥ阻害薬には頭痛やめまいなどの神経症状や、血小板減少などの副作用があります。しかし、新藤先生が研究している新型のＡＣＥ阻害薬は、それを補って余りある効果があるのです」

　栗林が興味を示すのを待って、五十川は自信に満ちた目を相手に向けた。

「ずばり、認知症の予防です」

　すかさず田野が驚きの声をあげる。

「高血圧の治療薬で、認知症も予防できるんですか。一石二鳥じゃないですか。中高年のニーズにまさしくドンピシャですな」

「ちょっと待ってちょうだい。認知症の予防って、そのメカニズムはどうなっているの」

「新藤先生のお話では、新型のＡＣＥ阻害薬には、脳の神経細胞を保護する効果が期待できるとのことです。ご承知の通り、ＡＣＥ阻害薬は心臓や腎臓に対して、組織保護作用がありますからね。同様に脳の組織を保護すれば、認知症の発症を抑える可能性があるとのことです」

栗林が説明を吟味する面持ちになったとき、仲居がメインのハモ鍋の用意をはじめた。糊をきかせた和紙の鍋に、出汁を注いで素早く卓上のコンロにかける。箸で和紙を破る危険性もあるので、煮炊きは仲居が担当し、火が通った食材から手際よく小鉢に取り分けてくれる。

「やっぱり大阪の夏はハモですな。紙鍋は最後まで出汁が濁らないそうやね」

ビールから冷酒に変えた田野が、顔を赤らめて仲居に愛想を言う。五十川も冷酒を頼むと、有馬は「私はビールで」と遠慮した。

栗林はなおも思案顔だったが、手元の小鉢に煮えたハモと湯葉を入れてもらい、出汁の香りについ箸をつけた。

「おいしいわね」

「でしょう。ここのハモは、中央卸売市場でもトップクラスのものらしいです。ネットで仕入れた情報ですけど。へへへ」

田野が卑屈に笑い、有馬も、「豊洲《とよす》市場《しじょう》でもこれほどのハモはなかなか手に入りません」とそつなく応じた。

有馬はさらに、栗林と五十川の小鉢の空き具合に目を配りながら、タイミングを捉えて言った。

「先ほどの話ですが、降圧剤はこれまでも軒並みブロックバスターになっています。それはやはり、患者数が桁違いに多いからでしょうか」

「そうだ。私が大学を卒業した八〇年代半ばでは、降圧剤を服用している患者数は五百万人程度だったが、今や二千五百万人と言われている」

五十川が機嫌良く応じると、田野は口に入れたタケノコをもどかしげに飲み込んで言った。

「某医療機器メーカーの推計では、日本の高血圧の有病者は、約四千三百万人に及ぶそうです。実に日本人の三人に一人が高血圧ということらしいですが、この数字、五十代以上にかぎって見れば、ほぼ全員が高血圧ってことになりませんかね。これもすべて高血圧の判定基準のおかげですな。アハハハ」

田野の明け透けな笑いに、五十川も薄い唇を緩める。

「たしかにな。九〇年代までは収縮期が一六〇以上、拡張期が九〇以上が基準だったが、その後どんどん引き下げられて、今は収縮期が一四〇以上になってるからな」

「それだけじゃありませんよ。今は家で計る血圧を〝家庭血圧〟と称して、収縮期が一三五、拡張期は八五以上が高血圧の診断基準になっています。日本高血圧学会のガイドラインでも、一二〇と八〇未満は〝至適血圧〟なんていう魅力的な名前がつけられていますからね。健康オタクの連中が薬に群がるんです。製薬会社としては笑いが止まりませんな」

田野の軽口に、栗林が不快そうな流し目をくれた。有馬がまじめな口調で五十川に問う。

「新藤先生のご研究は、どの程度まで進んでいるのですか」

「今はまだラットを使って、血漿中のＡＣＥ活性と組織保護作用を比較している段階だ。降圧効果は十分証明されているから、既存のＡＣＥ阻害薬と異なる薬効プロファイルを解明すれば、創薬につなげられるだろう」

「たしかに有望ですね」

「でも、基準値を下げて患者を増やすことには、疑問を感じるわね」

栗林がさらにハモを入れようとする仲居の手を制して、小鉢を置いた。

「厳しい基準を適用すべき人はたしかにいます。けれども、喫煙や肥満などのリスクファクターがない人なら、少々血圧が高めでもかまわないでしょう。さらに言うなら、高齢者はある程度の血圧が必要で、血圧を下げすぎると、逆に脳梗塞や心筋梗塞の危険性を高めることにもなるんじゃないの」

栗林の生まじめな口調に、田野が呆けたように目をしばたたき、有馬は気まずそうに顔を伏せる。五十川は冷酒のグラスを置き、正論で来るならこちらも正論でとばかりに姿勢を改めた。

「一般の人が求めるのは安心です。リスクファクターがない人でも、血圧を適正にコントロールすることは安全性につながります。そのために服薬するのは、決して悪いことではありません」

「わたしが問題にしているのは、必要性の程度です。リスクファクターが少なくても、一〇〇パーセント安全ではない。しかし、だからと言って、予防的な服薬がどれくらい必要かは疑問でしょう」

製薬会社の取締役とも思えない発言だ。少しでも薬をのむ人間を増やすことが、会社の使命ではないのか。五十川はそう思うが、潔癖で知られる栗林にそんな功利主義は通じない。それならと、五十川は栗林の意を受け入れるようにひとつ大きくうなずいた。

「おっしゃる通りです。薬をのんでいても、発作を防げるとはかぎりません。しかし、同じ発作を起こしても、薬をのんでいたかどうかで患者さんの気持は大きく異なるのです」

「どうして。発作が起きれば、薬は無駄だったということでしょう」

「いいえ。薬をのんでいて発作が起きたのなら、ある意味、仕方がないと思えるのです。逆に、薬をのまずにいて発作が起これば、薬をのんでいればという悔いが残ります。だから、念のために薬をのんでもらうことは、意味があるのです」

「つまり、病気の治療というだけでなく、事後の精神的な対応も含めてということですね」

有馬が効果的なフォローを差し挟む。しかし、栗林はそれを逆手に取って、先ほどの話を蒸し返した。

「精神的な対応と言うなら、安富ワクチンも患者さんにとっては大きな精神的な支えになるでしょう。紀尾中君が最初に着目したのも、安富先生の研究が、これまで治療法がなかったがんに有効な可能性があったからよ」

またお気に入りの紀尾中かと、五十川は顔を引きつらせる。憤怒の気持を抑えきれず、安富ワクチンの最大の弱点を突いた。

「安富ワクチンは完成したとしても、有効なのは腺様嚢胞がんだけでしょう。稀少がんじゃないですか。もちろん、患者の数が少ないから、研究を支援しなくてもいいとは言いませんが、何も特定支援研究にすることはないでしょう。研究が成功しても、創薬で見込める収入はごく限られているのですから」

「現時点では腺様嚢胞がんが治療対象になっているけれど、この先、ほかのがんにも効果が期待できると聞いています。五十川部長。あなただって、抗がん剤には積極的に関わってきたんじゃないの。薬を待ちわびるがん患者さんの気持もわかるでしょう」

「イーリアのことですか。あれは画期的な薬でしたからね。しかし、もう抗がん剤は懲り懲りですよ。何万人の患者を救っても、副作用で一人死ねば、遺族やマスコミが大騒ぎをする。そんな厄介な領域に開発費を注ぎ込むより、もっと安全で患者数の多い分野に投資すべきです。認知症が予防できる降圧剤が出たら、高血圧治療の地図が塗り替えられますよ。海外にも需要があるでしょう。そうなれば、ブロックバスターまちがいなしです」

「そんな薬があったら、私でものみたいくらいです」

しばらく言うべきことを見つけられずにいた田野が、勢い込んで身を乗り出した。その拍子に、仲居を押しのける形になり、危うく鍋がひっくり返りかける。有馬は田野の前から倒しそうなグラスや空いた小鉢を遠ざけて、冷静に言った。

「有望な研究なら、早く支援を決定しないと、他社に先を越されるんじゃないですか。せっかく五十川部長が見つけてきたシーズを、他社に横取りされたらそれこそ悔やんでも悔やみきれないでしょう」

「そうなんです、常務。なんとか十二月の役員会で、新藤先生の研究を特定支援研究にしていただけませんか。新型のＡＣＥ阻害薬は、必ずや天保薬品にとって収益の柱になります。稀少がんの治療薬などより、はるかに投資の意味がある案件なのです。どうか、よろしくお願いいたします」

五十川が胡座《あぐら》の膝に両手をついて頭を下げると、田野も有馬も同様に平伏した。

テーブルでは仲居が無言で雑炊を用意していた。栗林は遠慮しかけたが、仲居はそのまま小鉢を取って男性陣と同じ量を入れた。

「さ、どうぞ。ハモの出汁が利いてうまいですよ」

五十川の勧めに、栗林は箸を取るべきかどうか、迷っているようだった。

「抱月」を出て、栗林を見送ったあと、五十川は田野と有馬を連れて、行きつけのバーに行った。

狭いエレベーターで雑居ビルの六階に上がり、分厚い木の扉を開けると、黒で統一した店内にオレンジ色の間接照明が灯っていた。

奥のソファ席に座ると、五十川は香りのきついアイラモルトをストレートで頼み、田野と有馬は同じものを水割りで注文した。

「今夜の常務の反応、どう思う」

五十川が不機嫌そうに言うと、田野はすぐさま「部長のご説明はけっこう説得力があったと思いますが」と媚びてみせた。

「有馬はどうだ」

「はあ、私は――」

言い淀む有馬に、五十川は「遠慮せずに言ってみろ」と促した。

「今夜の話だけでは、栗林常務の気持は変わらないでしょうね。もう少し説得材料が必要ではないでしょうか」

特定支援研究は毎年、先方からの申請を受けて審査される。申請の締め切りは九月末日。それまでに有利な状況を作り出さなければならない。

手持ちぶさたをごまかすためにミックスナッツをつまんでいた田野が、五十川に問うた。

「新藤先生はどれくらいの投資を申請されるおつもりなんですか」

「百二十五億と聞いている」

「さすがはベンチャーを立ち上げるほどのことはありますな。初年度からその額とは、それだけ期待値も大きいということでしょう」

「だから、是が非でも安富のところに出している投資を引き揚げる必要がある」

五十川が吐き捨てるように言うと、有馬が「ひとつ聞いてもよろしいですか」とうかがいを立てた。

「安富先生の研究は、うちの創薬開発部との共同でやっているのですよね。担当はだれですか」

「主任の平良だ」

「私の二期下ですね。部長もおっしゃっていましたが、安富ワクチンは、今、壁にぶち当たっているのでしょう。なのにどうして投資の継続が既定路線になっているのですか」

五十川が答える前に、田野が苛立った調子で説明した。

「それはだな、あの栗林常務が安富さんに入れ込んでいるからだよ。彼女は経営企画担当だし、万代社長のお気に入りでもあるから、影響力を発揮するんだ。だから、今夜、根回しのために彼女を呼んだんじゃないか」

そんなこともわからんのかという口調だ。それにかまわず、有馬は思慮を働かす顔つきで五十川に言った。

「栗林常務が安富ワクチンにこだわるのは、元部下の紀尾中が見つけてきたシーズだからじゃないですか。さっきのようすでは、かなり紀尾中を買っているようでしたから」

「その通りだ。そんな個人的な思い入れで、会社にとって重大な投資を左右されたんじゃかなわない」

五十川はグラスの酒を一気に空け、自制心をなくしたように早口で言い募った。

「だいたいあの安富は大御所か何か知らんが、威張りくさったジジイで、自分ほど偉い者はいないって顔をしてるじゃないか。なんであんなヤツに毎年、百何十億もの投資をしなけりゃいかんのだ」

「ほんとですよ。安富さんは、製薬会社は研究者に投資をして当然だみたいな態度で、感謝の気持なんかゼロらしいですからね」

すかさず田野が追従する。二人で安富の悪評を言い募り、さらにグラスを重ねる。

「それにしても、常務も常務だ」

五十川が批判の矛先を変えたのを捉えて、有馬が冷静につぶやいた。

「安富先生への投資の理由が、研究本位でないとしたら、別の方面から攻めたらいいんじゃないですか」

「どういうことだ」

「安富ワクチンに入れ込む理由が、お気に入りの紀尾中だというのなら、それをマイナス要因に変えればいいのでは」

田野は茫然としているが、五十川には有馬の意図がすぐにわかった。

「君はたしか、紀尾中とは同期だったな。何か心当たりがあるのか」

「具体的にあるわけではありません。ですが清廉潔白を気取っているヤツにかぎって、人には言えない過去があるんじゃないかと」

「なるほど。常務が紀尾中を切らざるを得ないような不祥事があれば、彼が見つけてきたシーズにこだわることもなくなるわけだな」

うまくすれば安富への投資も打ち切り、紀尾中も失墜させられる。一挙両得とはこのことだと、五十川がほくそ笑むと、今ごろわかったらしい田野がテーブルに拳を打ち付けた。

「それはいい考えだ。有馬君。さっそく調査をはじめてくれ。ただし、くれぐれも内密にな」

言わずもがなの指示に、五十川は露骨な舌打ちをした。しかし、半ば泥酔状態の田野の耳には届かないようだった。

32　あと一歩の壁

「それでは、バスター5の無事、ガイドライン収載を祝して、乾杯！」

紀尾中がシャンパングラスを掲げると、ビュッフェパーティに参加した堺営業所のMRたちと事務スタッフの全員が、大きな声で唱和した。

場所は堺駅に隣接するホテル・アゴーラリージェンシーの小宴会場「寿《ことぶき》」。

六月二十八日に開かれた高脂血症診療ガイドラインの合同研究班の会議で、バスター5は見事、高脂血症の治療薬として、第一選択のA判定を獲得した。報せを受けた紀尾中は、七月に入ってすぐチーフMRの池野とともに、合同研究班の班長、乾を泉州医科大学の学長室に訪ね、礼を述べた。

「礼を言われることではありません。御社の薬が優れていたというだけのことです」

謹厳実直な乾は、あくまで薬本位の判断と言わんばかりの愛想のなさだったが、ガイドラインの改訂結果には満足しているようだった。

「紀尾中君。今回はほんとうによくやってくれました。特命を出したわたしも顔が立ちました」

先に祝辞を述べた常務の栗林哲子が、紀尾中に感謝の笑顔を送った。横にいた池野が黙ってはいられないとばかりに割り込む。

「常務。経過はご存じでしょうが、今回のミッションは危ない状況の連続だったんです。それを乗り越えられたのは、ひとえに紀尾中所長のおかげです。ほかの所長だったらきっと途中で投げ出してましたよ」

「かもしれへんな」と、同じくチーフMRの肥後がうなずき、「タウロス・ジャパンには振りまわされたからな」と、皺の深い頬に苦笑いを浮かべた。

「そのタウロス・ジャパンのグリンガがどんな判定になったか知ってますか」

池野が聞き、返事を待たずに答えを言う。

「第三選択で判定はC1ですよ。新薬だからなんとか第三選択に入りましたけど、判定は『考慮してもよいが、十分な科学的根拠がない』ですからね。ざまあ見ろです」

「やっぱり八神はんの不備論文が効いたんやろな。タウロス・ジャパンもアホやな」

池野が破顔でうなずくと、彼のチームの市橋が近づいてきて声を弾ませた。

「これから高脂血症はバスター5の天下ですね。新たなブロックバスターの誕生だ」

同じチームの山田麻弥もやってきて、吊り目をきらめかせて言う。

「バスター5はまったく新しい発想の新薬だから、海外でも売り上げが伸びるでしょうね。そうなったら、我が社は今後十年は安泰ですね」

栗林が紀尾中の周囲に集まったMRたちに、慰労の言葉をかけた。

「みなさんの活躍は、紀尾中所長からしっかりと聞いています。最後まであきらめずにやり遂げてくれて、ほんとうに感謝しています。ありがとう」

栗林が頭を下げると、期せずして拍手が湧き起こった。

池野がもうひとりのチーフMRの殿村を引っ張ってきて、栗林に琵琶演奏の一件を披露した。

「あなたがあの有名な〝琵琶法師〟なの」と、栗林がおどけた調子で聞くと、殿村は「いえ、それほど有名ではありませんが」と生まじめに答えた。

池野のチームの牧が呼ばれ、殿村との韓国出張の顚末《てんまつ》を説明するよう求められた。

「初日、相手側との会食に、殿村チーフは紋付き袴で登場したんですよ。この人、何を考えているんだろうと、目の前が暗くなりましたよ」

「いや、それは」と殿村が説明しかけると、池野が「わかってますよ。殿村さんは殊勲賞です」と持ち上げた。

笑い声があがり、次々と苦労話が持ち出された。

食事とアルコールが進む中、ＭＲたちがそれぞれに盛り上がっている輪から離れて、栗林が紀尾中の横に立った。

「堺営業所はいいメンバーが揃ってるわね。これもあなたの指導がいいからでしょうけど」

「たまたま優秀な人材に恵まれただけですよ」

「謙遜ね。あなたには偉くなってもらわなければいけないから、そのつもりで頑張ってちょうだい」

会場を眺めながらのセリフに、紀尾中は黙って頭を下げた。

「それはそうと、奥さまのお母さまはいかが？」

紀尾中が義母を引き取っていることは、以前、何かのついでに栗林には話していた。

「おかげさまでなんとか無事に暮らしています。毎日ヘルパーさんが来てくれますから」

「奥さまはあなたに感謝しているでしょうね」

「どうですかね。仕事人間の私にあきれてるんじゃないですか」

実際、介護負担のたいへんさに、妻の由里子は夫に感謝する余裕などないかもしれない。紀尾中も由里子も、互いに日々のバランスを崩さずにすごすのが、精いっぱいというのがほんとうのところだ。

その話をすると、栗林は「それでも立派よ」と率直にほめてくれた。

「常務も女性取締役の少ない製薬業界で、素晴らしい実績を挙げておられるじゃないですか。他社でも評判になっているようですよ」

お返しのつもりで言ったが、栗林は「ふう……」と、ため息とも相槌ともつかない空気を洩らした。

「女性初の取締役なんて、はじめは発奮したけれど、なんだかね。周囲の女性社員からも祝福されて、希望の星だとか、頑張れば認められるんだとか、もてはやされて喜んでいたけど、裏ではいろいろ言う人もいてね」

「やっかみですか」

「それもあるわね。女性より男性陣のほうがうるさくて、社長に取り入ったとか、対外向けに人事の目玉として抜擢されただけだなんて言う人もいる。実績を挙げても、社長の後ろ盾のおかげだと言われるし、人事を動かすと、冷酷だとか、情実だとか陰口を叩かれる」

「実力のない人にかぎって、そんなことを言うんでしょうね」

「すり寄ってくる人もいるけれど、こちらが思い通りに動かなければ、手のひらを返すのが見えてるからね」

だれのことか、紀尾中にはわからなかったが、常務ともなれば悩みも多いのだろう。

会場ではMRたちがさらに盛り上がり、夏のボーナスからそれぞれの昇格まで、冗談とも本気ともつかない応酬で、ボルテージは上がる一方だった。

そろそろお開きの時間が迫ったとき、会場の入口に小太りの男が現れた。紀尾中を認めると、足早に近づいてくる。

「平良。君も祝いに来てくれたのか」

創薬開発部の主任で、以前から親しくしている後輩の平良耕太だった。紀尾中は気軽に声をかけたが、相手は笑顔を見せなかった。栗林に気づくと、平良は無言で一礼し、栗林も目礼だけ返した。

用件に薄々気づいているようすだ。

平良がいつも通りの関西弁で声を落とした。

「話があるんですが、これから時間、取れませんか」

「下のバーで二次会があるから、その席でどうだ」

「いえ。二人だけのほうが」

ふだんはひょうきんな平良の硬い表情に、紀尾中はただならぬものを感じて気持を切り替えた。

司会者台で閉会を告げようとしている池野に近づき、財布から一万円札を抜き取ってその手に押し込む。「すまん。二次会はこれで勘弁」と片手を立て、池野が「えーっ」と酔った声をあげるのを背中で聞きながら、平良とともに会場を出た。

エスカレーターで二人きりになったとき、平良が神妙な顔で振り返った。

「栗林さんから何も聞いてませんか」

「何のこと」

「お祝いの席やから、ややこしい話は出さへんかったんですね。特定支援研究の件です」

平良がその話を出すとなると、中身はひとつだ。

「安富先生のことか。なかなか成果が出ないから、投資の継続が問題になってるのか」

「今度の役員会では、安富先生への投資は厳しい議論になるでしょう。けど、問題はそれだけやないんですよ」

平良はレモンを思い切りかじったように顔を歪め、紀尾中を見た。

「よりによってこのタイミングで、安富先生が来年度の投資額を、倍に増やしてくれと言うてきたんです」

「何だって」

まさかの要求に、紀尾中の声が裏返った。平良の報せは、ガイドライン収載のお祝い気分を一気に消し去った――。


紀尾中が平良を案内したのは、ホテルから旧堺港のほうに十分ほど歩いたところにある隠し部屋のようなバーだった。アンティークな照明が幅広のカウンターを仄かに照らす席に座ると、平良は水割りを注文し、乾杯もそこそこに話しはじめた。

「五十川部長が動きだしたんです。天王寺大の循環器内科にいる新藤って准教授を知ってますか。『ダブルウィンズ』というベンチャーを立ち上げた研究者」

「新藤マサルか。この前、テレビに出ていたな」

「五十川部長が新藤の新しい降圧剤の研究に入れ込んで、特定支援研究の座を奪い取ろうとしてるらしいです」

「うちは安富ワクチンを八年も支援してるんだぞ。今さら中止したら、これまでの投資が無駄になるじゃないか」

「そうなんですが、安富先生はあの通りこっちの都合なんかまるで無視して、大きな研究には時間がかかって当然みたいに構えてるでしょう。五十川部長はこれまでの投資が無駄になっても、もっと可能性のあるシーズにシフトすべきだと主張してるんです。それでこの前、栗林常務に北新地で根回しの会食をしたそうです」

平良の情報は、創薬開発部長の藤野治正《ふじのはるまさ》からのものらしかった。藤野は五十川と同期の部長で、研究一筋の実直な人物である。栗林が五十川の依頼を受けて、藤野に安富の研究の進捗《しんちょく》状況を問い合わせ、藤野が担当の平良に現状を報告するよう指示したというわけだ。

「で、新藤マサルの降圧剤はどんな系統なんだ」

「ACE阻害薬です。それだけやったら目新しくも何ともないんですが、認知症の予防効果も期待できるというのがウリらしいです」

「まさか。そんなの聞いたことないぞ」

「僕もおかしいと思うたんですけど、新藤は治験のプロトコールを都合よく設定して、効果があるように見せかけてるのかもしれません」

血圧の薬で認知症が予防できるとなれば、それこそヒット商品になるだろう。荒唐無稽な効果でも、世の中で売れまくっているOTC薬やサプリメントはいくらでもある。

「そんな胡散臭い研究に投資するより、これまで通り、安富先生の支援を続けるべきだろう。命を救う薬剤なんだから」

安富ワクチンのメカニズムは、簡単に言えば次のようなものだ。

・まず、がん細胞の表面にだけ発現するタンパク質を見つける。
・次に、そのタンパク質に反応する抗体を作る。
・その抗体に、微量の放射線を出すアイソトープを結合させる。
・それを投与すると、抗体ががん細胞に取りつき、放射線によって細胞を死滅させる。
・さらに、免疫チェックポイントを阻害するペプチドを加えることで、T細胞による免疫でもがん細胞が攻撃される。

すなわち、放射線照射と免疫の両方で、がん細胞を死滅させるのである。

この治療法の最大の利点は、全身に転移しているがんにも有効ということだ。細胞レベルでの攻撃なので、目に見えないがんをも消滅させられる。

実際、マウスの実験では大きな効果を挙げていた。

人間の稀少がんである腺様嚢胞がんをマウスに移植し、抗体を青い色素で染色して投与すると、注射の二日後には腫瘍が青く染まっていた。ほかの部分に色素は見られず、抗体が腫瘍にだけ集まることが証明された。

この抗体にテクネシウム96（半減期四・二八日）を結合させると、注射の五日後に皮下に移植した腫瘍がほぼ完全に消失したのである。

しかし、マウスで成功したから、即、人間に使えるわけではない。体重二十グラムのマウスに対して六十キロの人間では、使用する抗体だけでも必要な量が三千倍になる。

マウスでは腫瘍が小さいこともあり、ほぼ消滅させることができたが、ウサギで試すと腫瘍は十分消滅せず、イヌではほとんど消滅させることができなかった。

原因は、腫瘍が大きい場合、抗体の濃度を上げる必要があり、濃度を上げると、抗体ががん細胞を死滅させるのに十分な時間、細胞内にとどまらないことだった。濃度が高いと、いったん細胞内に吸収されても、輸送メカニズムが働いて早期に細胞外に放出されてしまうのである。

濃度を低くすると、長時間取り込まれるが、それでは十分にがんを死滅させられない。濃度を上げると、抗体が早期に放出されてしまうというジレンマが、現在、安富ワクチンがぶち当たっている壁だった。

——安富ワクチンは、あと一歩のところまで来ているんだ。

安富はそう力説するが、この問題に直面して、すでに二年以上、研究が滞っている。

「安富先生もそろそろ焦りだして、あらゆる方法を試すと言うてるんです」

「それで研究費がかさむから、投資額を倍にしてくれと言ってきたわけか」

平良が顔を伏せてうなずく。

「安富先生の感覚では、新薬の開発には一千億単位の研究費がかかるのが常識で、この前、研究室に呼ばれたときに、天保薬品は総額でもまだ七百億ちょいしか出してへんやないかと言われました」

安富はとにかくプライドが高く、優秀で勤勉にはちがいないが、研究者であることに異常なほどの誇りを持っている。自分の研究には、大学も役所も製薬会社も、無条件で協力して当然というスタンスだ。

「それにウチ的には、腺様嚢胞がんみたいな稀少がんにしか効かへんというのも、ネックなんです。実際問題、売り上げを考えますとね」

「だからと言って、患者の多い降圧剤にシフトをするのは、あまりに安易じゃないか。生活習慣病関連の薬はすでに頭打ちで、これからはがんや稀少疾患に成長市場が移りつつあるのは、製薬業界の常識だろう」

紀尾中はびっしり水滴のついたグラスを指先で押さえながら言った。さらに思いが込み上げて、平良にまくしたてた。

「だいたい降圧剤には不要なものも多すぎる。血圧の基準値を下げたり、無理に動脈硬化の危険を煽ったりして、薬をのまそうとするのは、製薬会社の社会的責務に反するじゃないか。そんなことまでして儲けようするのは守銭奴企業だ。我々は医療の一端を担って、患者の利益のために仕事をすべきじゃないのか」

「その通りです。僕かてそんな怪しげな降圧剤より、安富先生の研究を支援したいですよ。けど、このままやと五十川部長に特定支援研究の座を横取りされかねません。そやから相談しに来たんやないですか。安富先生の研究は、元々紀尾中さんが見つけてきたものでしょう」

平良の目にも煩悶と悔しさが渦巻いていた。なんとか打開の方法を探らなければならないと思うが、当然、この場でアイデアも出るはずがない。

「とにかく、問題はあと一歩の壁をどう打ち破るかだな――」

つぶやいてみたものの、打ち切りが議論されそうな投資を、倍になどできるはずがない。カネをかければ解決する保証もない状況で、どうやって安富の研究を守ればいいのか。

もしも安富への投資が打ち切られたら、当然、共同研究の担当者として、平良も責任を問われる。そうなれば、創薬開発部から別の部署に移される可能性もある。これまで研究一筋でやってきた平良にすれば、それは左遷か島流しにも等しい恐怖だろう。

平良の思い詰めた口振りに、紀尾中は一歩も下がれない崖の縁に立たされた気分で、ふたたび手元のグラスを見つめた。

33　疑心暗鬼

黒地に金文字で「帝后宮《エンプレスルーム》」と書かれたプレートの横に、紅殻《べんがら》色の立派な柱が立っている。スイスホテル南海大阪の十階にある高級中華料理店である。

田野保夫は、会食がはじまる三十分前に店に着き、予約した個室に不備がないかどうかチェックしてから、おもむろに店の入口に立った。天王寺大学の新藤マサルと、その岳父木之内丈一《きのうちじょういち》を招く会食に、同席するよう五十川から指示されたのである。

「早くからご苦労だな」

予定の十分前に五十川が顔を見せると、田野は「個室はなかなかいい雰囲気ですよ」と、さりげなく下見をすませたことをアピールした。

五十川が先に店内に入り、田野が控えていると、派手なクリーム色のジャケットを着た新藤マサルが、三人の男とともに現れた。

「新藤先生。お待ちしておりました。天保薬品の田野でございます」

愛想よく首を突き出し腰を屈める。新藤に従っているのは、「ダブルウィンズ」の役員で、三人とも四十になるかならないかの若さだ。

「五十川は先に参っておりますので」

新藤らを店内に促し、田野はさらに入口で待った。予定の時間を三分ほど過ぎたとき、エレベーターから小柄な老人が現れた。光沢のあるチャコールグレーのスーツに、エナメルの黒靴をはき、薄い髪をポマードでなでつけている。関西の巨大スーパー「ドーナン」の会長、木之内とは初対面だが、顔はネットで調べてある。田野はこの貧相な老人がと、一瞬、戸惑ったが、「木之内さまでいらっしゃいますか」と呼びかけたとき、応じた顔には裏社会ともつながりがあると言われるカリスマ経営者の鋭い眼《まなこ》が光った。

恐縮しつつ個室に案内すると、その場にいた全員が起立して、木之内が奥の席に座るまで低頭した。娘婿の新藤までが、神妙な顔をしている。

全員が席に着くと、五十川が改まった調子で口を開いた。

「本日は、お忙しい中、お時間を頂戴いたしまして誠に恐れ入ります」

いつになく低姿勢であるのを見て、田野は違和感を持った。新藤にはこちらが投資する立場なのだから、むしろ先方が下手に出るのが当然だ。それがなぜと、田野は笑顔をキープしながら訝った。

ビールで乾杯したあと、最初に前菜の盛り合わせが出た。

「新藤先生、いや、新藤社長。『ダブルウィンズ』はものすごい勢いですな。海外のメガファーマとも技術提携を結ばれているようですし、先日は、第三者割当の新株式発行で、六十億の資金調達をされたとか」

「よくご存じですね。しかし、まだまだですよ」

新藤は朗らかに応じ、料理に箸を伸ばしながら続けた。

「なにしろ連続の営業赤字ですから、必死の延命策です」

ピータンを口に放り込むその顔に、悲愴感はまるでなく、むしろ余裕綽々《しゃくしゃく》の表情だ。両側に陣取った幹部たちもニヤニヤ笑いを浮かべている。

「それだけの資金が集まるということは、投資が倍になって返ってくると、だれもが踏んでいるからでしょう。あまり大きくなりすぎて、弊社のような老いぼれ企業を窮地に追い込まないでくださいよ」

「御社のほうこそ、ウチらをファイザーモデルの餌食にせんでくださいよ」

新藤が軽くウィンクすると、木之内がナプキンで口を拭いながら、「ファイザーモデル？」と、しゃがれた声を出した。

「お義父《とう》さん。製薬業界にはそういう言葉があるのですよ。優れたアイデアを持っているベンチャーを大企業が会社ごと買収して、ノウハウを横取りするんです。アメリカのメガファーマ、ファイザーが最初にやった手法です」

「ほう。それもよいのじゃないか。天保薬品さんに、『ダブルウィンズ』を思い切り高く買ってもらいなさい。それでマサル君はまた別の会社を立ち上げればいい。いや、それより、せっかく天保薬品さんが買ってくださるのなら、いっそ、マサル君が天保薬品の役員になって、そのうち社長をやればいい」

木之内の言葉に、五十川が思わずむせた。箸を止めて顔を引きつらせているのを見ると、木之内は「冗談だ。ウハハハハ」と、長寿眉を持ち上げて笑った。

「木之内会長もお人が悪い」

五十川が心許ない笑いを洩らす。本気で焦っていたのかと、田野は意外な思いを抱いた。そもそも、今日の会食の意義はどこにあるのか。陪席を命じられたのは、五十川が自分を腹心の部下と見なしている証拠だが、とはいうものの、田野には今ひとつ五十川の意図が読み切れなかった。

料理は鶏肉の薬膳スープが出て、さらに北京ダックへと進んだ。

「ところで、マサル君の研究しとる新薬の見込みはどんな感じですかな」

木之内の下問に、五十川は待っていたかのように答える。

「それはもうこの上なく有望ですよ。ご承知の通り、日本人は生活習慣病に敏感ですから、特に血圧には神経を尖らせています。新藤先生が開発されている新薬は、認知症の予防効果が期待できるという、他剤にはない大きなメリットがありますから、きっと爆発的に売れることまちがいなしです」

「それは頼もしい」

木之内が感心すると、五十川はさらに勢いづいて得意の戦略を披露した。

「日本人は数字を気にしますから、基準値に弱いのです。私ども製薬業界は日本高血圧学会に働きかけて、常に診断の基準値の引き下げを目指しています」

「学会への働きかけとは、つまり、魚心あれば水心というヤツだな」

「会長。それは誤解です。私どもは専門家の先生方によりよい研究をしていただきたい一心で、及ばずながら研究費に、ささやかな働きかけをさせていただいているだけです」

含みのある口調で、上目遣いで嗤って見せる。木之内もゆっくりと口元を緩める。時代劇なら「おぬしもワルよのう」のセリフが出るところだ。

新藤と三人の幹部たちは紹興酒を注文し、海老と貝柱の炒め物に舌鼓を打った。

五十川は紹興酒を燗《かん》で頼み、小グラスに氷砂糖を溶かしてうまそうに飲んだ。田野はビールのまま、会話のようすに気を配っていた。出すぎた真似はできないが、話が途切れたら、場を白けさせないのが自分の役目だ。しかし、五十川はいつになく多弁で、会話を途切れさせることはなかった。

「新藤先生の新薬が実用化されましたら、認知症学会にも働きかけをいたします。認知症の予防薬として学会のお墨付きが得られれば、それこそオンリーワンの存在になります」

木之内が素朴に訊ねる。

「お墨付きが簡単にもらえるかね」

「それはもう、新藤先生のアイデアとデータがあれば、あとは背中を押すだけでＯＫです。専門家の先生方も押されるのを待っておられますから」

「認知症学会が認定してくれたら、診療ガイドラインに収載されますね」

新藤が五十川を見て、意味ありげに銀縁眼鏡を持ち上げた。

「もちろんです。我々にはノウハウがありますから」

「ガイドラインと言えば、五十川君には世話になったな。御社のバスターなんとかが収載されたら、見事に株価が跳ね上がったからな」

「何のことでしょう？　私は何もお世話などは」

五十川が含みのある上目遣いでニヤリとする。インサイダー情報を流したのだなと、田野はすぐに気づいた。なるほど、そういうことか。五十川は木之内を後ろ盾にするつもりなのだ。関西経済界の裏のドンとも言われる木之内を味方につければ、天保薬品の上層部も五十川を無視できなくなる。五十川は社内で社長候補の呼び声も高いが、そんなものは当てにできない。社外に強力なバックを持つことで、トップへの道をより確実にしようとしているのだ。さすがだと、田野は自分の上司に熱い視線を送った。

「ところで、五十川部長。御社からの投資、見込みはどんな具合ですか」

頃合いを測るように、新藤が聞いた。五十川は新藤に向き直り、木之内に対してよりは砕けた調子で答えた。

「先日もこの田野とともに、役員会で影響力のある常務を招いて、会食をしたところです。感触は悪くありません。なあ」

五十川に話を振られ、田野は御意とばかりにテーブルに両手をついて答えた。

「それはもうまちがいありません。なにしろ、認知症の予防効果が期待される降圧剤でございますから」

こういうとき、気の利いたことが言えないのが自分の欠点だと、田野自身にもわかっている。しかし、失言を恐れてありきたりなことしか言えない。五十川が焦れたようすで新藤に保証した。

「ご心配なく。その常務を説得する手立ても考えておりますので」

紀尾中の過去の不祥事を探る件だなと、田野もうなずく。

栗林が紀尾中を見限れば、安富へのこだわりも弱まるだろう。そのためには紀尾中の決定的な秘密を暴く必要がある。いくら清廉潔白そうにしていても、MRなら人に話せないことのひとつやふたつはあるはずだ。医者から理不尽な要求、不都合な依頼、無理強いをされたとしても、応じれば片棒を担いだことになる。栗林は潔癖だから、紀尾中に不潔な側面が見えればきっと嫌悪感を抱くだろう。

そんな思いを巡らせるだけで、田野はニヤニヤ笑いが浮かぶのを抑えられなかった。自分が紀尾中の秘密を探り出せば、さらに五十川の信頼を得られる。そのためには、有馬より早くネタを見つけなければならない。

「そう言えば、その常務と会食された話は、御社の有馬さんから聞きましたよ」

新藤の言葉に田野は目を剝いた。五十川も箸を持ったまま動きを止めている。有馬が新藤に会ったのか。考える間もなく、新藤が続けた。

「新宿営業所の有馬さん。出張で大阪に来たついでに、ウチの研究室に寄ってくれたんですよ。なかなか優秀なMRさんですね」

「そうですか。有馬が先生の研究室へね。彼は今回、本社の会議に出席するために来たのですが、時間を見つけて顔を出したのでしょう。目端の利く男ですからね。しかし、突然、お邪魔してご迷惑ではありませんでしたか」

「とんでもない。私の研究に興味津々のごようすで、御社からの投資が満額になるよう、全力を尽くしますとおっしゃってくれました」

五十川が満足そうにうなずいている。先を越されたと、田野は額に苦悶を浮かべた。自分はまだ新藤の研究室に行っていない。それどころか、新藤と直接会うのも今日がはじめてだ。出すぎた真似をしてはいけないという過度な自制が、裏目に出たようだ。

料理が終盤に差しかかり、ご飯ものに蟹肉入りの炒飯が出たが、田野はまったく味がわからなくなった。

先日の「抱月」での会食、そのあとのバーでの会話が頭をよぎった。あのとき、五十川はことさら有馬の発言に耳を傾け、自分の言ったことは無視するか、おざなりな相槌しか打たなかった。もしかして、五十川は自分より有馬を重用するつもりなのか。

これまで自分は五十川に絶対服従で、片腕となってさんざん尽くしてきた。今になって、有馬のような若造にポジションを奪われたのではたまらない。そんなことになれば、自分は使い捨て、よくて飼い殺しだ。

「……だよな、田野君」

「はい？　え、ああ、もちろんです。それはもう――」

五十川に何を言われたのか、まったくわからなかった。それでも精いっぱいの笑顔で肯定すると、五十川はそのまま話を進めて笑った。

俺は単なる相槌役としてしか見られていないのか。今まではそんなことはなかった。いつの間にか、有馬が五十川に取り入って、五十川の中で自分のプレゼンスが下がってしまったのか。

有馬をなんとかしなければならない。

会食は和やかに続いていたが、田野の念頭からは、有馬の鋭い目とこけた頬が、いくら追い払っても去らなかった。

34 高慢と暗躍

安富匡の研究室は、阪都大学病院とは別棟の生命機能研究センターにある。

安富は現在六十八歳で、三年前に定年退官しているが、現在は特別教授の肩書きで、生命機能研究センター長を務めている。

紀尾中と平良が安富に面会の約束を取りつけたのは、八月も後半に入ってからだった。時間通りに訪ねたのに、センター長室に当人がいなかった。二人は仕方なく、前の廊下で待つことにした。

「今日はご機嫌、どうでしょうかね。緊張するな」

平良が教授の不在に文句を言うより、安富の気分を心配した。瞬間湯沸かし器の異名を持つ安富は、この歳になっても感情的になりやすく、その日の機嫌によって対応が大きく変わる。

廊下に靴音が聞こえ、研究室の角から長身でやや前屈みの安富が現れた。銀髪、濃い眉、笑っていても人をにらみつけるような鋭い目が、紀尾中たちを見て一瞬、はっとした。

「なんだ、もう来てたのか。待たせたな。助教の指導に手間取ったもんでね」

時間通りに来たほうが悪いように言う。だが、機嫌は悪くないようだ。平良がまず畏まって頭を下げた。

「本日はお忙しいところ、お時間をいただき、ありがとうございます」

「お久しぶりです」

紀尾中も気をつけの姿勢のまま一礼する。

「今日は紀尾中君も来ると聞いて、楽しみにしていたんだ。さ、入りたまえ」

勧められてセンター長室に入ると、豪華な応接用のソファセットと、重厚な執務机が鎮座していた。噂ではノーベル賞を受賞したときのために、取材を受けるのにふさわしい調度を用意させたとのことだった。安富は若いときから優秀で、だれにも負けない努力家だったが、それ以上に気むずかしく、強引で高慢な自信家であるのは、衆目の一致するところだった。

「紀尾中君とは何年ぶりになるかね。今は営業所長になっているんだろ」

「堺の営業所におります。先生とはかれこれ八年ぶりになるかと」

黒の革張りのソファで向き合うと、安富はゆったりと背もたれに身を預け、珍しく和やかな表情になった。

「君が最初に私の研究室に来たのは、その二年ほど前だったな。あのころ、安富ワクチンはまだほんの端緒についたばかりで、だれも見向きもせんかった。その時点で着目してくれたから、私は君に感謝しとるんだよ。可能性が見えてからすり寄ってくる連中はいくらでもいるがね。そういう輩《やから》には恩義は感じない」

「恐れ入ります」

当時、安富の研究は、がん細胞の免疫に関するごく基礎的なもので、それを吹田営業所で阪都大学病院を担当していた紀尾中が、腫瘍内科の講師との雑談の中で偶然耳にして、もしやと思い、安富の研究室を訪ねたのだった。

しばらく思い出話に興じたあと、紀尾中が訪問の本題に話を進めた。

「安富ワクチンが完成すれば、これからのがん治療に大きな影響を与えることになります。平良からも、マウスの実験で大きな成果を得たと聞いております。その後の進捗状況はいかがでしょうか」

「それはもちろん順調だよ。マウスでの実験では目を見張る効果が得られたんだ。ちょっとご覧に入れよう」

言うが早いか、安富は立ち上がって、執務机からタブレット型のパソコンを取ってきて、テーブルに立てた。表示されたのは、以前、平良からも聞いた腺様嚢胞がんの移植腫瘍が、安富ワクチンで消滅した画像だった。

「素晴らしい成果です。これだけはっきりと腫瘍が消えたのであれば、すぐにも臨床試験を開始できるのではありませんか」

紀尾中はわざと安富ワクチンが直面している問題をスルーして、相手の反応を見た。果たして、安富の目に刹那、険悪な影が差し、身を乗り出すようにしていた姿勢から一転、否定的なものになった。

「臨床試験はそう簡単にははじめられんよ。新薬の実用化には越えなければならんハードルがあるからな。平良君も承知していることだから、詳しく説明せんでもわかるだろう」

不快そうな仏頂面で目を逸らす。紀尾中が問題にわざと知らぬふりをしたのは、お見通しのようだった。

「恐れ入ります。安富ワクチンは、マウスで画期的な成果を挙げながら、サイズの大きな動物では、思うような結果を得られなかったということでございますね。その問題を解決する糸口のようなものは、見つかっているのでしょうか」

横で平良が身を強張らすのがわかった。聞き方が率直すぎるからだろう。

安富はむっとしたようだったが、自分を抑え、諭すような口調に切り替えた。

「紀尾中君ならわかると思うが、研究には壁がつきものだ。たとえて言えば、洞窟でトンネルを掘るようなものだ。外界に開通するまでは、暗闇を掘り続ける以外にない。しかし、最後のツルハシを一振りすれば、一気に光があふれるんだ」

「なるほど。それでその最後の一振りがいつごろになるか、見通しはいかがでしょうか」

「君もわからん男だな。最後の一振りの直前まで暗闇の連続だと言ってるだろう。あとどれだけ掘ればトンネルが開通するか、それがわかっていれば苦労はしない」

安富の苛立ちが、顔と声の両方に浮かび上がった。つまり、展望がないということか。それではこちらも甘い顔はできない。紀尾中が深刻な表情を浮かべると、意外にも安富は元の愛想のいい顔にもどって、ふたたび身を乗り出した。

「私もいつまでものんべんだらりと解決策を探っているつもりはない。天保薬品との共同研究もかなり長期になっているからね。ここらで本腰を入れて、可能性のある方法を片っ端から試すつもりだ。そのためには何をおいても研究費が必要になる。先日、そちらの藤野部長にも連絡したが、来年度の研究支援は、ぜひとも倍増をお願いしたい。問題を解決する方策さえ見つかれば、安富ワクチンは画期的ながん治療薬として、臨床試験に進むことができる。今日、君たちが来たら、ぜひそのことを話そうと思っていたのだよ」

先手を打たれ、紀尾中は平良と顔を見合わせた。安富はこれで結論は出たとばかりに、満足そうな笑みを浮かべている。

紀尾中は静かに息を吸い込み、安富の迫力に負けないよう力を込めて切り出した。

「実は、今日うかがったのは、その研究支援の件についてなのです」

安富の濃い眉がわずかにうごめく。

「今年度まで、安富先生のご研究は、特定支援研究として、弊社の研究開発費の五分の一を超える額を投資させていただいておりました。藤野部長はじめ、私どもは引き続き先生のご研究を特定支援の対象とさせていただきたい所存であります。しかしながら、ほかにも有力なシーズの候補があり、社内でそちらを強く推す向きもございます。安富ワクチンの進捗は、一昨年のマウスの実験成果から足踏み状態を続けております。今のままですと、来年度の支援がどうなるか、予断を許さないというのが正直なところでございます」

「有力なシーズ？　だれのどんな研究なんだ」

「天王寺大学の新藤マサル准教授の降圧剤です」

安富は上体を大きくのけ反らせて嘲った。

「天王寺大学？　市立大学じゃないか。こちらは国立だぞ。同じ国立でも阪都大はかつての帝大だ。格のちがいってものがあるだろう。その研究者は准教授なのか。そんな若造の研究と私のノーベル賞級の研究が、競合するというのかね。冗談じゃない。医学の研究には、先達が積み重ねた伝統と、優秀な人材と、長年の経験が必要なんだ。戦後にできたような大学の若造が、いくらしゃかりきになったところで、画期的な研究などできる道理はない」

「申し訳ございません」

安富の剣幕に、平良が反射的に頭を下げた。紀尾中は安富の言い草に、この人はこんな権威主義者だったのかと内心で失望し、研究の内容にも不安を感じた。

なおも気持が収まらないようすの安富は、痰の絡んだ声でまくしたてた。

「その新藤とやらが研究する降圧剤など、すでに掃いて捨てるほどあるではないか。安富ワクチンはがんの治療薬だぞ。しかも、今のところ有効な治療法がない腺様嚢胞がんに効くんだ。頭頸部のがんの中でも、特に悪性度が高いのは知っているだろう。命に関わる研究と、生活習慣病の治療のどちらが有意義か、天保薬品はそんなこともわからんのか」

「申し訳ござい……」

平良がふたたび詫びかけるのを制して、紀尾中が安富にまっすぐな視線を当てた。

「新藤先生が開発している降圧剤には、認知症を予防する効果が期待されているのです。これは我々製薬会社としては、大きな魅力です」

それがどういう意味を持つか、研究者の安富にはすぐに理解できるはずだ。紀尾中の反論にひるむどころか、逆に余裕さえ漂わせて言葉を返した。

「紀尾中君。まさか本気で言っているのじゃないだろうね。認知症の本態が解明されていないのに、予防などできるわけがないではないか。週刊誌の記事に踊らされる素人《しろうと》ならいざ知らず、いやしくも製薬会社のMRが、そんな誇大宣伝に惑わされるとはな」

「私も怪しげだとは思います。しかし、実際に認知症の予防効果がなくても、効果が期待されると公表すれば、それだけで薬は売れます。売り上げが見込める研究があれば、そちらに支援が向くのが製薬会社です」

「フン。とうとう馬脚を露しよったな。つまりは金儲けということか。がっかりだよ。製薬会社なら病気に苦しむ患者のために、少しでも役立つ薬の開発に力を注ぐべきじゃないのかね。腺様嚢胞がんの患者が、どれほど苦しみ、怯え、恐怖に震えながら、新薬の開発を待っているのか、考えたことはないのか」

安富の表情が、怒りと蔑みから、失望へと移り変わった。そこには多分に挑発も入っていたが、紀尾中は動じず熱意を込めて言った。

「私自身、怪しげな降圧剤などよりも、安富ワクチンのほうがはるかに意義深いものだと確信しております。しかし、会社の方針は私の一存では変えられません。ましてや、強弁するだけでは、支援してくれる役員も社長やほかの役員を説得できないでしょう。特定支援研究の座を維持するためにも、研究支援の申請には額の据え置き、もしくはわずかでも減額をお願いできれば、ありがたいのですが」

「支援を減額しろだと？　そんなことをすれば、ますます研究が滞るじゃないか。私とて漫然と停滞を放置しているわけではない。さっきも言った通り、ここで起死回生の突破口を開くために、集中して問題解決の方策を探りたいと考えているのだよ。トンネルを開通させるためには、ツルハシが必要なんだ。一刻も早く開通させるために、ツルハシを倍に増やしてくれと求めているのに、減らせと言うのか」

「確たる見通しもなく、支援額を倍増しろというのでは、役員会の説得は困難です」

堂々巡りになりかけたとき、平良が口を開いた。

「安富ワクチンの抗体を増やしたとき、それがいったんがん細胞内に吸収されてから排泄されるのは、タンパク質の輸送メカニズムが働くからですよね。吸収は止めずに排泄だけ止める薬剤なり化合物が見つかればいいのですね」

「それはそうだ」

何を今さらというように、安富がため息を洩らす。それにめげず、平良は懸命に訴えた。

「安富先生の研究室では、この二年間、可能性のある物質は片っ端から試されましたでしょう。我々の創薬開発部でも同じです。しかし、有効な物質が見つからなかった。今後はより可能性の少ない領域から探すことになります。ということは、かなり長期戦で取り組む必要があるのではないでしょうか」

長期戦に持ち込むには、支援の継続が必要だ。だから、申請は慎重にと話を進めるつもりなのだろう。ところが、それを見越したように、安富が苛立った声を出した。

「何を弱腰なことを言っとるんだ。目的の答えは常に思いがけないところから見つかるものだ。過去の偉大な研究も、問題解決のカギはほとんどが偶然や意外性から突然得られている。そうすれば暗闇のトンネルが開通する。そのためにもツルハシが必要だと言っとるんじゃないか」

これ以上は話はこじれるばかりだ。紀尾中は平良に引き揚げの合図を目で送り、最後に念を押すように言った。

「安富先生。弊社への研究支援の申請締め切りまで、まだ時間がございます。どうか今日お話しさせていただいたことを踏まえて、申請額には熟慮のほどをお願いいたします」

安富が憤然と応える。

「これまでの倍額を申請したら、支援を打ち切るというのかね。そんなことをしてみろ。天保薬品は目先の利益に目が眩《くら》んで、安富ワクチンの完成をあと一歩のところで見限った愚かな製薬会社として、医学史に汚名を刻むことになるぞ。せっかく、画期的ながん治療の支援者になれるというのに、その地位をみすみす手放すとは、天保薬品も先見の明がないと業界の笑い者になるだろうな。そっちこそ、特定支援研究の適否は熟慮したほうがいいんじゃないのか」

返ってきたのは、あくまで自らの不利を認めない捨てゼリフだった。

生命機能研究センター長室を出たあと、帰りの車の中で、紀尾中は安富の研究を支援する会社がほかにあるのかどうか、平良に訊ねた。

「今のところはないと思いますよ。あったら安富先生のことですから、今みたいに弁解めいたことは並べず、それならほかへ頼むのひとことですますでしょう。ただ、海外のメガファーマに目をつけられると、一気にそちらに流れるかも」

「ここまで来て、横取りされるのは惜しいな。なんとか解決の糸口はつかめないのか」

「安富先生はじめ、ウチでも専門領域の研究員が、必死になってさがして見つからないのに、思いがけない発見なんかあるはずないですよ。このままやったら、特定支援研究の継続はむずかしいかもしれませんね」

平良の丸顔に浮かんでいるのは、鉛のような徒労感だけだった。

＊

支店長会議の打ち合わせという名目で、東京に出張してきた田野保夫は、東京支店長の誘いを断って、タクシーで新宿に向かった。

時刻は午後六時四十分。夕闇が迫る中、タクシーはビル街を抜け、代官町通りを千鳥ヶ淵へと進む。東京は久しぶりだが、別に気持が浮き立つこともなかった。

京都市左京区生まれの田野は、幼いころから成績優秀で、公立の進学校からストレートで京洛大学の経済学部に進んだ。頭脳明晰なことは、自他ともに認めるところだったが、田野はなぜか子どものころから人に嫌われた。身勝手、目立ちたがり、利己主義者。自覚はないのに、そんなふうに貶められた。どうせデキの悪いヤツらの嫉妬だろうと思って無視していたが、一匹狼に徹するほど強くもなかった。

人に好かれるために田野が考えたのは、イエスマンに徹することだった。自分は頭がよすぎるから、バカなヤツの欠点が見える。それを指摘するから嫌われる。常にノーを言わなければ、嫌われることもないはずだ。

田野は大学では周囲に調子を合わせて、それなりに学生生活を楽しんだ。同級生からは中身のないヤツと見られていたが、本人は気にしなかった。

新卒で天保薬品に採用され、ＭＲ試験は軽々と突破して、イエスマンを求める医師たちには気に入られ、ＭＲとしてそれなりの実績を挙げた。三十二歳で上司に紹介された女性と結婚し、現在、二女の父親でもある。根本的に女性にはモテないので、不倫に走ることもなく（不倫など時間の無駄だと、半ば負け惜しみで考えていた）、上司や医師たちには徹底的にへつらい、わずかでも自分の得点になることには労を惜しまず、ただひたすら上を目指して努力を重ねてきた。総務部長の五十川には、彼が営業課長のころから尽くしてきた。京洛派閥のボスだった当時の社長・宮城に気に入られ、将来の社長候補との噂を聞きつけたからだ。五十川も田野の忠誠を受け入れ、側近扱いしてくれた。それが今、安閑としていられない状況になっている。原因は、新宿営業所の所長、有馬恭司である。

タクシーはちょうどいい時間に新宿駅の東口に着き、田野は指定された店に向かった。有馬が予約したのは、雑居ビルの二階にある京風の和食店だ。時刻は午後七時五分。少し遅れるところが格上としてふさわしい。田野はそういう計算が好きだった。

案内されたのは三畳ほどの個室で、仲居が襖を開けるとダークスーツ姿の有馬が振り向いた。

「待たせたみたいだな。申し訳ない。タクシーで来たんだが意外に道が混んでいてね」

「とんでもないです。私も今、来たばかりですから」

田野は遠慮なく上座に座り、まずはビールで乾杯した。

「料理は懐石のコースをご用意いたしました。いちいち注文するより、落ち着くかと思いまして」

「何から何まで完璧なアレンジだな。さすがは新宿営業所の所長だけはある」

「恐れ入ります」

他人行儀な対応は、こちらを警戒しているからだろう。まずはリラックスさせなければならない。

「さっき東京支店の酒井《さかい》君に会ってきたが、彼は顔色が悪いね。肝臓でも悪いんじゃないか。製薬会社の支店長が病気顔ではまずいだろう」

冗談めかして言うと、有馬はわずかに表情を緩めた。

「酒井支店長は先々月、胆石の手術を受けたんです。腹腔鏡手術の予定だったのが、癒着がひどかったらしく、途中で開腹になっちゃって」

「文字通り切腹したわけか。そりゃあ気の毒だったな。ハハハ」

他人の不幸にはつい声がはずむ。適当な雑談をしていると、話の切れ目に有馬が上目遣いで聞いてきた。

「田野支店長の東京ご出張は、私との会食が目的ではありませんか」

「なぜ、そう思うんだね」

「私のような下っ端に、田野支店長が声をかけてくださるのは、何かわけがあるのかと思いまして」

何が下っ端だ、心にもないことをと、田野は肚《はら》の中で罵《ののし》りながらビールを飲み干す。

「特別なわけなどないよ。この前、君が大阪に来たとき、五十川部長も君のことを買っていたから、東京に行くのなら差しで飲みたいと思っただけだ。私は冷酒を頼むが、君はどうする？」

同じ五十川派として連帯しようという雰囲気を込めると、有馬もやや気を許したのか、「では、私も同じものを」と応じた。

「先日、天王寺大学の新藤先生と、岳父の木之内丈一さんと会食する機会があってね。木之内さんは関西の大手スーパー『ドーナン』チェーンのオーナーだ」

有馬は知っているとも知っていないともつかない表情で話の続きを待つ。

「もちろん、五十川部長のお供だったんだが、君はこの前の大阪出張の帰りに、新藤先生の研究室に挨拶に行ったんだって？――」

有馬の表情がかすかに動く。田野は気づかないふりで、運ばれてきた冷酒のグラスを口に運んだ。

「たまたま天王寺大学病院に行くついでがありましたもので。出過ぎたことだったでしょうか」

「いやいや、せっかく出張で来たんだから、機会を捉えて訪問するのは悪くない。新藤先生も君の訪問を喜んでいらっしゃったから」

「それでしたらよかったのですが」

有馬は殊勝な態度を崩さない。どこまでも用心深い男だと、田野は苛立つが、顔は親し気な笑みのままだ。

「紀尾中が栗林常務のお気に入りだと見抜いて、紀尾中の不祥事を暴けばいいというアイデアは、五十川部長も感心していたよ」

「恐れ入ります」

「ああいうことは、どこで思いつくのかな。私などは及びもつかないよ」

「またまたご謙遜を」

有馬が表情を緩めて、くいと冷酒を飲んだ。チャンスだ。田野は狡猾な目線を相手に固定した。

「で、肝心の紀尾中の不祥事は、何か見つかったのかね」

有馬の手が止まる。田野はさらに追い打ちをかけた。

「君は紀尾中の同期だし、同じ営業所長だから、情報にはいちばん近いところにいるだろう。このアイデアは君が言い出したことでもあるし」

徐々にプレッシャーを強めると、有馬は鋭い目で田野を見つめた。

「五十川部長が、気にされているのですか」

有馬は田野の出張を五十川からの問い合わせだと思ったようだ。

「役員会の直前に動いて、常務に裏を気取られてもいかんだろう。だから早めにと思っておられるようだ」

「申し訳ありません。いろいろ探っているのですが、今のところはまだ――」

ここではじめて笑顔を消す。有馬はすぐに弁解をはじめる。

「紀尾中は同期にも評判がよくて、不祥事めいたことを聞きだそうとすると、逆に、どうしてそんなことを聞くんだと勘繰られるんです。私がおかしな動きをしているのを紀尾中に感づかれるのもよくないので、なかなか突っ込んで聞けなくて。それに私は東京勤務ですから、関西の連中に接触する機会もかぎられていまして」

無言で料理に箸を伸ばす。この沈黙は有馬にはつらいだろう。

ころ合いを見て、咳払いをひとつして言った。

「私も調べているんだがね、紀尾中はなかなかガードが堅いようだな」

有馬が殊勝にうなずく。

「しかし、MRなら何かあるだろう。できるだけ常務の心証を害するようなエピソードがいいんだが」

「セクハラとかがあれば、いいですね」

「潔癖な栗林常務には、セクハラは最適のネタだな。そんな話があるのか」

「わかりませんが、紀尾中は女性にモテるタイプですから、もしかしたら女医か看護師がらみで何かあるかもしれません」

「そんな話があれば、五十川部長も喜ぶぞ。十二月の役員会まではまだ時間がある。多少強引な手を使ってでも、何か見つけるよう頑張ってくれ。期待しているから」

「承知いたしました」

これで大事な話は終わったという空気になり、田野は冷酒のお代わりを注文した。有馬も続き、雑談をはじめる。有馬の警戒心が緩んだところで、田野がついでのようにこの日の本題を切り出した。

「そう言えば、栗林常務がちょっと気になることをおっしゃっていたな。協堂医科大学の須山教授の件。常務はどうやら寄附金の二重取りを持ち掛けたことを、快く思っていないようだ。まあ、アンフェアと言えばアンフェアだからな」

「はあ……」

「あれは君の独断でやったことなのか。五十川部長のアイデアでもあるんだろう」

「いえ。私が考えたことです」

「そうか――。むう」

唸ってみせると、有馬は訝しそうに首を傾げた。

「常務も君の独断だと思っているようだな。有馬はそういう方策を講じる人間だと見られたら、君の将来にも関わりかねない。知っての通り、あの人は万代社長の秘蔵っ子だから影響力があるんだ。余計なことかもしれないが、こんなことで君がマイナス評価をつけられるのはもったいないと思ってね」

有馬の目に困惑が浮かぶ。さすがの切れ者にも思いがけない展開なのだろう。

「では、どうすれば」

「うーん」

考えるふりで顎を撫でる。有馬はすでにクモの巣にかかった蝶《ちょう》だ。

「ここだけの話にしてもらわないと困るが、君は逐一、五十川部長の了解を得て動いていたんだろう。それなら部長の指示があったのも同然だ。何も部長に責任をなすりつけるようなことをしなくても、必ずしも自分がひとりで動いたわけではないということを、常務に伝えてもいいんじゃないか。伝え方を工夫すれば、君の独断だったという印象を薄められるだろう」

「なるほど――」

「君ならうまくやれるよ。早い機会にもう一度大阪に出張して、常務に話したらいい」

「常務がそんなふうにお考えだとは知りませんでした。そう言えば紙鍋の店でも、須山教授の二重取りには批判的でしたね。貴重な情報を、ありがとうございます」

有馬が納得したようすで頭を下げた。

「礼を言うには及ばんよ。私は君に期待しているんだ。将来、君は我が社を背負って立つ人材だからな。お互い、天保薬品のために頑張ろう」

笑顔で応じると、有馬は肩をすぼめて「はい」と言った。

田野はほくそ笑みながら、冷酒の三杯目のお代わりを仲居に告げた。


翌日、東京からもどると、田野はその足で本社に行き、栗林の部屋を訪ねた。

「失礼いたします。少しお時間よろしいでしょうか」

書類に目を通していた栗林は、遠近両用の眼鏡をわずかに下げ、田野に硬い視線を向けた。相手が近づいてこないのを見ると、席を立って無言でソファ席を勧めた。

「ただいま、東京出張からもどってまいりました。昨日、酒井支店長と打ち合わせをしたのですが、そのあと、新宿営業所の有馬君と食事をする機会がございまして」

有馬と聞いて、栗林は先日、北新地の「抱月」で会った男を思い出したようだった。

「と申しますのも、彼が協堂医科大学の須山教授を攻略した件が、どうも引っかかっておりまして。つまり、奨学寄附金の二重取りを持ちかけた件でございます」

栗林は相槌も打たずに田野を見ている。

「いくら状況が緊迫していたとはいえ、やはりアンフェアな手法は慎むべきなのに、五十川部長も有馬君のやり方を擁護しておられましたので、そのままでは彼のためにもならないと思い、東京出張のついでにひとこと注意しておこうと、一席設けた次第です」

そこまで言うと、栗林はようやく表情を緩めた。

「それはご苦労さまでした。あの件は、わたしも気になっていましたから」

「さようでございますか。ですが、肝心の有馬君の反応が、思わしくなかったものですから――」

「と言うと」

「どんな場合でも、常に公正なやり方を忘れてはいけないと申しますと、いかにも心外という口調で、あのとき、須山教授を説得するのに、ほかにどんな方法があったのですかと、食ってかかる始末で――。まあ、多少、アルコールも入っていましたし、個室で二人きりでしたから、彼もちょっと興奮したのでしょうが」

「それはよくないわね」

「で、前の大阪での会食のとき、栗林常務がどういう反応だったか思い出してみろと促したんです。すると、彼は急に不安になったようすで、常務のお考えを根掘り葉掘り聞くものですから、はじめに言ったように、アンフェアな手法はよくないと繰り返しました」

栗林が真剣に耳を傾けているのがわかる。取締役なら無視できない情報だろう。田野は最後の詰めにかかった。

「有馬君も徐々にわかってくれたようでしたが、話しているうちに、実は寄附金の二重取りを持ちかけたのは、五十川部長からの示唆で、自分のアイデアではないと言いだしたのです。今になってそんなことを言うなんてと思いましたが、タウロス・ジャパンから須山教授に動いたカネのことを報告すると、五十川部長がウチからの寄附金を即決したのだと。つまり、有馬君は仲立ちをしただけだというのです。それで私にとりなしてくれと言うので、それは自分ですべきだろうと諭しておきました」

栗林の顔に有馬に対する不信が浮かんだ。田野は何食わぬ顔で続ける。

「有馬君は優秀だし、営業力もあります。私も期待しているからこそ、余計な口をはさんだのですが」

「余計な口ではありませんよ。こういうことは年長者が注意してやることが必要です。貴重な報告、ありがとう。ご苦労さまでした」

田野が立ち上がると、栗林は戸口まで送ってくれた。

廊下に出て扉を閉めると、田野の顔に甘ったるい笑みがこぼれた。次は最後の仕上げだ。

役員フロアからエレベーターで総務部のある三階に下りた田野は、逸る気持を抑えて部長室に向かった。

「田野でございます。先ほど、東京出張よりもどってまいりました。これ、つまらないものですが」

東京駅でわざわざ並んで買ったNYパーフェクトチーズを差し出す。辛いものも甘いものもいける五十川は、最近、このゴーダチーズとラングドシャのスイーツにはまっていた。

「気が利くねぇ」

執務机から立ち上がって、応接椅子を勧めてくれる。東京出張は五十川には知らせていなかった。

「で、東京では何を」

「支店長会議の準備で、酒井君と打ち合わせをしてきました。そこで妙な話を聞いたので、部長のお耳に入れておこうと思いまして」

「何だ」

「新宿営業所の有馬君が、例の須山教授に寄附金の二重取りを仕掛けたのは、五十川部長の差し金だと、仄めかすようなことをあちこちで吹聴しているらしいんです」

眉をひそめた五十川に田野が訊ねる。

「実際はどうなんですか。私は有馬君の単独プレーだと思っていたのですが」

「あのとき、須山さんにタウロス・ジャパンから四千万ほどの寄附金が出ていて、こちらが上乗せした額を出せば、説得できるかもしれないと、有馬のほうから言ってきたんだ」

「でしたら、やはり部長の差し金というのはおかしいですね」

「しかし、どうして有馬はそんなことを仄めかす必要があるんだ。自分の手柄にしておくほうがいいだろうに」

「そこなんですよ。私も腑に落ちなかったので、彼を呼び出して飯を食うついでにそれとなく探ってみたんです。そしたら、どうもこの前『抱月』で会食したときの栗林常務が原因らしいです。あのとき、部長は有馬君を擁護されましたが、常務はどちらかというと否定的でしたからね。彼は常務にマイナス点をつけられるのを気にして、寄附金の二重取りは五十川部長のアイデアということにして、自己正当化を図っているんじゃないでしょうか」

五十川はまさかという顔をしながらも、疑念を抱いたようだった。田野はそれをさらに深めるべく話を進める。

「酒が進むと、彼はしきりに栗林常務のことを気にしていましたからね。直接、弁明したいようなことも言っていました。紀尾中が常務のお気に入りというのも不愉快のようで、盛んに紀尾中をこき下ろしていました」

「で、紀尾中の不祥事は何かわかったのか」

「それですよ。私も悪口ばかり言うのじゃなくて、何かつかんだのかと聞きましたら、自分は東京が長いので、関西の情報が少ないとか、同期の中でも紀尾中のほうが人望があるとか言って、進捗のないことに弁解ばかりするんです」

「頼りにならんヤツだな」

苛立つ五十川に、田野は御意とばかり顔を伏せる。そして、ふと思う。ここで自分が紀尾中の不祥事を探り当てれば、有馬の不甲斐なさがいっそう際立つ。そのとき、ある案を思いついた。

アイデアが閃くと、田野は「今日はこのへんで」と、そそくさと五十川の部屋をあとにした。

それから、田野は忙しく動きまわり、策略を巡らせ、紀尾中の周辺を調べてまわった。将を射んと欲すればまず馬を射よの戦略で、彼は思いがけないきっかけをつかんだ。ツイているときというのはそういうものだ。さらに調査を進め、自ら足を運んで裏を取り、ネタの確実性とインパクトを高めるために奔走した。

田野は手駒が揃ったところで、五十川に連絡を入れた。

「部長。先日は出張帰りでゆっくりご挨拶もできず、失礼いたしました。もし、お時間があるようでしたら、お食事でもごいっしょさせていただけませんか。ちょっとお耳に入れたいこともございますので」

「どんな話だ」

「大したことじゃありません。例の紀尾中の過去のことです。ちょっと驚くような事実をつかみましたので」

もったいぶった言い方をすると、電話の向こうで焦れる気配が伝わってきた。それでも、田野は慌てなかった。満足してもらえる確信があったからだ。

「実は、以前、紀尾中のせいで、ある患者が亡くなっているらしいんです。いや、亡くなったなんて穏やかなもんじゃない。紀尾中が死なせたも同然の患者です」

35　紀尾中の疑惑

九月に入り、来年度の研究支援の申請に、安富がどのような額を要求してくるか、予断を許さない状況が続いていた。あれからもう一度、平良は阪都大学の生命機能研究センターを訪ねたが、安富はすこぶる不機嫌で、申請の話などとても持ち出せそうになかったらしい。

平良によると、これまでの役員会では栗林が安富の研究を積極的に支持してくれたことが大きかったという。背景には彼女の紀尾中に対する信頼があるとのことだった。それはありがたいが、だからと言って安富が倍額の申請をしてくれれば、とても支持を続けてはもらえないだろう。それでなくても、五十川が有望なシーズで新たに栗林にアプローチしているのだ。なんとか安富に申請額を据え置いてもらうか、できれば少し遠慮してもらわなければ支援の継続はむずかしい。

そう気を揉んでいる紀尾中に、思いがけない人物から連絡が入った。

「紀尾中、元気にしているか。久しぶりに一杯、どうだ」

大阪北部の高槻営業所の所長、原山拓也《はらやまたくや》だった。紀尾中の二期上で、就職活動の折にはＯＢ訪問で世話になった先輩であり、若いころに尼崎の営業所でいっしょに働いたこともあって、互いに親しい関係だった。

「どうしたんです、急に。珍しいですね」

気軽に応じると、原山の口調が重くなった。

「ちょっとややこしい話があってな。おまえの耳に入れておいたほうがいいと思って」

どんな内容か気になるが、電話で話せないからわざわざ会おうと言ってきたのだろう。

「じゃあ、今夜、梅田あたりでどうですか」

明るく応じると、原山は茶屋町《ちゃやまち》の割烹そばの店を指定した。

午後七時、梅田の北側にあるショッピングモールの三階に行くと、すでに原山が来ていて、半個室の席に陣取っていた。

「原山さん、早いですね。ご無沙汰しています」

「堅苦しい挨拶は抜きだ。まあ、座れ」

取りあえずビールで乾杯し、造りと京生麩《きょうなまふ》の田楽《でんがく》、穴子の天ぷらなどを原山が見つくろった。

「話ってどんなことです」

早めに本題を促すと、原山はラグビーで鍛えた肩幅の広い上体を、紀尾中に近づけて声を低めた。

「田野支店長が、おまえの過去をいろいろ嗅ぎまわってるみたいなんだ。おまえが以前いた営業所を順にまわって」

「何でまた」

「わからん。それでどうやらウチに的を絞ったみたいで、今日を含め先週から三回も顔を出してる。チーフMRの一人を呼びつけて、何やらコソコソ話し込んでた。そいつは元々田野支店長に尻尾を振ってるヤツだから、俺には何も報告しないが、そいつのチームにいる若手がこっそり教えてくれた。高槻中央病院のからみで、おまえのことをいろいろ調べてるみたいだとな。何かヤバイことがあったのか」

「高槻中央病院ですか。私が高槻営業所にいたとき、担当していたところですね」

思い出すように答えながら、紀尾中はもしかしてと、不吉な予感に囚《とら》われた。高槻は紀尾中が入社後、三カ所目に勤務した営業所だった。

「今日は田野支店長が過去の日報を見せてくれと言うから、どういう理由ですかと聞くと、支店長会議がどうのこうのと言っていたが、明らかに嘘だ。それでおまえがいたころの日報を引っ張り出して、応接室で熱心に読み耽っていた。出てきたときには、いかにも何かつかんだという顔で、ご満悦のようすだったぞ」

「日報ですか。別にまずいことを書いた覚えはありませんが――。いや、そう言えば、ひとつあったかも」

「何だ」

「高槻中央病院に入院していた患者さんが亡くなったとき、告別式に参列したんです。そのことを日報に書いた覚えがあります」

「なんでまた葬式なんかに出たんだ。おまえ、まさか個人の患者の治療に関わったんじゃないだろうな」

「直接ではありませんが、ご遺族に説明したいことがあったので」

「どういうことだ」

原山が焦れたように、手にしていたジョッキを置いた。紀尾中は正確さを期すため、慎重に当時の記憶をたどった。

紀尾中が高槻営業所に勤務したのは、二十代の終わりから三十代はじめにかけての三年間で、MRとして仕事の要領を覚え、懸命に動きまわっていたころだ。

当時の紀尾中は、薬の売り上げを伸ばすために、とにかく医師の役に立つMRになることだけを考えていた。医師の質問には即答し、どんな要望にも応え、呼ばれたらすぐに駆けつける。薬の効果が弱いときにはその原因を探り、副作用が出たら早急に対処法を提案する。薬の相乗効果や、組み合わせの禁忌など、細かな相談にも的確に応じられるように準備し、治療目的以外の疾患についても、助言できるよう知識を深めた。

自ずと医局での評価は高まり、紀尾中は多くの医師たちから信頼された。薬の選択に迷った医師が、紀尾中に相談することもあった。中にはほとんど丸投げのような形で、紀尾中に処方の内容を頼る医師もいた。当然、紀尾中の売り上げは目覚ましく、北大阪地区だけでなく、社内の売り上げ全国一位を二回続けて記録した。紀尾中が今、思い出しているのは、そんな中で起こったある〝事件〟だった。

患者の名前は忘れもしない。桑江《くわえ》晴子《はるこ》、四十二歳。膠原病《こうげんびょう》の一種であるSLE（全身性エリテマトーデス）の患者だった。今から十六年前のことである。

SLEは、自己免疫疾患に分類される疾患で、全身性の炎症と、関節、皮膚、及びさまざまな内臓の障害を引き起こす。中でも特徴的なのは、「蝶形紅斑《ちょうけいこうはん》」という、鼻から両頬にかけて蝶が羽を広げたような形の紅斑（赤いまだら）で、桑江晴子にも典型的な紅斑があった。

主治医の久保田《くぼた》正仁《まさひと》は、当時、四十歳の内科医長だった。一見、名医風だが、実際は見栄っ張りのはったり医者だった。薬の知識も乏しく、日々の研鑽《けんさん》もしない。ただ、オペラ歌手並みのバリトンの声に説得力があって、患者はつい信頼してしまうようだった。

久保田は紀尾中が優秀なのをこれ幸いと、少しややこしい処方になると、すぐに助言を求めてきた。主体性のない久保田は、プライドを傷つけないようにさえすれば、ほとんど紀尾中の勧めた通りの処方をした。しかし、気分を害すると、だれが見てもおかしな処方を変えようとしなかった。

桑江晴子の症状は比較的安定していたが、あるとき、急性増悪となって、関節炎、腎炎、白血球減少などが相次いで現れた。緊急入院となり、久保田はステロイドのパルス療法を選択した。これは注射用のステロイドを５００～１０００㎎、点滴で三日間投与するもので、緊急避難的な治療と言える。幸い、治療は効果を発揮し、桑江晴子の容態は落ち着いたが、その後、久保田がステロイドを従来の10㎎にもどしたため、ふたたび炎症が強まった。

――どうしたらいいだろう。

相談を受けた紀尾中は、ステロイドの錠剤を40㎎に増量することを提案した。そのとき桑江晴子が服用していたのは、天保薬品のステロイド剤、《プレドノリン》だった。ステロイドを高用量で用いるときは、体重一キロあたり一日０・５～１㎎とされているから、体重が四十五キロの桑江晴子には、決して多すぎる量ではなかった。

にもかかわらず、彼女は胃穿孔《せんこう》を起こし、緊急手術をしたが、腎炎が悪化して多臓器不全に陥り、死亡した。

久保田は胃穿孔の原因を、ステロイドの増量だとして、治療上、致し方ない選択だったとしながらも、製薬会社のＭＲの強い助言の影響だと、患者の遺族に説明した。明らかな責任転嫁だが、桑江晴子の夫はそれをまともに受け取り、涙ながらにこう言ったという。

——じゃあ、晴子はそのMRに殺されたも同然なんですね。

久保田はその話を、どういうつもりか、その日、医局に来ていた紀尾中に単なる経過説明のように話した。

——まあ、MRとしては自社製品を多く使わせるように仕向けるのは、当然だろうからな。

それはちがう。紀尾中は純粋に患者の容態を考え、医学的な判断としてステロイドの増量を勧めたのだ。たしかに危険はあったが、少量のままの投与では、ふたたび急性増悪の状態にもどり、今度は手の打ちようがなくなる危険性のほうが高かったはずだ。

——それにしても、ご主人が悲しんでいたぞ。

夫の嘆きを聞かされ、紀尾中は唖然とし、冗談じゃないと思ったが、これ以上、久保田に反論しても、ぐだぐだと言い逃れを聞かされるだけなのは明らかだった。それで彼は桑江晴子の告別式に参列して、夫に申し開きをしなければと思ったのだ。

当日、告別式の会場に行くと、桑江晴子の夫は悲嘆に暮れ、周囲の目もはばからずに号泣していた。小学生らしい二人の娘も、祖母と思われる女性にすがりついて泣きじゃくっていた。

受付でご主人にお話ししたいことがあると頼むと、親戚筋にも話が伝わっていたらしく、「あんたが例の製薬会社の人間か。帰れっ」と怒鳴られた。

結局、紀尾中は夫に何も話すことができないまま、火葬場へ向かう遺族を見送らざるを得なかった

夫の取り乱しようを目の当たりにして、紀尾中は医療に関わることの危うさを突きつけられた思いがした。これ以後、紀尾中は医師に助言を求められても、控えめな意見しか言わなくなった。不

満を洩らす医師もいたが、紀尾中は慎ましさを変えなかった。強い助言を求める医師は、要するに自信がないのだ。

少し落ち着いたら桑江晴子の夫のもとへ説明に行こうと思っているうちに、紀尾中は和歌山の営業所に転勤となり、多忙な大学病院と新人の教育を担当させられて、その機会を失ってしまった――。

説明を聞き終えた原山は、まず久保田という主治医に怒りを向けた。

「自分が処方したくせに、ＭＲのせいにするなんて、無責任にもほどがあるな。しかも、それを遺族に言うなんて、医者の風上にもおけんヤツだ。そいつは今どこにいるんだ」

「芦屋で開業してますよ。元々、そっちの出身だったから」

「しかし、ステロイドの増量だけで、胃穿孔が起こるか。ＮＳＡＩＤｓ《エヌセイズ》（非ステロイド性抗炎症薬）を併用していたんじゃないのか」

「おそらく」

「だったらステロイドが原因とは言えないだろう。おまえのせいで患者が亡くなったなんて、言われる筋合いはないじゃないか」

「ですが、ＳＬＥで関節炎があれば、ＮＳＡＩＤｓが処方されていることは、当然、予測しなければならないし、その状態でステロイドの増量が、胃潰瘍から穿孔を起こす危険性も想定内です。だから、私も完全に責任を免れるわけにはいきません」

「そのリスクを久保田という医者に説明してなかったのか」

「もちろんしましたが、久保田先生が言うには、俺はおまえを信頼して処方したんだ、リスクが高かったのなら、もっと強く説明すべきだったと、責任を押しつけてきたんです。たしかにそのことには一理あると感じるので」

「おまえはバカか。そんなことで責任を感じるなんて、お人好しにもほどがあるぞ」

原山はひとごとながら肚に据えかねるように吐き捨てたが、今は久保田に怒っている場合ではないと、姿勢を改めた。

「そんなことより、田野支店長がおまえの過去を調べているほうが問題だな。何の目的もなく、嗅ぎまわるはずはない。おまえに心当たりはないのか」

「田野さんが単独で動いているとは考えにくいですね」

「バックにいるのは五十川部長か」

原山は同情混じりの苦笑を紀尾中に向けた。

「おまえと五十川部長は仇敵同士だからな」

「私はそうは思っていませんが」

「向こうは思ってるさ。イーリアの添付文書の一件以来、部長はいつかおまえをギャフンと言わせることに、密かな情熱を燃やしているようだからな」

「くだらない情熱ですね」

「そういうクールなところが、よけいに部長を苛立たせるんだ」

「そう言えば、五十川部長との関わりでは、特定支援研究の件で少し問題があります」

安富への投資がむずかしくなりかけているところに、五十川が有望なシーズを見つけてきて、特定支援研究の座を安富から奪おうとしていることを説明した。

「安富先生の研究を創薬開発部につないだのは私ですから、五十川部長とは図らずも投資対象をはさんで、競合関係になっているんです。それで五十川部長は自分が見つけてきたシーズを特定支援研究にしてもらうよう、栗林常務に根回しをしたようです」

「それだ」

原山は直ちに納得して、思い出すように訊ねた。

「さっきの話、栗林常務が高槻の営業所長だったときじゃないか。その件は報告しなかったのか」

「してません。するほどのことではないですから」

「五十川部長は彼女におまえの過去を大袈裟にチクって、印象を貶め、安富さんの研究を支援しないように仕向けるつもりじゃないか」

「それとこれとは話がちがうでしょう」

反論してみたものの、栗林が安富を推す背景には、自分に対する信頼があるという平良の言葉を思い出した。

原山が続けて言う。

「特定支援研究の話だけでなくて、単におまえを陥れるために栗林常務を利用する可能性だってあるぞ。彼女も自分が営業所長のときに、そんな不祥事があったと知れば不愉快になるだろう。彼女が問題視すれば、人事課だって無視できなくなる。そうなれば、おまえの人事考課は下げられ、地方へ飛ばされる可能性だってある」

「自分が肩入れしている研究に多額の投資をし、ついでに気にくわない私も左遷できるってわけですか」

紀尾中の他人事のような言い方に、原山は舌打ちをした。

「呑気なことを言ってる場合か。一刻も早く手を打つべきだ」

「どんな手を」

「栗林常務に先に説明しておくんだよ。放っておいたら、五十川部長は栗林常務にどんな報告をするかわからんぞ」

「しかし、こちらが先に動いて余計な説明をすると、却《かえ》って弁解がましくなりませんか」

その可能性は原山も否定できないようだった。考えながら、ふと別のことを思いついたらしく、紀尾中に聞いた。

「おまえがそのSLEの患者に関わった話を、田野支店長はどこから聞きつけたんだろう。俺はもちろん、うちのチーフMRだってそんな昔のことは知らんぞ」

「高槻中央病院の関係者ですかね」

「いくら田野支店長でも、いきなり病院には訪ねてはいかんだろう。だれかがきっかけを作ったはずだ。心当たりはないのか」

「さあ――」

桑江晴子のことを知っているのは、病院側の人間と遺族で、いずれも田野とは接点がない。とすれば田野に話を伝えたのは、この件と田野の両方を知っている人物にかぎられる。まさか……。

証拠もないのに、これ以上考えても仕方がないと、紀尾中はかすかな胸の痛みを堪えつつ、改めて原山に頭を下げた。

「いろいろ心配していただき、ありがとうございます。どうするのがいいか、少し考えてみます」

先輩に感謝しつつ、紀尾中は会食を終え、原山と別れた。

正しい選択には熟考が必要だ。しかし、その時間はほとんどなかった。原山と会った翌日、紀尾中は栗林に呼ばれたからである。


天保薬品本社の役員フロアは、機能重視の万代社長の好みで余計な装飾はいっさいない。あるのは重々しい静謐《せいひつ》だけだ。

「失礼します」

紀尾中が扉をノックして常務の部屋に入ると、栗林は眼鏡をはずして、執務机から立ち上がった。

「忙しい身体なのに、呼び出して悪かったわね。どうぞ、そちらに」

応接ソファを勧めてくれたが、笑顔はなかった。五十川の誹謗ぐらいで自分への信頼は揺らがないという期待は、甘かったようだ。

向き合って座ると、栗林は紀尾中に視線を据え、静かに語りだした。

「あなたの仕事ぶりにはいつも注目しています。問題が生じたときは、そのまま放置したり、うやむやにしたりはしない人だと思っています」

短い前置きのあと、単刀直入に話をぶつけてきた。

「あなたのことである情報が寄せられたの。高槻営業所にいたころのことで思い当たることはない？」

「桑江晴子さんのことですか」

即答した紀尾中に、栗林は、「否定しないのね」という目で、小さなため息を洩らした。

「その情報を持ち込んだのは五十川部長ですか」

「だれが持ち込んだかは重要ではないの。経緯を聞かせてもらえるかしら」

思った以上に冷淡な声だった。紀尾中は弁解口調にならないように、事実だけを淡々と伝えた。

「あなたはどんなふうにステロイドの増量を勧めたの」

「急性増悪の再発を防ぐために、思い切った増量が必要だと言いました。実際、腎機能が低下していましたし、白血球も再度、減少しかけていましたから」

「どうしてそこまで強く言ったの」

「患者さんのためだと思ったからです」

「でも、決めるのは主治医でしょう」

その主治医が頼りないからだと言いたかったが、筋ちがいの抗弁であることはわかっていた。医師がいくら頼りなくても、資格のないMRが口出しをすべきではない。

追い打ちをかけるように、栗林の口から厳しい言葉が出た。

「越権行為だったとは思わない？」

「そう言われれば――、たしかにそうです」

栗林はあきらめの目で紀尾中を見て、今度は露骨なため息を洩らした。

「日報に患者さんの告別式に参列したと書いてあったそうだけど、チーフから報告がなかったから、わたしは見ていない。できれば、直接、報告してほしかった」

「申し訳ありません」

「問題はご遺族の感情をそのままにしてしまったことね。告別式に参列したのは、やはり疚しいところがあったから？」

「ちがいます。告別式に参列したのは誤解を解くためです」

「誤解？」

「ご主人は主治医の説明で、私が患者さんを死なせたように思い込んでいたのです。いくら何でもそれはちがいます。ステロイドの増量は、医学的に見て致し方のないもので、増量しなければＳＬＥの急性増悪で命を落とした危険性のほうが高かったのです。そのことをご理解いただこうと思って」

「じゃあ、なぜ言わなかったの」

「ご主人が取り乱していて、とても話すことができなかったのです」

「時間を空ければ説明できたでしょう」

「そうです。私もそのつもりでいたのですが――」

和歌山への転勤を命じられて多忙になったというのは、言い訳にならない。同じ関西にいるのだし、その気になれば休日に面会することも可能だ。

紀尾中は覚悟を決めて、率直に告白した。

「桑江さんのご主人に説明しなかったのは、気持の上で抵抗があったからだと思います。自分は悪くないのに、なぜ言い訳のようなことをしなければならないのか。それに、あまりに嘆き悲しむご主人を見て、うまく説明できる自信がなかったのかもしれません。それで先延ばしにしているうちに、タイミングを逸したのです。申し訳ありません」

「ご遺族は十六年たった今も、あなたを恨んでいるそうよ。会社としても放置するわけにはいかない。わたしも当時の営業所長として、きちんと謝罪をする必要があるわ」

栗林は自らの進退まで賭けているようだった。潔癖な彼女なら、当然、そこまで考えるだろう。となれば、紀尾中自身も相応の処分を覚悟しなければならない。

「いずれにせよ、今、わたしが得ている情報だけで判断を下すわけにはいかないから、あなたのほうでも確認してもらえる？」

「わかりました」

五十川はどんな伝え方をしたのか。卑怯者めという思いと同時に、情報を五十川に伝えた田野にも怒りが湧いた。そもそも田野はどこから情報を得たのか。

考えを巡らせる前に、ふと平良の悲愴な顔が思い浮かんだ。もしも、これで安富への投資が打ち切りになれば、平良もまた窮地に立たされる。

「栗林常務。ひとつうかがってもよろしいでしょうか」

「何」

「うちと共同研究をしている阪都大学の安富先生への支援ですが、もし私の落ち度が明らかになった場合、安富先生への投資にも影響が出るのでしょうか」

「どうして」

「安富先生の研究は元々、私が創薬開発部につないだものなので――」

言い淀むと、栗林の顔に今までにない険悪な表情が走った。

「わたしが安富先生の研究を支援することに、あなたと何の関わりがあると言うの。バカにしないで。純粋に研究が素晴らしいと思うから推しているだけです。言っておくけど、安富先生への投資は、今、厳しい状況にあります。にもかかわらず、来年度の申請額を今年の倍に増額するかもしれないという話も聞いています。冗談じゃないわ。そんな無茶な申請をされたら、いくらわたしだって強く推すことはできない。万代社長も首を縦に振らないでしょう。ほかに有望な研究シーズがないならまだしも、いろいろと新規の申請もあるのだから」

「五十川部長の推薦する研究者ですか。今回の情報も、そもそも特定支援研究の――」

「関係ないと言っているでしょう。余計な詮索はしないで、まず自分のすべきことをやってちょうだい」

「――承知いたしました。申し訳ありません」

頭を下げる紀尾中を無視して、栗林は席を立ち、見向きもせずに執務机にもどった。

紀尾中は最後に軽率な問いを発したことを悔いながら、堺の営業所にもどった。すんでしまったことは仕方がない。あとは状況を挽回すべくベストを尽くすだけだ。

気持を前に向けて所長室に入ると、鞄の中でスマホが震えた。発信者を確認すると、平良だった。

「もしもし、どうした」

「安富先生が、来年度の研究支援の申請書を出してきました。まだ締め切り前やのに」

平良の声はほとんど悲鳴に近かった。紀尾中は九分九厘、期待を捨てて確認した。

「で、申請額は?」

「二百五十億円。今年度の二倍強です」

＊

「ワハハハハ。部長、お聞きになりましたか。阪都大学からの研究支援の申請額」

田野の明け透けな笑い声が、薄い壁にピンボールのように跳ね返った。北新地の安めの割烹の二階個室である。向かいに座った五十川も、田野が注いだビールを口に運び、にやりとする。

田野が浮かれた調子で続ける。

「安富のジイさんも、いよいよ耄碌してきたみたいですな。創薬の見通しも不明のまま、二倍強の支援要請。空気が読めないにもほどがありますよね」

「大学にこもりきりだから、世間を知らないんだ。研究バカだよ」

「噂では、いつノーベル賞受賞の報せが届いてもいいように、スピーチや記者会見用の服まで準備しているそうです。自分の研究がどれほどすごいと思ってるんですかね」

「安富さんの申請も笑ったが、紀尾中の患者殺し疑惑も効果絶大だったぞ」

「そうですか。エヘヘヘ」

田野は主人にほめられた丁稚《でっち》のように頭を掻いた。

「栗林常務はお怒りでしたか」

「はじめは不審そうにしていたが、患者の遺族が今でもまだ紀尾中を恨んでいると話したら、顔色を変えてな。ふだんから患者に寄り添うことが第一なんてきれい事を言ってるもんだから、捨てておけなかったんだろう。すぐさま紀尾中を呼びつけて事情を聞いたようだ。紀尾中がどう答えたか知らんが、そのあと常務はものすごく機嫌が悪かったから、きっと下手な言い訳をして、火に油を注いだにちがいない」

「そうですか。いや、遺族の夫は怒ってましたからねぇ。大事な奥さんを死なされたんですからね。

何年たとうが、悲しみも怒りも薄れるはずありませんよ。アハハハ」

言いながら、田野はとってつけたような笑いを洩らす。実はかなり話を盛って五十川に伝えたのだが、効果があったのならかまわないと、自分をごまかした。

「これで栗林常務も紀尾中を見限るでしょうね。となれば、安富さんの無謀申請と相まって、特定支援研究の座は新藤先生に決定ですね」

「そうだな」

「私も部長のお役に立てて嬉しいです。栗林常務がそんなに不機嫌になったのなら、もしかしたら、紀尾中の左遷、いや、場合によったら退職にまで追い込めるかもしれません」

「そううまくいくかな」

「いきますって。栗林常務は潔癖で通ってるんですから。あの正義の味方面した紀尾中がいなくなれば、我が社もすっきりしますよ」

田野は自分の手柄を最大限に膨らませ、出る釘を打つのも忘れない。

「新宿営業所の有馬君も頑張ったようですが、結局、何もつかめなかったみたいですね。彼、目端は利くんだけど、どうも口先だけってところがありますからね」

田野が東京で会ってから、有馬はまだ大阪へは来ていなかった。

「そう言えば、有馬は来週、また大阪に来ると言っていたな。何の用事で来るんだろう」

「ほう、有馬君がまた大阪に」

田野はとぼけて応じながら口元を緩めた。これで有馬はさらに墓穴を掘るだろう。

「それにしても、君はよくあの用心深い紀尾中の疑惑を探り当てたな。日ごろの人心掌握の賜とい

れないようすで、入るのを逡巡している。

「恐れ入ります。今日はその協力者を呼んでおります」

田野が上目遣いに含みを持たせた声でささやいた。

やがて、個室の襖が開き、遅れてやってきた男が戸口に立った。ここまで来てまだ迷いの吹っ切れないようすで、入るのを逡巡している。

田野が座卓から見上げるようにして、入室を促した。

「よく来てくれた。さ、ここへ座って。遠慮することはないよ、池野君」

池野慶一は硬い表情のまま、田野の横に腰を下ろした。

「池野君か。ん？　どこかで会ってないか」

五十川が聞くと、横から田野が説明した。

「代謝内科学会総会のあと、部長が私といっしょに堺営業所に行ったときですよ。たしか、池野君の質問に、なかなか目のつけ所がいいと、部長はほめておられましたよ」

「そう言えばそんなことがあったな。まあ、一杯どうだ」

五十川が瓶ビールを取って、池野のグラスに注いだ。池野は一瞬、身を強張らせたが、五十川と田野がグラスを上げると、おずおずと乾杯に応じた。

「今回は田野君に協力してくれたそうで、私からも礼を言うよ。君だって紀尾中の下にいて、いろいろ苦労してるんじゃないのか」

「いいえ、そんなことは」

「どうした。元気がないな。まあ、いい。今日はゆっくりしてくれ」

「君が皿を空けないと、次が来ないんだから」

田野に勧められて、池野は用意されていた先付けに箸をつけた。

「君は以前、紀尾中とは高槻の営業所でいっしょだったらしいな。例の話を聞いたのはそのときか」

「はい――。紀尾中さんが和歌山に転勤する前に、私にも注意するようにと、話してくれたんです。私は売り上げを伸ばすことにかかりきりでしたので」

五十川の問いに、池野は言葉を途切れさせながら答えた。

「この池野君は優秀なＭＲですよ。チーフになったのも早かったしね。何年目だっけ」

「十二年目からです」

「それはスピード出世だ」

五十川が目を細めた。

そのあと田野がバスター5のガイドライン収載に関わる池野の働きを、まるで見てきたようにほめ、しきりに池野を持ち上げた。池野はほとんど顔を上げず、黙々と箸を動かしていたが、料理の味もわかっていないようだった。

池野が迷いを吹っ切れずにいるのを見ると、五十川が改まった調子で訊ねた。

「君は紀尾中のことをどう思っているのかね。率直なところを聞かせてくれるか」

「所長のことを、ですか」

「遠慮せずにお答えすればいいんだ」

即答しない池野に焦れて、田野が口をはさむと、五十川が右手で制した。そのまま黙って返答を待つ。

「私は、紀尾中さんを目標にして頑張ってきました。医者に無理難題を突きつけられても感情的にならず、いつも笑顔で対応するのはすごいなと思ってきました。でも、何て言うのか、ちょっと理想的すぎるところもあって、首を傾げるときもありました」

「たとえば？」

「MRの本分は、やっぱり薬の売り上げを伸ばすことだと思うんです。患者のことを優先するのも大事ですが、売り上げにつながることが前提じゃないでしょうか。でも、紀尾中さんは、会社にマイナスになっても、患者の利益を優先しろみたいなことを言うので」

「そうだ。紀尾中はそういうお利口ぶるところがあるんだよ」

田野はまた余計な合いの手を入れたが、今度は五十川も止めなかった。

「で、君はそのことを紀尾中におかしいと言ったのか」

池野が小さく首を振る。田野が池野の世話役よろしく、五十川にまくしたてた。

「池野もずっと悩んでたんですよ。紀尾中は池野が最初に赴任した営業所の先輩で、紀尾中も彼をかわいがっていたから、ついていくしかなかったんです。私はそのあたりの心情が痛いほどわかっていましたから、呼び出して話を聞いてやったんです。そしたら、苦しい胸の内を打ち明けてくれましてね。いくらきれい事を言っていても、紀尾中にだって人に言えないことがあるだろうと水を向けると、例の患者殺しの話が出てきたわけで」

「いや、あれは主治医の医者が責任転嫁しただけのことですから」

池野が慌てて訂正した。

「紀尾中の肩を持つことはないだろ。亡くなった患者の遺族は、今もまだ紀尾中を恨んでいるのだからな」

「そうなんですか」

五十川の言葉に、池野は意外そうに顔を上げた。横から田野が唾を飛ばさんばかりに言い募った。

「そうだよ。私が直接、話を聞いてきたんだから。最愛の奥さんを死なされたご主人は、紀尾中さえ余計なことを言わなければ、妻は死なずにすんだのにと涙を流していたよ。あいつは口では善人ぶったことを言いながら、裏では出すぎた真似をして、患者を死に追いやったんだ」

池野はまだ踏ん切りがつかないようだった。田野は焦れて強い口調で説得にかかった。

「だから、紀尾中なんかについていっても、いいことは何もない。製薬会社だって結局は人事だ。人事は人が決める。有力な人がな。五十川部長は、将来、必ず社長になられるお方だ。その部長が君を買ってくださってるんだ。君だって一生MRで終わるつもりはないだろう」

池野が顔を上げ、五十川を見た。最後のひとことが効いたようだ。だれが医者にへいこらしながら、薬のセールスで一生を終わりたいと思うものか。

「五十川部長は、紀尾中さんの下にいた私でも目をかけてくださるんですか」

「もちろんだ。私は君に期待している」

池野が感極まったように頭を下げる。決まりだ。彼を籠絡した自分の手腕も評価されるだろうと、田野は五十川に視線を移した。

五十川が池野のグラスにビールを注ぐ。池野が恐縮して両手で受けると、五十川が自分のグラスをそれに当て、気持よさそうに飲み干した。

「ついては、君にひとつ頼みたいことがある」

同じくグラスを空にした池野に、さらに注ぎながら五十川が言った。

「十二月の役員会までに、紀尾中がどんな動きをするか、内密に教えてほしいんだ。ヤツのことだから、まだ何かしぶとく画策するやもしれん。特に安富ワクチンについて関わる動きをね」

田野が満足そうに横を見ると、池野は忠実な部下の顔で頭を下げた。

36　裏切り者

月曜日の朝。いつも通り早くに出勤してから、かれこれ半時間がたつ。桑江晴子の夫に連絡しなければならないが、告別式で取り乱していた姿が思い出され、紀尾中はなかなかスマートフォンを手に取れずにいた。

夫の名前はたしか、潔《きよし》。住所も変わっていないようで、連絡先はNTTの番号案内ですぐにわかった。潔は今も自分を恨んでいるという。面会を申し込んでも、言下に拒絶されるか、怒号と恨み節を聞かされるのではないか。自分らしくもないと思うが、いやな想像ばかりが浮かぶ。

ノックが聞こえ、池野が顔を出した。

「所長。そろそろ全体ミーティングをお願いします」

「もうそんな時間か」

紀尾中はスマートフォンを机に置いたまま、ミーティングエリアに急いだ。

「待たせてすまない。じゃあ、報告をはじめてくれ」

「では、ワシのところから」

いつも通り、最年長チーフの肥後が口火を切った。発言者に目を向けているが、紀尾中の耳はほとんど働いていない。殿村のチームが終わり、池野のチームも最後の市橋が発言を終えても、紀尾中は上の空のままだった。

「うわっ」

いきなり肥後が大声を出した。

「どうしました」

紀尾中がぎょっとして聞くと、「どうしたは、こっちのセリフでっせ」と、肥後があきれた。

「所長が心ここにあらずになるやなんて、よっぽどの重大な気がかりですか」

「実は――」

桑江晴子の問題は口にできない。とっさに今ひとつの気がかりに話を変えた。

「安富先生の件なんだ。例の安富ワクチンの研究が滞っているにもかかわらず、来年度の研究支援に二倍強の申請をしてきたんです」

「創薬開発部の平良が担当してるヤツですな。こら、みんなで知恵を絞らなあきませんな。殿村、なんかええアイデアはないんか」

肥後に名指しされた殿村は、目をしばたたき、不審の顔を肥後に向けた。

「どうして私にアイデアがあると思うんですか」

「君は前に琵琶で思わぬ活躍をしたやろ。今回もあっと驚くアイデアを出してくれるかと思うてな」

「残念ながら、安富先生の研究に琵琶は役に立たないと思います」

殿村のチームの緒方が、「僕の浪曲もお役に立てないでしょうね」と、申し訳なさそうに言う。

それを無視して、池野のチームの山田麻弥が市橋に声をかけた。

「市橋君は薬学の修士を出てるんでしょ。何か打開策はないの」

「修士は出ましたけど、免疫関係は畑ちがいですよ。僕は代謝生理化学ですもん」

「役立たずね」

「そんな言い方って――」

市橋が抗議しかけると、肥後が「ここでもめるな」と右手を振った。いつもなら池野が止めるところだが、彼はさっきから目線を下げたまま黙っている。紀尾中が不審に思うと、肥後がいつになくまじめな顔で言った。

「ちょっと思たんですけど、安富ワクチンの問題は、アイソトープを結合させた抗体が、がん細胞に留まる時間が短いということですやろ。そやから、長時間留まらせる方法をと考えてはるようやけど、発想を変えたらどないですか」

「どんなふうに」

「留まる時間が短《みじか》うても、がん細胞を殺せる放射線を出すアイソトープを結合させたらええんとちがうんですか」

「それは安富先生も考えていたようだが、強い放射線を出すアイソトープは抗体に結合させてもすぐはずれるらしい」

「そうですか……」

肥後が落胆すると、市橋が名誉挽回とばかりに声をあげた。

「抗体とアイソトープをつなぐのはリンカーですよね。安富先生が使っているのはアメリカのリンカーテクノロジーじゃないですか。この前、奥洲大学で新しい技術が開発されたと、『薬事新報』

に出てましたよ。それを使えば、強い放射線を出すアイソトープを結合させられるんじゃないでしょうか」

安富は知っているのだろうか。権威主義的な彼は、薬剤師向けの雑誌など読んでいないかもしれない。それが突破口になるかどうかはわからないが、提案してみる価値はありそうだ。

「市橋君。その情報を詳しく調べてくれ」

さっきまで顔を伏せていた池野が、深刻な目を市橋に向ける。

「池野君。何か意見があるのか」

紀尾中が聞くと、「あ、別に何も」と、慌てたように目を伏せた。

市橋からの情報で、もしかしたら問題がクリアできるかもしれない。そう思いながら所長室にもどると、机の上のスマートフォンが目に入り、紀尾中はふたたび暗い気持になった。ため息まじりに席に着くと、スマートフォンが震えた。ディスプレイに表示された名前は平良耕太だ。またよくない報せかと通話ボタンを押すと、存外、明るい声が飛び出した。

「朗報です。安富ワクチンが、胃がんにも有効な可能性が高まりました」

どういうことかと聞くと、安富ワクチンが反応する「ＥＹＣ９」というタンパク質に似た物質が、胃がんにも発現していることがわかり、安富ワクチンを少し変えたら、抗体が胃がんの細胞に取り込まれたとのことだった。

これまで有効とされた腺様嚢胞がんは、年間の患者数が六千人前後であるのに対し、胃がんは毎年の罹患者が約十二万人に上る。当然、薬の売り上げも一気に増える計算になる。

「たしかに朗報だな。平良、こっちにもいい話があるんだ」

紀尾中は今聞いたばかりの市橋からの情報を平良に告げた。平良は「それは知りませんでした」と、電話の向こうで指を鳴らした。

「今の安富ワクチンは、テクネシウム96を使ってますが、ストロンチウム89やイットリウム90が安定的に結合できれば、短時間排泄の問題はクリアできるかもしれませんね。それがうまくいけば、次はいよいよヒトを対象とした臨床試験ですよ」

「そうだな」

力強く応じてから、紀尾中は用心深くつけ足した。

「わかってると思うが、この話はまだ極秘だぞ。役員会までに洩れて、ライバルの研究に妨害されるといかんからな」

「もちろんです。敵は本能寺ではなく、社内にありですからね」

通話を終えたあと、営業所のスタッフにも箝口令を敷かなければと思った。

そのあと、紀尾中はようやく電話のアプリを起動した。時刻は午前九時四十分。この時間だと桑江潔は出勤して家にいないかもしれない。それなら留守電にメッセージを吹き込んでおけばいい。

紀尾中が桑江宅の番号を押すと、十回のコールでもつながらず、十二回目でやっと通話になった。

「ただいま留守にしております――」というメッセージを期待したら、「もしもし」と、これ以上ないほど不機嫌な男の声が聞こえた。

思惑がはずれ、紀尾中は一瞬、言葉に詰まったが、なんとか自己紹介をして、用件を切り出した。

土曜日の午後、紀尾中は栗林とともに、桑江潔のマンションに向かった。

その二日前の夜に、紀尾中は謝罪と説明をするために桑江宅を訪問していた。相当な覚悟で出向いたのだが、相手の反応は意外なものだった。それを栗林に伝えようと思ったが、五十川からは正反対のことを聞かされているだろうから、直接、潔から話を聞いてもらえないかと頼んだのだった。

「あなたがそう言うのなら、土曜日でも日曜日でも、喜んで話を聞きに行きます。この件は重大だから」

栗林は必ずしも気を許したわけではないという顔だったが、同行を承諾してくれた。

桑江潔の自宅は、阪急京都線の高槻市駅から歩いて十分ほどのマンションだった。オートロックを解除してもらい、エレベーターで四階に上がると、潔が扉を開けて待っていた。

「またお出でいただいて恐縮です。どうぞ。狭いところですが」

気さくな調子で迎えてくれる。潔は元々は明るい性格らしかった。

リビングに通ると、女性が紅茶とクッキーでもてなしてくれた。晴子が亡くなったあと、潔は八年前に再婚したとのことだった。

栗林を紹介したあとで、紀尾中は改めて潔に頭を下げた。

「先日、うかがったお話を、もう一度、常務に話していただけませんでしょうか」

「承知いたしました」

潔が栗林に語ったのは、およそ次のようなことだった。

十六年前、晴子が亡くなったとき、主治医の久保田からMRの強い勧めでステロイドを増量したため、胃に穴が開き、多臓器不全に陥ったと聞いた。MRは自社の売り上げを伸ばすことしか考えないからと言われ、ずっと紀尾中を恨んでいたが、その後、潔自身が糖尿病になり、高槻中央病院の丸《まる》医師の治療を受けた。久保田はすでに退職していたが、たまたま晴子の話になって、MRのせいで亡くなったも同然だと言うと、丸は晴子のことを覚えていて、「それはちがう」と事情を説明してくれた。晴子のSLEは重症で、急性増悪のあと、ステロイドを増量しなければ、SLEの再増悪で命を落としていた可能性が高い。だから、MRの助言は正当なものだったというのだ。それなら、なぜ久保田はあんなことを言ったのか。丸は少し考えて、責任逃れだろうと言った。

その後、潔は自分でもいろいろ調べて、晴子の病状が治療困難なものだったことを納得した。それで紀尾中を恨むこともなくなっていたのだが、十日ほど前、天保薬品の大阪支店長という人がやってきて、晴子のことをいろいろ聞き出した。潔が最初はMRを恨んでいたと言うと、支店長は、「それはひどい」と独り合点したようすで、帰ろうとするので、今は誤解だったと納得していることを伝えようとしたが、「いいです。これで十分です」と、そそくさと引き揚げた。いったい何のことかと思っていると、紀尾中から連絡があったのだという。

「あのときは突然、お電話してすみませんでした」

「こちらこそ失礼な応対になってしまって」

紀尾中が電話をしたとき、潔は風邪で寝込んでいて、あいにく妻も外出していたので、しつこいベルに苛立って、不機嫌な声になってしまったというのだ。

栗林が改まって訊ねた。

「では、亡くなられた奥さまのことに関して、桑江さんは弊社のMRにお怒りではないということで、よろしいのでしょうか」

「もちろんです。どうぞご心配なく」

「ありがとうございます」

ていねいに頭を下げてから、ちらと紀尾中に視線を向けた。すべて解決、問題なしという目だった。

元来た道を帰る足取りは軽かった。紀尾中のスマホにLINEの連絡が入った。

「原山所長が、営業所で待ってくれているようですが、常務はどうされます」

「そうね。久しぶりだから寄っていこうかしら」

天保薬品の高槻営業所は、栗林が所長をしていたときと同じビルだった。高槻市駅前のオフィスビルの二階。土曜日で人気のない営業所に入ると、栗林は懐かしそうにあたりを見まわした。

「お待ちしていました。いかがでした」

原山が所長室から出てきて、笑顔で栗林に問うた。

「紀尾中君には問題なし。完全無罪というところね」

原山が紀尾中を見て互いにうなずく。

栗林は所長室の応接椅子に座り、「ふう」と息をついた。原山が紀尾中に言った。

「おまえ、丸先生を覚えてるだろ。今は高槻中央の副院長になってる」

「今回の件は、丸先生に助けられましたよ」

「俺も話を聞いてみたんだ。そしたら丸先生は怒ってた。桑江さんの胃穿孔は、前日の夕方から兆候があったらしい。ところがその晩、看護師との飲み会があったので、久保田は検査を翌日にまわした。そのせいで全身状態が悪化して、治療が後手にまわったんだ」

「じゃあ、その久保田って医者が、飲み会を優先して患者を死なせたってわけ？　信じられない」

栗林が義憤に駆られて首を振った。

「久保田はそれが疚しくて、紀尾中に責任を押しつけたんだろうと、丸先生は言ってた」

「わかりました。今回のことは、ご遺族が理解を示している以上、何の問題もないわね。あるとすれば、ガセネタを持ち込んだほうだわ」

原山と紀尾中が会心の笑みを交わす。これで五十川は誹謗の企みが覆されただけでなく、栗林からの評価も大きく下がるだろう。

そのあと、原山と紀尾中は祝杯を挙げに梅田に繰り出した。栗林は「夫と子どもたちが待っているから」と、帰路についた。


十月に入ると、紀尾中は平良とともに、何度も阪都大学の安富のもとを訪れた。市橋からの情報を伝えると、安富はむずかしい顔で考え込み、首を縦にも横にも振らなかった。

紀尾中はその後も自分の力の及ぶかぎり、あちこちに協力を求め、さらなるアイデアを募り、安富ワクチンの完成を急ぐよう働きかけた。臨床試験まで漕ぎ着けられなくても、少なくとも役員会の当日までに、完成の目途だけでもつけたい。

しかし、なかなか結果は得られなかった。

＊

十一月一日。田野が出勤してパソコンを立ち上げると、受診トレイに本社からメールが届いていた。発信者は人事課長。件名は「異動内示（親展）」。

田野はディスプレイに向かって微笑み、シュシュッと音を立てて両手を擦り合わせた。いよいよ本社に呼びもどされるのか。部署はどこか。肩書きは何か。もしかして、いきなり部長かも。早すぎる？　そんなことはない。五十川だって今の自分の歳で部長になったのだ。

今回、新藤マサルの研究が、特定支援研究に選ばれれば、その功績で五十川の役員昇格も現実味を帯びる。もしかして、もう決まったのか。それで総務部長が空席になるので、自分がその後釜に座るのか？

田野は込み上げる笑いを堪えながら、鼻歌まじりにメールを開いた。

『内示。大阪支店長　田野保夫殿　本年十二月一日付で、大阪支店長の任を解き、山陰地区支店長の異動を発令します』

見まちがいか？　こめかみに脂汗がにじんだ。

山陰地区支店長──。米子《よなご》市にある山陰地区支店は、長らく支店長が空席になっているところだ。鳥取、松江、出雲の営業所は、広島市の山陽地区支店が兼務でカバーしている。なぜ自分がそんなところに行かなければならないのか。しかも、十二月一日の発令だと。まるで懲罰人事ではないか。

田野は取るものも取りあえず、大阪支店を飛び出してタクシーをつかまえた。

道修町の本社に着くと、田野は周囲が飛び退《の》くほどの勢いで総務部長室に向かった。震える手で扉をノックし、返事も待たずに開けると、応接椅子に先客がいて、驚いた顔で振り向いた。堺営業所の池野だ。五十川は向き合うように座っている。

田野は「あっ」と声をあげたが、かまわず五十川に向かって気をつけの姿勢を取った。

「ぶ、部長――」

息が上がって、言葉が続かない。五十川が眉間の皺を深めて言った。

「いきなり何だ。面談中だぞ」

叱責されると、ふだんの習性で却って落ち着く。

「申し訳ありません。しかし、部長、先ほど本社の人事課から、とんでもないメールが参りましたので」

五十川は何も言わない。今の言い方では何のことかわからないだろう。田野は吐息を震わせて続けた。

「人事異動の内示です。来月一日付で、山陰地区支店の支店長に異動させるというのです。これはいったい、どういうことなのでしょう」

五十川が驚きの反応を示してくれることを期待した。だが、彼はフンと鼻をひとつ鳴らしただけだった。

「知ってるよ。人事課の意向だ」

「なぜです。こんな内示を受ける覚えはありません。私がいったい何をしたというんです」

「自分の胸に聞いてみろ」

これまでにない冷ややかな声だった。

「思い当たることなど何もありませんよ。五十川部長。私に悪いところがあったのなら、改めます。どうかおっしゃってください。お願いします」

低頭したまま気をつけの姿勢を崩さずにいると、五十川の鋭い舌打ちが聞こえた。

「今も言ったが、面談中なのがわからんのか。内示に不服があるなら人事課に言え。おまえの言い分が通れば、辞令を改めてくれるだろう。だがな、次の辞令には支店長の肩書きが消えているだろうから、覚悟しておくんだな」

「そんな……」

いったい、なぜこんな仕打ちを受けなければならないのか。これまで五十川には、命がけで尽くしてきたつもりだ。五十川のために意のままに動いてきたはずだ。なのに、いったいなぜ——。

田野は今にも崩れ落ちそうな足取りで、総務部長室から出ざるを得なかった。人事の内示を断れば、次はさらに厳しいものになるのはわかっている。彼は放心状態で支店にもどったが、自分がどのようにして帰ったか、まるで記憶になかった。

＊

「とんだ茶番を見せてしまったな。田野はいろいろ面倒を見てやったのに、恩を仇で返すようなことをしおって」

五十川が苛立ちの余韻で不機嫌そうに言った。池野が畏まって軽く頭を下げると、五十川は気持を落ち着けるように、ひとつ深呼吸をした。

「君は新宿営業所の有馬君を知っているか」

「お名前だけですが」

「協堂医科大学の須山の件で、田野は有馬をそそのかして、栗林常務に私が寄附金の二重取りを画策したように言わそうとしたんだ。そして私には、有馬が私を陥れようとしていると注進した。有馬に対する私の評価を貶めようとしてな。ところが、有馬は賢いから、栗林常務のところに行く前に、私に田野の話を確認しに来た。それであとで確かめると、田野は栗林常務にも根回しをしていたこともわかった。まったく愚かなヤツだよ」

池野が神妙にうなずく。

「それだけじゃない。紀尾中が過去に患者を死なせた可能性があるという話、あれは元々、君が田野に話したことらしいが、田野が詳しく調べて、遺族は今も紀尾中を恨んでいると、私に報せてきた。それを真に受けて栗林常務に報告したら、彼女が直々に遺族を訪ねて、まったく別の話を聞いてきた。恨んでいたのは最初だけで、別の医者から事情を聞いて、誤解が解けたらしい。私は常務に呼ばれて、確たる証拠もないのに、社員を陥れるような情報は厳に慎むようにと叱責された。それもこれも、目先の判断で都合のいいことばかり言う田野のせいだ。あいつのおかげで、紀尾中を追い落とすどころか、こっちに大きな失点がついちまった」

「それなら左遷も当然ですね。支店長のポストに残しただけでも、慈悲深いと言えるのではありませんか」

「その通りだ」

五十川は憤然と鼻息を洩らし、改めて池野に向き合った。

「それで、今日、君の話というのは何だ」

池野は姿勢を正し、落ち着きのない視線を漂わせてから意を決したように言った。

「実は安富ワクチンの問題点を克服するために、新たなアイデアが出ています」

「どんなアイデアだ」

市橋の情報を説明すると、五十川は池野を見つめ吟味するように唸った。

「――有力な候補は見つかっているのか」

「そこまではまだ」

「見つかりそうになったら、すぐ報せてくれ。役員会で持ち出されたときに、反論する材料を揃えておく必要があるからな」

「わかりました」

池野は上目遣いに頭を下げ、席を立った。五十川が目尻に人懐こい皺を寄せて言った。

「私がなぜ君に目をかけているかわかるか」

「――いえ」

「後継者を育てるためだよ」

池野の顔に戸惑いが浮かび、やがて表情を輝かせる。

「トップを目指す者は、その先のヴィジョンも視野に入れる必要がある。私にとってトップになることは通過点にすぎない。だから、退いたあとのことも今から準備しておくのだよ」

池野はこれ以上ないような感動の面持ちで五十川を見る。その耳元に、五十川が顔を近づけてささやいた。

「君には期待しているよ」

「ありがとうございます」

額が膝につきそうな勢いで最敬礼をする池野に、五十川はダメ押しの声をかけた。

「このことは、ぜったいに他言無用だぞ」

「もちろんです」

池野が退出したあと、五十川は執務机にもどって思う。これであいつも俺の手駒だ。他愛ない。有馬にも同じセリフを言ったが、若い池野なら有馬以上に舞い上がるのも当然かもしれない。

ほくそ笑みながら、五十川はさっそく安富が新たに使いそうなアイソトープを調べるよう心づもりをした。

37　社長万代の決断

天保薬品本社ビルの十二階の役員フロアには、役員会用の会議室が設えてある。

華美な装飾はないが、中央に鎮座する二十人掛けの大テーブルは、マホガニー製の重厚な造りで、部屋の雰囲気を厳粛なものにしている。

毎年十二月、この部屋で特定支援研究への投資を決める役員会が開かれる。

万代智介社長の方針は、研究開発費は有望な研究に重点的に配分すべきというもので、特定支援研究には全体のおよそ五分の一が配分されていた。ここ八年、連続でその対象に選ばれてきたのが、阪都大学の安富匡の研究だった。

ところが、安富の研究は二年間、進展が見られず、臨床試験に進む目途も立たないことから、特定支援研究を変更すべきではないかという意見があると、栗林から報告があり、万代の判断で、新たな研究シーズの提案者と、安富の研究の共同研究者が、それぞれ役員会でプレゼンを行い、意見を交換することになった。

十二月十五日、午後四時。

会議室の上座には万代が座り、厳しさと温厚さを備えた怜悧な目で出席者を見渡していた。万代は現在、六十八歳。社長の座について八年が過ぎているが、まだまだその地位は安泰と見られている。慎重、寡黙にして、動くときは迅速かつ大胆。白髪の交じる豊かな髪を後ろに撫でつけた知的な風貌には、自ずと威厳と思慮深さが備わっている。口にするモットーは『常に患者ファーストを心がけよ』。

万代の両側には、栗林を含む十六人の取締役と執行役員が左右に分かれて座っている。手前にプレゼン用のスクリーンが下ろされ、右の末席に五十川、左に平良とオブザーバーとして紀尾中が控えていた。

役員会に臨む前から、五十川は新藤マサルの新薬、《メガプリル》が特定支援研究の座を奪い取ることに自信満々だった。なにしろ好条件が揃っている。メガプリルには魅力的な効果が見込めるのに対し、安富ワクチンは研究が滞っている上に、研究支援の申請額も無謀とも思える二倍強だ。万一、紀尾中が研究停滞の解決策を出してきても、こちらには池野からの情報で反撃の準備を整えている。飼い犬に手を噛まれたときの顔が見ものだと、五十川は反対側にいる紀尾中に優越感あふれる視線を送った。

一方、安富ワクチンのプレゼンを任された平良は、不安を隠せない表情だった。胃がんに効果がありそうなのは朗報だが、収益面での期待値を比較されると、明らかに不利である。研究の壁になっている問題の解決も、紀尾中らが懸命に協力してくれたものの、思うように実験が進まず、最後の確認待ちという状況で、役員会の当日を迎えてしまった。

「例の実験、間に合うんでしょうか」

「わからない。信じて待つしかない」

紀尾中にも予測はつかないようだった。

「では、準備はいいかな」

万代の厳かな声が響き、役員たちが居住まいを正した。

先にプレゼンに立ったのは五十川だった。五十川はスクリーンの横に進み出ると、パワーポイントの画像を示しながら説明をはじめた。

「天王寺大学循環器内科、新藤マサル准教授が新たに開発したACE阻害剤、メガプリルは、降圧剤でありながら、認知症の予防効果があるという点で、まさに画期的な新薬と申せます。そのメカニズムは、ACE阻害剤が持つ脳神経細胞に対する保護作用で、マウスの実験では、明らかな脳実質の萎縮抑制が実証されております」

スクリーンに、対照群に比べ、脳の実質が保たれているマウスの脳の断面図が映し出される。

「高血圧で治療を必要とする患者数は、厚労省の調査で、現在、九百九十三万七千人という数字が出ております。その大半を占める中高年の患者は、認知症の予備軍でもありますから、メガプリルが新薬として認可されますと、処方量は膨大なものとなるでしょう。現在、高血圧学会及び、認知症予防学会の理事らに接触して、高血圧の基準値の引き下げと、認知症予備軍の範囲拡大を図るよう、働きかけを行っているところでございます。これにより、メガプリルの初年度の売上見込みは一千二百億円。新たなブロックバスターになることは、ほぼ確実と思われます」

役員たちはスクリーンと手元に配られた資料を見比べながら、うなずいたり、となりの役員と密かな会話を交わしたりしている。

「創薬までのロードマップはすでに完成しており、支援継続の期間は、五年を想定しております。初年度の申請額は百二十五億円、でございます。当社の特定支援研究には、このメガプリルをおいてふさわしいものはないと、声を大にして申し上げたいと存じます」

五十川は安富の申請額を意識して「百二十五億円」に力を込め、晴れ晴れした表情でプレゼンを終えた。

「今の説明について、質問、または意見はあるかね」

万代が役員たちを見渡すと、財務担当の常務が手を挙げた。

「生活習慣病の患者は多いですし、降圧剤は一度のみはじめたら、長期にわたるケースがほとんどですから、収益を考えた場合、有望なシーズではないでしょうか。海外でも降圧剤は軒並みブロックバスターになっておりますからね」

続いて、海外事業担当の執行役員が発言した。

「新聞のアンケートで、四十代より上の世代は、なりたくない病気の一位に認知症を挙げておりました。認知症の予防効果が認められるなら、さほど血圧が高くない人でも服用するのではないでしょうか」

五十川が笑みを浮かべながら目礼を送る。二人は明らかに根回しを受けているようだった。

「よろしいでしょうか」と、紀尾中が挙手して発言を求めた。五十川が反射的に、「君はオブザーバーだろう。役員でもないのに発言は無用だ」と制した。紀尾中が正面に目を向けると、万代はひとつうなずいて、「だれであれ、意見がある者は言えばいい」と発言を許可した。

「ただいま五十川部長は、高血圧学会や認知症予防学会に接触して、薬の処方増大につながる働きかけをしているとおっしゃいましたが、これは言わばマッチポンプで、不要な患者にも薬を押しつけることにならないでしょうか」

五十川も許可を求め、余裕の表情で答えた。

「高血圧の基準を下げるのも、認知症予備軍の範囲を広げるのも、ひとえにより安全な状況を目指すものであり、医学的なデータに基づいた根拠のある判断です」

「それならなぜ当方から働きかけをする必要があるのですか。高血圧学会には、降圧剤を出している製薬会社から、多額の寄附が渡っていると聞いていますが」

紀尾中が追及しかけると、万代がそれを制した。

「紀尾中君。今はそういう議論をする場ではない。その問題はまた改めて」

紀尾中は悔しそうに口をつぐみ、五十川はふたたび優越感に満ちた笑みを浮かべる。

「ほかに意見がなければ、次」

万代に促されて、平良がスクリーンの横に進み出た。平良もパワーポイントを使うが、これまでも何度か同じ説明をしているので、役員たちは手元の資料を見ることもなく、弛緩した顔をスクリーンに向けるのみだ。

安富ワクチンが直面している抗体排泄の問題では、平良自身が口ごもってしまい、逆に役員たちに説明のあいまいさを印象づける結果になってしまった。

その雰囲気を挽回すべく、平良は新しく作った画像を示し、声を強めた。

「これまで安富ワクチンは、稀少がんである腺様嚢胞がんにしか適応がないとされておりましたが、今般、胃がんにも有効であるという研究結果が得られ、これにより、創薬のあかつきには処方される患者数が、一挙に二十倍に増えることになります」

その報告に審査委員の間から「ほう」という声が洩れ、それまで興味薄だった者もしっかりとスクリーンに顔を向けた。

平良は安富ワクチンの将来性について、できるかぎり明るい材料を並べ、否定的な事実には言及せず、役員たちの好感触を最大限に盛り上げたところで、最後に研究支援の申請額を早口に言った。

五十川がすかさず不服げに声をあげた。

「聞き取れない。もう一度」

「――二百五十億円、でございます」

平良が額の汗を拭いながら言うと、今度は役員から不穏なざわめきが起こった。紀尾中は厳しい表情で手元を見つめ、逆に五十川は愉快そうに口元を緩める。

このままでは終われないとばかりに、平良が必死の声で訴えた。

「しかし、安富ワクチンはがん治療において、これまでにない画期的な療法なのです。完成すればノーベル賞も夢ではありません。今、支援をやめてしまえば、これまで当社がかけた経費がすべて無駄になってしまいます」

五十川が独り言にしてははっきりした声でつぶやいた。

「そういうのをサンクコストと言うんじゃないか。コンコルドの誤謬にならなければいいがな」

「不規則発言は慎むように」

万代が注意し、五十川は「失礼いたしました」と頭を下げた。

「今のプレゼンに、質問か意見はあるかね」

万代の声かけに、財務担当の常務が手を挙げた。

「安富ワクチンが胃がんにも有効であるというのは、誠に喜ばしいニュースだと思います。これで適応患者が二十倍に増えたとのことですが、具体的な数字としてはいかほどになるのでしょうか」

フラットな聞き方だが、底意地の悪さが透けていた。もっとも、これは具体的な患者数を示さなかった平良の落ち度を衝かれたにすぎない。

「胃がんの患者は、毎年約十二万人が新たに診断されております。すなわち、十年で百二十万人の患者さんに投与できることになります」

平良としてはなるだけ患者数を多く見せかけようとしたのだろうが、これもよくない。紀尾中がそう思う間もなく、財務担当の常務がぞんざいに反論した。

「しかし、全員が安富ワクチンを使うわけでもないでしょうから、単純に二十倍というわけにはいかんだろう。現時点での胃がんの患者数は、約三十五万人と聞いている。先ほどの五十川部長のプレゼンでは、高血圧の患者は一千万人弱ということだから、やはり数の上では見劣りするな」

決めつけるように言われ、平良はうなだれる。

続いて医療安全担当の執行役員が発言を求めた。

「来年度の申請額が、今年度に比べて二倍強となっているようですが、その理由なり背景なりを聞かせていただけますか」

これも平良にすればいちばん触れてほしくない部分だ。

「安富ワクチンの抗体の排泄を抑制する方法に、試行錯誤が必要ですので、このような額になったと聞いております」

「試行錯誤をすると、有効な方策が確実に見つかるのでしょうか」

今度は露骨に意地の悪い聞き方だ。見つかるかどうかわからないから、試行錯誤を繰り返すのではないか。紀尾中は五十川に丸め込まれているらしい執行役員をにらみつけた。

平良が答えあぐねていると、五十川がおもむろに手を挙げて、発言を求めた。

「二倍強の研究支援が必要というのは、何か新しい発想で、問題の解決に取り組むということではないのですか」

言ってから、紀尾中に含みのある視線を向ける。まるで、こちらの手の内を見抜いているかのようだ。そんなはずはないと自分に言い聞かせながらも、紀尾中は、五十川の弱者をいたぶるような笑みから目を逸らせなかった。

五十川がさらに続ける。

「解決の見通しもなく研究を続けるというのであれば、投資を倍増しても、研究が完成する保証はありません。となれば、再来年度にもまた高額の申請が出る可能性もあるということでしょう。先ほど平良主任は、支援をやめればこれまでの経費が無駄になると言ったが、その無駄を惜しんで、取り返しのつかない損失を出してもよいものでしょうか」

「お待ちください」

紀尾中が声を強めて右手を挙げた。

「解決の見通しもなくとおっしゃいますが、安富ワクチンはまさに今、問題を克服しようとしております。望むらくは、この役員会までに結果を出せればよかったのですが、より確実な報告をさせていただくため、私の部下が今、阪都大学の生命機能研究センターで、安富先生とともに新しい手法の結果を確認しているところです。それがうまくいけば、安富ワクチンは一気に完成に近づきます。今しばらく、時間の猶予をいただけないでしょうか。お願いいたします」

役員の間に、ざわめきが広がった。五十川が嘲るような調子で紀尾中に言った。

「冗談言うなよ。役員の皆さんはお忙しいのに、来るとも来ないともわからん連絡を、ここでぼーっと待ってろと言うのか」

さらに万代に向き直って言う。

「社長。双方のプレゼンも終わりましたし、これ以上意見が出ないようでしたら、特定支援研究の採決に進まれてはいかがでしょうか」

役員たちを尻目に、強引とも思える発言だったが、自信にあふれた五十川の振る舞いを諭す者はいなかった。

万代は声を出さずに唸り、紀尾中の視線をまともに受けたあと、壁の時計に目をやった。そのまま紀尾中に言う。

「時刻は午後四時五十分だ。君が待っているという報告は、いつごろ届きそうかね」

「間もなくだと思いますが――」

その答えに五十川が声を荒らげた。

「おい、ふざけるなよ。往生際が悪すぎるじゃないか。君が待っているという報せというのを言い当ててやろうか。安富ワクチンはがん細胞に短時間しか留まれないから、新しいリンカーを使って強い放射線を出すアイソトープに切り替えた。ちがうか」

五十川は勝負の見えた将棋で相手を追い詰めるように、嬉々として言葉を連ねた。

「君が待っているのは、その新しいアイソトープだろう。だがな、何を使おうと、強い放射線が出れば正常細胞も傷ついて副作用が出る。正常細胞を守れば、がん細胞は殺せない。このジレンマは解消できないのじゃないかね」

五十川は勝ち誇ったように上体を反らせたが、紀尾中は動じずに相手を見返した。

「何だ。この期に及んでまだ負けを認めないのか」

すごむように言ってから、五十川はあきれたように笑いながら牽制した。

「君はまさか、うまい具合に正常細胞は傷つけず、がん細胞だけ死滅させられるアイソトープが見つかりましたなんて、マンガみたいな連絡を待っているんじゃないだろうな。そんなものは、理論上、存在しないのだからな」

そのとき、紀尾中の胸ポケットでスマートフォンが振動した。

「もしもし、私だ。どうだ、市橋君。実験は成功か」

横で平良がすがるような目で紀尾中を見ている。万代はじめ、役員の全員が息を呑み、紀尾中に注目した。

「よし。わかった。よくやった」

いつも笑っているような紀尾中の目に、鋭い光が閃いた。

「やったんですね」

平良が両手の拳を握る。

「何だ、何がやっただ。どんなアイソトープが見つかったんだ。言ってみろ」

苛立つ五十川を無視して、紀尾中が万代とその場の役員達に説明した。

「安富ワクチンの問題は、五十川部長がおっしゃった通り、抗体が短時間しか留まれなかったことでした。細胞壁にあるＬＡＴ１というタンパク質輸送システムが働くからです。今回の実験では、抗体に液体ノリの成分であるポリビニルアルコールを混ぜることで、エンドソーム・リソソーム内に抗体が局在することが実証されました。すなわち、がん細胞内に抗体を長時間、留まらせることに成功したのです」

「液体ノリ？　新しいアイソトープじゃないのか」

五十川が取り乱し、「どういうことだ。そんな話、聞いてないぞ」と、その場にいないだれかに問うように声をあげた。さらに万代に向かって訴えた。

「液体ノリの成分を混ぜるだなんて、でたらめに決まっています。そんな方法でうまくいくはずがない」

「なぜそう断言できるんです。もしかして、だれかにスパイでもさせていたのですか」

紀尾中は五十川のほうに一歩踏み出し、金縛りのように動けずにいる相手を見据えた。

「五十川部長、あなたは私の評判を落とすため、過去の不祥事を調べようとした。うちの池野が田野支店長に乗せられて、私が高槻営業所にいたときの話をうっかり洩らしたのを利用してね。そのあと、あなたは池野を懐柔して、自分の陣営に取り込もうとした。しかし、彼は従うふりをしただけで、応じなかったのです。不用意なことを洩らしてしまったことを私に詫び、すべてを話してくれました。だから、私は、彼にそのまま五十川部長に寝返ったふりを続けるよう指示したんです。新しいリンカーによって強い放射線を出すアイソトープを使うアイデアは、たしかにありました。しかし、それは今、部長がおっしゃった通りのジレンマがあるので、安富先生に却下されました。そのあとで、うちの営業所にいる市橋君が、大学院で研究をしている先輩に相談して、液体ノリの成分を使うアイデアをもらってきたのです。市橋君は自分の父親が腺様囊胞がんで亡くなっていたので、安富ワクチンの完成に貢献したいと、強く思ったのです」

「池野は、二重スパイだったのか」

五十川が呻くと、紀尾中が厳しく否定した。

「人聞きの悪いことを言わないでください。彼ははじめから終わりまで、ずっと私の忠実な部下です。それをあなたが勝手にスパイに仕立てようとして、空振りしただけのことです。それに――」

紀尾中は安富ワクチンの書類とは別のファイルから、一枚の紙を取り出して、五十川に突きつけた。

「つい昨日、私のところにこんな手紙が届きました。五十川部長の過去の不正を告発するものです。五十川部長。あなたは以前、西大阪営業所の所長をされていたとき、あなたのミスで使用期限が切れたまま在庫になってしまった抗生剤のポルキス、六千錠を、使用期限を書き換えたパッケージに詰め替えて、卸に出したそうですね。製薬会社の社員として、許しがたい行為です」

五十川は明らかに動揺し、後退しかけた額から汗が噴き出すのが見えた。正面で万代が眉を動かし、鋭い視線を五十川に当てる。ほかの役員たちも疑念の目を向けている。

「そんなことは知らない。私を陥れるためのでっち上げた。証拠はあるのか」

わめく五十川に、紀尾中が冷静に返した。

「告発状にはこう書いてあります。『五十川部長が証拠はあるのかと開き直ったら、こう言ってください。当時の西大阪営業所の事務を担当していた女性が証言してくれると。私も彼女から事実を聞いたのですから』。いかがです」

「でたらめだ。そもそもいったいだれがそんな手紙を送ってきたんだ」

「差出人は書かれていません。しかし、消印は米子局になっています。閑職に追いやられただれかが、暇にあかして調べたんでしょう。証言だけでなく、無理に薬の詰め替えをさせられた女性事務員は、証拠になる画像を保存しているとのことです」

愕然とする五十川を尻目に、紀尾中は万代に向き直って姿勢を正した。

「製薬会社の人間として、薬の使用期限の書き換えは、決して許されない行為です。会社としても見過ごすことのできない由々しき問題ではないでしょうか」

万代が無言で深くうなずく。

「不正と言えば、これもあまりほめられたことではないわね」

追い打ちをかけるように言ったのは、常務の栗林だった。

「五十川部長からメガプリルを特定支援研究にしてほしいとの話があったので、わたしも少し周辺を調べさせてもらいました。そしたら新藤マサル先生が社長を務める『ダブルウィンズ』というベンチャー企業の未公開株を、五十川部長は五千株、譲渡されたようですね。それでうちからの投資が決まれば、新藤先生は『ダブルウィンズ』の株を上場する予定だった。当然、株価は急騰し、五十川部長は多額の利益を得ることになる。これは投資に対する利益相反になるのではありませんか」

五十川は顔色を失い、しどろもどろになって言った。

「たしかに、新藤先生からは、株の譲渡を持ちかけられましたが、立場上困りますので、お断りしようとも思ったのですが、それも角が立ちますので、一応、お預かりしておくということにしただけです。上場のことはまったく存じ上げません。誓って、存じなかったことです」

「その割には、最近、証券会社の担当が、頻繁に部長室に来ていたそうじゃない。あなたは気づいていないでしょうが、総務部で噂になっているようよ」

五十川は目が泳ぎ、両腕から力が抜けて、抜け殻のようになって立ち尽くした。

「栗林さん。そのへんでいいだろう」

万代が声を落として言い、改めて役員たちを見渡した。

「審査の本題にもどろうと思うが、何か言い残したことはないかね」

「申し訳ありません。ひとつ言い忘れておりました」

紀尾中が静かな声で続けた。

「ただいまの連絡で、安富先生は安富ワクチンの問題が解決したからには、新たな試行錯誤が必要なくなるので、来年度の研究支援の申請額を、今年度と同じ、百二十三億円に下方修正させていただきたいとのことです。その支援金を利用して、臨床試験の準備をはじめるとのことでした」

役員の間に納得と安堵の空気が広がる。これで決まりだろう。紀尾中は口元に笑みを浮かべ、文字通りのアルカイック・スマイルで万代を見た。

万代が採決に進もうとしたとき、財務担当の常務が発言を求めた。

「ただいまの紀尾中所長の説明ですと、安富ワクチンが来年度にも臨床試験を終えて、実用化されるような話に聞こえますが、臨床試験をはじめるまでには、まだいくつかの関門があり、また、臨床試験においても、必ず良好な結果が得られるとはかぎりません。これまではほかに有望なシーズがなかったために、安富ワクチンを特定支援研究にしてまいりましたが、新たにメガプリルという有望なシーズが提示された今、限られた研究開発費の重点配分には、より慎重な議論が必要かと存じます」

「慎重な議論というと？」

「収益に関する期待値であります。先ほど来、問題となっておりますのは、五十川部長の行状についてであって、メガプリルおよび新藤先生のご研究については、何ら問題は出ておりません。がん治療も重要ではありますが、高血圧および認知症予備軍の患者数を考えますと、同じ投資でも、将来見込まれる売り上げに、かなりの差があるのではないかと思われます」

魂が抜けたようになっていた五十川に、かすかな生気がもどったように見えた。財務担当の常務が、五十川からきつい鼻薬を嗅がされたのか、あるいは単純に財務上の配慮からの発言かはわからなかった。

「たしかにそうだな」

万代が低くうなずいた。役員の間に、微妙なざわめきが湧き起こった。改めて試算するまでもなく、売上額の見込みは、患者数で圧倒的に勝るメガプリルが有利だった。紀尾中は救いを求めるように栗林を見たが、彼女は口元を引き締め、沈黙を守ったままだった。

「それでは、予定の時間もだいぶ超過したようだから、採決に入りたいと思う。いつも通り、挙手をお願いする」

万代の言葉に、役員たちは口をつぐみ、姿勢を正した。

「特定支援研究の対象として、まず、メガプリルを推す者は？」

財務担当の常務、海外事業担当の執行役員、ほかに六人が戸惑いながら手を挙げた。

「では、安富ワクチンを、引き続き特定支援研究とすべきだと思う者」

栗林をはじめ、残りの七人がやはりおずおずと手を挙げた。

正面の上座で万代が唸った。

「八対八か。では、社長裁決で私が決めよう」

一同が緊張する。五十川も瀕死の状態から復活し、万代にすがるような目線を送った。

「特定支援研究の対象は、社の将来を決めかねない重要な決断となる。私としては、この重大な決断を下す前に、今少し吟味したいことがある。従って、最終判断は一カ月後、新年を跨いだ後、下したいと思う。以上」

言い終わると万代は席を立ち、社長室に近い前の扉から出て行った。紀尾中はそれを茫然と見送るしかなかった。いったい何を吟味するというのか。

横に立ち尽くしていた五十川が、拳を握りしめ、俯いたまま腕を震わせはじめた。田野の内部告発に怒っているのか、それとも栗林の密かな調査に腹を立てたのか。紀尾中に恨みがましい目を向けると、ふいに思い詰めたようすで、持ち込んだ資料もそのままに、会議室を出て行った。

38　経営戦略

年明けの一月十二日。

大阪の帝国ホテルで、例年通り製薬協の学術フォーラムが開かれた。今回はひとりで出席した紀尾中が、二階のカフェで昼食後のコーヒーを飲んでいると、向こうからまたも見たくない顔が近づいてきた。

「よう。今日は腰巾着みたいな若手は連れてきてないのか」

無遠慮なだみ声で、断りもなしに椅子を引いたのは、タウロス・ジャパンの鮫島淳だった。

「去年はおまえにしてやられたよ。だが、これで終わりじゃないからな」

「診療ガイドラインのことか。その件なら俺もいろいろ楽しませてもらったよ」

憎まれ口で返すと、鮫島は強面《こわもて》の三白眼を細めて、「フン」と嗤った。

「ところで、俺んところに新しい上司が来てな。なかなか目先の利く人だ。だれだかわかるか」

他社の人事など、わかるわけがない。そう突っぱねようとすると、鮫島が薄い唇でニヤリとした。

「おまえの知ってる人だよ」

「――まさか」

「そう。五十川さんだ。昨年末で天保薬品を退社して、一月一日付でうちの執行役員待遇になった」

知らなかった。先月の役員会ではかなり自暴自棄になっていたようだが、まだ特定支援研究の結果が出ていないのに、会社までやめてしまうとは。

「おまえんとこでいろいろあったみたいだな。年始の会で俺がおまえの名前を出したら、五十川さんはひどく興奮してな。おまえのことを思いっきりくさしていたぞ。紀尾中は獅子身中の虫だ、きれい事ばかり並べる似《え》非《せ》理想主義者だってな」

応えずにいると、鮫島は込み上げる笑いを堪えるようにして言った。

「五十川さんには大いに働いてもらう予定だ。天保薬品で培った経験とノウハウを生かしてな。それで有益な情報を吐きだしたら、お引き取り願うことになるだろう。執行役員待遇は一年ごとの契約だからな」

「五十川さんは知っているのか」

「知るわけないだろ。ご本人は将来的に常務のポストに就くつもりでいるんじゃないか。そういう口約束もあったみたいだから」

「だったら、簡単にはやめさせられないだろう」

「口約束は口約束。前に『働き次第で』とついているのをお忘れなくってことだ」

鮫島はちらと腕時計に目をやり、ウエイトレスが運んできた水を断った。次の予定があるらしく、ゆっくりと席を立つ。

「上昇志向の強い人間は脇が甘いからな。俺も自戒しているよ。また、どこかで会おう」

悠然と立ち去る鮫島の背中を、紀尾中は複雑な思いで見送った。

三日後、平良から連絡があり、来年度の特定支援研究が、安富ワクチンに決まったと知らされた。

「そうか。よかった。これで安富ワクチンはいよいよ臨床試験だな。実用化も目前だ。万代社長も結局はブレなかったということだな」

紀尾中はスマートフォンを耳に当て、会心の笑みを浮かべた。ところが、平良の声が沈んでいた。

「どうかしたか」

「実は、内々に聞いたんですが、万代社長は安富ワクチンの実用化が決まったら、適応症を腺様嚢胞がんのみで申請するおつもりらしいんです」

「安富ワクチンは胃がんにも有効なはずだろう。それが特定支援研究に決まった大きな理由じゃないのか。それとも、胃がんに効くというのはまちがいだったのか」

「いいえ。胃がんへの有効性はほぼ確認されています」

「だったら、なぜ――」

声を強めて、紀尾中ははっと気づいた。

「まさか、薬価か」

「たぶん」

新薬の薬価、すなわち薬の値段は、厚労省の薬価算定ルールで決められる。類似薬がない場合は原価計算方式が取られ、そこには製造原価や流通経費、営業利益などが含まれるが、重要な要素として、市場規模予測が加味される。すなわち、その薬を投与する予測患者数が多ければ単価は安くなり、逆に少なければ高くなる。万代はこの仕組みを利用、いや悪用しようとしているのだ。

浮かれた気分も消し飛び、紀尾中は密談でもするように声をひそめた。

「腺様嚢胞がんで薬価が決まったあと、適当な期間を置いて、胃がんへの効能追加をするつもりなのか」

「おそらく」

平良も同じことを疑っているようだった。

安富ワクチンが有効とされる腺様嚢胞がんは、年間の患者数が約六千なので、その計算でいけば、単価は八十五万円前後ということになる。その値段が決まったあとで、年間の患者数が約十二万人の胃がんにも適応を広めれば、売り上げは一気に一千億円を超える。あっという間にブロックバスターの誕生というわけだ。

これはもちろんアンフェアなやり方だ。胃がんにも効くことがわかっているなら、効能追加ではなく、はじめから胃がんも適応症に入れるべきで、その場合、分母になる患者数が一挙に二十倍に増えるから、単価は四万なにがしに下がる。

すなわち、万代は四万なにがしの薬を、約八十五万円で売ろうとしているのだ。これが「常に患者ファーストを心がけよ」と言っている人間のすることだろうか。

「それから、総務部の知り合いに聞いたんですが、この前の役員会のとき、紀尾中さんが暴露した五十川部長の不正行為、ポルキスの使用期限の改ざんも、万代社長は公表も謝罪もしないおつもりらしいです」

あのとき、会社としても見過ごすことはできない問題だと訴えたら、万代はたしかにうなずいたはずだ。

「いくら過去のことでも、五十川のやったことは道義上許されるべきことじゃない。少なくとも、製薬協には報告して、ホームページで謝罪するなり、再発防止に努めるアナウンスを出すなり、しかるべき対応が必要だろう」

「そうですよ。でないと、現場でまじめに働いている僕たちの立場がありませんよ」

「わかった。どうすべきか、少し考えてみる」

紀尾中は深い失望を感じて通話を終えた。

万代に直接、談判すべきだろうか。いや、慎重にしたほうがいい。紀尾中が考えたのは、まず常務の栗林に相談することだった。

翌日、紀尾中は本社に栗林を訪ねた。彼女は安富ワクチンが来年度も特定支援研究に決まったことを祝し、紀尾中にねぎらいの言葉をかけてくれた。しかし、単純には喜べない。

「今日、私が常務をお訪ねしたのは、少し厄介なことを耳にしたからです。その相談に乗っていただきたくて参りました」

紀尾中が思っていたことを訴えると、栗林は言い分を予測していたかのようにうなずき、内線の受話器を取って、社長秘書の番号を押した。

「例の件で、紀尾中所長が来てるんだけど、社長は今、空いてるかしら」

秘書が確認する時間を待って、「わかりました」と、受話器を置いた。

「例の件とは何ですか。社長は何かご存じなんですか」

「ついて来ればわかるわ」

栗林は席を立って、同じフロアの社長室に向かった。

重厚な木製扉をノックする。

「どうぞ」

中から万代の艶のある低音が聞こえた。栗林は静かに扉を開く。

手前に十人は楽に座れる黒革張りのソファセットがあり、万代はすでに正面の一人掛けのソファで二人を待っていた。

「先日の役員会での活躍は見事だったな。まあ、座りたまえ」

勧められて、紀尾中は万代の斜め前に座った。栗林は奥にまわり、紀尾中に向き合う位置に腰を下ろす。

「我が社の特定支援研究は、引き続き安富ワクチンでいく。がんの治療薬として、画期的な方法だからな。そのことについて、何か意見があるのかね」

社長の威厳に満ちた問いかけに、紀尾中は一瞬、気おくれしそうになったが、勇気を奮って訊ねた。

「安富ワクチンの薬価基準収載希望書を、腺様嚢胞がんの適応のみで申請されるとうかがいましたが」

「そうだ」

「しかし、安富ワクチンは胃がんにも有効であることが、ほぼ確認されています。適応症には胃がんも含めるべきではありませんか」

万代は薄く微笑み、ゆっくりとした口調で答えた。

「たしかに、胃がんにも有効であるようだが、今、君も言った通り、それはまだほぼ確認された段階で、確実になったわけではない」

「では、申請までに確実になれば、適応症に含めるおつもりなんですね」

「さあな。その確認までは手がまわらないのじゃないか。ほかにもすべきことがいろいろあるようだから」

薄く笑う万代に、紀尾中はここが勝負とばかりに斬り込んだ。

「わざと確認を遅らせるおつもりですか」

万代はあきれ顔で背もたれに身体を預け、乾いた失笑を洩らした。

「建前論はこのへんでいいだろう。君を相手につまらん取り繕いをするつもりはないよ。安富ワクチンが胃がんにも有効であることは、私もよく知っている。それでも適応症に入れないのは、君も察している通り、薬価を高額に設定するためだ。腺様嚢胞がんの治療で評判を高めておいて、胃がんに適応申請をする。データがあれば、当然、厚労省も中医協（中央社会保険医療協議会）も受理せざるを得ないだろう。それで安富ワクチンはブロックバスターになる。安富先生にも莫大な利益が転がり込むし、我が社も潤う」

「しかし、道義的に問題ではありませんか。本来ならさほど高額にならない薬価を、意図的に操作して超高額に設定するのですから」

紀尾中も率直に言った。万代が答えないので、さらに言い募る。

「おっしゃる通り、我が社は潤うでしょう。しかし、高額な治療費を払う患者さんは、不要な負担を強いられます。それは社長が常々おっしゃっている患者ファーストに反するのではありませんか」

「たしかに、患者には多少の負担をかけるだろうな。しかし、日本の医療保険には高額療養費の制度がある。いったん支払う必要はあるが、収入に応じて払い戻しが受けられる。限度額適用認定を受けておけば、いったん支払う必要もなくなる。それに、病気の治療にある程度の負担が伴うのは、当然のことだろう」

「ならば、日本の医療費の問題はどうです。患者の負担は軽減されても、超高額医療は医療費を押し上げます。我が社の利益のために、日本の医療保険財政を逼迫《ひっぱく》させてもよいのですか」

万代は余計な心配だと言わんばかりに、右手を振った。

「どうせ、政府が放ってはおかんさ。あるタイミングで大幅値下げを要求してくるだろう。そうなれば、逆らわずに受け入れればよい。我が社は戦略的にある期間、利益を追求するだけで、ずっと儲けられるわけではない」

「しかし、胃がんの適応申請を遅らせれば、その間、胃がん患者は安富ワクチンが使えないことになります。そのために命を落とす患者もいるでしょう。それについてはどうお考えですか」

紀尾中の追及に、万代ははじめて表情を硬くし、かすかに呻いた。

「君の言う通り、少しの間、胃がん患者に対する安富ワクチンの治療は遅れるだろう。治験という形では使用されるが、一部にすぎない。そのことについては、申し訳なく思う。だが、胃がんの治療は安富ワクチンだけではなく、手術もあればほかの抗がん剤もある。これまでの治療で多くの患者が助かっているのだから、その遅れが原因で犠牲となる患者は、さほど多くはないだろう」

「しかし、ゼロではないでしょう。大事な身内を亡くす人もいるはずです。であれば、一日でも早く安富ワクチンを使えるようにすべきです」

栗林が不安そうな顔を万代に向けた。万代も反論できないようすだ。紀尾中はこの機を捉えて、もう一つの問題に話を移した。

「私が役員会で明らかにした五十川部長の不正、ポルキスの使用期限の改ざんについては、どうされるおつもりですか。まさか、事実確認ができていないから、公表しないというのではないでしょうね」

「事実は確認した。君が暴露するまでもなく、私のところにも内部告発の手紙は届いていたからな。結果は黒だったから、五十川君には責任を取ってやめてもらった。社としては、それ以上のことは考えていない」

「製薬協に報告して、公式に謝罪と再発防止に努める声明をお出しにならないのですか」

「しない」

「なぜです」

「社長としての判断だ」

万代の表情が強張った。その物言いは、問答無用と言っているのも同然だ。しかし、紀尾中は引き下がらなかった。

「それも社長が常々おっしゃっている患者ファーストの心がけに反するのではないのですか。患者に誠意を尽くすなら、過去のことでも不正は公表すべきだと思いますが」

紀尾中も必死だった。これまでの信頼の気持を、精いっぱい前面に押し出して万代に迫った。

緊張が高まったとき、栗林が言葉をはさんだ。

「紀尾中君の気持はよくわかる。あなたの患者さんを思う熱い心は見上げたものです。だけど、頭まで熱くなっていては現実を見失う。会社を動かすには、冷徹な判断も必要でしょう。社長はそのことをお考えなんだと思う」

栗林の言葉に救われたように、万代は緊張を解いて説明した。

「五十川君の不正で、もしも一人でも犠牲者が出たとか、患者側に不利益をもたらしたのなら、私は潔く謝罪するつもりだった。しかし、使用期限切れのポルキスが処方されたと思われる時期と地区を調査したが、有害事象の報告はなかった。元々、薬の使用期限は、常に最短になるデータを採用しているからな。より安全性を高めるためという名目だが、裏の理由は、使用期限の切れた薬を廃棄し、新たな売り上げを増やすようにするためだ。だから、半年やそこら使用期限を延ばしたところで、実害はあり得ない。その状況で、不正は不正だとして、公表し謝罪すれば、天保薬品の評価は下がり、薬の売れ行きも落ちるだろう。それは会社のためにまじめに働いてくれている大勢の社員の不利益につながる。彼らには何の落ち度もなく、医療のため、患者のためにひたすら努力を重ねてくれているのだ。そんな社員たちに謂《いわ》れのない不利益を押しつけるわけにはいかない。だから、私は社長として、この件を公表しないことにした。もしもどこかからマスコミに洩れれば、私は事実を把握していながら、隠ぺいしたと批判されるだろう。そのときは責任を取って社長を辞任するつもりだ」

万代は辞任の覚悟まで決めて、社員を守るために五十川の不正を公表しない決意を固めたのだ。そのことに紀尾中は抵抗できない何かを感じた。

押し黙った紀尾中に、万代はさらに続けた。

「私が特定支援研究に安富ワクチンを選んだのは、やはりがん患者の救済がより重要だと判断したからだ。しかし、今のままでは、五十川君が持ち込んだメガプリルに比べ、収益性で劣ることは隠しようもない。これでは株主総会を説得できない。そこで考えたのが、薬価申請における時間差のカラクリだ。今、君が指摘したように、安富ワクチンの使用が遅れることで、命を落とす患者がいる可能性もある。しかし、まずは株主を説得して、特定支援研究の座を維持しなければ、そもそも安富ワクチンを完成させることができない。株主総会でメガプリルへの支援を求められたら、丸腰では抵抗できないのだから」

目先の正義に囚われて、まじめ一本槍で進めば、株主総会を乗り切れず、支援そのものを打ち切られるということか。しかし、それでいいのか。

紀尾中はなお、納得のいかないまま万代に向き合っていた。

栗林が補足するように横から言った。

「社長は安富ワクチンを完成させるための方便として、薬価を高額に設定する戦略を考えられたの。安富ワクチンが完成すれば、多くの胃がん患者が救われる。それは結果として、患者ファーストにつながるのじゃないかしら」

「栗林さん。きれい事はもういい。私が安富ワクチンをブロックバスターに仕立てる戦略を取ったのは、ひとえに会社のためだ。それは社員のためでもある。患者ファーストの心がけは世間に向けての表看板だ。その真意は、天保薬品の売り上げにつなげることにある。裏の看板は社員ファーストだ。それが社長として、私が常に心がけていることだよ」

もちろん、社員は大事だろう。しかし、それでは結局、金儲けが大事と言っているのと同じではないか。製薬会社としての社会的責任、病気に苦しみ、不安に怯える患者の気持、現場で懸命に治療に取り組む医療者の努力、自分たちはそれらに少しでも役立つためにＭＲとして頑張ってきたのではないのか。

無言で拳を握る紀尾中に、万代は穏やかな口調で言った。

「私には社員だけでなく、その家族に対する責任もあるのだ。会社のために懸命に働き、人生の大半の時間を使って会社を支えてくれている社員諸君とその家族が、喜び、幸せに暮らせるよう采配する。それが私の役目だ。君にはきれい事ではなく、率直な気持を伝えたつもりだ。なぜ、そうしたかわかるか」

栗林がすっと席を立ち、万代の後ろ側にまわった。

「君にいずれこの会社を率いてもらいたいと思っているからだよ。そのためには、乗り越えてもらわなければならないこともある」

万代の目に怪しい光がうごめいた。後ろで栗林がうなずく。

どういうことか。会社の利益のために、誠意や正義を押しつぶせと言うのか。それでは鮫島や五十川と同じではないか。自分と同じ側にいたと思っていた万代と栗林が、気づけば対岸に立っている。

ふと鮫島の言葉がよみがえった。

――口約束は口約束。

安富ワクチンや五十川の不正で、自分がうるさいことを言うのを封じるために、万代は目の前に餌をぶら下げているのか。

紀尾中はソファに浅く腰かけたまま、後ずさりしたい気分だった。

下がった後ろには〝公正〟の平らかな大地が広がっているのか、それとも〝現実〟という断崖が口を開いているのか。

自分はあと何歩、下がれるのか——。

紀尾中は身じろぎもせず、膝の上で拳を握った。

万代の背後には、黒光りする重厚な社長の執務机が、動かしがたい重圧を放って鎮座していた。

参考文献

・『研究不正と歪んだ科学　ＳＴＡＰ細胞事件を超えて』榎木英介〔編著〕／日本評論社／２０１９年
・「選択」２０１７年8月号「中外製薬が抗がん剤で『研究不正』」https://www.sentaku.co.jp/articles/view/17247
・「フォーサイト」２０１７年12月5日「医療崩壊（７）」上昌広 https://www.fsight.jp/articles/-/43071
・『これでいいのか、日本のがん医療』中村祐輔／新潮社／２０１３年
・『知ってはいけない薬のカラクリ』谷本哲也／小学館新書／２０１９年

＊本作はフィクションであり、実在の人物、団体等とはいっさい関係ありません。
＊薬名は初出時に〈〉をつけたものは実在し、《》をつけたものは架空です。

この作品は書き下ろしです。

装画　太田侑子
ブックデザイン　鈴木成一デザイン室

久坂部羊（くさかべ・よう）
一九五五年、大阪府堺市生まれ。作家、医師。大阪大学医学部卒業。二〇〇三年、小説『廃用身』で作家デビュー。テレビドラマ化されベストセラーとなった『破裂』『無痛』など著書多数。二〇一四年、『悪医』で第三回日本医療小説大賞を受賞。

MR

二〇二一年四月一五日　第一刷発行

著者　久坂部 羊
発行人　見城 徹
編集人　志儀保博
発行所　株式会社 幻冬舎
〒一五一-〇〇五一 東京都渋谷区千駄ヶ谷四-九-七
電話 〇三(五四一一)六二一一〈編集〉
〇三(五四一一)六二二二〈営業〉
振替 〇〇一二〇-八-七六七六四三
印刷・製本所　中央精版印刷株式会社

ISBN978-4-344-03763-2　C0093
幻冬舎ホームページアドレス https://www.gentosha.co.jp/
この本に関するご意見・ご感想をメールでお寄せいただく場合は、comment@gentosha.co.jpまで。